U0090837

古典文獻研究輯刊

三十編

第 **8** 冊

家樂‧政治‧園林
——晚明文人與文化研究

詹皓宇 著

國家圖書館出版品預行編目資料

家樂・政治・園林——晚明文人與文化研究／詹皓宇 著 -- 初
版 -- 新北市：花木蘭文化事業有限公司，2024〔民 113〕
目 4+268 面；19×26 公分
（古典文學研究輯刊　三十編；第 8 冊）
ISBN 978-626-344-907-7（精裝）
1.CST：知識分子 2.CST：社會生活 3.CST：生活美學
4.CST：文化研究 5.CST：明代
820.8　　　　　　　　　　　　　　　　113009663

ISBN-978-626-344-907-7

古典文學研究輯刊
三十編　第八冊　　　　　　　ISBN：978-626-344-907-7

家樂・政治・園林
——晚明文人與文化研究

作　　者　詹皓宇
總 編 輯　杜潔祥
副總編輯　楊嘉樂
編輯主任　許郁翎
編　　輯　潘玟靜、蔡正宣　美術編輯　陳逸婷
出　　版　花木蘭文化事業有限公司
發 行 人　高小娟
聯絡地址　235 新北市中和區中安街七二號十三樓
　　　　　電話：02-2923-1455／傳真：02-2923-1452
網　　址　http://www.huamulan.tw 信箱 service@huamulans.com
印　　刷　普羅文化出版廣告事業
初　　版　2024 年 9 月
定　　價　三十編 20 冊（精裝）新台幣 50,000 元
版權所有・請勿翻印

家樂‧政治‧園林
——晚明文人與文化研究

詹皓宇　著

作者簡介

詹皓宇，臺灣臺中市人。中央大學中文系碩士，撰《明末清初私人養優蓄樂之探討——以李漁家班為例》，師從孫玫教授；彰化師範大學國文學系博士，撰《家樂‧政治‧園林——晚明文人與文化研究》，師從丘慧瑩教授，研究領域為明清戲曲、明清女性文學、晚明文人生活等等。榮獲 112 年【斐陶斐榮譽學會】國立彰化師範大學分會會員，期間發表學術期刊十餘篇，具 THCI 等級者有〈從文學批評觀點論李白「擣衣詩」的敘事美學〉、〈閨怨與相思——論蕭衍、庾信「擣衣詩」的同題擬作與敘事美學〉、〈期待視野、多重異讀、身體欲望——論明清時期《牡丹亭》女性閱讀〉、〈李漁家班與園林聲伎之涉趣〉等論文。

提　　要

　　從明中晚期至明末清初，這樣一個特殊的時代裡，家庭戲班的萌芽、茁壯與發展，形成晚明戲曲活動一個重要的文化現象。在中國歷史發展分期中，「明末清初」有著不可分割的歷史思想界域與文化藝術特性。生活在這一時期的易代文人，有著心境的轉折與適應、文學的創作與詮釋、文化的斷裂與接續等；也面臨著政治上的仕與隱、思想上的破與立，其內心的苦痛與矛盾情結，同樣牽動著文化現象與歷史現實間的錯綜複雜關係。

　　文人士大夫以其身分結構和文藝修養，涉足通俗文化表演，使得家庭戲班成為晚明社會重要的戲曲組織團體。作為上層精英的文人文化與俗世社會的市民文化，兩個階層的人在文化場域裡產生了碰撞、激起火花，文人走進市民的日常，耽溺於奢靡的物質生活，卻不與之合流。他們的文化活動頻繁，經常觀劇聽曲，文人之間也藉由雅集宴飲，發展出複雜的人際網絡，以及新的社交文化，並且建立自己特有的文人生活樣貌。

　　從研究論題《家樂‧政治‧園林——晚明文人與文化研究》來看，筆者意欲從政治與經濟層面來探討家庭戲班的社會文化關係。尤其，在經營家庭戲班上，文人如何與社會產生文化上的交流和互動，進而在戲曲活動上實踐自己的表演藝術與生活美學，開展出晚明文人的生活樣貌。

目

次

第一章　緒　論

第一節　研究動機與命題的界定

　　在特定的歷史環境下，晚明社會出現了獨特的歷史文化變遷與轉折。這些現象當然不會是歷史演進的必然結果，而是涉及了當時政治與社會經濟所累積的審美追求。文人士大夫在官場上的忙碌與閒逸，如何利用自身的文化身分投入通俗戲曲的經營，是理解家庭戲班勃興的必要因素。

　　本論文所欲討論的主軸：晚明文人與戲曲文化議題，是從文化史的角度來思考家庭戲班在明中葉時崛起，而在晚明歷史文化的環境中，家庭戲班如何走過繁盛、滄桑與轉折？作為家庭戲班主人的文人士大夫，為何將家庭戲班構築成為自己生命的歸宿與精神的寄託？

　　葉長海曾言：「自明嘉靖至明末，即十六世紀中期至十七世紀中期，……在這一百年間，具有理論開拓精神的戲劇學家成批湧現，整個戲劇研究，猶如大潮般一浪高似一浪，其中又有兩個高峰，分別出現於嘉靖和萬曆年間，這兩個戲劇學研究高峰和戲曲創作高峰是同時出現的。」〔註1〕這個時期是學者所謂的晚明時期——政治與歷史文化的重大變遷：一個政治最壞的時代，同時也是文學曲藝最好的時代。

　　政治和文藝一向為中國傳統文人所致力的兩件志趣，前者實踐文人學而優則仕的人生志業，作為士大夫有志於道的人生價值；後者體現文人自幼習文作詩所涵養的文化身分，作為個人寄託精神空間的　種生活型態。然而，政治

〔註 1〕葉長海：《中國戲劇學史稿》（北京：中國戲劇出版社，2005 年），頁 6。

和文藝兩者可以融合一體，並且外化成為士大夫具有文人形象的精神氣質，也有可能因故被迫捨此就彼，形成整體士人心態的轉變。是故，晚明政治與文藝常由此呈現出文人志趣的密切關係，其中，家庭戲班風尚的興起，便是聯繫著當時政治與社會文化變遷下的特定產物。

筆者對家庭戲班感發濃厚興趣的原因，主要有兩個：其一，晚明，通俗文化的廣佈，在中國戲曲史的晚期發展中，家庭戲班扮演著極重要的戲劇團體角色。因為文人的介入與浸染，在藝術表演的程式上，家庭戲班的審美品味，可謂是文人文化審美精神的精緻與極致表現。其二，筆者在寫作碩士論文《明末清初私人養優蓄樂之探討——以李漁家班為例》時，〔註2〕一方面注意到作為家庭戲班的主人，除了須要擁有一定的文化涵養外，更要有一筆龐大的資金，方能組織與經營一部戲劇團體。

作為一位文人而言，李漁的特殊性身分，與同時代文人家庭戲班有很大的不同。雖然在生命情感的價值與藝術表演的追求上，彼此相差甚微，皆以閒情逸樂為生活實踐的目標。但是，李漁數次落第，未曾仕宦，也並非富商之後，他如何組織起一部耗資不菲的家庭戲班？並且經營得有聲有色，這是筆者在碩士論文中尚未深入討論的遺珠問題。

另一方面，登科及第的文人，其身分再加一層而為士大夫。他們或在從公之餘，或在致仕之後，有些文人士大夫便積極組織起一部家庭戲班，有些則只能望「班」興嘆，徒增欽羨。何以差別如此之大？根據《明史》記載，明代的官員薪俸是歷朝以來最低微的，官員要養活自己一家人尚且樽節開支，哪裡還有餘錢閒時組織戲班！當然，這裡牽涉到了個人財源與社會經濟的問題。

嘉靖萬曆年間，政治廢弛，朝綱混亂，萬曆皇帝更是三十年不上朝，是明代政治最壞的時代。不過，弔詭的是，在這個政治最壞的時代，並不影響全國的社會經濟發展。換言之，晚明社會是一個矛盾的現象敘述：政治與思想動盪而經濟卻異常繁榮的時代。在這個時代裡，既有狂躁悖論、叛逆超脫的文人，也有靜思內斂、自守一方的士大夫。他們多數致仕歸里，不再過問政事，只遣文學藝事，或寄情園林、或遊歷山水、或讀書寫作、或歌舞聽戲，當然，他們更多的是遵生與嗜物，企圖構築文人士大夫這一階層的理想生活形貌。

明代自朱棣遷都北京後，終朱由檢自縊，便以北京作為全國的政治與軍事

〔註2〕參看拙作：《明末清初私人養優蓄樂之探討——以李漁家班為例》（中壢：中央大學中文研究所碩士論文，2010年6月）。

中心。但是，經濟的仰賴與文化的發達卻是在東南半壁，以南京、蘇州、杭州等城市為核心，沿著海岸及內陸大運河，連結北京等西北周邊都市與城鎮形成一條甬道。這條甬道從運河路線一直到福建與嶺南，承載了商品經濟的往來，在互通有無的貿易發展下，商品經濟帶動了通俗文化的興盛。通俗文化中的小說、戲曲，不論是演戲與聽戲、劇本與小說的創作、刻本印刷等文化活動，不僅文人士大夫參與其間，市民階層也不乏大量消費。

　　文化藝術的發展，不論是詩詞一類上層文人的雅文化，抑或小說戲曲一類通俗文化，都有其相對獨立性空間的獨領風騷，一種追求審美意境所開啟人們的精神世界。文化藝術的發展，一旦蔚為風尚，形成典範，則不受政治靖亂與經濟盛衰而影響，所嬗變者實為風格與內涵而已。因此，晚明的各色藝術品、文學創作與戲曲演出等文化活動，在文人士大夫與市民階層的審美情趣上，並不會因為明清易代的世變而衰敗或消逝。

　　家庭戲班的興起，約莫在明中晚期，其繁盛的生命力可以跨越易代的遺民創傷，有些家庭戲班還具有家族的嗣襲性，從晚明一直延續到雍、乾、嘉三朝時期的禁令而止。對於這樣的文化議題，我們必須思考的是，文學藝術與歷史文化變遷的關係，尤其，晚明戲曲文化在文人編、導、演上的重大意義，實與瓦舍勾欄的職業戲班有很大的不同。

　　另一方面，晚明商品經濟的發達與富裕，固然是作為家庭戲班興起的社會背景，但是，這種經濟有利的社會條件，並不能充分解釋家庭戲班為何發生在江南的蘇州、杭州或南京等地為多。事實上，組織家庭戲班的主人，現象上，仍以江南文人為多數，但不乏北方知名戲曲專家，而他們的故里並非設籍江南，諸如：安徽桐城的吳用先（1558～1626）、順天宛平的米萬鍾（1570～1628）、江西南昌的李明睿（1585～1671）、常州宜興的吳炳（1595～1648）等人。

　　就家庭戲班主人的身分而言，根據劉水雲《明清家樂研究》[註3]一書中的分類，計有王侯戚畹、文士縉紳、武臣將帥、豪商富賈、醫士等五大類。不過，值得注意的是，不論在文學史上或戲曲史上，仍然以「文士縉紳」為大宗，學者所關注的對象也以此為重。這一批「文士縉紳」有著文人的文化身分，更多的是還具有士大夫官職的頭銜。他們如何從詩詞一類的雅文化創作轉而插足戲班通俗的填曲編劇呢？又如何把文學的意象和戲劇的拍板構築結合起來，形成雅俗共賞的精彩曲目？這絕然不是文人單純的文藝創作所能解釋的

〔註3〕劉水雲：《明清家樂研究》（上海：上海古籍出版社，2005年）。

現象。其外緣因素，更多的是政治與思想、社會與經濟所引燃的星火，始能燒出眾多家庭戲班如熊熊烈火般的精彩演出。

十五世紀末至十六世紀初，陽明心學的發展產生諸多流派，其中以泰州學派這一分支在社會上流布最為深廣。萬曆年間，當時首輔張居正主政，非常厭惡泰州學派討論心性自由、強調個體自主。張居正覺得心學思想有害社稷，因此，明確禁令這些社團的講學活動，首當其衝者即為王艮門下的羅汝芳。

羅汝芳（1515～1588）是湯顯祖思想啟蒙的老師，湯顯祖自幼即受教於門下，其所學的赤子良知、解纜放帆等主要思想，皆傳承自羅汝芳而成長的。因此，張居正兩度要湯顯祖為其子陪榜，湯顯祖自然是以「不失處子之身」作為覆答。湯顯祖以文人的風骨斷然拒絕，此舉得罪了張居正的接班人申時行，嗣後的戲曲搬演自然又是另一個舞台的角力爭奪。

政治事件下的文人士大夫日常生活，由官場所帶來的生死與遷謫，由於新思想的衝擊，這個時期的文人士大夫較之前代，不會因為仕途受阻而鬱鬱寡歡。他們在面對政治黑暗、官場腐敗時，選擇了另一種閒情逸致的生活情調。換言之，致仕歸里成為文人士大夫在精神上尋找一種文人文化的呼應──精神遠離塵世，肉體更加追求物質的享樂。他們標榜著至情與性靈，積極參與文人生活方式的建構，悠然於山水園林的空間之中，人生態度因而發生了變化，閒適生活自成風雅一家。

然而，世道丕變。政治上，晚明是個禮樂僭越的時代；社會上，商品經濟是個繁華奢靡的時代，與明初樸實勤儉的社會風尚形成天壤之別。晚明社會奢靡的結果，各個階層無不積極競逐與仿效，諸如服飾的穿戴、器物的用度、宴客的盤饈、書畫的鑑賞、古玩的珍藏，以及戲曲表演等，無所不包，無物不華。文人士大夫階層自然也出現不同的聲音──贊同與撻伐。

商品經濟的繁榮導致社會日趨奢靡，不惟仕宦人家，連市民階層宴飲會客都講究細緻風雅的品味與享受。這種生活方式的變化，不能直接說是導致晚明文藝的流動與變化；但是，因社會風尚的奢靡與物質文化的普遍追求，造成文人士大夫階層生活習慣的改變，並且逐漸成為晚明文人的主流風尚，則是不爭的事實。

文人士大夫在致仕歸里後，比當官時有更多的時間表現閒情逸致。他們開始專注物質欲望的享受與提升，也追求審美品味的精緻化。有些文人士大夫頗好戲曲，尚嫌聽戲唱曲還不過癮，便一頭栽進戲曲創作，徵歌度曲，沉浸在曲

藝的藝術園地裡。更有些才華洋溢的文人士大夫，集編、導、演於一身，通過優伶的舞台實踐，逞才炫技，滿足自我表現的欲望。他們對戲曲的一腔熱血，所徵顯出來的意圖，有著對政治態度的憤慨，也有對致仕後的生活感官享受，不論何種，咸為自己的精神空間開闢出一方新的天地。

就中國道（正）統思想的發展來說，余英時認為，陽明心學與晚明士商互動的關係，可謂中國思想史的最後一次突破，這個突破涉及了經濟發達與思想轉變的互動。〔註4〕陽明心學的思想漫衍民間，帶動了社會文化的巨大變遷：上層雅文化與通俗文化的相互流動——小說戲曲的普及寫作與戲曲舞台表演的繁榮興盛，因為文人的加入，使得晚明文化的整體性發展，浸染了社會各個階層。

商品經濟的主導者，模糊了「士」與「商」的身分界域，多數成為身分的重疊者，譬如：徽商太學生汪汝謙（1577～1655）後寓居杭州，以及蘇州大賈許自昌（1578～1623）後以舉人捐資，授文華殿中書舍人。這樣的結果，使得上層文化與通俗文化有了一個交匯與融合的機會。對於「文人身分」的認同，則不再如傳統士大夫觀念「輕商」或「賤商」如此壁壘分明。文人士大夫除了以仕宦作為主要志業外，還可以兼營經商作為身家財富來源的副業。這種「士」與「商」身分界域的模糊化，產生了文人對自我認同和對同儕認同的兩個層面：其一，明代士大夫的經濟來源不囿限於官俸；其二，明代商人的地位雖然不再受人輕視，但經過文人身分的包裝後，其仕途的正當性與社會地位自然又抬高一層。

家庭戲班表面看去是閒適的、歡娛的、奢華的嬿飲，實則也有慨嘆憤世的形跡。所謂閒適的觀賞表演，也隱含著無奈的幽咽。離開朝政不是表面上的瀟灑自若，在仕宦與致仕的糾纏裡，除了涉及朝堂黨爭與個人恩怨外，更多的是，遑論被迫或主動辭官，都可以看見晚明士大夫政治態度的一種心結。

筆者以《家樂·政治·園林——晚明文人與文化研究》為命題，主要側重於「文人」的身分結構，及其所置辦家庭戲班的「文化」內涵，包括身體的、情感的、思想的、經濟的、國家政治與權力等。因此，文本的核心議題將偏重在論述家庭戲班的外緣因素：其一，家樂主人的文人身分結構；其二，文人之於政治、社會與經濟的影響，以此探討作為一位文人身分又身兼家樂主人，在

〔註4〕余英時：〈明清變遷時期社會與文化的轉變〉，收錄於余英時等著：《中國歷史轉型時期的知識份子》（台北：聯經出版事業公司，1992年），頁35～42。

晚明時期至明末清初的易代社會中，其心理精神與生活型態如何展現戲曲的
時代地位與文化意義。

第二節　研究範圍與時代背景

　　筆者以《家樂‧政治‧園林──晚明文人與文化研究》作為研究題目，首
先，就時代背景來看，它的研究範圍界定在明末清初。此一名詞有著不可分割
的歷史分期與文化特性，它涵蓋著兩朝文人的心境轉折與適應、文學的創作與
詮釋、文化的斷裂與接續等。文人身處於易代之際，抉擇著政治上的仕與隱、
思想上的破與立，其內心苦痛與矛盾情結，同樣牽動著文化現象與歷史現實間
的錯綜複雜之關係。這裡提出的文化現象，可以幫助我們思考家庭戲班發展的
歷史背景。

　　近代學者常以「明末清初」的斷代史界域為題，發表或研究各類領域的
文史專論。〔註 5〕從歷史觀來看，史學家對於「明末清初」的斷代史思考與
劃分，大抵從政治上的繼承與開展著眼。然若，從文化藝術的視角來看，文
化藝術的表現場域與政治歷史不同。政治歷史可以一刀切斷，但是，文化藝
術的構思運行期相當悠長，它不像政治的改朝換代，說中斷就中斷。對個人
而言，文化藝術可以延續數十年，甚至跨越政治的更迭，嗣襲家族兩代。
譬如：家庭戲班以團體的組織型態呈現在舞台表演上，是中國戲曲藝術發展
到巔峰的一種藝術表演形式。這種藝術組織型態最輝煌的時期，大抵是從晚
明至康熙年間。殆及雍乾嘉三朝頒布戲曲禁令，家庭戲班始慢慢地銷聲匿跡。

　　歷史觀也是人生觀，當人們在理解一段歷史時期時，有時兩朝之間的界

〔註 5〕以「明末清初」的文化特性作為斷代歷史界域而撰文著書者，諸如：何冠彪《明
　　　末清初學術思想研究》（台北：台灣學生書局，1991 年），孫之梅《錢謙益與
　　　明末清初文學》（濟南：齊魯書社，1996 年），孫立《明末清初詩論研究》（廣
　　　州：廣東高等教育出版社，1999 年），毛文芳《物‧性別‧觀看──明末清初
　　　文化書寫新探》（台北：台灣學生書局，2001 年），何宗美《明末清初文人結
　　　社研究》（天津：南開大學出版社，2003 年），王汎森《晚明清初思想十論》
　　　（上海：復旦大學出版社，2004 年），高彥頤著，李志生譯《閨塾師：明末清
　　　初江南的才女文化》（南京：江蘇人民出版社，2005 年），何宗美《明末清初
　　　文人結社研究續編》（天津：南開大學出版社，2006 年），陳美朱《明末清初
　　　詩詞正變觀研究：以二陳、王、朱為對象之考察》（台北：花木蘭出版社，2007
　　　年），張永剛《明末清初黨爭視域下的錢謙益文學研究》（南京：鳳凰出版社，
　　　2011 年）等。

域，並非簡單的只從政權的更替觀之。康有為（1858～1927）曾言：「嗟夫！明清之際，關於中國亦大矣，非只繫一朝之興亡也。」〔註6〕康氏所持的理由，即是從文化、社會、思想、學術等特質，表述近代中國晚明與晚清這兩個世變時期的更替現況，並非僅僅以政治來劃分而已。是故，學者們從不同的面向來探討明末清初的現況，人們憑藉著各自的理解而走進這個斷代界域，研究史料的自我敘述也就有了各自的心思，對於明代文人的認識自然也有了差異。這種差異緣於個人思路與袒護立場所致，很難說誰對誰錯，各有各的表述空間。

因此，歷史的弔詭，在於重大事件下的人生體驗與記憶總是不同的。同一事件，史家與文人總有不同的看法；即便同為史家或同為文人，對於史料認知的辨識也有不同的視角。晚明獨特的歷史文化變遷與轉折，本來就存在著差異性的表述，對晚明文化的認識，連當時士大夫的著書也留下不同的話語。譬如：王夫之與黃宗羲對明末的史實記載就有不同的聲音，他們有各自袒護的地方。我們可以理解：歷史在不同人那裡所承受的衝擊、震撼與回應，尤其士大夫的人生境遇，其思想更是直接地反映著他們在這一「世變」瞬間的感受與命運，是具有強烈精神溫度的。因此，同時代的人有不同的闡釋，其實也是對自我生命的一種追問。

2016 年六月廿三至廿五日，中央研究院近代史研究所、歷史語言研究所共同舉辦一場大型國際學術研討會，以「明末清初學術思想史再探」為主題，假近史所檔案館會議室召開，為期三日，共發表二十八篇論文，探討明清易代的文化場域與生命課題。主講人王汎森認為：「明代中期（隆慶、萬曆）以後的思想確有重大變化。在此基礎上，首先，明中葉經學考證的興起，提供新的思考人生、世界、政治的框架與語言。」〔註7〕即是以「明末清初」此一歷史斷代作為非政權更替的學術文化界域。一般學者對時代的限斷，可能還會上下略為延伸一些，或以明穆宗隆慶（1567～1572）起始，或以清世宗雍正（1723～1734）迄終。毛文芳認為：

> 明末清初的斷代，大致起自隆、萬，下自清初康熙，而時代的界線，

〔註6〕〔清〕康有為：〈袁督師廟記〉，收錄於閻崇年、俞三樂編：《袁崇煥資料集錄》下冊（廣西：廣西民族出版社，1984 年），頁 170。

〔註7〕王汎森：〈明末清初思想的若干思考〉，「明末清初學術思想史再探」國際學術研討會主題演講講稿，「中央研究院近代史研究所、歷史語言研究所」（2016 年6 月 23～25 日）。

可能還會各自往上往下略為伸展，形成一格大致的輪廓。在中國歷史上，代表著一個充滿了變遷意義的時代，學界以『明末清初』為斷代寫成的專書、學位論文，不勝枚舉。一般學者將在這段期間內活動的文人範圍放寬，有出生於隆、萬之前而活動於此期者，也有出生於此期，而卒年已入盛清者，由於文化的氛圍與影響無法判然二分。中國學者以「明末清初」為斷代所發表的各類文史專著論文，不計其數。顯示「明末清初」確是一個文化上不能分割的歷史分期，並具有鮮明的文化特性。〔註8〕

　　儘管，學界對這時期的歷史分期說法不一，但撇開政權的二分更替，改從消費型態、市民階層、社會文化，以及文人的世俗生活等諸方面來看，以「明末清初」作為「世變」近代初期的一個斷代史界域劃分，〔註9〕是各家學者普遍的共識。〔註10〕近代史（modern history）也譯作現代史，指涉現代（modern period）或譯為近代的這個時期的歷史，西方普遍定義為中世紀以後的歷史，約略開始於十六世紀。在世紀初與世紀末之間，大抵以法國大革命和工業革命為分界。

　　「明末清初」不論從史學家的史據劃分，抑或文學家的視角觀看，都是中國歷史發展上的一個特殊分期。從各領域學者咸認同此一時代謂之「世變」的共識中，不難發現：明末清初在政治更迭、學術思想、社會文化、商業經濟、生活型態、文學藝術等，都產生了前所未有的巨變與轉型。在這樣一個既特殊又矛盾的時代裡，一方面是政治的大破與大立，另一方面卻是商品經濟的蓬勃發展；一方面是傳統理學思想受到了心學思潮的威脅而備受衝擊，另一方面卻是社會文化因新思潮的興起而改變了傳統文人與市民的生活型態。在文學藝術領域裡，至情與性靈的作品有了新的文人風格。

〔註 8〕毛文芳：《物‧性別‧觀看——明末清初文化書寫新探》，頁 4。
〔註 9〕以明末清初「世變」一詞舉辦的國際學術研討會，諸如：2001 年 5 月，中央研究院文哲所主辦的「世變中的文學世界」主題計畫，其中由胡曉真研究員主編《世變與維新——晚明與晚清的文學藝術》一書，對古典文學之現代詮釋的一次努力，同時也說明了文化與歷史、想像與現實之間永恆的互動與衝擊。2020 年 12 月 15 日，由台大文學院主辦的「中國文學創新研究與跨國漢學建構計畫『中國近三百年文學史工作坊』」主題為「世變與文變——中國近三百年文學史研究的新視野」，由梅家玲與高嘉謙兩位教授共同主持。
〔註10〕〔日〕谷川道雄著，夏日新譯：〈總論〉，收錄於劉峻文主編：《日本學者研究中國史論著選譯》第二卷（北京：中華書局，1993 年），頁 313～329。

　　本文所研究的文人家庭戲班，就議題內涵來看，是以政治、經濟、社會文化為討論範疇。就時代來劃分，雖以「晚明」標定題目，但研究範圍仍以「明末清初」作為文人活動的主要時期。換言之，本文所指稱「文人」身分者，皆出生於明代隆、萬前後，而活躍於此期者；或者出生於此期，而卒於清康熙初年。究其原因，這一時期的社會氛圍與文化影響，誠然無法與政治的改朝換代截然二分。因此，遂將這一時期文人活動的範圍界定在明末清初。

　　那麼，晚明的時間界定又是如何呢？不同的學術領域，因各自研究目的與範圍不同，故有著各自不同的時間界義。目前，學界一般將十六世紀下半期到明亡的十七世紀上半期，近一百多年的時間稱為晚明時代。〔註11〕當然，也有學者把這個界義訂定在萬曆元年至崇禎十七年（1573～1644）稱之為晚明時期，而崇禎十七年以後的南明小朝廷歷史，則不涵蓋在內，而是歸諸南明史。〔註12〕

　　郭英德《明清傳奇史》〔註13〕一書，便將「明萬曆十五年至清順治八年」共計六十五年的時間，作為晚明戲曲創作分期上的蓬勃發展時期。左東嶺《王學與中晚明士人心態》一書，則以明萬曆十五年張居正之死，作為晚明社會文化奢靡繁榮的濫觴。黃仁宇認為，萬曆十五年是晚明的開端，在《萬曆十五年》一書中曾言：「1587 年是為萬曆十五年，次年丁亥，表面上似乎是四海昇平，無事可記，實際上我們的大明帝國卻已經走到了它發展的盡頭。」〔註14〕

　　故此，本文在研究範圍的界定上，家庭戲班主人——文人士大夫，這一階層人的出生與文化活動，大抵以萬曆十五年為軸心，往上與向下各自延伸範圍。在某種意義上，其用意在於探討家庭戲班與晚明政治、社會文化，特別在明清易代間的社會文化有何變異，彼此如何相互影響，以及文人士大夫的身分與家庭戲班之間存在著什麼樣的關係。

第三節　研究材料與文獻分析

　　家庭戲班興起於明代中晚期，約起於明弘治、正德年間，至萬曆、天啟年間而蓬勃發展。不論在戲曲史上，抑或文學史上，家庭戲班這一文化表演組織

〔註11〕嵇文甫：《晚明思想史論》（北京：北京出版社，2014 年），頁 1。
〔註12〕樊樹志：《晚明史（1573～1644）》（上海：復旦大學出版社，2003 年），頁 1。
〔註13〕郭英德：《明清傳奇史》（南京：江蘇古籍出版社，1999 年），頁 1。
〔註14〕黃仁宇：《萬曆十五年》（北京：中華書局，2006 年），頁 205。

都佔據著十分重要的地位。歷來學者投入此一領域研究，在文獻整理與問題發現上，也有自己與他人不同的識見與敘述。

然而，進入歷史的各種面向探討，必然存在研究材料的搜尋與取捨問題，以及如何敘述當時現象的問題。本文從文化研究的思考，進入晚明至明末清初的家庭戲班歷史，自然有著對歷史認識的不同辨識。這一時期的家庭戲班數量龐大、規模完盛、地域分布殷廣。因此，對於家庭戲班的組織結構、活動範圍、活動內容、演出水平與藝術成就等內涵，學者各自都建構出豐碩的學術成果。

研究晚明文人的學者，大抵從詩、古文、小說等文體入手，對明代文學與歷史之間做一番考釋。相對地，晚明的戲曲文化則僅限於探究它的藝術內涵，很少進入歷史的景深裡，認識到其他明代文人式的氣質。從晚明始，尤其明末清初的文人，身處易代之際，他們緊張的極限，其實是瀟灑不起來的。弔詭的是，為數不少的文人在社稷與生命之間仍然組織家庭戲班。有些文人士大夫的苦境，在紅牙拍板中未必都是快活適意，他們獨特的氣質，常常在曲宴中折射出作為家樂主人的身分視角。

家庭戲班的主人身分，不一定都具有很深厚的文化涵養，但絕大多數有一定高度的社會地位，以及驚人的雄厚財力，譬如：以武臣將帥、豪商富賈等身分所組織的家庭戲班。不過，若是要以數量來論，仍舊以「文人」這一階層參與家庭戲班佔絕大多數，演出水平也最為高致。文人傾注畢生的心血豢養家庭戲班，不僅作為主人社交、曲宴或自娛之物。更多的是，他們出於對戲曲本身的熱愛，使得這份熱愛在明末清初達到了高峰。

首先，就明清「家庭戲班」專題研究來看，筆者搜尋「全國博碩士論文摘要檢索系統」中，目前台灣尚無人撰寫博士論文研究。碩士論文研究者也寥寥可數（以下不包含職業戲班與宮廷戲班）譬如：王佩萱《明清家樂戲班及其表演藝術研究》〔註15〕在探討明代家庭戲班興起的現象與原因、文人對戲曲理念的實踐，以及清代家庭戲班的衰落和對劇壇的影響：家庭戲班的活動不再以唱崑劇為主流，改以花部戲曲成為普遍。張雅綾《晚明江南家樂之探究》〔註16〕以江南作為地域範圍，說明家庭戲班興盛的時代背景、優伶的

〔註15〕王佩萱：《明清家樂戲班及其表演藝術研究》（台北：台灣師範大學國文系碩士論文，2006年6月）。
〔註16〕張雅綾：《晚明江南家樂之探究》（中壢：中央大學歷史研究所碩士論文，2007年6月）。

來源與出路、演出的場地與劇目，以及優伶與主人的關係。黃萩娟《明清時期揚州地區戲班研究》〔註17〕以揚州作為地域範圍，說明家庭戲班的有利發展條件與興衰，兼論「串班」、「串客」的發展、藝術價值和社會意義，以及對於揚州劇場形製的多元性、觀演需求。筆者拙作《明末清初私人養優蓄樂之探討──以李漁家班為例》在探討家庭戲班的女伶來源、才媛意涵以及遊歷生活、聲容色藝的舞台形象、家樂主人的交游文化與園林生活，綜論生命情感的價值和生活閒情的實踐。

以明清「家庭戲班」為專書撰寫者，依出版時間的先後：張發穎《中國家樂戲班》〔註18〕、王寧、任孝溫《崑曲與明清樂妓》〔註19〕、劉水雲《明清家樂研究》、楊惠玲《戲曲班社研究：明清家班》〔註20〕等。這些專書所探討家庭戲班的內容，概而述之，大抵不脫家庭戲班的源流史，優伶的來源、組織、培訓、腳色、唱腔等，以及家樂的組織、運作、訓練、演出、演出劇目等內涵。

就明清家庭戲班的研究現況來看，主要還是集中在戲曲藝術表演這個領域。優伶對於「色藝」與「聲容」兩大審美意趣的追求，因為受到文人的創作與藝師指導，在舞台上的唱、念、作、打所給予觀眾視覺感官的情緒反應與心靈感受，實有別於底層市民所經營的職業戲班。優伶在表演過程中，透過文人家庭戲班的演唱方式、表演風格、表演程式、表現手法等，所產生戲曲的視覺文化之歷史複雜性，藉著文人化的戲曲理論與實踐，益能彰顯文人雅化戲曲的用心耕耘。

其次，在戲曲藝術表演的領域上，家庭戲班的研究對象，多以「優伶」作為探討，譬如：筆者拙作〈書寫才女──李漁《喬復生與王再來二姬合傳》評析〉、厲震林〈論男性文士的家班女樂〉、溫顯貴〈明清女樂及其對娛樂文化的積極影響〉、朱秋娟：〈李漁與他的女樂家班〉等篇。這些優伶的身分絕大數量是以女伶和優童為多，男旦較少，探討的內容仍然著墨「色藝」與「聲容」兩大審美意趣的追求上。儘管優伶的藝術表演技巧來自家樂主人或藝師的教導，但在研究對象上，以文人家樂主人為主題性的研究還是鮮少的。

從橫向時空來看，晚明家庭戲班的文人群體往往互動密切，曲宴雅集是許

〔註17〕黃萩娟：《明清時期揚州地區戲班研究》（台北：東吳大學中文研究所碩士論文，2009年6月）。

〔註18〕張發穎：《中國家樂戲班》（北京：學苑出版社，2002年）。

〔註19〕王寧、任孝溫：《崑曲與明清樂妓》（瀋陽：春風文藝出版社，2005年）。

〔註20〕楊惠玲：《戲曲班社研究：明清家班》（廈門：廈門大學出版社，2006年）。

多文人宴飲聽戲的生活型態，劇本創作與場上搬演競相逞技，展現文人詩詞以外的另一種才華。晚明文人生活方式的獨特氣質，在文人家庭戲班彼此交流、相互影響中，連帶影響政治與戲曲的對話，並由此引發士大夫借家庭戲班作為個人目的性的社交方式。

　　就縱向家族來說，晚明家庭戲班的興衰，有些是主人身亡而戲班隨之解散，僅終及一代的繁華輝煌；有些會傳承數代而不輟，使家庭戲班的藝術表演理論與實踐得以嗣續發揚光大，而更顯茁壯充實。文人家族不僅掌握當時文化權力的擴展與延續，也帶動起區域文化消費的競逐，形成文人群體生活型態的仿效指標。

　　本文以「文人」家庭戲班作為研究對象，以「文化研究」作為論文的一種研究方法論，不僅框架家庭戲班的研究範疇，也專注於探討家樂主人的身分結構。譬如：龔鵬程《中國文人階層史論》〔註21〕一書，在考察中國文人階層的流變、歷史、社會、形象、生活等，也探討文人對優伶的品花記事與才性論。左東嶺《王學與中晚明士人心態》〔註22〕一書，有別於上述緣於社會脈絡的探究，左氏從王陽明思想看晚明文人士大夫的政治心態。就個性來說，自我覺醒和個性張揚是普遍性的一個趨向，但其政治心態因個人與社會文化的關係差異，就有了不一樣的精神世界。英國傳教士約翰‧麥高溫（John MacGowan, 1835～1922）著，朱濤、倪靜譯：《中國人生活的明與暗‧文人階層》〔註23〕一書，則是以外國人的視角來看中國傳統文人階層的特質，及其與外國知識份子的異同。筆者研究的對象——文人——作為晚明乃至明末清初家樂主人的身分，其中，文人身分的界定與結構，以及文人士大夫的政治態度，確實有許多可供互動與對話的空間。

　　復次，關於組織家庭戲班的經濟來源。文人要能支撐起一部家庭戲班，財力雄厚是最重要也是最基本的現實問題。家庭戲班的組成，需要龐大的財力，可謂耗費甚鉅，舉凡從優伶的選買、教習、吃穿用度，到樂師的聘請延攬、舞台的搭建設備、戲曲服飾與胭脂水粉等花費，無一不仰賴家樂主人的經濟條件。在《明實錄》中可以窺見明代文官俸祿的等級與變遷，而《明史》直指明

〔註21〕龔鵬程：《中國文人階層史論》（蘭州：蘭州大學出版社，2004年）。

〔註22〕左東嶺：《王學與中晚明士人心態》（北京：人民文學出版社，2000年）。

〔註23〕〔英〕約翰‧麥高溫（John MacGowan）著，朱濤、倪靜譯：《中國人生活的明與暗》（北京：中華書局，2006年）。

代官俸是歷朝以來最為低薄的。許國賢《明代文官俸祿制度之研究》〔註24〕碩士論文，指出明代文官俸祿的微薄，其實來自中央政府執行政策的失敗，並探討低薄的官俸對當時政治風氣與社會治亂有莫大的關係。在經濟層面上，梳理與探討明代官俸的厚薄，有助於本論文在考察不是所有的文人士大夫都有能力組織家庭戲班，其中一個重要的現實面問題，即是經濟財力的許可與否。

　　第三，在物質文化發達的晚明社會，奢侈消費成為一種時尚和仿效，晚明文人家樂的文化消費，非同小可。文人把家庭戲班視為「物」的一種文化消費，不僅需要龐大的資金挹注，還得要鋪張奢侈，以裝飾個人身分的品味和地位。中央研究院研究員巫仁恕《品味奢華：晚明的消費社會與士大夫》〔註25〕一書，主要在探討晚明文人士大夫的生活型態，並以晚明消費社會的興起背景、形成、風氣為軸線，劃出文人士大夫的文化消費型態，特別是士商關係的互動變化，藉此重新建構文人群體的身分與生活方式。陳寶良《狂歡時代：生活在明朝》〔註26〕一書，則從政治、制度、文化、生活等諸多層面，考察中晚明時期，文人士大夫在政治生態與制度變遷、禮樂崩壞與文化活力、社會失範與生活轉向等方面，當個人意志與情感得以充分發揮後，博變新奇便成為晚明社會狂歡的時代標誌。

　　目前，學界對於晚明至明末清初家庭戲班的研究，無論是家樂組織的流變史、家樂主人的劇本創作、家樂優伶的表演藝術，抑或優伶的生命史與生活史，都有著豐碩的研究成果。但對於家樂主人的文人身分研究仍付之闕如，特別是在仕宦與致仕之間的政治態度，以及文人生活方式與戲曲之間的關聯性，還是存在著深入探討的必要。

　　故此，在研究路徑上，本論文除了梳理家樂主人在政治上的權力關係、經濟上的財力厚薄、審美藝術上的文化涵養外，另外，還以潘允端的上海「豫園」、錢岱的常熟「小輞川」、鄒迪光的無錫「愚公谷」、許自昌的甫里「梅花墅」、冒襄的如皋「水繪園」、李漁的南京「芥子園」等園林聲伎為個案，力求在個案研究與文化研究的結合中，探討晚明至明末清初文人在特定的社會背

〔註24〕許國賢：《明代文官俸祿制度之研究》（台北：文化大學政治學研究所碩士論文，1985 年）。
〔註25〕巫仁恕：《品味奢華：晚明的消費社會與士大夫》（台北：聯經出版事業公司，2007 年）。
〔註26〕陳寶良：《狂歡時代：生活在明朝》（上海：人民出版社，2020 年）。

景與文化思潮等因素，如何在半封閉的園林空間裡，營造獨特的閒雅生活方式。為既有的家庭戲班文獻增添新的內涵，以貢獻個人研究上的學術價值。

第四節　研究方法與論述架構

一、研究方法

　　從現有文獻上的資料顯示，目前關於明清「家庭戲班」的研究層面，研究者大都著力於「歷史流變」和「表演藝術」兩大主軸。前者，在梳理家庭戲班的興起、鼎盛與衰落等歷史發展背景和過程；後者，在論述家庭戲班的組織結構與優伶表演的藝術審美等內涵。

　　誠然，家庭戲班作為晚明社會一個重要的戲曲組織團體，其文化表演的豐庶內涵，研究文獻不勝枚舉。但是，負責主持與運作的文人士大夫這一階層群體，學者相對研究較少。要之，家庭戲班的表演水平決絕不若茶樓酒坊的職業戲班，只是簡單的敲鑼打鼓，營造熱鬧氣氛，給人感官娛樂而已。文人士大夫因其身分結構與藝術修養，在經營戲班時，如何與社會產生文化上的交流互動，並且建立自己特有的文人文化，進而實踐自己的生活美學在戲曲文化上，至關重要。

　　文人家樂作為一種私人演出的小眾藝術，其文人的劇本創作、優伶的舞台演出，以及文人之間的相互評賞，皆為明清文化戲曲現象中極為重要的文化活動。這種文化活動的「盛行亦與詩文作品的繁榮不同，它往往更多地依賴於相對穩定的社會與相對寬裕的觀眾群，以及閒暇的時間與充裕的金錢。」〔註27〕然而，家庭戲班作為晚明社會的重要文化「物」項，在研究內涵上，除了一般研究者熟悉的家樂流變史、組織結構、作品的創作與品評、優伶的表演藝術外，具有文人身分的家樂主人與政治、經濟、社會、文化等外緣因素，也互有關聯，亦為重要。

　　要之，當文人視為文化「物」項的家庭戲班，形成了文藝的嚴肅性、文學的價值堅持，以及具有消費和娛樂功能的審美特質時，如何發揮「文化研究」的精神理念到實然形態上的交流與對話，便成為本文的一門研究路徑。因此，在晚明政治和市民社會中，具有士大夫官職的家樂主人，以文化研究

〔註27〕王璦玲：〈中研院文哲所與「明清戲曲」研究〉，《漢學研究通訊》（2001 年 5 月），頁 35～43。

來呈現文人文化的生活樣貌，以及文人之間的互動關係，必然衍伸出政治態度、權力結構、經濟實力、社交經營、文化涵養等問題意識，故而有更多值得探究的議題。

另一方面，若將戲曲活動置於文化史中，除了理解文本的意義外，如何以文化研究作為社會文化的評價、對話與建構？法國歷史學者、年鑑學派第四代大將夏提爾（Roger Chartier, 1945～）提出文化史方法論，他認為：

> 文化史的目標是對社會再現主題及構型的理解，這種主題和構型使
> 人們在社會交際過程中，把他們的立場和興趣無意識地顯露出來，
> 這些主題及構型也描述了當時社會人們所理解的或所希望見到的一
> 種社會型態。〔註28〕

二十世紀初，西方史學研究產生危機，史學主流的實證史學方法論受到質疑和挑戰，主要是因為研究領域囿限於政治、軍事、外交三方面，顯得過於狹隘。〔註29〕逮及年鑑學派第四代開始回流反撲，夏提爾等人提出：研究內涵應將社會學、經濟學、人類學納入歷史學概念中。從此，歷史學家的研究範疇便由單一政治史擴大到了社會史與文化史。

社會文化活動，意指某一群體人們如何進行共同的事情，而他們之所以共襄盛舉進行這種事情，則與某些文化意義有關。文化研究便在檢視這些日常生活中的意義與活動，以及相互間的權力關係。更明確的說，文化研究所欲研究社會中的文化現象，常須要結合社會學、文化人類學、性別權力、社會階級等議題。因此，具有士大夫官職的家班主人兼劇作家文人，其文化活動的意義與實踐價值也必須置於政治史、文學史、文化史，以及社會史的環節中加以探究和考察。

論文的撰寫，必須具備一套有系統的研究方法論，方能架構章節的文本脈絡與評析內涵。因此，在文獻梳理與文本闡釋上，陳曉明指出：「當代中國文學越來越具有文化色彩，過去的意識形態特徵，現在為更多重的歷史實踐所制約。」〔註30〕王璦玲則認為可以「透過主、客體視界交融（fusion of horizons）

〔註28〕〔法〕Roger Chartier, *Cultural History: Between Practices and Representations* (Cambridge: Polity Press, 1988), pp1~14。本文所引外文文獻，為筆者所譯。

〔註29〕姚蒙：〈法國年鑑學派〉，收錄於何兆武、陳啟能主編：《當代西方史學理論》（北京：中國社會科學出版社，1996年），頁443～499。

〔註30〕陳曉明：〈文化研究：後結構主義時代的來臨〉，收錄於金元浦主編：《文化研究：理論與實踐》（鄭州：河南大學出版社，2004年），頁36。

而充分發揮出主體『文化優勢』的創造性功能。」〔註31〕

　　就戲曲藝術及其理論的研究來說，戲劇史的內緣因素，可以從歷史文獻分析作為文本的闡釋和討論，以及理解其語詞意義和語法結構。劇作家創作劇本，必然是按照當時的語言習慣與社會文化審美結構來撰寫的，故劇本中的戲曲語詞，不論是雅言或俗俚，它就是一種純粹的意義符號，也是一種社會行為。

　　那麼，戲劇史的外緣因素又是如何？2001 年五月，王璦玲在中央研究院中國文哲研究所「明清戲曲主題研究計畫」中，提出了關於明清戲曲「文化研究」的看法：

> 戲曲藝術由明至清的發展歷程中，除了逐漸完成理論層面上的系統性
> 與完整性，戲曲藝術發展與社會文化之間的互動關係亦值得關注。這
> 種互動關係的歷程中值得注意的面向，可以指出的，例如戲曲藝術與
> 文人社團、戲曲創作與抒情言志傳統、戲曲評點與讀者反應、戲曲審
> 美意識與明清社會文化等等諸多關係，都是值得進一步探討的議題。
> 我們希望能透過文本、表演藝術與歷史情境、社會氛圍、文化層面的
> 結合研究，全面展開關於明清戲曲的「文化研究」。〔註32〕

「文化」原是對日常生活中某種特殊生活型態的自我表述，這種表述不僅展現藝術中的生活價值，也實踐於日常行為中特定群體的規範。故「文化研究」無可避免地必須梳理文化史的脈絡，亦即史學中的社會文化層面。在晚明社會中，作為上層精英的文人文化與世俗底層的市民文化，兩個階層的人在文化場域裡產生了碰撞、激起火花，則是從外緣因素來說明表演藝術與歷史情境、社會氛圍、文化層面等綜合性的研究。

　　從《家樂‧政治‧園林──晚明文人與文化研究》題目來看，筆者意欲從政治與經濟層面來探討家庭戲班的社會文化關係。尤其，文人在經營家庭戲班上，如何與社會文化產生交流互動，進而開展出文人的生活樣貌？理由有二：

　　第一，從縱向的家庭戲班發展來看，中晚明時期，當文人從原本浸淫的詩詞中開始染指戲曲，又從戲曲中組織一部既封閉又開放的家庭戲班後，文人與市民雙方便製造了一種人文精神與世俗精神的若即若離──文人走進市民的日常，耽溺於奢靡的物質生活，卻不與之合流。他們的文化活動頻繁，經常演

〔註31〕王璦玲：〈中研院文哲所與「明清戲曲」研究〉，《漢學研究通訊》（2001 年 5
　　　　月），頁 35～43。
〔註32〕王璦玲：〈中研院文哲所與「明清戲曲」研究〉，《漢學研究通訊》（2001 年 5
　　　　月），頁 35～43。

戲聽戲，至洵月而不輟。家中後輩自幼耳濡目染，因此，培養了對戲曲藝術的嗜好，諸如：申時行、王錫爵、冒襄等家族。入清以後，他們的子孫成為接手家庭戲班的中堅份子，歌舞弦管或兩代、或三代，聲聲不絕。另一方面，市民習染文人的風尚，尤以商人最為顯著，於是形成士商重疊的身分。他們憑藉自身的財力，一方面以「捐官」的方式來抬高自身地位；另一方面，附庸風雅，組織家庭戲班，追求與仿效文人階層的生活樣貌。

第二，就橫向的家班主人文化活動而言，萬曆年間，文人士大夫在這個時期紛紛致仕歸里，有錢有閒又嗜愛曲藝者，大多覓地治園，按板聽戲。在私人場域中，文人之間藉由雅集宴飲，發展出複雜的人際網絡，以及新的社交文化，這與當時的文化語境和歷史情境不無關聯。從文人的生活空間來看，家樂主人的審美規範常常展現在家庭戲班的演出場域，園林是最具有人文意涵的對話空間，也是用來闡釋家庭戲班活躍於當時社會最適切的評價與文化現象。

二、論述架構

本論文以「文人」身分結構作為探究家庭戲班的社會文化關聯，因此，在論述架構上，凡分八章：第一章緒論。旨在說明晚明至明末清初文人組織家庭戲班的生成背景、社會概況、研究動機、研究方法與論述架構。

第二章晚明政治、經濟與社會文化。本章分兩大節，在梳理晚明因學術思想的轉變，使得政治、經濟與社會文化產生前所未有的劇變。其一、政治的衰頹積弊，以及思想上的情理之爭，士大夫在仕宦與致仕上有了不同於歷代文人的政治態度，也連帶影響文人創作戲曲小說的思維內涵；其二、晚明商品經濟的發達，加劇了物質文化的形成，造成文人與市民階層在生活用度上，率皆侈靡競逐、爭相仿效。而市民社會的繁榮，讓文人階層構築屬於自己的文化生活，並以「閒」與「雅」作為文人文化的精神內涵。

第三章晚明文人文化及其生活內涵。本章一開場便闡明中西方對「文化」一詞的歷史意涵、藝術作用；其次，如何從文化和文人的身分結構中，判別文人、士人、士大夫三種身分的位階與異同；最後，鉤玄晚明文人的閒雅生活趣味。

第四章政治與戲曲的對話：文人的價值選擇。本章在闡明士大夫政治身分的再確認，以判別文人在兩種舞台上的表演情形。其一、政治舞台：說明官場上的政治表演藝術，既是一種社交手腕，也是一種表演技巧；其二、戲曲舞台：

回歸戲曲本身的認識，鑒清明代士大夫的官俸微薄，想要組織家庭戲班非財力雄厚而不可得。因此，士大夫常在仕宦與致仕之間，有忙處、亦有閒處。

第五章仕宦文人的政治歸宿：曲藝寄物。本章以士大夫的賦閒文化、政治表述、仕宦心理的轉向等三方面，論析文人的政治動向與家庭戲班的相互關聯。

第六章家樂主人的文化資本與話語建構。本章在探討曲藝涵養的文化指標、家樂主人的賦權與話語建構、家樂曲宴在山水寄興的文化意涵三方面。文人自幼作詩屬文所育成的文化涵養，及長，參與各類文人聚會。在戲曲上，從劇本創作到場上之曲，豐庶的文學藝術底蘊，成為日後曲宴雅集的文化教養展現。再者，不論是觀劇酬唱的品評話語，抑或家庭戲班的文化傳承，文人更以子代紹襲的方式來掌握文化權力。最後，以樂水者馮夢禎、樂山者祁彪佳，說明家樂曲宴的文化意涵。

第七章文人與文化消費場域：園林聲伎。晚明，在陽明心學的蓬勃發展下，奢靡之風廣佈社會各個階層，文人群體的自我意識與園林聲伎產生不可言喻的火花。在文化消費上，本章以個案探討來說明江南園林的文化場域，以及建有園林戲台、戲廳、戲堂等表演地方的文人士大夫，他們如何藉由園林來做到自我安頓？有些文人又如何以「園林」巨型物質文化做出有效的經營策略與管理？

第八章結論。本章在綜述晚明至明末清初文人士大夫經營家庭戲班時，所營造出來的審美規範、文化價值，以及文人生活樣式。特別是晚明士大夫，他們有別於傳統士大夫的人生價值與文人的生活樣貌。絕大多數的家樂主人在中晚年時期，常以歌舞戲曲作為對政治現況的冷漠、對自我才華的實現、對生命價值的賦予，凡此種種，皆反映在特定的時代裡。

第二章　晚明政治、經濟與社會文化

　　晚明，陽明心學的新興思想風行各地，而江南的商品經濟與社會文化同時蓬勃發展，晚明士人已然覺察到物質文化的洪流滾滾而來。明神宗萬曆年間，刑部侍郎呂坤（1536～1618）認為：「勢之所在，天地聖人不能違也。勢來時即摧之，未必遽壞；勢去時即挽之，未必能回。」〔註1〕意謂著情欲的解放與物欲的享受成為晚明社會不可逆的歷史趨勢；另一方面，程朱理學也要面臨震撼性的強力挑戰。因此，在認識晚明文化發展的同時，怎能不追溯和理解明初政治、思想與經濟社會的轉折和變化？從戰後統一的休養生息到海上貿易的霸權擴張、從政治專制到社會開放、從生活簡樸到用度奢靡等，晚明文人以其豐富多彩的情感生活，確立了一種全新的生活樣式。相較於中國傳統文人的形象，晚明文人有著發達的經濟與開放的社會，這樣的有利條件，使得他們的精神生活比前代更為活躍，更有人味。因此，當禮制的僭越取代了道統的法則後，人們的物質生活不再受「理學」的約束，文人也易於形成群體結盟，故晚明結社團體與文藝流派特別多。

第一節　晚明政治、思想的衝擊與文藝的發展

　　從政治制度面來說，朱元璋立朝，廢除丞相制度，獨攬大權於一身，形成了一個專制獨裁的政治體系。然而，朱元璋、朱棣都是統御能力極強的獨夫，他們相繼推行廠衛制度、廷杖、詔獄等系列馭臣之術，帶給明代朝臣和士人巨

〔註1〕〔明〕呂坤：《呻吟語》，〈世運〉（上海：上海古籍出版社，2000年），卷4，頁205。

大的心理陰影。《劍橋中國明代史》記載：

> 在中華帝國歷史上，沒有其他本土統治者像洪武帝那樣蔑視、不信
> 任和虐待他的官員——特別是文官。〔註2〕

明初，政治制度的特徵，體現著空前的中央集權，包含了思想箝制、八股取士、理學治國等，主要目的在於建立一個道德秩序的統一國家。錢穆（1895～1990）在《國史大綱》同樣也指出，作為政治地位這麼高階的廟堂大臣，明代士大夫謁見皇帝，動輒得咎，脫掉褲子打得皮開肉綻的廷杖，以及專門監禁九卿一級高官的詔獄天牢，同樣無法避免士大夫在人格上的凌辱。如此專制蠻橫的朱明政權，為何到了晚明時期，卻出現了灼灼耀眼的社會文化現象？本節將從政治、思想與文藝三方面，做一環環相扣的探討。

一、政治與思想：政治舞台上的文人狂悖

首先，明代的皇帝，除了朱元璋、朱棣兩朝稱得上較為強盛外，後繼者每況愈下，乃至於正德、嘉靖、萬曆、天啟歷朝約一百多年間，除了張居正任職內閣首輔十年的勵精圖治外，這些皇帝荒怠朝政，基本上是不理國家大事的。張居正死後，萬曆朝堂形成了政黨、閹佞間的鬥爭，皇帝根本無心管理。大權旁落的結果，政治黨爭互有傾軋，也互有制衡的作用。當獨裁政權無心管理政經社會與文化的發展時，學術的主流思想有了此消彼長的態勢。

晚明是一個很特殊的時代，有一些值得我們思考的文化議題，譬如：學術思想的衝擊與轉變。首先，從晚明的政治與社會現況來看，自朱棣本朝始，嗣後至明亡，明代的政治軍事重心便在北京，而作為留都的南京，僅殘存朱元璋的歷史遺跡。江南的發展和西北地區相差甚鉅，而且非常不平衡。事實上，這種差距從明初科考的「春夏榜」乙案業已開始。江南出身的文人科考及第數量每每遠勝過西北地區的舉子，而且兩地分化所造成的階級衝突，愈演愈烈，這讓朱元璋不得已欽點名單，重新洗牌，以安撫西北人心。

但是，科舉取才即使有了南北名額的限制，江南文人的程度和及第數量仍舊遠遠高過於西北地區。至明中晚期，政局越來越混亂，不僅朝堂內部問題頗多，外部發生的民變更令人憂心。明天啟、崇禎年間，西北地區出現了大規模的農民造反運動，以及東北滿清的虎視眈眈——欲闖山海關，策馬中原。

〔註 2〕崔瑞德、牟復禮：《劍橋中國明代史》（北京：中國社會出版社，2006 年），頁91。

　　北京當局因為政治軍事的誤判，造成北方好長一段時期的經濟萎靡與停滯。然而，政治的挫敗不能連坐江南經濟的發達，也不能抑制江南文化活動的活躍，更不能忽視江南文人營造生活的閒適雅致。晚明江南經濟的繁榮、社會的開放、文化藝術的持續發展，似乎與北方的兵燹過處形成平行時空。換言之，北方政局的紊亂對江南雖有影響，但整體來說，江南有著魚米水鄉富庶的物質文化條件，文人在文化藝術的審美領域裡耕耘，特別是戲曲、小說等通俗文類，展現著精緻高峰的輝煌成就。

　　另一方面，在古代中國，文人士大夫同時也是道德與價值觀的維護者和體現者，他們對社會百姓有著引導和示範的作用。但是，在發展思想確立的過程中，想要區分是否為皇權下所認同的道德與價值觀正統或異端時，君主專制所符應的文化策略與意識型態，便會用來作為政治上的考量。因此，文人士大夫在詮釋經典的過程中，必須透過話語權的爭奪，來確保自己的思想能夠受到皇權的認同，以便取得學術上的獨尊地位，終達到實現文化權力與政治權力的結盟。故此，在一定程度上，文人士大夫可以決定整個社會的道德水平和價值取向。

　　明嘉靖、萬曆年間，學術環境開始解放，人的主體意識與主體精神特質不斷覺醒。陽明心學的出現，使得政治與學術思想產生巨大的衝擊和轉變。當人性開始覺醒、思想獲得解放時，明初強調「心」與「理」的限域漸漸消弭，對於各種禮教的束縛也大力掙脫，這對長期主導學術思想的程朱理學「存天理，滅人欲」而言，是一大挑戰。王學左派所持「天理即是人欲」的主張，肯定人的情欲有其正當性，不可抑制天性所與之，改變了晚明文人與市民階層的生活形式，不僅對傳統的道德觀念首當其衝，也對程朱理學在獨尊的道統上有了極大的威脅。

　　當皇權下所認同的道德與價值觀正統搖搖欲墜，甚至異端思想可與之並存，就晚明以心學為重的思想發展來說，便是學術上「情」與「理」的探討，一個具有啟蒙色彩的思潮打開了人們「情」與「欲」的桎梏。羅欽順（1465～1547）曾言：「夫人之有欲，固出於天，蓋有必然而不容己，且有當然而不可易者。」〔註3〕又曰：「夫性必有欲，非人也，天也。」〔註4〕羅氏認為：不能在理性的價值立場上，否定人欲的需求；王廷相（1474～1544）曰：「性者，

〔註3〕〔明〕羅欽順：《困知記》（北京：中華書局，1990年），頁28。
〔註4〕〔明〕羅欽順：《困知記》，頁90。

緣乎生者也;道者,緣乎性者也,……一循乎性欲也。」〔註5〕又曰:「觀夫飲食男女,人所同欲。……謂物欲蔽之,非其本性。」〔註6〕從俗世男女之理來說,王氏肯定人與生俱來有追求情欲的滿足;何心隱(1517~1579)認為:「性而味,性而色,性而聲,性而安佚,性也。」〔註7〕甚且強調:「且欲惟寡則心存,而心不能以無欲也。」〔註8〕同樣是肯定人欲的合理性存在。

王陽明(1472~1529)認為:從情欲與物欲的本質來看,一方面揭示了心理淪喪的景況,另一方面必然構成一種穩定歷史的形態,把良知與人的日常行為聯繫起來,使它有了社會倫理的基礎。他說:

> 蓋於至今,功利之毒淪浹於人之心髓,而習以成性也,幾千年矣!
>
> 相矜以知,相軋以勢,相爭以利,相高以技能,相取以聲譽。……
>
> 而其誠心實意之所在,以為不如是則無以濟其私而滿其欲也。〔註9〕

李贄(1527~1602)更是從日常生活中闡述:人的基本物欲需求是自然而然的,由此來建立自己的倫理道德觀,他曾說:「陽明先生曰:『滿街皆聖人。』佛氏亦曰:『即心即佛,人人是佛。』」〔註10〕又認為:「穿衣吃飯即是人倫物理,除卻穿衣吃飯,無倫物矣!」〔註11〕這是一種帶有近代啟蒙色彩的學術新思維。

王陽明離世後,其學派急遽分化,發展出了「掀翻天地」、「巔倒千萬世之是非」的早期啟蒙學術思潮。〔註12〕王學被作為近代啟蒙思想的代表,肇因學界欣賞與研究王學的學者的普遍做法。然而,王學所以被不少學者認定為初步成熟的啟蒙哲學,則緣於其呈現出強烈的主體意識。〔註13〕

〔註5〕〔明〕王廷相:《王廷相集》,〈慎言‧問成性〉(北京:中華書局,1989年),卷4,頁765。

〔註6〕〔明〕王廷相:《王廷相集》,〈慎言‧問成性〉,卷4,頁766。

〔註7〕〔明〕何心隱:《何心隱集》,〈寡欲〉(台北:弘文館出版社,1986年),卷2,頁40。

〔註8〕〔明〕何心隱:《何心隱集》,〈辯無欲〉,卷2,頁42。

〔註9〕〔明〕王陽明:《傳習錄》,〈答顧東橋書〉(台北:黎明文化事業公司,1986年),頁80。

〔註10〕〔明〕李贄:《焚書》,〈答耿司寇〉(台北:河洛圖書出版社,1974年),卷1,頁31。

〔註11〕〔明〕李贄:《焚書》,〈答鄧石陽〉,卷1,頁4。

〔註12〕蕭萐父、許蘇民,《明清啟蒙學術流變》(瀋陽:遼寧教育出版社,1995年),頁48。

〔註13〕蔣國保:〈「宋明啟蒙說」的誤解與迷失〉,收錄於許蘇民、申屠爐明主編:《明清思想文化變遷》(南京:南京大學出版社,2009年),頁24。

隆慶初，廷臣多頌其功。詔贈新建侯，諡文成。二年世襲伯爵。既又有請以守仁與薛瑄、陳獻章同崇祀文廟者。帝獨允禮臣議，以瑄配。及萬曆十二年，御史詹事講申前請。大學士申時行等言：「守仁言致知出《大學》，良知出《孟子》。陳獻章主靜，沿宋儒周敦頤、程顥。且孝友出處如獻章、氣節文章功業如守仁，不可謂禪，誠宜崇祀。」且言胡居仁純心篤行，眾論所歸，亦宜並祀。帝皆從之。終明之世，從祀者止守仁等四人。〔註14〕

王陽明認為：「喜怒哀樂之與思與知覺，皆心之所發。心統性情。性，心體也；情，心用也。……夫體用一源也。」〔註15〕又，李贄於〈童心說〉一文中曰：「夫童心者，絕假純真，最初一念之本心也。」〔註16〕而在〈德業儒臣後論〉一文中說道：「夫私者，人之心也。人必有私而後其心乃見，若無私則無心矣。」〔註17〕則把「人欲」的價值推向了極端。

一旦士大夫的主體意識發揮到了極致，原本對政治的「人欲」規訓，產生了文人狂悖的行徑。這群文人士大夫表現出卑凌尊、下犯上、小欺大的禮制僭越，與明初的恭謹矜持、守分守紀，大相逕庭。譬如：明神宗萬曆年間，內閣大學士王錫爵（1534～1610）曾與東林黨領袖顧憲成（1550～1612）聊及京城新鮮事，王氏問曰：「當今所最怪者，廟堂之是非，天下必欲反之。」〔註18〕顧憲成則以王氏所言差矣，回應說道：「吾見天下之是非，廟堂必欲反之耳，遂不合先生。」〔註19〕後，王錫爵因故告老辭官，返回蘇州故里，組織家庭戲班自娛以終暮年。又，內閣大學士許國（1527～1592）亦言當時的政治現象確實怪異，見所未見、聞所未聞：

小臣一開口，不必是，即為風節；大臣一開口，不必非，即為朋比。

小臣百詆大臣，輒以為不可屈而抗威權；大臣一侵小臣，便以為不

〔註14〕〔清〕張廷玉等奉敕撰，楊家駱主編：《明史》，〈王守仁列傳〉（台北：鼎文書局，1991 年），卷 195，頁 5169。

〔註15〕〔明〕王陽明：《王文成公全書》，〈答汪石潭內翰〉（上海：上海商務印書館，1989 年），卷 4，頁 5。

〔註16〕〔明〕李贄：《焚書》，〈童心說〉，卷 3，頁 97。

〔註17〕〔明〕李贄：《藏書》，〈德業儒臣後論〉（台北：台灣學生書局，1986 年），卷 32，頁 544。

〔註18〕〔清〕沈佳：《明儒言行錄》，〈顧憲成〉（台北：台灣商務書局，1984 年），卷 9，頁 928。

〔註19〕〔清〕沈佳：《明儒言行錄》，〈顧憲成〉，卷 9，頁 928。

能容而沮言路。〔註20〕

明初，朱元璋與朱棣在朝堂上凌辱文官，當眾鞭笞，其勢威嚇，無人敢於諫言。這種絕對集權的御臣之術，到了晚明以後，完全顛倒乾坤。朝廷上，品秩低階敢抗品秩高階；軍旅之中，兵卒之士敢撓統帥將領；社會上，士庶之輩敢於犯上。當時這種怪現象，反映了維持傳統的綱常秩序開始瓦解，而在新秩序尚未建立之前，政治價值的觀念脫離了原本理學的軌道，社會的倫常綱紀也失序紊亂，國家機器無法匡正這股偏斜主流政治體制的劇變，於是僭越行為愈演愈烈。

明神宗萬曆年間，內閣大學士沈一貫（1531～1617）觀察到市井百姓的生活瑣語，同樣議論世道不變，今時不如往昔：

> 往時私議朝政者，不過街頭巷尾，口喃耳語而已。今則通衢鬧市，唱詞說書之輩，公然編成套數，抵掌劇談，略無顧忌。所言皆朝廷種種失敗，人無不樂聽者。此非一人口舌便能聳動，蓋緣眾懷怨憤喜於聽聞耳。〔註21〕

在專制體制的君主時代，若想要評議時政，除言官以其職責所在外，一般大臣小吏尚且戰戰兢兢，甚至噤若寒蟬，遑論市民百姓還有更多的顧忌。畢竟，評議時政等同詆毀朝廷，是一種被視作大逆不道的行為，重則拘捕，遣送牢獄。因此，人們即使義憤填膺，不吐不快，也僅能著書隱喻或暗室耳語，以抒胸中塊壘。

但此時的晚明社會，市民百姓竟然可以堂而皇之在通衢鬧市，唱詞說書，抵掌劇談，在方方面面，什麼都敢議論，而無所顧忌。這種事若發生在現代，自然正常不過了。但是，在專制體制的君主時代，有哪個朝代、哪個皇帝可以容忍市民百姓如此肆無忌憚、大放厥詞，置皇帝與朝廷的顏面何在？

明清之際「早期啟蒙學術的三大主題」是「個性解放的新道德」、「批判君主專制制度的初步民主思想」與「科學精神」。〔註22〕史學界對於明末社會發展狀況與明末資本主義萌芽問題的討論，形成了明末清初的「早期啟蒙」思潮理論。這個理論將明末清初的學術思想稱作「晚明社會進步思潮」或是「早期

〔註20〕〔清〕谷應泰：《明史紀事本末》，〈東林黨議〉（北京：中華書局，1985年），卷66，頁803。

〔註21〕〔明〕沈一貫：《敬事草》，〈請修明政事收拾人心的揭帖〉（上海：上海古籍出版社，1995年），卷3，頁173。

〔註22〕蕭箑父、許蘇民：《明清啟蒙學術流變》，頁7。

啟蒙思潮」又或「啟蒙思潮」，咸以為晚明的進步思潮有三個流派：泰州學派、東林學派和自然科學派。〔註23〕換言之，晚明是中國從傳統走向近代的一個轉型時期，亦即人文主義和啟蒙思想的雛形慢慢浮現出來，從巷議街談便可以窺知端倪。

在野，民眾評議時政，頗受市場歡迎，有一定的群眾基礎；在朝，諫言已不再是言官所獨有，大臣責備皇帝，而皇帝卻不敢也不能公開反應，只能私下牢騷與不平，於是形成了官員與皇帝的對立局面。譬如：明武宗正德年間，許天錫的尸諫；明世宗嘉靖年間，海瑞的備棺而諫。但最讓皇帝光火震怒的人，還是大理寺評事雒于仁（1585 前後）上疏〈酒色財氣四箴〉一文。明神宗萬曆年間，雒于仁認為：萬曆皇帝數十年不理朝政、不見臣子，主要原因就是體弱多病，而這個病根來自於嗜酒、戀色、貪財、尚氣四項病由。其後，帝以「奏書留中」處理，隱忍憤怒，姑且不當一回事；再數年，罷黜雒于仁為庶民。

海瑞備棺而諫言明世宗嘉靖皇帝，自然是民間杜撰的軼事，但也反映出市民百姓的心聲；明神宗萬曆皇帝被大臣雒于仁責罵，卻是《明實錄》史載事實。隆慶、萬曆年間，廣東提舉司管志道（1536～1608）即言：「於是民間之卑威尊、少凌長、後生誨前輩、奴婢叛家長之變態百出，蓋其所由來漸矣。」〔註24〕管志道受業於羅汝芳門下，與湯顯祖系出同門，但歸於陽明學派末流「狂禪」一支，晚明政治下的社會景況，管氏同樣戚戚有感。

晚明政治威權的鬆弛，除了皇帝本身的怠惰朝政、官員與皇帝的對立，以及閹宦黨爭外，陽明心學的廣佈，受到當時文人士大夫的青睞，不無關係。譬如：李贄視官場如桎梏，棄知府高官為敝屣，故辭官著書講學。他反孔孟倫理綱常，鼓吹離經叛道，以異端自居。這一群體的知識份子發出「顛倒萬世之是非」的言論，敢於追求個人權利與功利主義，並且成為社會的普遍思潮。

從另一個角度來看，不論市民百姓，抑或大臣小吏，都代表了晚明社會存在更多自由空間的時代精神。換言之，過去的皇帝一言九鼎而為臣子百姓所遵守，其餘的人是沒有話語權的。晚明，文人的狂悖所造成仕與庶離經叛道的行為，不僅影響同僚間的政治態度與仿效，也促成市民百姓「眾懷怨憤」的話語

〔註23〕魚宏亮：《知識與救世：明清之際經世之學研究》（北京：北京大學出版社，2008 年），頁 9。

〔註24〕〔明〕管志道：《從先維俗義》（濟南：齊魯書社，1995 年），卷 2，頁 112。

權產生。是以，晚明發生異於傳統君主專制的政治生態與異類社會。站在皇帝的立場，不啻是大明王朝的歷史難堪；但站在人民的位置，話語權的產生，意謂著人文思想的萌芽，本身就是時代進步的最好註解。

二、思想與文藝：戲曲創作上的情理之爭

從學術變遷的大勢看，晚明時期，以王陽明的心學系統所建立的標誌，其矛頭正指向當時學術正統的程朱理學。陽明心學的批判本質，讓士人的張揚個性與標新立異祖露無遺，它不僅打破程朱理學一統天下的局面，也為思想界注入新的活水，成為傳統學術蛻變的一大契機。

儘管，這時期的程朱理學衰微，但是，理學的束縛仍然將不少女性禁錮在閨閣之內，而男性依舊打著心學的口號肆無忌憚地放縱自己的欲望。晚明南（男）風盛行，這樣一個性開放的時代，不僅文人士大夫以狎弄變童為習常，諸如：袁中道「分桃斷袖，極難排豁，自恨與沈約同癖，皆由遠遊，偶染此習。」〔註25〕張岱「好美婢，好變童。」〔註26〕連明武宗正德皇帝也寵幸八虎、錢寧、江彬等人，所收義子百餘人，迎歡昵侍於豹房；明神宗萬曆皇帝寵幸聰慧貌美的小太監，號為十俊。晚明心學大倡「至情」的結果，發達的印刷出版業也跟著解放情欲和物欲的桎梏，市面上出現了春宮圖、性小說一類的出版品，而且大行其道。

李贄認為：人欲乃人之本心，自然而存有。因此，直指「情性」乃自然之童心，不為禮教束縛之，他說：

> 蓋聲色之來，發於情性，由乎自然，是可以牽合矯強而致乎？故自然發於情性，則自然止乎禮義，非情性之外，復有禮義可止也。惟矯強乃失之，故以自然之為美耳，又非於情性之外，復有所謂自然而然也。〔註27〕

李贄所謂「情性」乃得於自然之童心，不為禮教所綁所束之，且有禮義可止，不至於浮濫矣！左東嶺認為：「陽明心學具有重情感的特徵，是不容置疑的事實。因為王陽明既然將『心即理』作為其哲學的基礎，便意味著他要將性與情

〔註25〕〔明〕袁中道：《珂雪齋集》，〈心律〉（上海：上海古籍出版社，2013 年），卷 22，頁 955。

〔註26〕〔明〕張岱：《張宗子小品》，〈自為墓誌銘〉（北京：文化藝術出版社，1996 年），頁 242。

〔註27〕〔明〕李贄：《焚書》，〈讀律膚說〉，卷 3，頁 133。

統之於一心，從而使其哲學更富活力與創造力。」〔註28〕不過，值得注意的
是，在這一時期的戲曲、小說等通俗文類，因為人們長期壓抑的情感得到了解
放，故人們的主體意識開始自覺復甦。換言之，人的「情」起了一定程度的推
動作用後，其所搖旗吶喊的思想與文學所徵顯的「人欲」宣揚，自然也就會被
提升到一個前所未有的高度。

明嘉靖至萬曆年間，這一股心學思想反映在晚明文人的文藝生活上，則產
生「情」與「理」的辯證之爭。一方面，它既有哲學發展的重要意涵；另一方
面，它也對文藝思潮產生不小的轉向與影響，形成諸多派別的文藝團體。這些
文藝團體才人輩出、機鋒爭雄，為晚明文壇增添絢爛多彩的文化路線紛呈。左
東嶺對晚明文人自我意識的「言情」開展與體現，在其著作《王學與中晚明士
人心態》一書中談到：

> 言情，是晚明士人的一大追求，從哲學到政治再到文學，無不顯示
> 出言情的踪跡。像李贄、屠隆、王思任、湯顯祖、馮夢龍諸人，便
> 是其中傑出的代表。〔註29〕

不同的歷史時期，政治與社會所呈現出來的文化語境，當然會表現出不同的文
人創作理念，及其日常生活樣式。晚明思潮的文藝美學特徵其一：張揚自我的
感性面，肯定自我的情欲觀，只有在主體本身的真實情感表達，才是真正有意
義的內涵精神。反映在戲曲上，以「情」寫曲的作者，諸如：何良俊（1506～
1573）所言：「人生於情。」〔註30〕徐渭（1521～1593）曾曰：「人生墜地，便
為情使。」〔註31〕湯顯祖（1550～1616）則謂：「為情作使，劬於伎劇。」〔註
32〕又謂：「何物情種？具此傳神手。」〔註33〕馮夢龍（1574～1645）曾云：「情
生愛，愛復生情，情愛相生不已。」〔註34〕吳炳（1595～1648）亦言：「天下

〔註28〕左東嶺：〈陽明心學與湯顯祖的言情說〉，《文藝研究》第 3 期（2000 年 2 月），
　　　　頁 98～105。

〔註29〕左東嶺：《王學與中晚明士人心態》（北京：人民文學出版社，2000 年），頁
　　　　602。

〔註30〕〔明〕何良俊：《曲論》，收錄於《中國古典戲曲論著集成》第 4 冊（北京：中
　　　　國戲劇出版社，1982 年），頁 7。

〔註31〕〔明〕徐渭：《南詞敘錄》（北京：中國戲劇出版社，1989 年），頁 49。

〔註32〕〔明〕湯顯祖著，徐朔方箋校：《湯顯祖全集》，〈續棲賢蓮社求友文〉（北京：
　　　　北京古籍出版社，1999 年），詩文卷 36，頁 1221。

〔註33〕〔明〕湯顯祖著，徐朔方箋校：《湯顯祖全集》，〈焚香記總評〉，詩文卷 50，
　　　　頁 1656。

〔註34〕〔明〕馮夢龍：《情史類略》（長沙：嶽麓書社，1983 年），卷 6，頁 120。

人只有一個情字。」〔註35〕張琦說道:「人,情種也。」〔註36〕等「言情」劇作家。

晚明是傳奇的發展與鼎盛時期,曲家輩出,形成了戲曲創作的繽紛局面。在文藝體現上,傳奇創作強調個人情感的自覺,以及對俗世人情的重視。然而,每位劇作家雖皆以「尊情」為創作思想,但「尊情」的內涵開展,卻是各異其趣。譬如:湯顯祖《牡丹亭》所標舉的「至情」思想,無一不受到羅汝芳業師的思想薰陶與教誨,及其後繼者孟稱舜(1599~1684)的三部傳奇作品,也踵承湯顯祖「至情」的思想而略有修正,但大體上仍不離心學思想的脈絡。

晚明劇壇因受陽明心學的影響,開始以「尊情」作為撰寫劇本的主要思想內涵,其中以湯顯祖所撰《牡丹亭》最具代表。湯顯祖主張「至情」凌駕於天理之上,把與生俱來的人欲要求視作世間萬事萬物「情」的來由。他在〈宜黃縣戲神清源師廟記〉一文中,開宗明義說道:「人生而有情,思歡怒愁,感於幽微,流於嘯歌,形諸動搖。」〔註37〕並且強調「情」和「理」是對立的,根本無法妥協與調和。他說:

情有者,理必無;理有者,情必無,真是一刀兩斷語。〔註38〕

湯顯祖認為「情」的張揚是個性與生俱來的先驗存在,是一種向上昂揚、生機勃然的主觀情思,一種本能的「情」與生俱來,一種純粹的「情」自然流露,故對情欲的渴求無非也是人的本能需要。但是,這種對自我生命意識的追求和嚮往,由內在而煥發於外在人生和社會「情」的體驗,確實不為當時理學正統的社會所承認和接受。

儘管,陽明心學在晚明造成一股不小的震撼,但是,程朱理學「存天理,滅人欲」的思想仍然主導著整個社會文化的生活律則。湯顯祖亟以「情可主理,情能勝理」的思維另闢一條可通蹊徑,使個人的情感不再受「理」的壓迫與桎梏,以解決當前倫理道德規範下的思維定勢。湯氏通過《牡丹亭》夢境,將生與死、幻與真的對立,在一種無形的生命力量中,因「至情」的堅定不渝而打破了傳統道德規範的常理,以幻境和真實的時空穿越,突破生死界域與現

〔註35〕〔明〕吳炳:《畫中人‧示幻》(台北:天一出版社,1985年),頁18。
〔註36〕〔明〕張琦:《衡曲麈譚》(北京:中國戲劇出版社,1959),頁273。
〔註37〕〔明〕湯顯祖著,徐朔方箋校:《湯顯祖全集》,〈宜黃縣戲神清源詩廟記〉,詩文卷34,頁1188。
〔註38〕〔明〕湯顯祖著,徐朔方箋校:《湯顯祖全集》,〈寄達觀〉,尺牘卷45,頁1351。

實的種種窒礙，終致實現「至情」的真義。

　　湯顯祖在戲曲創作和理論上，都將「情」的內涵提高到了極致，他的「所言之情，從哲學觀上講，是指生生不息的宇宙之情，體現在人的身上，則是生生之仁，表現在具體的人性之上，便是包括愛情在內的人之感情。」〔註39〕如此看來，湯顯祖憧憬的有情社會，是重視人的生命價值，滿足人的情感欲望，以及喚起人的主體意識來追求獨立的個性。故湯顯祖嘗言：「彼誠遇有情之天下也，今天下大致滅才情而尊吏法。」〔註40〕所謂男女之情，乃源於相感愛慕，彼此吸引，而終成眷侶；與程朱理學高舉「存天理，滅人欲」的論調，確有不同。

　　從湯顯祖「目睹世事多艱，百姓受苦，其深刻的生活體驗，以及心理和情感導向，使之與李贄、徐文長、公安三袁之間交往甚密，引為同道知音。」〔註41〕這批有識之士影響了湯顯祖在情理觀上的主張。湯顯祖曾在〈牡丹亭題詞〉中說道：「第云理之所必無，安知情之所必有邪？」〔註42〕說明在創作思想上，情與理的必然衝突。王思任（1574～1646）在〈批點玉茗堂牡丹亭序〉中也提到：「若士以為情不可以論理，死不足以盡情，百千情事，一死而止。」〔註43〕同樣理至義明。此後，晚明劇作家大多踵步湯顯祖這種創作思維定勢來撰劇。其中，受影響最深刻、成就最大的當屬孟稱舜，在孟氏諸多傳奇作品中，首推《嬌紅記》最為劇作家津津稱道。

　　從思想與文藝的關聯來看，孟稱舜歸屬於臨川派一員，其創作思想無不蹈襲湯顯祖，而湯顯祖又是臨川派的始祖，其思想與戲曲創作理念皆有家學淵源。湯顯祖出生於王學盛行的江西臨川，師承王學左派領袖王艮（1483～1541）三傳弟子羅汝芳，並成為羅汝芳的入室弟子，也仰慕李贄，又與僧人紫柏（1543～1603）相友好。湯顯祖曾言：

〔註39〕 左東嶺：〈陽明心學與湯顯祖的言情說〉，《文藝研究》第 3 期（2000 年，2 月），頁 98～105。

〔註40〕 〔明〕湯顯祖著，徐朔方箋校：《湯顯祖全集》，〈青蓮閣記〉，詩文卷 34，頁 1174。

〔註41〕 陳永標：〈湯顯祖的戲曲觀與晚明心學思潮〉，《復旦學報》第 5 期（1996 年，1 月），頁 89～94。

〔註42〕 〔明〕湯顯祖著，徐朔方箋校：《湯顯祖全集》，〈牡丹亭題詞〉，詩文卷 33，頁 1153。

〔註43〕 〔明〕王思任：〈批點玉茗堂牡丹亭序〉，收入湯顯祖撰，王思任批評：《牡丹亭》（南京：鳳凰出版社，2011），頁 1。

> 如明德先生者，時在吾心眼中矣。見以可上人之雄，聽以李百泉之
> 傑，尋其吐屬，如獲美劍。〔註44〕

羅汝芳強調赤子之心的體仁學說，李贄的童心說，禪僧紫柏的神氣說，對湯顯祖生生之仁的入世傾向與關注生命的自我情結，都產生不小的影響。湯顯祖亦師亦友的交游，其蘊含的人格學養決定了他的政治觀，也影響了他的人生觀，最終形成了貫穿文學觀的「至情」理念。

陽明心學及其後學，在晚明掀起了一股反禁慾、追求個人自覺、個性解放的思想潮流後，人們的欲望至此獲得充分解放。譬如：王陽明弟子、泰州學派的王艮，表現得較為激烈。他認為「滿街都是聖人」，遂將心學概念逕往感性的方向推進，每個人都應該回到自己的自然本心，並且發揮自己的良知良能，肯定人欲所為，如此也就可以成為聖人。

王艮的講學風潮在當時社會十分風行，其門下弟子，諸如：顏鈞、羅汝芳、何心隱、朱恕、焦竑等文人。這一支派的心學主張，同樣在強調個人情感的自主性，但過於狂禪，被斥為異端，故《四庫全書》不收這些人的著作。

在心學盛行的晚明，主體意識成為主張個人自由、個性解放的一個標誌。而主體意識的張揚，無可避免地勢必衝擊到既成的社會體制，因而造成政治、思想與社會等各層面的弓弦緊繃、一觸即發。日本學者溝口雄三曾言：「明末清初時期肯定並包攝人欲的新天理觀，即從摒去人欲的天理轉變為保存人欲的天理的變化。」〔註45〕由於陽明心學的本心、良知能發出仁義禮智之理，且不受典籍知識的桎梏。換言之，本心無非就是個理，而此理在心學上稱之為「心即理」。這個「心即理」之義，能夠覺察到自身的存在，並且認知到自己作為實踐主體的本心，足以讓人的心靈獲得前所未有的解放，其情欲與情感也能得到最大限度的舒展。

第二節　晚明商品經濟與物質文化的發達

晚明商品經濟與物質文化發達的結果，社會的侈靡競逐成為一種現象，不惟士大夫的食衣住行僭越禮制與身分，盡數皆為奢豪用度，連一般市井平民都

〔註44〕〔明〕湯顯祖著，徐朔方箋校：《湯顯祖全集》，〈答管東溟〉，詩文卷44，頁1295。

〔註45〕〔日〕溝口雄三：〈論明末清初時期在思想史上演變的意義〉，收錄於辛冠潔等編：《日本學者論中國哲學史》（北京：中華書局，1986），頁430。

想方設法仿效上層社會的消費行徑。晚明社會的奢侈風氣，絕非前無古人。過去歷代的奢侈行徑，大多侷限於上層社會的極少數人，譬如：西晉的石崇與王愷之間的攀比賤物、北魏的高陽王元雍與河間王元琛之間貪腐逞風。這一階層人的競奢鬥富，所倚仗者，原本就擁有的家世雄厚資本與政治地位，因此，財富的累積聚攏自然水到渠成。

一、求博炫奇的物欲享受

晚明的侈靡競逐，來自經濟社會產生極大的劇變，尤其東南一帶的海運空前發達，使得向來富庶的江南地區更加欣欣茂榮。消費風氣之盛，非但有經濟能力者，日常用物極盡奢華，就連中下階層市民亦能放諸四海。過去被視為上層社會的奢侈用物，逐漸成為一般市井百姓的日常消費品項。

中央研究院研究員王汎森認為：「在晚明儒者就『物』談『物』這種求博與炫奇的態度下，『物』脫離朱熹『理的世界』下的道德性與目的性。」〔註46〕這種就「物」談「物」奢侈的消費社會，旨在俗奢，特以俗甚奢。晚明的崇富尚奢，與簡樸端正的明初生活，確實大異其趣。

明初，戰亂方歇，各地經濟凋敝，正需要休養生息，以恢復新統一國家的國力。朱元璋敕令全國崇尚儉樸，鑒於當時的社會經濟剛剛恢復，政府對於社會各階層生活的方方面面，都執行得相當徹底與嚴苛。《大明律》記載：

> 凡官民房舍、軍服、器物之類各有等第。若違式僭用，有官者杖一
> 百，罷職不敘；無官者笞五十，罪坐家長。工匠並笞五十。〔註47〕

明代前期，因為朱元璋規矩天下崇儉尚樸的政令美德，使得社會風尚樸實淳厚，百姓的經濟活動相對簡單，生活勤儉質實，不講華麗豔彩，織耕飲食但求溫飽。因此，人與人之間的相處對待，坦然佈公，真誠無訛，鮮少錙銖計較、爭利貪貨、逞凶鬥狠、訟狀連連之情事，此正符合朱元璋所提倡的傳統禮教之仁義道德。祝明允（1460～1526）曾云：

> 洪我國家聖聖相承既久，教之以詩書禮樂，培之以仁義道德，勵之
> 以忠孝節義。所以百年於茲，家詩書、戶禮樂，閭閻三尺之童亦知

〔註46〕王汎森：〈明末清初思想的若干思考〉，《「明末清初學術思想史再探」國際學術研討會主題演講講稿》（中央研究院近代史研究所、歷史語言研究所，2016年6月23～25日）。

〔註47〕〔明〕高舉奉敕編：《大明律集解附例》，〈禮律・儀制・服舍違式〉（台北：台灣學生書局，1970年），卷12，頁971。

所以忠、所以孝、所以義。〔註48〕

明初社會，生活風尚是典型的簡約質實、崇禮和諧、秩序井然的社會。朱元璋實施的一系列經濟復甦政策，其規定具有雙重意義：第一，對傳統階級制度在生活方面的確認，讓統治者的尊嚴和權威藉此體現；第二，上行者下效焉，以帝王之身作則，為世表率，用以彰顯朱元璋的勤儉思想。

事實上，朱元璋矩範天下崇儉尚樸的政令，直到成化、弘治年間，都還能保持其美德，顧起元（1565～1628）曾言：「正、嘉以前，南都風尚最為醇厚。」〔註49〕何良俊亦曰：「孝、憲兩朝以前，士大夫尚未積聚。」〔註50〕當時的仕宦人家，平日生活簡如寒士，對比正德、嘉靖年間的奢靡淫逸，明代中葉以前的淳厚質樸，確實給人無限懷念與慨嘆。南京工部尚書張瀚（1510～1593）即言：

> 國朝士女服飾，皆有定制。洪武時，律令嚴明，人尊畫一之法。代
> 變風移，人皆志於尊崇富侈，不復知有明禁，群相蹈之。〔註51〕

明初，朱元璋訂定「畫一之法」的舉措，施行於服飾、飲食、屋舍、器用、乘輿、節慶等日常生活之中，務去元季惡習，使百姓各安其份。故《明實錄》記載：「近世風俗相承，流於僭移，閭里之民，服食居處，與公卿無異。而奴僕賤隸往往肆侈於鄉曲，貴賤無等，僭禮敗度，此元之失政也。」〔註52〕

元代奴僕賤隸各個階層侈靡於鄉曲，貴賤無等，僭禮敗度。朱元璋為此而下各種禁令防堵，大倡崇簡抑奢。但是，朱元璋所認為「元之失政」的禁令防堵卻在明代中晚期悄悄失守，這是他始料未及也看不見的社會劇變。

明代中期以後，承平之日既久，朱元璋建立的政令規章開始產生了危機──皇帝怠政、內侍擅權、廠衛肆虐、朝堂官員間的抗衡與內鬥越演越烈。至晚明，上自皇帝，下至百姓，整個社會體系出現了偌大的衝擊。然而，弔詭的是，當政治與官僚制度弊病叢生時，財富的大量累積與大量消費，卻悄悄在各階層

〔註48〕〔明〕祝明允：《前聞記》，〈妻代夫死〉（北京：中華書局，1985 年），頁 32。

〔註49〕〔明〕顧起元：《客座贅語》，〈正嘉以前醇厚〉（台北：藝文印書館，1968 年），卷 1，頁 24。

〔註50〕〔明〕何良俊：《四友齋叢說》，〈正俗一〉（北京：中華書局，1997 年），卷 34，頁 312。

〔註51〕〔明〕張瀚：《松窗夢語》，〈風俗紀〉（上海：上海古籍出版社，1999 年），卷 7，頁 495。

〔註52〕中央研究院歷史語言研究所編：《明實錄》，〈太祖實錄〉（台北：中央研究院歷史語言研究所，1967 年），卷 55，頁 1076。

人的身上興起了奢靡之風，可謂盡皆耽樂於聲色犬馬之中。顧起元描述明世宗嘉靖年間，市民日常食居的劇烈變化：

> 嘉靖十年以前，富厚之家多謹禮法，居室不敢淫，飲食不敢過，後遂肆然無忌，服飾器用宮室車馬，僭擬不可言。又云正德以前房屋矮小，廳堂多在後面，或有好事者畫以羅木，皆樸素渾堅不淫。嘉靖末年，士大夫家不必言，至於百姓有三間客廳費千金者，金碧輝煌，高竦過倍，往往重簷獸脊如官衙然，園囿僭似公侯。下至勾欄之中，亦多畫屋矣。〔註53〕

明代中期，傳統「重農輕商」或「農本商末」的觀念受到了衝擊。正德、嘉靖年間，享樂的生活型態和重利貪貨的價值觀，成為當時社會風尚最為明顯的特徵之一。張瀚曾言：「人情以放蕩為快，世風以侈靡相高，雖踰制犯禁，不知忌也。」〔註54〕情欲的解放與物欲的享受，成為晚明物質生活層面的問題。從日常生活中，通過社會關係的互動與變遷，感官欲望的物質性需求越來越強烈，甚至到了人性益巧、盲目競逐的地步，何良俊也慨嘆：「自中人以上，有不能免者，其能奮然自拔者有幾人哉？」〔註55〕是可謂陽明心學的風靡，雖未能扳倒理學的獨尊局面，卻也讓晚明的奢靡風尚反撲明初的簡約樸實，消解長期以來人們所承受理（禮）的束縛與制約。

晚明社會的富庶，使得「奢靡」產生了流動性的變化。一方面，人與物從各地不斷流入或流經這個「奢靡」的場域；另一方面，在這個場域內的人與物、人與人的互動相對頻繁，彼此發展出各種不同的生活型態，從一人到一家，從一區到各地，相異多元的生活型態逐漸形成社會「奢靡」風尚與社會文化的樣貌。黃宗羲（1610〜1695）認為，晚明社會富庶繁華的結果，使得人們的生活用度漸趨奢侈，這種現象可以從三方面看出端倪：

> 何謂奢侈？其甚至者，倡優也，酒肆也，機坊也。倡優之費，一夕而中人之產；酒肆之費，一頓而終年之食；機坊之費，一衣而十夫之煖。〔註56〕

晚明社會的消費能力，異常驚人，而江南特甚。不僅是上層社會的士大夫可以

〔註53〕〔明〕顧起元：《客座贅語》，〈建業風俗紀〉，卷5，頁31。
〔註54〕〔明〕張瀚：《松窗夢語》，〈風俗紀〉，卷7，頁495。
〔註55〕〔明〕何良俊：《何翰林集》，〈何氏語林序論・惑溺〉（濟南：齊魯書社，1997年），頁122。
〔註56〕〔明〕黃宗羲：《明夷待訪錄》，〈財計三〉（北京：中華書局，1985年），頁29。

為之，事實上，有能力豪奢消費的人，不乏中下階層的市民百姓。黃宗羲以優伶、酒家、製衣坊三處為例，慨嘆一擲千金者的闊綽，等同是尋常人家生活所需的十倍百倍之資。顧炎武（1613～1682）稱這個時代為「金令司天，錢神卓地。貪婪罔極，骨肉相殘。」〔註57〕適足以說明明代中期以後，人們不再滿足於清貧簡約的生活，而是期待「物」的感官體驗和愉悅感受。到了晚明，求博炫奇的物欲享受，成為俗世生活的人生目標，晚明社會真正進入了一個紙醉金迷的時代。明思宗崇禎年間，《太倉州志》記載：

> 州治前及兵備道西，遍開列酒肆，嘗日徵歌選優，酒肉繁潤，凡衙
> 役豪僕所破人家，強半耗此。〔註58〕

人與社會的關係，諸如：尋常開門七件事：柴米油鹽醬醋茶，其實也就在於日常生活中與「物」的周旋。晚明社會，確實是個物質文化極度發達的年代；而文人雅集，不過在琴棋酒茶花之間，外加一段歌舞曲藝，時有優伶在側，詩意風情。不論是讀書洗硯、作詩填詞、臨帖觀畫、醉酒花間、煮茶林下、冶園聽戲、泛舟湖水、遊歷山野等，晚明文人在閒逸寄情的生活中，無一不在遵生愛己的情欲與物欲之間逍遙，自然也是文人在日常生活中與「物」的周旋。

明人講究「物」的賞玩與品味，李漁（1611～1680）曾經在「物」的精巧細緻上，有如下見聞：

> 乃近世貧賤之家，往往效顰於富貴，見富貴者偶尚綺羅，則恥布帛
> 為賤，必覓綺羅以效之；見富貴者單崇珠翠，則鄙金玉為常，而假
> 珠翠以代之。事事皆然，習已成性，故因其崇舊而黜新，亦不覺生
> 今而反古。〔註59〕

物質文化的興起，帶動了晚明經濟社會的大量消費。從物流與錢流兩種視角互動的日常生活觀察，晚明時期，政治體制雖然崩壞，統治階層也墮落無所作為，但市民社會卻沒有因此而凋敝蕭條，反倒呈現物質文化不斷向上昂揚，侈靡奢華遍及社會各個階層。這對於明末清初的文人，尤其是活躍於晚明的文人來說，更能彰顯這一文人群體對於「物」的極致追求和講究。當然，從

〔註57〕〔明〕顧炎武：《天下郡國利病書》，〈歙縣風土論〉（台北：廣文書局，1979
　　　　年），卷32，頁2638。

〔註58〕〔明〕錢肅樂修，張采纂：崇禎《太倉州志》〈風俗志‧流習〉（上海：上海書
　　　　店，1990年），頁10b～11a。

〔註59〕〔明〕李漁：《閒情偶寄》，〈器玩部‧制度第一‧骨董〉（濟南：山東畫報出版
　　　　社，2005年），頁249。

「物」到「物欲」的物質性日常生活，也會逐漸感染文人的內在情感，進而催生出文人對「物」特有的審美能力與範式，最終形成晚明文人自成一格的生活樣貌或典型。

清末，龔自珍（1792～1841）對明代中晚期的社會侈靡現象，有如下的描述與評價：

> 俗士耳食，徒見明中葉氣運不振，以為衰世無足留意。其實，而時優伶之見聞，商賈之習氣，有后世士大夫所必不能攀躋者。不賢識其小者，明史氏之旁支也夫。〔註60〕

距晚明兩百多年，龔自珍讀史，所評論明中葉氣運不振者，舉其晚明社會的優伶與商人為例，是謂戲班的昌盛、商人的廣佈，兩者之間有微妙的流動關係。商人除了在商品營利與白銀流通的本業之外，生活上的豪奢享樂與附庸文人風雅的行徑，一點也不馬虎。但說，財力雄厚又嗜好戲曲的商人，便能組織一部家庭戲班來求博炫奇，以充盈排場。盱衡家樂主人的身分，以「商人」身分來置辦家庭戲班者，這種龐大手筆的支出，實足以讓官俸甚窘的基層士大夫難以望其項背。

二、消費社會的積極性意義

明初，朱元璋詔令天下的簡樸節約生活，到了晚明，完全演變成為侈靡奢華的日常用度。在社會經濟上，文人狂歡的具體表現，是積極地對生活消費任情恣意。大體而言，晚明士大夫過的是一種富足閒雅的生活，他們除了基本的詩詞屬文外，有些人還會書畫工藝、鑑古玩物；經濟條件優渥者，還能徵歌度曲，組織家庭戲班，加上蓄養若干侍姿，生活千金一擲，可謂自適快活。

> 富有的地主、官僚、商人、士大夫在城市居於主導地位，他們豪華奢侈的生活方式，形成明季一代尚俗日奢世風。住所，必有繡戶雕棟，花石園林；宴飲，甘饜肥，窮盡水陸珍饌；服飾，一擲千金，視若尋常；日用，不惜金銀作溺器。癖好華貴豔麗的時尚，日益精緻的生活享受，使得奢侈品耗費之鉅勝過前代，在商品交換中占有突出的地位。〔註61〕

〔註60〕〔清〕龔自珍：《龔自珍全集》，〈江左小辨序〉（上海：上海古籍出版社，1990年），頁200。

〔註61〕劉志琴：〈商人資本與晚明社會〉，《中國史研究》第2期（1982年3月），頁81～83。

晚明的政治生態與明初有很大的不同變化，這種劇變連帶影響著經濟、文化與市民生活。那麼，晚明社會到底呈現出一種什麼樣的現象？在那個物必華奢、群尚綺麗的享樂主義時代，晚明士大夫在政治上的反傳統規範，悉數反映在生活上的物質品項流通與精神世界的互動。

萬曆年間，縣令程三省編修《上元縣志》，對於當地風俗的變化，其中關於士大夫的為官行徑，有如下記載：

> 甚哉！風俗之移人也。聞之長者，弘、正間居官者，大率以廉儉自守，雖至極品，家無餘資，……嘉靖間始有一二稍營囊橐為子孫計者，人猶其非笑之。至邇年來則大異矣。初試為縣令，即已置田宅盛輿，販金玉玩好，種種畢具。甚且以此被譴責，猶恬而不知怪。此其人與白晝攫金何異？〔註62〕

明初，朱元璋建都應天府（即今南京）。上元縣為應天府的首縣，在現今的南京與江寧一帶。上元自唐代始建縣，至今已有九百多年的歷史，是江南有名的文化古縣城。明嘉靖、萬曆年間，江南士大夫見商品經濟如日中天，白銀暢流劇增，個人囊袋自然也不能空空如也。於是，人人莫不欲跟風積累財富，士大夫小者如縣令，開始聚斂宅第田產與金銀珠寶，大家都成了名符其實的攫金孟賊。

晚明的江南社會富裕之後，幾乎所有人都耽於驕奢淫逸的生活日常，仕宦者更是變本加厲，憑藉自己當官的優勢，也動念起貪婪之心，這讓傳統守舊派人士憂心忡忡，不免厲聲指謫。然而，儘管侈靡繁縟的行徑為守舊派人士嚴加詆毀，但社會風尚的狂歡享樂，從來不曾因為譴責而減少或收斂，反而大膽出位。

晚明的奢靡風尚迥異於明初的簡樸社會，而物質文化的發達，果真是紙醉金迷的人心墮落？儘管許多文人懷念明初的樸實無華，但也有學者認為，奢靡未必是民風萬惡之根源。相反地，作為商機而言，因為奢靡而帶動群眾的大量消費，使得社會財富得以大量流通，有助於經濟民生的活絡發展，諸如：資本的流通、市民的就業需求、財產的再分配等，未嘗不是一件好事。晚明文學家、經濟思想家陸楫（1515～1552）曾對江南奢華侈靡的消費社會，做出積極性的評價：

〔註62〕〔明〕程三省主修：《金陵全書：萬曆上元縣誌》（南京：南京出版社，2010年），頁135。

予每博觀天下之勢，大抵其地奢則其民必易為生；其地儉者則其民
不必易為生者也。何者？勢使然也。今天下之財賦在吳越。吳俗之
奢莫盛於蘇，越俗之奢莫盛於杭。奢則宜其民之窮也。而今蘇杭之
民，有不耕寸土而口食膏粱，不操一杼而身衣文繡者，不知其幾何
也，蓋俗奢而逐末者眾也。只以蘇杭之湖山言之，其居人按時而遊，
遊必畫舫肩輿，珍饈良醞，歌舞而行，可謂奢矣。而不知與夫、舟
子、歌童、舞妓，仰湖山而待爨者不知其幾。故曰：「彼有所損，則
此有所益。」……正孟子所謂「通功易事，羨補不足」者也。〔註63〕

陸楫的禁奢論，打破了傳統的崇儉觀念，使得晚明侈靡風尚的經濟意義，有了
新的思考層面。陸楫認為：孟子云「通功易事，羨補不足。」〔註64〕正是所謂
「彼有所損，則此有所益」，同時也是「彼以梁肉奢，則耕者庖者分其利；彼
以紈綺奢，則鬻者織者分其利。」〔註65〕這是就消費經濟的觀點來論述，確實
不同於過去以道德立場來規範人們的簡約生活。至若，明初的儉樸節約原是美
德，何以到了晚明時期，反而造成市民生財之道的躓礙？陸楫提出反對禁奢的
見解：

論治者，類欲禁奢，以為財節則民可與富也。噫！先正有言：「天地
生財，止有此數。」彼有所損，則此有所益，吾未見奢之足以貧天
下也。自一人言之，一人儉則一人或可免於貧；自一家言之，一家
儉則一家或可免於貧。至於統論天下之勢則不然。治天下者，將欲
使一家一人富乎？抑亦欲均天下而富之乎？〔註66〕

陸楫認為：要使商品經濟得以蓬勃發展，其要件便是反對禁奢。就整體經濟發
展的趨勢來看，財富必須暢通流動，才能將生產的貨物運送有無。當個人日常
需求一旦增加了，商品貨物南去北返，交易活絡熱鬧，市民彼此的金錢往來也
就跟著頻繁，社會經濟自然蓬勃發達。因此，從社會財富流通的視角來看，陸
楫為當時晚明社會的侈靡風尚去汙名化，賦予經濟層面的理性分析，並對財富
雄厚者的奢華生活，做出有利於眾人生計的正名，譬如：建造園林就是以工作

〔註63〕〔明〕陸楫：《蒹葭堂雜著摘鈔》，〈禁奢辨〉（北京：中華書局，1985 年），頁
　　　　2。
〔註64〕〔南宋〕朱熹集註，蔣伯潛廣解：《四書讀本》，〈孟子・滕文公下〉（台北：啟
　　　　明書局，1960 年），頁 142。
〔註65〕〔明〕陸楫：《蒹葭堂雜著摘鈔》，〈禁奢辨〉，頁 3。
〔註66〕〔明〕陸楫：《蒹葭堂雜著摘鈔》，〈禁奢辨〉，頁 2。

機會養活中下階層的人。這意謂著士大夫、富豪鉅賈一類的人，在他們有能力消費巨大物質文化的同時，其實也在活化社會財富更大規模的流通與分配。是故，陸楫認為，儉樸節約的生活是對一人一家而言，並不適用於社會大眾。這種經濟市場的觀念，有著超越時代的先導作用，確實受到現代史學家的高度推崇和肯定。〔註67〕

明神宗萬曆年間，刑部侍郎呂坤就「人」的欲望，提出「人欲乃自然之私」的觀點：

> 物理人情，自然而已。聖人得其自然者以觀天下，而天下之人不能逃聖人之洞察；握其自然者以運其天下，而天下之人不覺為聖人所斡旋。即其規物所繩，近於矯拂，拂其人欲自然之私，而順其天理自然之公。故雖有倔強錮蔽之人，莫不憬語而馴服，則聖人觸其自然之私，而鼓其自然之情也。〔註68〕

晚明的江南經濟、文化與市民生活景況，處處閃耀著消費社會的巨大驅力。呂坤明確承認人欲的正當性，不惟「聖人觸其自然之私，而鼓其自然之情」，也交涉於人與人之間的情感互動，行之於生活日常的消費用度。李贄曰：「成佛徵聖，惟在明心，本心若明，雖一日受千金不為貪，一夜御十女不為淫。」〔註69〕在晚明那個時代，這些言論聽來都是大膽刺激，有違傳統禮教修身。但是，李贄肯定人的內在本能欲望是自然合理的，且徵顯於外。他進一步言之：

> 如好貨，如好色，如勤學，如進取，如多積進寶，如多買田宅為子孫謀，博求風水為兒孫福蔭，凡世間一切治生等產業，皆其所共好而共習，共知而共言者，是真邇言也。〔註70〕

李贄認為：好貨、好色、勤學、進取、積進寶，買田宅等，都是人的自然本性，具有正當合理的欲望。在彰顯個性的晚明時代，人們以其一切能力所及，享受人世間衣食聲色的物質生活，成為當時社會的普遍趨向。在這樣一個侈靡競逐的時代，俗尚日奢已成為日常，張瀚曾言：

> 余嘗數游燕中，睹百貨充溢，寶藏豐盈，服飾鮮華，器用精巧，宮

〔註67〕參閱中國經濟史學家樊樹志：《晚明大變局》，中央研究院近代史研究所研究員巫仁恕：《品味與奢華：晚明的消費社會與次大夫》，新加坡國立大學中文系教授康格溫：《《園冶》與時尚：明代文人的園林消費與文化活動》等著作。
〔註68〕〔明〕呂坤：《呻吟語》，〈治道〉，卷5，頁321。
〔註69〕〔明〕李贄：《焚書》，〈答鄧明府〉，卷1，頁12。
〔註70〕〔明〕李贄：《焚書》，〈答鄧明府〉，卷1，頁12。

> 室壯麗，此皆百工之所呈能而獻技，巨室所羅致而取盈。蓋四方之
> 貨，不產於燕，而畢聚於燕。其物值既貴，故東南之人不遠數千里
> 樂於趨赴者，為重輕也。〔註71〕

對侈靡的追求與講究，不僅瀰漫整個京師，還擴及江南重鎮，自然也涵蓋社會
各個階層。張瀚認為，人們對消費社會一旦產生服飾、器物、居室等物質的強
烈依賴時，個人感官的體驗也就會越來越濃重、越來越無法節制，因此，「服
食器用月異而歲不同」，〔註72〕就更加趨向奢華無度。譬如：范濂曾以居室家
具的用料材質說明時人常以物尚華美、器必精緻為習風。

> 細木家伙，如書棹禪椅之類，余少年曾不一見，民間止用銀杏金漆
> 方棹。自莫廷韓與顧宋兩公子，用細木數件，亦從吳門購之。隆、
> 萬以來，雖奴隸快甲之家，皆用細器。而徽之小木匠，爭列肆於郡
> 治中，即嫁妝雜器，聚屬之矣。紈綺豪奢，又以椐木不足貴，凡床
> 廚几棹，皆用花梨、癭木、烏木、相思木與黃楊木，極其貴巧，動
> 費萬錢，亦俗之一靡也。〔註73〕

又，張岱（1597～1684）躬逢晚明的美好年代，同樣聲色犬馬於習常，他嘗自
述歌舞逸樂的放蕩生活：

> 蜀人張岱，陶庵其號也。少為紈綺子弟，極愛繁華，好精舍，好美
> 婢，好孌童，好鮮衣，好美食，好駿馬，好華燈，好煙火，好梨園，
> 好鼓吹，好古董，好花鳥，兼以茶淫橘虐，書蠹詩魔。〔註74〕

張岱的前半生是一個繁華的世界，物質生活不虞匱乏：商品經濟促進了貿易的
往來、白銀的流通與劇增、新興市鎮的大量出現。當然，除了擁有物欲外，人
們的情欲也可以得到滿足。張岱所自述的繁華世界，一切都是那樣的美好、自
在、快活，適意而無所禁忌，這是他五十年晚明生活的寫照，也是明嘉靖、萬
曆年間的繁華江南。儘管，張岱以懺悔的心境來自述前半生的浮世悲歡；但
是，他個人耽於物欲情欲的生活樣貌，卻真實反映了晚明社會的奢華風尚與享
樂文化。

　　文人玩「物」消費，在物質文化發達的晚明社會，不僅趨向侈靡，還得要
處處精緻，俾以追求物質享受的積極性意義。這種經營生活的方式，相較於前

〔註71〕〔明〕張瀚：《松窗夢語》，〈百工紀〉，卷4，頁288。
〔註72〕〔明〕張瀚：《松窗夢語》，〈風俗紀〉，卷7，頁497。
〔註73〕〔明〕范濂：《雲間據目抄》（江蘇：廣陵古籍刻印社，1983年），卷2，頁111。
〔註74〕〔明〕張岱：《張宗子小品》，〈自為墓誌銘〉，頁242。

代，已經不是單純地停留在傳統文人的風雅之中。晚明文人更多的是，常積極參與生活方式的建構與經營，並體現在讀書、鑑古、珍玩、雅居、冶園、旅遊、器具、養生等各個方面。譬如：文震亨的《長物志》、董其昌的《古董十三說》、袁宏道的《瓶史》等，即為諸多精緻生活中的玩「物」心得，而且到了字字斟酌、句句考究的地步。再譬如：陳繼儒的《小窗幽記》、高濂的《遵生八箋》、計成的《園冶》等，則是文人對生活型態的探索，涉及到了各個層面，也是他們對美好生活的追求與實踐，所留下永恆價值的心得記錄。

三、城市的文化生活與海上貿易

從晚明社會的奢靡風尚來看，社會紛呈的物質文化樣貌，是否可以就此認定直接導致文化藝術的變化？甚且說是劇變？當然，這不是單一因素所能解釋清楚以及含括全部的。不過，就晚明社會奢靡風尚與與追求物質文化的普遍性來說，晚明文人的生活型態，在「物」的賞玩與品味上講究精緻，則是不爭的事實。

對於「物」的品評鑑賞與講究趣味上，家庭戲班何以興起於明中晚期，而不萌芽於明初？當然，這與朱元璋的政治禁令不無關係。除此之外，還有什麼？本文主要在探討晚明文人家樂的文化內涵，所呈現出來的文化生活及其生活型態，不僅在徵顯「客體」優伶的舞台表演，更多的是「主體」文人的身分結構。這種家樂娛樂「物」的欣欣茂榮，展現文人們在戲曲上的創作才華，以及文人彼此間的交游應酬、詩文贈答等文化項目。根據筆者研究，家庭戲班何以在晚明新的社會文化裡活躍展開？其外緣因素有二：

第一，城市化的攢簇興起。中央研究院研究員李孝悌認為：

> 一方面，這些城市是重要的政治、商業或軍事中心，是維繫政治秩序、道德教化和正統、主流價值觀的主要場域，另一方面，明清時期蓬勃的商業發展和繁庶的物質文化，也讓城市成為相對自由的所在，並發展出種種背德、頹廢、縱慾、享樂、奢靡以及愉悅的文化與生活，對國家的統治意理、主流的價值觀及道德秩序，帶來極大的威脅。〔註75〕

城市是人口聚集的首要之區。當城市化逐步形成之後，首先，人口的聚集密度

〔註75〕 李孝悌：〈明清的城市文化與生活〉，《中央研究院「明清的城市文化與生活」主題計畫》（巴黎：法國遠東學院總部，2008 年 12 月 4～6 日）。

會形成一個高密度狀態，接著社會經濟活動開始頻繁運作，然後國家基礎建設、公共與私人場域的空間結構跟著發生變化，市民在自己所處的生活環境中，有各自的生活方式，不同的生活習俗會有不同的社會文化產生。

明代中晚期，儘管各地的社會風尚都產生程度不等的變化，但是，人們對於生活的物質欲求和娛樂饗宴，不會因為社會階層的差異而有二致。晚明城市化的結果，雖然讓城市蒙上了「背德、頹廢、縱慾、享樂、奢靡以及愉悅的文化與生活」形象，諸如：《金瓶梅詞話》（目前有萬曆本、天啟本）假托宋朝舊事，實際描寫的是晚明山東一帶沿著大運河城市的紙醉金迷生活；再如《三言二拍》的故事場景，大都選擇蘇州、杭州、南京等明末江南城市作為主要情節的發展區域。文人的景點選擇，無非是站在商品經濟的發展與生活型態開放的立場，而城市化的變遷模式會慢慢向四周擴散，包含的範圍除了鄰近的地域外，還有屬於南直隸的徽州府，以及浙、閩、粵等沿海地區。擁有家庭戲班的文人，絕大多數都寓籍於這些地區，而來自這些地區的文人，也絕大多數都是科舉及第的士大夫。

第二，海上貿易的霸權地位。明代中晚期的社會風尚，除了國內的商品經濟發達、市民階層的商業行為逐漸蓬勃興起外，海外市場的推波助瀾，也是一大重要因素。晚明時期，中國的海路航權稱霸於世，除了傳統鄰國日本、高麗等貿易進貢外，歐洲國家，諸如：荷蘭、西班牙、葡萄牙等，也都與中國進行了遠程貿易。全世界有三分之一以上的白銀流入了中國，〔註76〕總數多達億兩之多，明代稱得上是名符其實的「白銀帝國」。

> 中國自明末以來，藉由中西交通日趨頻繁，境內出現了許許多多來自西方的舶來品，……而鐘錶、眼鏡、玻璃鏡、波窗、望遠鏡、畫片、西洋景，以及西方來的毛皮、洋酒等，也進入到上階層的日常生活之中。〔註77〕

〔註76〕樊樹志認為：「十六世記下半葉至十七世紀中葉的晚明時期，正處在新航路發現之後的全球化起步階段。在這個階段，中國在全球經濟中占有重要的地位，除了鄰近國家傳統的朝貢貿易之外，遙遠的歐洲國家如葡萄牙、西班牙、荷蘭等國以及他們在亞洲與美洲的殖民地，都捲入了與中國的遠程貿易，而且都毫無例外地處在貿易逆差之中，佔世界產量三分之一甚至更多的白銀源源不斷流入中國。」參閱《晚明史（1573～1644）》（上海：復旦大學出版社，2003年），頁1。

〔註77〕邱仲麟：〈明清江南城市的舶來品與物質消費〉，《中央研究院「明清的城市文化與生活」主題計畫》（巴黎：法國遠東學院總部，2008年12月4～6日）。

> 英國在十七到十九世紀到中國從事貿易活動，許多人都注意到中國
> 輸出大量的茶和絲織品，對於西方進口的毛織品、鐵、鉛、毛皮等
> 較為忽視。十八世紀中西貿易量增加，促進中國新的文化形成和發
> 展。〔註78〕

> 十六至十八世紀，隨著國內與海外長城貿易規模的不斷擴大，中國
> 的市場經濟有了更進一步的演化，特別是諸如棉織、絲織、瓷器製
> 造、紙張加工等。〔註79〕

值得注意的是，這些新興的歐洲強國，尤其是擁有海上無敵艦隊的強國，他們
在與中國的貿易中，無一例外地都處於貿易逆差之中，而中國始終站在貿易順
差的優勢地位。這種國對國的海上貿易，主要都是以中國的絲綢為買賣大宗物
資，因此，西方學者常把這種交易模式稱作為「絲—銀」對流。〔註80〕中國除
了生絲為大宗出口貨物外，還有棉布、瓷器、絲織品等商品，其產地主要來自
太湖流域，以及東南沿海一帶。中國不斷地以商品貿易吞入國外鉅額白銀資
本，使得江南沿海這些地區的經濟蓬勃發展，市場的交易互動也日益活絡。

　　1984 年，德國當代國際政治、社會學家和經濟史學家貢德・弗蘭克（Andre
Gunder Frank, 1929～2005）提出：世界體系理論。在其著作《白銀資本：重視
經濟全球化中的東方》一書中，所討論的時間域，正是 1500 年至 1750 年之間
全球經濟的變化與發展，這個時間域恰是中國的明中晚期至清中葉時期。貢德・
弗蘭克認為：從地理大發現到工業革命之前的時代，已經是一個「經濟全球化」
的時代。他打破過去西方人的觀點——歐洲中心論的舊思維，明白地指出，1500
年至 1750 年「經濟全球化的東方」是世界經濟的中心。換言之，在十六世紀初
至十八世紀末，當時的經濟中心不在歐洲，而在亞洲，特別是中國。〔註81〕

　　2008 年，中央研究院「明清的城市文化與生活」主題計畫與法國遠東學
院台北中心等單位舉辦一場國際學術會議（Urban Life in China, from the 15th

〔註78〕賴惠敏：〈洋貨與蘇州菁英時尚〉，《中央研究院「明清的城市文化與生活」主
　　　　題計畫》（巴黎：法國遠東學院總部，2008 年 12 月 4～6 日）。
〔註79〕邱澎生：〈經濟與文化：清代前期江南城鎮工作習慣的變遷〉，《中央研究院「明
　　　　清的城市文化與生活」主題計畫》（巴黎：法國遠東學院總部，2008 年 12 月
　　　　4～6 日）。
〔註80〕樊樹志：《中國歷史十六講》（台北：聯經出版事業公司，2007 年），頁 321～
　　　　328。
〔註81〕〔德〕貢德・弗蘭克（Andre Gunder Frank）著，劉北成譯：《白銀資本：重視
　　　　經濟全球化中的東方》（北京：中央編譯出版社，2011 年），頁 118～122。

to the 20th Century）〔註82〕其中邱澎生、邱仲麟兩位歷史語言研究所研究員，以及近代史研究所研究員賴惠敏，都談到了晚明清初這段時期，海上貿易與商業交易的蓬勃發展，商品的流動數量和品項更是空前繁榮。海上貿易與商業交易自然須要船隻作為運輸與接駁，從明成祖永樂元年至十七年，造船數量就高達二千多艘（2735），僅永樂三年，就建造了一千二百多艘船（1273）。〔註83〕英國漢學家李約瑟（Noel, Joseph, T.M.N 1900～1995）博士著有《中國科技史》一書，他對於明代的造船技術，有如下驚人的形容：

> 明代海軍在歷史上可能比任何亞州國家都出色，甚至同時代的任何
> 歐洲國家，以致所有歐洲國家聯合起來，可以說都無法與明代海軍
> 匹敵。〔註84〕

明代的造船技術不僅先進，數量也多到令人咋舌。至明中晚期，海上霸權與商業往來仍舊興盛不輟。是以，綜觀海上貿易的外緣因素與商品經濟的內在物質文化勃興，市民的生活欲求與品味薰染也日益提高，而且越來越走向精緻與奢華。

明代在十七世紀是世界貿易中心，中晚明時期的印刷文化更是空前繁榮，瓷器與絲織業的發展水平，則是同時期的歐洲難以望其項背的。晚明，「1630年城市化率已達百分之八，晚明城市人口約達 1536 萬人。」〔註85〕當時，晚明經濟的繁榮盛況，西班牙傳教士門多薩（Gonzales de Mendoza, 1545～1618）於 1585 年出版西班牙文《大中華帝國史》一書，隨後十年內被翻譯為義大利文、法文、英文與荷蘭文，成為十六世紀末歐洲一部介紹中國政治、制度、工藝、文化、文字的重要作品。門多薩曾言：「（中國）人們食品豐富，講究穿著，家裡陳設華麗，……連同上述國土的肥沃，使它可以正當地被稱做全世界最富饒的國家。」〔註86〕義大利傳教士利瑪竇（Matteo Ricci, 1552～1610）於明神

〔註82〕中央研究院「明清的城市文化與生活」主題計畫與法國遠東學院台北中心等單位舉辦一場國際學術會議（Urban Life in China, from the 15th to the 20th Century）（巴黎：法國遠東學院總部，2008 年 12 月 4～6 日）。

〔註83〕鄭鶴聲、鄭一鈞：〈略論鄭和下西洋的船〉，收錄於中國航海史研究會主編：《鄭和下西洋論文集》第一集（北京：人民交通出版社，1985 年），頁 72～85。

〔註84〕謝普主編：《充滿智慧的中國科技》（長沙：青蘋果數據中心，2011 年），頁 23。

〔註85〕〔西班牙〕門多薩（Gonzales de Mendoza）著，何高濟譯：《中華大帝國史》（北京：中華書局，2004 年），頁 89。

〔註86〕〔西班牙〕門多薩（Gonzales de Mendoza）著，何高濟譯：《中華大帝國史》，頁 89。

宗萬曆十年抵達中國，他所見到的明代是：「這裡物產極大豐富，糖比歐洲白，布比歐洲美，人們衣飾華麗，風度翩翩，……中國不僅是一個王國，中國其實就是一個世界。」〔註87〕事實上，此時前來中國的傳教士，沒有一位不驚呼中國的富裕遠遠比歐洲強盛太多了。

中國史專家，美國耶魯大學史學教授史景遷（Jonathan Dermot Spence,1936～2021）有「美國漢學三傑」之一的稱譽。他曾在《紐約時報》舉辦的對談會中說到：綜觀人類過去一千年的歷史，他希望活在 1540 年前後，即為明嘉靖年間，並且住杭州西湖的邊上——那也是中國歷史上最有教養和最富於文化的時代。〔註88〕在史景遷的眼裡，明朝是個「活力驚人，人們飽讀詩書，繪畫冠絕一時，酒食豐富」〔註89〕的時代。

〔註87〕〔義大利〕利瑪竇（Matteo Ricci）著，何高濟、王遵仲、李申合譯：《利瑪竇中國札記》（北京：中華書局，1983 年），頁 10。
〔註88〕〔英〕史景遷（Jonathan Dermot Spence）著，溫洽溢、孟令偉、陳榮彬合譯：《追尋現代中國》（台北：時報文化出版社，2019 年），頁 47～70。
〔註89〕〔英〕史景遷（Jonathan Dermot Spence）著，溫洽溢、孟令偉、陳榮彬合譯：《追尋現代中國》，頁 47～70。

第三章　晚明文人文化及其生活內涵

第一節　「文化」一詞的意涵

一、中國「文化」一詞的意涵

　　中國古籍對「文化」一詞的說法，最早出自西漢劉向（BC77～6）《說苑》記載：「凡武之興，為不服也，文化不改，然後加誅。」〔註1〕「化」最初為改變、變化之意，故《周禮》記載：「春始生而萌之，夏日至而夷之，秋繩而芟之，冬日至而耜之。若欲其化也，則以水火變之。」〔註2〕鄭玄（127～200）注曰：「化，猶生也。」〔註3〕又，西晉束皙（264～306）《補亡詩六首》記載：「文化內輯，武功外悠。」〔註4〕則是指透過人為的外力，施予文治和教化之功能，亦即通過禮樂制度和倫理道德，然後走向文明，重視個人的培養作用，在一定程度上與武力征服相對應。然而，若將「文」與「化」二字單獨來看，則又可以往前推至《周易》記載：「天文也，文明以止，人文也。觀乎天文，以察時變；觀乎人文，以化成天下。」〔註5〕不過，這一時期的「文化」與現在的「文化」

〔註1〕〔西漢〕劉向：《說苑》，〈指武〉（台北：台灣古籍出版社，1996年），卷15，頁730。

〔註2〕〔東漢〕鄭玄注：《周禮鄭氏注》，〈秋官・司寇下〉（台北：台灣商務印書館，1965年），卷10，頁258。

〔註3〕〔東漢〕鄭玄注：《周禮鄭氏注》，〈秋官・司寇下〉，卷10，頁258。

〔註4〕〔西晉〕束皙：《束廣微補亡詩六首》，收錄於〔南朝梁〕蕭統編：《昭明文選・詩甲》（鄭州：中州古籍出版社，1990年），卷19，頁258。

〔註5〕鍾芒主編，郭彧編譯：《周易》，〈賁卦〉（香港：中華書局，2011年），頁94。

定義，相去甚遠，尤其在文學藝術的領域上，更是兩個毫不相干的詞義。

　　現代漢語「文化」的概念，乃從「人文教化」或「以文化成」之意而來，體現人的行為過程。在中文語境下，文化是作為討論人類社會的學術用語，梁啟超（1873～1929）曾為「文化」一詞定義：「文化者，人類心所能開釋出來之有價值的共業也。」〔註6〕此價值之共業，包含了人類在物質和精神兩方面的業果。前文化部長龍應台則說：「文化其實體現在一個人如何對待自己、如何對待他人、如何對待自己以外的自然環境。」〔註7〕這說明「文化」與「人化」其實都烙印深刻的痕跡於彼此之間，所有關於「文化」的活動，全指向依「人」的價值與理想而從事改變，使人因此而得到全面的發展與不同的生活型態。

　　近代中國學者對「文化」一詞的說法，大抵不脫「教化」的重心所在，指涉人群的精神活動，包含人的性情陶冶和品德教養等。此外，也言及物質生產的共同規範。1920年十月底至十一月初，湖南省長沙教育會邀集中外名人學術演講大會，有杜威、羅素、吳稚暉、章太炎、蔡元培、李石岑、楊端六等人，其中蔡元培（1868～1940）認為：「文化是人生發展的狀況」〔註8〕接著就戲劇發言，蔡氏認為：「隨著社會的變化，時有適應的劇本，來表示一時代的感想。又發表文學家特別的思想，來改良社會。」〔註9〕陳獨秀（1879～1942）認為：「一家文化不過是一個民族生活的種種方面，總括起來，不外三方面：精神生活方面、社會生活方面、物質生活方面。」〔註10〕梁漱溟（1893～1988）認為：「文化並非別的，乃是人類的樣法。」〔註11〕說明文化與生活的息息相關；又言：「文化，就是吾人生活所依靠之一切。意在指示人們，文化之本義，應在經濟、政治，乃至一切無所不包。」〔註12〕錢穆（1895～1990）認為：「文化是指對時空凝合的某一大群的生活之各部門各方面的整一全體。」〔註13〕

　　要之，從「文」與「化」各自的字義，到「文化」一詞的組合過程，以及

〔註6〕梁啟超：《飲冰室全集》，〈什麼是文化〉（台北：文化圖書公司，1972年），頁307。
〔註7〕龍應台：〈文化是什麼〉，《中國青年報》（2005年10月19日）。
〔註8〕蔡元培：〈何謂文化〉，《北京大學日刊》（1921年2月14日）。
〔註9〕蔡元培：〈何謂文化〉，《北京大學日刊》（1921年2月14日）。
〔註10〕陳獨秀：〈新文化運動是什麼〉，《新青年》第7卷第5號（1920年4月1日）。
〔註11〕梁漱溟：《東西文化及其哲學》（台北：里仁書局，1983年），頁11。
〔註12〕梁漱溟：《中國文化要義》（台北：台灣商務書局，2013年），頁1。
〔註13〕錢穆：《文化學大義》（台北：正中書局，1964年），頁4。

各家學者對「文化」一詞所提出豐富多義的見解觀之：中國語境中「文」是意義的基礎和工具，它包括了語言與文字，其本意指色彩錯雜的紋理，引伸為潤飾、修整，以及人為的各類象徵性符碼，進一步引伸為文章典籍、禮樂制度、修辭文采等。至於「化」則為改變、生成等語意，泛指兩種事物的一方或雙方的型態與性質所產生的可能變化。

二、西方「文化」一詞的意涵

　　關於「文化」一詞的意涵，眾家紛紜，亦多有廣狹之見，西方「文化」一詞的意涵更是層出不窮。美國人類學者克萊德‧克拉克洪（Clyde Klukhohn, 1905～1960）於1950年代搜集超過二百多個「文化」一詞的定義，語意具豐富性與多義性。〔註14〕首先，文化（Culture）一詞係由拉丁文動詞（Colere）而來，意謂耕作、栽培土地，尋其英文字根（Horti-culture）即為園藝學之意。在拉丁文中，它源於古羅馬哲學家西塞羅（M. T. Cicero, BC106～43）在其著作《圖斯庫盧姆辯論》（Tusculanae Disputationes）中首次使用這個詞，作為比喻對哲學心靈的培育過程，也是人類發展的最高境界，後來引申為培養一個人的興趣、精神與智慧，並且衍生出動詞用法。

　　十九世紀，英國人類學家愛德華‧泰勒（Edward Burnett Tylor, 1832～1917）在其著作《原始文化》一書中，首次為「文化」一詞提出比較經典的定義：

> 文化，或文明，就廣泛的民族學意義來說，是包括全部的知識、信仰、藝術、道德、法律、風俗以及作為社會成員的人所掌握和接受的任何其他的才能和習慣複合體。〔註15〕

在這一時期，文化開始規範在精神活動和物質生產的對象中，知識與藝術得到體現。人作為社會群體的一員，彼此有了共同規範的承襲與傳播，並且獲得某一群體的認同，此一過程和手段，即為此一群體文化的孕生。

　　在西方語意中，把「文化」作為個人素養、思考模式、社會智識、文學藝術等內涵，更多時候是指向「文化」乃由物質生產進入精神活動的文明生活型態。二十世紀初，英國文學理論家、文學批評家、文化評論家泰瑞‧伊格頓（Terry Eagleton, 1943～）即明白指出：文化與精緻生活的關係。

〔註14〕〔美〕克萊德‧克拉克洪（Clyde Klukhohn）著，吳銀玲譯：《論人類學與古典學的關係》（北京：北京大學出版社，2013年），頁21。

〔註15〕〔英〕愛德華‧泰勒（Edward Burnett Tylor）著，連樹聲譯：《原始文化》（上海：上海文藝出版社，1992年），頁1。

> 文化（作為藝術的涵義）界定了精緻生活的品質（文化作為教養）
> 而整體來看政治變革的任務就是在文化（作為社會生活的涵義）中
> 體現精緻生活的品質。美學和人類學因而再次統合。〔註16〕

泰瑞・伊格頓的「文化」觀點，主要側重在藝術的涵義上，以文化作為一種教養的精緻生活品質，並且在社會生活中體現精緻生活品質的美學內涵。

> 從文化的概念來看，文化是受陶冶教化的知識份子的產物，並能再
> 現原初的他者（primordial other），以之為其衰敗的社會再注入活
> 力。……教養過度和教養不足的人締結成了不可思議的聯盟。然而
> 文化的兩個概念也透過其他形式連結起來。把文化當作藝術可成為
> 新的社會存在形式的先驅，但這個例子有種不尋常的循環，因為沒
> 有這樣的社會變革，藝術本身就會有風險。依照這個理論的脈絡來
> 推理，藝術想像只有在有機的社會秩序中才能夠繁盛。〔註17〕

泰瑞・伊格頓認為，以文化作為一種教養的精緻生活品質，其實是受陶冶教化的知識份子的產物，是謂「以之為其衰敗的社會再注入活力」而有了新的社會存在形式。不過，若從語言、文學、藝術、傳統、價值，以及認同感角度來看，文化或可謂生活品質的問題。它來自於物質層面，卻脫離物質層面轉為抽象概念。因此，文化產生了它自身的價值而不是「物」的價格，形成了高尚情操的形象，而不是平庸市儈的象徵。

文化的概念是對知識份子階層的一種批判，由於維持某個團體的水平現況，因而隱含著知識的實踐。把文化當作藝術可成為新的社會存在時，文化就不是為了某種功利動機而存在，它的社會層面便被經濟層面異化，其意義也從物質生活中異化。因此，當我們的生活中開始充斥著各種文化符號與現象後，慢慢就會形成一種概念或完全概念化的文化生活。

儘管，藝術想像只有在有機的社會秩序中才能夠繁盛，但是，文化本身就是生活方式的各個元素相聯結、建構與再現整體的關係，是人生活的感覺結構。文化的生活方式，構成了人自身的主體性，當不同主體與主體之間的領域聚合互動時，自然而然會產生彼此間的文化衝突，因而有了「再注入活力」的可能，使文化的異化產生另一種新的價值。

〔註16〕〔英〕泰瑞・伊格頓（Terry Eagleton）著，林志忠譯：《文化的理念》（台北：巨流圖書公司，2002年），頁23。
〔註17〕〔英〕泰瑞・伊格頓（Terry Eagleton）著，林志忠譯：《文化的理念》，頁29。

第二節　文人的身分結構

在討論文人家樂之前，首先面臨的是：何謂文人？並不是所有識字者都可以稱為文人，也不是所有仕宦者都具有文人身分。要認識「文人」的身分結構與根由，可以從他們的生命成長歷程、知識與人格養成，以及社會活動形態做一客觀的判別標準。

文人從自我意識的內化，經自我表現方式的發展，到人生方向的抉擇，他們被賦予或者說被冠上「文人」一詞的根由，是一項重要的文化體現，標誌著作為知識份子的文人身分結構正在萌芽與形成。文人條件的育成經過，從文人幼時的詩詞對句演練與古文寫作，逮及長大成人的知識積累與文化認同，實為一個漫長的培育訓練過程。

一、「文人」一詞的流變

在傳統中國社會中，文人通常具有書生身分，隨著個人際遇的不同，在同一個人的身上，開始會有各種身分並行而不悖。這幾種身分常常與文官體制、地方領袖的身分相重疊，也各自具有相對的獨立性。他們可能是當時最有知識的一個階層，因此，在諸多身分結構的集結關係下，他們遂成為國家制度與文化的創建者，同時也是社會物質文化、精神文化的營造者與傳承者。

然而，這樣一個漫長的養成歷程，何以不能說文人就是等同識字者或仕宦者呢？龔鵬程在《中國文人階層史論》一書中，對文人階層做出了歷史發展脈絡的界定：

> 文人階層起於士階級之分化，而其確立為一獨立之階層，具有與其
> 他階層不同且足以辨識之徵象（不但與庶民不同，也與其他由士分
> 化出來的階層不一樣）則在東漢中晚期。〔註18〕

文人階層是傳統中國社會的主要階層，代表著社會的主流價值。然而，對於文人的身分界定，他可以是專職的知識份子，尤其在文官體制中，文化素養已然成為他們政治事業中的人格要件。另一方面，文人在精神生活上總想超越於社會各階層之上，包括貴族或市民。因此，文人能否獲得「仕宦」身份，其實，都不妨礙他們所欲追求與享受個人心靈的自由不羈、滿足自身的文化審美生活型態。

〔註18〕龔鵬程：《中國文人階層史論》（蘭州：蘭州大學出版社，2004年），頁10。

首先，從原始本義「文人」一詞來看，它與後世「文人」的文化語境相去甚遠。《尚書》記載：

> 父義和，汝克昭乃顯祖。汝肇刑文武，用會紹乃辟，追孝於前文人。
>
> 汝多修，扞我於艱，若汝，予於嘉。〔註19〕
>
> 又，《詩經》記載：釐爾圭瓚，秬鬯一卣。告於文人，錫山土田。於周受命，自召祖命。虎拜稽首：天子萬年。〔註20〕

鄭玄箋：「王賜召虎以鬯酒一尊，使以祭其宗廟，告其先祖諸有德美見記者。」〔註21〕孔穎達疏：「王命召虎云：今賜汝以圭柄之玉瓚，又副以秬米之酒，芬香條暢者一卣尊，汝當受之以告祭于汝先祖有文德之人。」〔註22〕是謂：得鬯酒之賜，當詔告宗廟，故此乃詔告始祖也。《毛傳》記載：「文人，文德之人也。」〔註23〕朱熹（1130～1200）亦曰：「文人，先祖之友文德者，謂文王。」〔註24〕從政治與文化內涵來看，原始本義「文人」一詞，既指先祖，也是指君王的身分。馬瑞辰（1782～1853）《毛詩傳箋通釋》記載：「文人，猶云文祖、文父、文考耳。……文人亦追自稱祖先。此《詩》文人，傳、箋俱指召穆公之先人，甚確。」〔註25〕則明白釋其義──在西周宣王時代，「文人」的原始本義乃指有美好品德的先祖。

到了東漢中晚期，「文人」一詞的內涵，開始產生轉義。王充（27～92）曾在《論衡》一書中云：「廣陵曲江有濤，文人賦之。」〔註26〕至此，文人的概念一轉而成為能作詩詞歌賦之人。王充又曰：

> 故夫能說一經者為儒生，博覽古今者為通人，采掇傳書以上書奏記者為文人，能精思著文連結篇章者為鴻儒。故儒生過俗人，通人勝儒生，文人逾通人，鴻儒超文人。故夫鴻儒，所謂超而又超者也。

〔註19〕〔唐〕孔穎達等傳：《尚書》，〈文侯之命〉（北京：中華書局，1998 年），卷 21，頁 1065。

〔註20〕程俊英、蔣見元合著：《詩經注析》，〈大雅・江漢〉（北京：中華書局，2009 年），頁 914。

〔註21〕〔西漢〕毛亨傳，〔東漢〕鄭玄箋：《毛詩鄭箋》（台北：新興書局，1981 年），卷 18，頁 131。

〔註22〕〔西漢〕毛亨傳，〔東漢〕鄭玄箋：《毛詩鄭箋》，卷 18，頁 131。

〔註23〕〔西漢〕毛亨傳，〔東漢〕鄭玄箋：《毛詩鄭箋》，卷 18，頁 131。

〔註24〕〔南宋〕朱熹：《詩集傳》（台北：中華書局，1982 年），卷 18，頁 203。

〔註25〕〔清〕馬瑞辰：《毛詩傳箋通釋》（台北：鼎文書局，1973 年），卷 27，頁 411。

〔註26〕〔東漢〕王充：《論衡》，〈書虛〉（台北：台灣古籍出版社，1997 年），卷 4，頁 280。

以超之奇，退與儒生相料，文軒之比於敝車，錦繡之方於縕袍也，
其相過遠矣。〔註27〕

從《論衡》一書中，我們可以釐析，這裡包括了幾個方面：其一、讀經解經之
人；其二、辭賦之人；其三、書奏文吏之人；其四、興論立說文章之人，各有
等差之別。在王充的文化語境裡，原始本義「文人」一詞，已由先祖、文德之
人轉義成士大夫階層，即作為文官體制的朝臣一員，其文采筆述尚且能夠遣詞
造句、謀篇構局而成奏章者，均可屬之。與後世所言「文人」一詞，須具備多
才多藝，諸如以琴棋書畫、詩詞歌賦一類作為「文人」的判別指標，又跨近了
一大步。

言者琴棋書畫、詩詞歌賦一類是謂「文人」的判別指標，這裡便隱含有
作者的個人意志，而非只流於誦讀解經之能事。先秦時代，孔子「述而不作」
〔註28〕，莊子「以卮言為曼衍」〔註29〕，皆無明確的作者個人意志。現在所
言「文人」此一身分，常與「詩人」相重疊。但在西漢以前，「詩人」身分，
基本上還是指《詩經》作品的作者而言，不是字義上的作詩之人。即使《詩
經》內蘊諸多個人情趣與生命體驗，但常常被賦予政治話語或隱喻來解讀。
故此，作品的生命體驗與神馳，原本應該是作者言說的態度與方式，但卻被
抽離了具體情境中，不再是作者個人鮮活的精神氣質，自然也失去了傳達個
人情感幽懷的功能。

直至東漢，出現了文章辭賦一類的作品，使之成為可以抒發個人情志的一
種言說表達，於是「詩人」身分才開始意指作詩之人。司馬光（1019～1086）
《資治通鑑》一書，記載蔡邕（132～192）所言鴻都門學的辭賦書畫一類之事：

蔡邕上封事曰：……孝武之世，郡舉孝廉，又有賢良、文學之選，
於是名臣輩出，文武並興。漢之得人，數路而已。夫書畫辭賦，才
之小者；匡國治政，未有其能。陛下即位之初，先涉經術，聽政餘
日，觀省篇章，聊以遊意當代博奕，非以為教化取士之本。而諸生
競利，作者鼎沸，其高者頗引經訓風喻之言，下則連偶俗語，有類
徘優，或竊成文，虛冒名氏。臣每受詔於盛化門，差次錄第，其未

〔註27〕　〔東漢〕王充：《論衡》，〈超奇〉，卷13，頁952。
〔註28〕　〔南宋〕朱熹集註，蔣伯潛廣解：《四書讀本》，〈論語‧述而〉（台北：啟明書
　　　　　局，1960年），頁86。
〔註29〕　〔戰國〕莊子著，楊柳橋譯注：《莊子》，〈天下〉（上海：上海古籍出版社，2007
　　　　　年），頁412。

及者，亦復隨輩皆見拜擢。既加之恩，難復收改，但守奉祿，於義
已弘，不可復使治民及在州郡。〔註30〕

東漢光和元年（178），漢靈帝設置鴻都門學，招募一批與自己志趣相投的才俊
之士。這些才俊之士，擅長辭賦、書法、繪畫、音樂等文藝能事，有些還廣博
見聞，專精於講述民間軼聞逸事。不過，在兩漢以經學為正統的主流文化中，
辭賦、書法、繪畫、音樂等文藝能事，都被視作小道末技，根本無法進入主流
文化的社會。但是，由於受到漢靈帝的喜愛與推動，原本被視作小道末技的辭
賦、書法、繪畫、音樂等文藝能事，慢慢浮上檯面，受到上位者的青睞，有人
便憑藉著這些文藝能事而獲得官職。雙面刃的結果，漢靈帝也因為雅好文藝之
舉，曾遭受經學主流士大夫的激烈批評，這自然是與當時察舉制度的標準扞格
有關。

儘管辭賦、書法、繪畫、音樂等文藝之能事，一直受到主流文化中的經學
擠壓抵制，以及主流士大夫的激烈批評。但從漢靈帝設置鴻都門學後，這些才
俊之士表現出來的文藝形式，慢慢也獲得主流文化的社會認同。他們所呈現出
來的閒情逸致，正好說明此類文藝已脫離粉飾政治門面的附庸，形成另一種給
人以愉悅享受的娛情之物。

漢靈帝招募全國各地而來的才俊之士，待詔於鴻都門下，可以說是最早具
有「文人」身分的群體。從《尚書正義》原始本義「文人」一詞，指稱具有美
好品德的先祖，乃至東漢中晚期，轉義為擅長書寫辭賦詩歌之人，此時的「文
人」身分已進入現今所言專事於文章辭賦、詩歌、史傳等文類的寫作之人，而
作者傳達情感幽懷的個人意志，也在這個時候才開始有作者意識的形成。

二、文人與士人、士大夫之間

英國倫敦傳教士約翰・麥高溫（John MacGowan, 1835～1922）曾於 1860
年來華，先後於上海、廈門等地傳教，凡五十餘年。他廣泛接觸社會各個階層，
並且留心當地社會文化與生活，對中國風土民情更是有深入的了解。在其著作
《中國人生活的明與暗》一書中，談到中國古代有一個與西方極為不同的階層
——文人階層。約翰・麥高溫認為：文人條件的育成經過與未來對社會國家的
影響，實與一般平民百姓不同。

〔註30〕〔北宋〕司馬光：《資治通鑑》，〈漢紀四十九・孝靈皇帝上之下〉（台北：西南
　　　　書局，1982 年），卷 57，頁 1840。

在中國，當家中有男孩子出生的時候，幾乎每個父親都希望自己的兒子將來能成為一個有學問的人。這個強烈的願望從孩子一落地，就開始在父親的心中燃起，孩子給整個家庭帶來了光明和希望。最窮的人可以和最富的人一樣盡情地沉醉在這一希望之中，因為在中國，財富與榮譽的獲得並不限於某一個特定的階級，任何身份、地位的人都可以成為一名書生。但法律也把一些人拒之門外，妓女、演員、理髮師和一些從事其他職業的人的兒子不能獲得任何學位。除此之外，任何人都有可能獲得國家授予的最高榮譽。因為在理論上——至少在理論上——通向榮譽最正當的途徑就是教育。國家的行政官員必須從文人中選出，如果我們認識到對這個地域遼闊的國家進行管理需要多少行政官員，那麼這個階層在國家中是多麼強大和有影響力也就不難想像了。〔註31〕

約翰‧麥高溫所言中國古代文人的成長歷程，大抵確實。沒能通過科舉考試的書生，雖然沒有獲得官職，但他們在自己的家鄉仍有著不同程度的影響力。不過，這得視他們在科舉考試的進程中，停滯在哪個階段而定。譬如：貢士的級別就高於舉人，舉人的級別又高於秀才。然隋唐以前，未有科舉；兩漢時期，採用察舉制度，皇帝以「策試」考核各地舉薦上來的知識份子，自然也是一種選拔人才的考試方式。但約翰‧麥高溫認為「國家行政官員必須從文人中選出」一義，就文化語境來說，筆者以為：略顯爭議，有欠嚴謹。

筆者認為：文人與仕宦仍舊存在著不同的身分結構。首先，文人的身分未必是官員的必要條件。換言之，文人可以藉由科舉考試及第而具備官員身分，但未必每個官員都具有文人的身分。這樣的一個判別界域，或者說文化語境，主要還是在於「仕宦」與「文人」對於知識的活動範圍與知識的情感態度有所差異。中央研究院史語所研究員王鴻泰認為：

（書生）具閱讀與寫作能力後，開始對知識活動範圍的設定發生歧異：部分士人專志於科舉的經營，將其知識活動——主要為閱讀與寫作兩方面，概皆限定於舉業範圍內，所習者不外乎四書五經，所作者僅止於八股文字，此則為「舉子」；不滿於舉業知識之侷限者，乃在此之外別有知識活動，他們崇尚「博古」，泛覽無關舉業之典籍、

〔註31〕〔英〕約翰‧麥高溫（John MacGowan）著，朱濤、倪靜譯：《中國人生活的明與暗》，〈文人階層〉（北京：中華書局，2006年），頁36～37。

藝文、寫作制藝之外的「古文詞」，此則為為「文人」。這種閱讀與
寫作興趣、方向上的歧異，也造成士人文化認同上的差別，乃至在
社會層面上隱然對峙。這種文化認同上的歧異是文人意識的由來，
也是文人文化的發展根源。〔註32〕

王鴻泰將「士人」依照知識活動的不同而分為兩種身分結構，一為舉子，一為
文人。然而，文中也出現了一個與「文人」似是的名詞──士人，究竟士人有
怎樣的身分結構？它與文人、士大夫之間又有何種差異？

　　我們從歷史的脈絡上來看，早期，士人泛指讀書人。他們修身齊家，學習
知識，制定禮儀，傳播文化，因此，顏之推（531～591）云：「俗僧之學經律，
何異士人之學《詩》、《禮》。」〔註33〕有人則以「仕」為專業，志在治國平天
下，尊王循道，成為國家政治的參與者，故子夏曰：「仕而優則學，學而優則
仕。」〔註34〕又，子貢問曰：「何如斯可謂之士矣？」子曰：「行己有恥，使於
四方，不辱君命，可謂士矣。」〔註35〕這一群士人是社會的精英群體，也是傳
統中國文化的創造者、傳承者，故一般統稱為中國古代的知識份子。

　　士人階層在西周、春秋時代便已經出現，它與大夫原是分屬於不同的兩
個等級。在位階上，士居於卿大夫與庶民之間，是當時最低階的貴族階層，
幾與庶人無異。在宗法上，《左傳》有曰：「天有十日，人有十等，下所以事
上，上所以共神也。故王臣公，公臣大夫，大夫臣士，士臣皁，皁臣輿，輿
臣隸，隸臣僚，僚臣僕，僕臣臺，馬有圉，牛有牧，以待百事。」〔註36〕士
則依附於卿大夫，彼此不得僭越禮制。在文化上，士受過《周禮》的六藝─
─禮、樂、射、御、書、數等多種貴族教育。費孝通從語言文字的書籍載體
中，認為知識的來源與獲取，最能反映出當時士人階層在知識文化上的育成
與習得。

　　文獻不是大家都可以得到的，文字也不是大家都識得。規範、傳統、
文字結合了之後，社會上才有了知道標準規範知識的特殊人物，稱

〔註32〕王鴻泰：〈明清的士人生活與文人文化〉，收錄於邱仲麟主編：《中國史新論：
　　　　生活與文化分冊》（台北：聯經出版事業公司，2013年），頁267～316。
〔註33〕〔南朝梁〕顏之推：《顏氏家訓》，〈歸心〉（台北：台灣古籍出版社，1996年），
　　　　卷5，頁299。
〔註34〕〔南宋〕朱熹集註，蔣伯潛廣解：《四書讀本》，〈論語‧子張〉，頁293。
〔註35〕〔南宋〕朱熹集註，蔣伯潛廣解：《四書讀本》，〈論語‧子路〉，頁201。
〔註36〕楊伯峻：《春秋左傳注》，〈昭公七年〉（台北：洪葉文化事業公司，2015年），
　　　　頁1284。

為君子、為士、為讀書人、為知識份子。〔註37〕

自春秋中晚期，逮及戰國，政治產生了重大的變化。從禮樂制度的崩壞，到宗法制度的鬆弛，乃至於瓦解，士人作為當時最低階的貴族階層，逐步解體，不再受卿大夫的役使。一方面，他們雖擺脫宗法制度的束縛，獲得較大的人身自由；但另方面，也因為從貴族階層中脫離出來，頓時失去了生活的保障，除了六藝知識外，別無擁有。

《穀梁傳》記載：「古者有四民，有士民、有商民、有農民、有工民。」〔註38〕整個社會階層產生了升降變化，不只「士人」降至四民之首，許多貴族也不斷下降為「士人」身分。當各國爭霸，諸侯爭相尚賢使能，因著政治的需求，對知識人才也就急需增長。這群由貴族階層解體出來的「士人」身分，開始以六藝知識作為謀生的工具，並且秉志不爭尊卑與貴賤，而致力於道統之路。於是，庶民階層大量上升為士人，士人階層因而擴大，其性質也產生了變化。

當「士人」進入「仕宦」的政治參與後，庶民開始有公平競爭的機會進入官場。漢武帝元光元年（BC134）實施察舉制度以選拔人才，從中央到地方的官職，皆由皇帝任命。此後，兩漢的任官制度，雖有更易，但大抵不出漢武帝的規章。漢武帝在位五十四年，人才輩出，而「士大夫」一詞多濫觴於此。

到了隋朝，科舉制度於焉成立，開創中國文官制度的新里程，也對中國傳統知識份子有意進入「仕宦」之途，產生了歷史動向的政治指標。當士人通過科舉而進入「仕宦」者越來越多後，科舉制度儼然成為中國古代官員的主要來源。迄於明清，中國古代官員，以「士大夫」之名為官者，士人身分就佔了半壁江山。

由是觀之，士人原本是當時最低階的貴族階層，因政治產生重大的變化，遂從貴族階層中解體出來，不再受卿大夫的役使，並開始以六藝知識作為謀生技能的工具。然而，當士人參與政治，進入「仕宦」之途後，則又形成了「士大夫」的另種身分。至若「文人」在某種內涵上與「士人」則是無異，同樣具有六藝知識，同樣可以藉由考試進入「仕宦」之途；所以異者，一如王鴻泰的評析，舉子（士人科考）與文人的身分結構差別，在於知識的活動範圍與知識的情感態度，截然不同。錢穆曾言：

〔註37〕費孝通：〈論知識階級〉，收錄於許紀霖編：《20世紀中國知識份子史論》（北京：新星出版社，2005年），頁103。
〔註38〕〔東晉〕范寧集解：《春秋穀梁傳》,〈成公元年〉（北京：中華書局，1985年），卷8，頁197。

> 有文人,斯有文人之文。文人之文之特徵,在其無意於施用。其至
> 者,則僅以個人自我做中心,以日常生活為題材,書寫性靈,歌唱
> 情感,不復以世用攖懷。〔註39〕

錢穆從魏晉文人寫作的普遍特徵來看,文人所作之文,已非文筆立傳,所云亦非碑、箴、頌、誄等篇章。要之,對知識的情感態度不同,而以文學藝術作為人生的歸宿,臻於「不復以世用攖懷」之境,是謂博學以文、雅好藝術之輩,與琴棋書畫、詩詞歌賦的旨趣是具有同步的審美基調。

本質上,文人是與武人的相對概念。文人除了具備與士人相同的六藝知識外,還須有一定的文化素養與藝術修養,在閒雅生活中具備某種審美態度,諸如:琴棋書畫、詩詞歌賦等才藝技能,這也是士人所沒有的精神內涵。再者,文人所以常被異稱為墨客、雅士、詩人等尊號,甚至,我們習於將「文人墨客」連併稱呼,即說明文人在知識的活動範圍與知識的情感態度上,確實與士人截然不同。

第三節　晚明文人的閒雅生活趣味

從時代背景來看,明清時期的許多重要文人文化現象,都和文人生活情境的經營與社會文化情境的發展有所關聯。因此,明清文人生活的經營,實意味著文人文化的龐大內涵指涉當時的各種社會文化現象。尤其,晚明的文人生活,常被學者作為明清社會文化中雅俗辯證的文人文化的影像,並且落實在具體的生活層面上進行辯證。這一群體「發展出一套專屬於他們的文化形式——文人文化,他們藉此文人文化來自我表現、相互標榜、彼此認同。這套文化的形成與內涵實與其生活形態有密切的關係。」〔註40〕

晚明文人的生活經營,始終在雅俗之間取得一個審美趣味——走進世俗生活的同時,仍保有文人特有的閒情雅趣。換言之,晚明文人在重視物質滿足和生理需求的同時,也強調精神閒適的自由不羈。他們不僅追求物質享樂,還要精神超越,然與前代文人相比,晚明文人的情感地位,是相當具有個人化與個性化的。

在士人階層的主流話語中,文人未必具有仕宦身分,但不論仕宦與否,他

〔註39〕錢穆:〈讀文選〉,《新亞學報》第 3 卷第 2 期(1958 年 2 月),頁 3。
〔註40〕王鴻泰:〈明清的士人生活與文人文化〉,收錄於邱仲麟主編:《中國史新論・
　　　生活與文化分冊》,頁 267～316。

們掌握著社會文化的領導權——辯證雅俗之人或作品的認可，使得這一群體受到很大的關注和仿效。他們在閒情雅趣的生活經營上，以及個人情感的審美價值間，都刻意與其他社會階層和社會身分有所區隔，其潛藏的內在意圖，在於維護文人身分所自成一格的自賞和競爭。

一、晚明文人「閒」的生活經營

　　首先，「閒」字一義，《說文解字》記載：「閒，隙也。从門月。」〔註41〕段玉裁注曰：「門開而月入，門有縫而月光可入。」〔註42〕本義指縫隙，引申為閒暇，陶淵明（365～427）〈歸園田居〉記載：「戶庭無塵雜，虛室有餘閒。」〔註43〕或意指遠離塵囂世事，無甚牽掛，《莊子》記載：「天下有道，則與物皆昌；天下無道，則修德就閒。」〔註44〕或引義為空寬闊大，常指人的某種心境，謂諸事不縈於襟懷，《楚辭》記載：「像設君室，靜閒安些。」〔註45〕王逸注曰：「無聲曰靜，空寬曰閒。……清淨寬閒而安樂也。」〔註46〕文人之「閒」，首要做到心中無事，無事者非無所思、無所事事之意，而是要精神超越於個人的榮辱得失，不為個人的功名利祿而憂戚。中央研究院研究員王鴻泰認為：

> 明清文人往往把他們的閒情寄託在某些空間形式的經營上，他們藉由具體的空間經營來塑造一種優雅的生活情境，這種空間經營可以說是他們的閒情轉化為美感生活的起點，在這個美感空間中他們可以消磨時間，揮灑閒情，讓時間重新安排具有非世俗性、現實性的意義與價值。〔註47〕

晚明是一個極其複雜的時代，史家有時會跨至清初，使得「明末清初」形成一個獨特的斷代史域。晚明社會，不論在文化、思想、政治與經濟上，都呈現出既平衡又對立的狀態：政治的腐化與經濟的繁榮共存，道（正）統理學的固守

〔註41〕〔東漢〕許慎：《說文解字》（台北：藝文印書館，1994 年），頁 595。
〔註42〕〔清〕段玉裁：《說文解字注》（台北：藝文印書館，1994 年），頁 595。
〔註43〕〔東晉〕陶淵明：《陶淵明集》，〈歸園田居〉（台北：里仁書局，1982 年），頁 40。
〔註44〕〔戰國〕莊子著，楊柳橋譯注：《莊子》，〈天地〉，頁 129。
〔註45〕〔南宋〕洪興祖：《楚辭補注》，〈招魂〉（台北：漢京文化事業公司，1983 年），頁 202。
〔註46〕〔南宋〕洪興祖：《楚辭補注》，〈招魂〉，頁 202。
〔註47〕王鴻泰：〈美感空間的經營——明、清間的城市士園林與文人文化〉，收錄於《東亞近代思想與社會》（台北：月旦出版社，1999 年），頁 127～186。

與個性解放的心學思潮同在。尤其，陽明心學的流佈，乃至明末其支派的疏狂之士，導致晚明文人的生活態度和審美情感更趨向於「閒情」、「閒逸」，乃至於「閒隱」之途。

「閒」通常兼具心閒與身閒二者，從性靈和至情中產生情感，將情感和欲望、道德綰結為一有機體，則人的感性生命自然也就為情感所寄託了。譬如：李漁（1610～1680）著有《閒情偶寄》一書，當中，李漁自己設計、自己建造、耗時數十年而竣成的「芥子園」園林，可遊賞、可觀戲、可居室、可蒔花植樹，還可以作為李漁創作作品的印刷出版所。李漁從空間來營造一種優雅的生活情境，一方面有世俗性的恣意放縱、物質享樂；另方面有形而上的超塵絕俗、心靈寧靜的場域，供他呼朋引伴、徜徉園中。晚明文人營造文人特有的閒雅生活，始終在雅俗之間取得一個審美趣味：文人走進俗世生活之中，卻又與俗世之人有所相隔。

> 人莫樂於閒，非無所事事之謂也。閒則能讀書，閒則能遊名勝，閒則能交益友，閒則能飲酒，閒則能著書。天下之樂，孰大於是？〔註48〕

張潮（1650～1709）更是將「閒」置於一切俗物之上，使精神生活成為人的一種絕對價值。故而耽樂時間與空間的重新建構──把生活遣遊於無羈無絆的賞玩之中，這是對優雅生活情境的經營與自主管理。原本讀書乃為科舉仕宦，如今，超脫了功名利祿的價值，不役於物，不勞於心，展現主體內心的情感需求，讓生命有了新的寄託。譬如：張履祥（1611～1674）同樣不為物累，而以讀書作為生活上的文采自娛，以藝術作為閒逸生活的指導原則，故曰：「人亦有知避俗者，以耽情詩酒為高致，以書畫彈琴為閒雅。」〔註49〕

> 心無馳獵之勞，身無牽臂之役，避俗逃名，順時安處，世稱曰閒。而閒者，匪徒尸居肉食，無所事事之謂。俾閒而博弈樗蒲，又豈君子之所貴哉？孰知閒可以養性，可以悅心，可以怡生安壽，斯得其閒矣。〔註50〕

高濂（1573～1620），萬曆年間的戲曲家，他從日常生活中，將世人汲汲營求的功名利祿等俗世價值拋下，讓身與心轉向不同於俗世的生命活動，從中因而得到身與心的安頓棲所，是可謂之閒矣。晚明文人的這種生活經營態度，當然，

〔註48〕〔明〕張潮：《幽夢影》（台北：金楓出版社，1986 年），頁 78。

〔註49〕〔明〕張履祥：《初學備忘》（台北：藝文印書館，1967 年），卷 2，頁 3。

〔註50〕〔明〕高濂：《遵生八牋》，〈燕閒清賞牋上〉（上海：上海古籍出版社，1993 年），卷 14，頁 690。

其中不乏來自對政治理想失望而把生命活動轉向的士大夫。他們從個人內心對物質賞玩賦予感性生命的愉悅本質，建立起一套文人群體階層的審美規範，在規範裡任情而發、率性而為。

在晚明戲曲家中，文人常有以「閒」作為寄託，譬如：湯顯祖（1550～1616）在《牡丹亭》第一齣中寫道：「忙處拋人閒處住。百計思量，沒個為歡處。」〔註51〕沈璟（1553～1610）在《紅蕖記》第一齣中也寫道：「袖手風雲，蒙頭日月，一片閒心再休熱。」〔註52〕屠隆（1543～1605）罷官後，作《曇花記》一劇，曾言：「手提著閒中風月，一任他烏兔奔忙。」〔註53〕錢謙益（1582～1664）雖作為貳臣，仍不忘有私心翱翔的一方天地，他曾云：

> 世之盛也，天下物力盛，文網疏，風俗美。士大夫閒居無事，相與輕衣緩帶，留連文酒。而其子弟之佳者，往往陰藉高華，寄託曠達。居處則園林池館，泉石花藥；鑑賞則法書名畫，鐘鼎彝器。又以其間徵歌選伎，博簺蹴鞠，無朝非花，靡夕不月。太史公所謂遊閒公子，飾冠劍，連車騎，為富貴容者，用以點綴太平，敷演風物，亦盛事之美談也。〔註54〕

文人精於捕捉美好事物的細微處，當然，他們同樣也有超越俗世功利的價值。從外在的物質形體美，掘發物質內在的涵養美，並且在不同層次性的物質中，對審美元素做一比襯、類品、歸納、組構等。諸如：陳繼儒（1558～1639）愛花、養花、惜花、識花，在俯拾即是賞玩中，以己之心度物，視物為摯友，故曰：「以養花之情自養，則風情日閒。」〔註55〕因此，若非出於個人內在主體精神的閒逸，很難有如此觀照物質的細緻情感。

但要說道愛花、養花、惜花、識花這般閒情逸致，莫過於袁宏道了。袁宏道（1568～1610）是晚明公安派袁家二哥，二十四歲即中進士。不過，吳縣縣

〔註51〕〔明〕湯顯祖著，徐朔方、楊笑梅校注：《牡丹亭》第一齣，〈標目‧蝶戀花〉（台北：里仁書局，1995年），頁1。

〔註52〕〔明〕沈璟著，徐朔方輯校：《沈璟集‧紅蕖記》第一齣，〈家門‧千秋歲引〉（上海：上海古籍出版社，2012年），頁5。

〔註53〕〔明〕屠隆：《娑羅館逸稿》，〈鳥樂〉（台北：藝文印書館，1965年），卷1，頁1。

〔註54〕〔清〕錢謙益：《牧齋初學集》，〈瞿少潛哀辭有序〉（上海：上海古籍出版社，1985年），卷78，頁1690。

〔註55〕〔明〕陳繼儒：《小窗幽記》，〈集素〉（台北：文津出版社，1993年），卷5，頁94。

令讓他深諳官場上的俗事牽累，因此，袁宏道仕宦時間很短，僅七年時光。期間，他前後三仕三去，共計七次稱病請辭，因病家居總計長達十一年，最終獲得皇上批准，歸里養病。

生病後的袁宏道嚮往湖光山水間的樂趣，認為湖水可以作為藥引，青山可以健脾養胃。然而，閒隱山林逸士者固然令人心嚮往之，但當官時候的案牘勞形，停職時候的病身不由己，很難如他所意。這段時間，他寫了一本《瓶史》作為生活閒趣和心靈慰藉的一大快事。

袁宏道在插花這件事上，以小視大，以閒作忙，無論選花或者擇器，肯定不會就俗。譬如：春取梅花和海棠；夏取牡丹、芍藥和石榴；秋取桂花、蓮花和菊花；冬取蠟梅，袁宏道都有自己的審美判斷。他曾於《瓶史》中言及「取花如取友」，〔註56〕將自己的品格寄寓在所養之花的品格當中。是謂：晚明文人士大夫的山水閒樂與嗜物情懷，大抵可從一花一葉、一瓶一罐中看見自己的閒情身影。

馮夢禎（1548～1606）的仕途之路，大抵與袁宏道相類，前後三仕三去，至萬曆二十五年，終而去職。所與袁氏相異之處，馮夢禎常因得罪當權者而屢被謫官，在仕途上遭受三次重創後，決意歸里杭州的孤山之麓。退隱後的馮夢禎，主要以西湖周景作為他閒逸自適的生活場域。馮夢禎常常泛舟於湖上，夏天賞荷對飲，冬日看山賞雪。樓船之上，好友三五人，相交吟詩屬文、品鑑書畫、觀小伶演劇；又隨樓船浮遊東西，有童僕烹茶，啜飲心靈的逍遙灑脫。

> 舟出西泠，沿孤山而返。積雪在山，明月相映，可謂不夜。薄暮，都閫君宴客，鼓吹，放煙火，如星如月，飛空而下。與子藝憑欄看之，亦佳觀也。〔註57〕

《快雪堂日記》中，馮夢禎除了記載自己與朋友徜徉山水的記錄外，他也時常雅集嗜曲好友泛舟西湖。因為，馮夢禎有自己的家庭戲班，所以，像是田藝衡、孫如法、張岱、陳繼儒等文人，常受邀至馮夢禎的樓船上，齊聚聽戲唱曲，觀賞家樂優伶的表演。他們日夜流連湖上的風光，過著致仕後的閒雅生活，這也是當時諸多文人士大夫最嗜愛的娛樂之一。

〔註56〕〔明〕袁宏道：《瓶史》，〈花目〉（北京：中華書局，1988年），卷下，頁5。
〔註57〕〔明〕馮夢禎：《快雪堂集》，〈日記‧壬寅〉（濟南：齊魯書社，1997年），卷59，頁66。

　　馮夢禎去官而退隱山林的人生境遇，不是個案或特例。晚明時期，這一階層的文人士大夫，他們的思想更直接地反映在他們的行為，尤其面對萬曆年間的腐敗朝廷，在此一歷史時期的個人感受與國家命運，是一根繩上的兩隻螞蚱。他們大多以一種精神逃逸的方式來回應苟全性命於亂世的政治衝擊，而「閒」成為他們實踐陽明心學的最好精神內涵。

　　華淑（1589～1643）曾言：「夫閒，清福也，上帝之所吝惜，而世俗之所避也。一吝焉，一避焉，所以能閒者絕少。」〔註58〕當人能適然而來，適然而去，即正適以說明「無罣礙，無拘繫，閒便入來，忙便出去。」〔註59〕因此，擺脫外在有形的物質羈絆，捨棄世俗名利於時間之外，走向形而上的道途，以求得心閒之境。又如：陸紹珩（1624前後）即曰：「若能隨遇而安，不圖將來，不追既往，不蔽目前，何不清閒之有？」〔註60〕而《四庫全書總目提要》為《長物志》作記，寫道：「凡閒適玩好之事，纖悉畢具。……明季山人墨客多以是相矜，所謂清供者是也。然矯言尚雅，反增俗態者有焉。」〔註61〕則顯露出清人的諷評，隱含著不屑晚明文人玩物喪志而著書立說的口吻。

　　要之，不論「閒」以何種生活形式呈現，晚明文人長期被壓抑的自我情感在對象物中獲得解放，文人之間即使經營生活的方式各有不同，但都能以「閒」作為個人情感上審美價值的內在依據。

二、晚明文人「雅」的品味要求

　　其次，「雅」字一義，《毛詩・序》記載：「雅者，正也。」〔註62〕《風俗通義》記載：「雅之為言正也。」〔註63〕，又《白虎通義》記載：「雅者，古正也。」〔註64〕皆曰雅為「正」。西周時期，「雅」與「夏」二字相通，此源於周人所居之地，即名為「夏」，故周人所言官話，謂之「雅言」；周人所作之樂，

〔註58〕〔明〕華淑：〈題閒情小品序〉，收錄於王雲五主編，朱劍心選注：《晚明小品選注》（北京：商務印書館，1936年），卷5，頁70。

〔註59〕〔明〕陳繼儒：《小窗幽記》，〈集醒〉，卷1，頁18。

〔註60〕〔明〕陸紹珩：《醉古堂劍掃》，〈集醒〉（台北：金楓出版社，1986年），卷1，頁43。

〔註61〕〔清〕紀昀等奉敕編：《四庫全書總目提要》，〈長物志〉（台北：台灣商務印書館，1983年），卷123，頁658。

〔註62〕〔清〕陳奐：《詩毛氏傳疏》，〈序言〉（台北：台灣學生書局，1981年），頁12。

〔註63〕〔東漢〕應劭：《風俗通義》，〈琴〉（台北：世界書局，1985年），卷6，頁7。

〔註64〕〔東漢〕班固：《白虎通義》，〈禮樂〉（上海：上海古籍出版社，1992年），卷上，頁13。

謂之「雅樂」。而《詩經》中的大、小二雅，鄭樵（1140～1162）在《通志》有云：「風土之音，曰風；朝廷之音，曰雅；宗廟之音，曰頌，仲尼編詩為正樂也。」〔註65〕於是「雅」獲得了正統性與合法性的價值涵義。

到了戰國，雅的正統性與合法性地位，受到了挑戰。天下諸侯四起，周制禮樂迭相崩壞，各國君王偏愛旖旎活潑、感官外馳的地方曲調。然而，這種違制卻是持守禮樂正統的儒家人士所厲言斥聲的靡靡之音。《禮記》記載：「鄭衛之音，亂世之音也，比於慢矣。」〔註66〕《漢書》記載：「（孔子）吾自魏反魯，然後樂正，雅頌各得其所。」〔註67〕又載：「惟世俗奢泰文巧，而鄭衛之音興。」〔註68〕這種地方的俗樂起於鄭、衛兩國一帶，位今河南的中部與西部，早期為殷商族人所居之地。周武王伐紂滅商之後，將其地分封諸侯，未料管叔、蔡叔、霍叔、武更勾結叛亂，周公遂率軍鎮壓，以其地重新分封予康叔，永久監管。因此，這一帶的音樂可以說是「前朝遺音」，自然受到周王室的排斥與否定。

「鄭衛新聲」在儒家文化的話語中，是無法隱忍的強烈貶義詞。孔子曾言：「放鄭聲，遠佞人。鄭聲淫，佞人殆。」〔註69〕又曰：「惡鄭聲之亂雅樂也。」〔註70〕孔子承襲周王室禮制，以〈關雎〉為雅樂之美，他曾言：「師摯之始，〈關雎〉之亂，洋洋乎盈耳哉！」〔註71〕又曰：「〈關雎〉樂而不淫，哀而不傷。」〔註72〕從主體上來說，個人抒發情感時，要能表達恰如其分，對外才能致中和，對內亦能不傷己，無怪乎「子在齊，聞〈韶〉，三月不知肉味。」〔註73〕

到了東漢中晚期，文人身分的建構與確立逐步形成，「雅」不再與「鄭」相對並論，而是轉換成與「俗」標舉品評。因此，「雅」的價值涵義也產生了變化——從原本代表士大夫階層的歷史性涵義，衍生出文人身分的價值品評之範疇。於是，凡富有文采、見識卓越、品味高雅的人或詩詞歌賦、棋琴書畫

〔註65〕〔南宋〕鄭樵：《通志》，〈總序〉（杭州：浙江古籍出版社，2000年），頁2。
〔註66〕〔明〕王夫之：《船山全書》第四冊，〈禮記章句‧樂記〉（長沙：嶽麓書社，1998年），卷19，頁893。
〔註67〕〔東漢〕班固撰，〔唐〕顏師古注：《漢書》，〈禮樂志〉（北京：中華書局，1987年），卷22，頁1042。
〔註68〕〔東漢〕班固撰，〔唐〕顏師古注：《漢書》，〈禮樂志〉，頁1073。
〔註69〕〔南宋〕朱熹集註，蔣伯潛廣解：《四書讀本》，〈論語‧衛靈公〉，頁237。
〔註70〕〔南宋〕朱熹集註，蔣伯潛廣解：《四書讀本》，〈論語‧陽貨〉，頁271。
〔註71〕〔南宋〕朱熹集註，蔣伯潛廣解：《四書讀本》，〈論語‧泰伯〉，頁113。
〔註72〕〔南宋〕朱熹集註，蔣伯潛廣解：《四書讀本》，〈論語‧八佾〉，頁37。
〔註73〕〔南宋〕朱熹集註，蔣伯潛廣解：《四書讀本》，〈論語‧述而〉，頁92。

之作，皆被視之為「雅」文化；相對地，凡文采鄙陋、過於實務、品味大眾化，不符合文人所規範的生活趣味的人或作品，就會被斥之為「俗」文化。

　　在了解「雅」與「俗」形成品評的演變過程後，我們進一步來看文人「雅」文化的生活內涵為何？晚明文人如何經營「雅」文化的生活？其中包含的具體物項有哪些？所維繫的精神支柱又是什麼？這種文人生活內涵具有什麼社會文化意義？王鴻泰認為：

> 在「閒」的概念下，個人的生命重心撤離於世俗世界，因而其生活
> 經營逸脫於世俗世界的名利經營，轉而寄託於賞玩生活，藉諸玩好
> 之物的品評、擺設、賞玩，經營起來一個兼具知性和美感的生活世
> 界，如此，構成一套「雅」的生活文化。〔註74〕

在多番例證中，我們知道，晚明文人「閒」的概念，非無所事事謂之。他們從個體的感性生命走進世俗生活，但又有別於俗世的生活形式，這意味著「雅」的生活文化是建立在一套超越「物」的功利與實用目的的遊戲趣味之上。晚明文人的「賞玩」實包含二者：「賞」為視覺感受之觀賞，「玩」為觸覺感受之把玩，賞玩在於物我關係之間的互動與感通，而這種能力也是文人刻意營造出來的，使人的感官與物的質地產生情感化的遊戲趣味。換言之，文人待「物」之「情」與俗世待「物」之「用」，是有雅俗等差的。

　　富豪仕紳可以鉅資購入「玩好之物」，如骨董一類；仕宦士人也可以坐擁珍奇異書，如善本、孤本。但是，在物我關係之間的互動與感通上，富豪仕紳恐怕流於附庸風雅者居多，僅僅作為一種家門擺設；仕宦士人大抵也作為應酬餽贈或閱讀之用。文人則不同於上述二者，文人善於藉物造境，賦物予生命，把「物」概念化、抽象化，在「閒」的生活經營基礎上，對「雅」的品味要求有一定的價值標榜，於是，他們在所創造的「物境」中開展一連串「雅」文化的生活形式。

> 將世俗中名、利之類的社會價值掃落之後，另外建立一個非世俗的
> 生命活動情境。在此，我們可以更具體地看到這個不俗的生命情境
> 的重大內容：這個新的生活情境乃以古玩、書籍、花木之類非實用
> 性的物為基礎——或者說，以這些物作為其生命投注的對象，由此
> 展開其生命活動。而對這些物的賞玩，乃與誦讀莊騷、吟詩長嘯、

〔註74〕王鴻泰：〈明清的士人生活與文人文化〉，收錄於邱仲麟主編：《中國史新論：
　　　　生活與文化分冊》，頁 267～316。

飲酒博弈、談道著書等活動並列，這些非生產性的活動成為生活的
重心。就是這些充滿感性與知性的文藝活動，交織成一種文雅生活
的具體內容。〔註75〕

晚明文人在追求率真個性、閒適性情的同時，也在意物質需求與心理需求的兩
者滿足。譬如：王艮提出：「百姓日用即道。」〔註76〕李贄則曰：「穿衣吃飯即
是人倫物理。」〔註77〕又，高濂曾言：「余嗜閒，雅好古，稽古之學，唐虞之
訓，好古敏求，宣尼之教也。……一洗人間氛垢矣，清心樂志，孰過於此？」
〔註78〕則從晚明文人嗜愛古物賞玩可見一斑。陳繼儒亦曰：「少陵詩，摩詰畫，
左傳文，馬遷史，薛濤箋，右軍帖，南華經，相如賦，屈子離騷；收古今絕藝，
置我山窗。」〔註79〕則是當時文人對「物」的偏好標準，多「以古為雅」成為
晚明文人的慕古情懷。李漁曾言：「物之最古者莫過於書，以其合古人之心思
面貌而傳者乎？其書出自三代，讀之如見三代之人。」〔註80〕文震亨（1585～
1645）更是直言：「寧古無時，寧樸無巧，寧儉無俗。」〔註81〕工巧、冗繁、
浮艷適流於俗，本色、自然、質樸則趨向雅。因此，不古不雅也就成為晚明文
人「雅」文化的一種審美品級趨向。

　　晚明文人士大夫倚仗仕宦地位與經濟能力，過著相對富足安逸的俗世生
活。然又與市民富豪之家有所不同，因著知識份子的身分，所交往者皆為雅士
墨客，所談論之事皆為品硯、書畫、古玩一類，故能捨勢利之俗物，又能偷閒
於雅致生活。馮夢龍（1574～1646）曾言：「雅行不驚俗，雅言不駭耳，雅謔
不傷心。」〔註82〕在追求世俗化生活的同時，也不忘品味雅趣的審美心境。

　　明代文人士大夫的生活風尚，在追求世俗化靜態生活的同時，對於戶外
動態的雅興勝事，也沒有缺席。山居、攬勝、舟遊、恬適等四類生活樣式，
是明人山水休閒的生活主題內涵，而這四類戶外雅興的生活主題，則有各自

〔註75〕王鴻泰：〈明清的士人生活與文人文化〉，收錄於邱仲麟主編：《中國史新論：
　　　　生活與文化分冊》，頁267～316。

〔註76〕〔明〕黃宗羲：《明儒學案》，〈處士王心齋先生艮〉（台北：華世出版社，1987
　　　　年），卷32，頁710。

〔註77〕〔明〕李贄：《焚書》，〈答鄧石陽〉，卷1，頁4。

〔註78〕〔明〕高濂：《遵生八牋》，〈燕閒清賞牋上〉，卷14，頁690。

〔註79〕〔明〕陳繼儒：《小窗幽記》，〈集靈〉，卷4，頁68。

〔註80〕〔明〕李漁：《閒情偶寄》，〈器玩部・制度第一・骨董〉（濟南：山東畫報出版
　　　　社，2005年），頁249。

〔註81〕〔明〕文震亨：《長物志》，〈海論〉（北京：中華書局，1985年），卷1，頁6。

〔註82〕〔明〕馮夢龍：《古今譚概》，〈雅浪部〉（北京：中華書局，2007年），頁319。

其曼衍的生活韻事，形成晚明文人的一種「生活史學」。〔註83〕祁彪佳（1603～1645）曾云：「快心娛志，莫過山水、園林。」〔註84〕明人山水休閒生活，不論是居山有五宜，抑或山居有八德，山水與友朋咸為晚明文人的兩大性命追尋。〔註85〕

在晚明文人的休閒生活中，為了與俗世娛樂生活有所區隔，他們會刻意構築一種趨雅避俗的傾向。因此，「遊」同樣也會徵顯其「雅遊」的樣式與氛圍。鄒迪光（1550～1616）曾言：

> 夫遊有三：一天遊、二人遊、三俗遊。……天宇晴空，惠風時至，朗月繼照，諸品一滌，枕石漱流，聽禽坐卉，橫槊抽毫，登高能賦，野老與之爭席，麇麏因而相狎，是謂人遊。……余不能天遊而大厭俗遊庶幾哉，人遊已乎。〔註86〕

晚明文人，除了對於居室靜態的古物收藏、鑑賞把玩、字畫撰書等雅事消遣，開始趨向藝術化之外；其他戶外勝事，諸如：建造園林、遊歷山水等等，也都以詩文唱和、飲酒品茗、彈琴對弈一類清雅品項來經營戶外「雅」文化的生活內涵。

然而，本文所要探討的「家庭戲班」更是文人爭馳涉足而不可缺席的品項。尤其，以仕宦文人和致仕文人的閒情生活最是精彩。他們努力經營自己建立的家庭戲班，傾畢生之精力與文采，投入戲曲的方方面面，構築戲曲豐盈的雅文化，誠如鄒迪光所言「人遊」的生活內涵。

三、家庭戲班的緣起、開展與禁令

家庭戲班簡稱為「家班」，一說為「家樂」（本論文以此詞名之），乃由私人置辦買賣和蓄養的家庭娛樂組織，與底層社會為營生而謀利搬演的職業戲班相對應。在古代中國，一般由文人士大夫、地方鄉紳或富豪商賈至各地搜買童伶或蓄養家奴，然後教習歌舞技藝，來滿足家庭娛樂需要為目的。家庭戲班

〔註83〕 吳智和：〈明人山水休閒生活〉，《漢學研究》第 20 卷第 1 期（2002 年 6 月），頁 101～129。

〔註84〕 〔明〕祁彪佳：《祁彪佳文稿》，〈祁忠敏公日記‧林居適筆〉（北京：書目文獻出版社，1991 年），頁 1039。

〔註85〕 曹淑娟：〈晚明文人的休閒理念及其實踐〉，《戶外休閒研究》第 4 卷第 3 期（1991 年 9 月），頁 35～63。

〔註86〕 〔明〕鄒迪光：《鬱儀樓集》，〈遊吳門諸山記〉（濟南：齊魯書社，1997 年），卷 36，頁 711。

主要用來自娛為功能，有時也會充當一種文化排場，作為家樂主人社交應酬的工具。

家庭戲班並不始於明代。嚴格來說，這種家庭式的歌舞演藝組織，可溯源至西漢。桓寬《鹽鐵論》記載：「夫家人有客，尚有倡優奇變之樂，而況縣官乎。」〔註87〕儘管，家庭戲班在漢代時已備雛形，但卻遲至一千多年後的明代中葉才蓬勃興起，成為明清時期重要的戲劇文化現象。要之，任何一種文化現象的產生，都不可能憑空而來，必然有它的歷時性因素，包含著內在與外緣兩方面。

洪武年間，朱元璋甫平天下，政治與社會均處於恢復和修整時期，嗣後的永樂、洪熙、宣德年間，仍舊恪遵祖訓。尤其朱元璋和朱棣為加強集權中央統治，制定諸多整肅吏治的法令。整體上來說，當時的社會經濟情況尚未有廣泛置辦家庭戲班的有利條件。《錫金識小錄》記載：

> 明初開科時，諸生大比，文在高等者，必得縉紳三老保證，生平無過，方准入試，其結狀分款至十餘條。永樂初，有徐紹德者，以曾共娼女飲酒，為鄰所詰，降廩不與試。〔註88〕

為端正良善風俗，朱元璋和朱棣除了加強集權中央的統治，制定諸多整肅吏治的法令外，對於禁止奴僕的買賣，同樣是嚴刑律法。《日知錄》記載：「太祖數涼國公藍玉之罪，亦曰：『家奴至於數百。』今日江南士大夫多有此風，一登仕籍，此輩竟來門下，謂之投靠，多者亦至千人。」〔註89〕朱元璋把誘騙和拐賣人口為奴隸的販子列為十惡之中，也是「常赦所不願」的黑名單。故此，在這樣的時空背景下，文人士大夫與鄉紳商賈之家，自然無意於買賣童伶，置辦家庭戲班。

明中葉以後，這樣的穩定局勢發生了根本上的變化。皇權的高度集中，相對以皇帝為權力中心的統治集團也易於被蠶食腐化，使得近侍皇帝的宦官有機可乘。大權旁落的結果，明世宗嘉靖皇帝不見朝臣，明穆宗隆慶皇帝不向大臣說一句話。明神宗萬曆皇帝更是中國歷史上絕無僅有的荒怠君主，在位四十七年，竟然幾近三十年不上朝，國家機器雖然繼續運轉，但整個政權體制呈現

〔註87〕〔西漢〕桓寬：《鹽鐵論》，〈崇禮〉（北京：中華書局，1991年），卷7，頁183。

〔註88〕〔清〕黃印輯錄：《錫金識小錄》，〈科名・明初結狀〉（台北：成文出版社，1989年），卷9，頁533。

〔註89〕〔明〕顧炎武：《日知錄》，〈奴僕〉（長沙：嶽麓書社，1996年），卷13，頁496。

出衰頹的狀態。諸如：官員的任免，泰半處於停頓狀態，《明史》稱之「職業盡弛，上下解體。」﹝註90﹞近侍宦官從擅權到營私結黨，點燃朋黨之禍，乃至明亡，或評「論者謂明之亡，不亡於崇禎，而亡於萬曆云。」之語。﹝註91﹞

　　由於統治者的荒誕無作為，明中葉的政治呈現管理制度的懈怠與統治力量的削弱，原本高壓緊控的螺絲因此鬆綁，禮制與道德直接僭越，舉凡車馬、服飾、飲食、器用等都逾越明初的禮制規定。兵部左侍郎汪道昆（1525～1593）云：「與其媚世，吾寧遺世；與其遺世，吾寧玩世。」﹝註92﹞追求侈靡奢華的物質享受，立時成為社會各階層的逸樂生活形式。明初，朱元璋建立的倫理教條、禮樂制度等成果，在此際體制崩壞的環境中，整個官僚機器運轉的效率不僅大大降低，有些還鏽蝕不堪、任其腐化，像是禁止蓄養家奴，就從官禁條律中除名。

　　從學術思想背景的視角看，上層統治階級的鬆懈，理學思想同樣受到不小的衝擊。陽明心學開啟了人們思想觀念的解放，也為人們縱欲享樂找到一個宣洩的出口和合法性理由。明世宗嘉靖初年，陽明心學仍被朝廷視為偽學。直到明穆宗隆慶元年，王陽明被詔贈新建侯、諡文成；明神宗萬曆十二年，王陽明才得以從祀孔廟。隨著王陽明政治地位的逐步確立，他的學說也從「偽學」轉而成為「有用道學」。

　　王學左派的崛起，晚明多數文人不再堅持安貧守道的儒家傳統，轉而嚮往聲色犬馬、玩物享樂的生活型態；更甚者，王學末流走向極端，出現了為數不少的狂狷之士。從學術思想對照現實社會的影響來看，這些文人士大夫對政治的失望與幻滅，其精神層面必然也產生困頓和萎靡。家庭戲班的組織與置辦，無疑成為這個時期文人士大夫「俗所通用」的家庭生活內涵，他們藉由觀劇款客來撫平精神上的政治受挫，甚至視之不敢不用的待客之物。余懷（1616～1696）即言：

　　　蓄聲樂，非溺於聲也。園林花鳥，飲酒賦詩，非縱酒泛交買聲名於

﹝註90﹞〔清〕趙翼：「萬曆末年，怠荒日甚，官缺多不補。舊制給事中五十餘員，御史百餘人，至是六科止四人，而五科印無所屬。十三道祇五人，一人領數職，在外巡案，率不得代。六都堂官僅四五人，都御史數年空署，督撫監司亦屢缺不補。」參閱《廿二史劄記》，〈萬曆中缺官不補〉（台北：鼎文書局，1975年），卷35，頁794。

﹝註91﹞〔清〕趙翼：《廿二史劄記》，〈萬曆中礦稅之害〉，卷35，頁792。

﹝註92﹞〔明〕汪道昆：《太函集》，〈人間世頌〉（濟南：齊魯書社，1997年），卷79，頁211。

天下也，直寄焉爾矣。古之人胸中有感憤、無聊、不平之氣，必寄
之一事一物以發洩其堙曖。〔註93〕

明代中晚期，蓄養家庭戲班，或以戲曲宴客、或以戲曲自娛，在演出的場地與
形式上，有著很大的變化。時人陳龍（1579～1645）曾言：「每見士大夫居家
無樂事，搜買兒童，教習謳歌，稱為家樂。」〔註94〕在種種社會因素的催化下，
演出的場地與形式，從宋元時代的勾欄瓦舍轉而為紅氍毹上；從東奔西突以尋
求生計轉而為文人士大夫之家所豢養的戲班。文人士大夫更多是為了出於對
戲曲的熱愛，而對蓄養家庭戲班傾注畢生的心血。

因此，不論是以戲曲宴客，或以戲曲自娛，文人士大夫在主觀上追求個性
解放的同時，多數是借筆下的人物，獨抒寫志、寄託自我，以滿足場上之曲所
帶來的直觀感受。而此際，文人士大夫的心態也發生了根本上的變化。質言
之，對於文人士大夫這一群體的觀劇實踐、表演經驗、戲劇理論等，不僅給予
家庭戲班的組織發展提供了優良的養份滋潤，也讓戲劇主導者起了相當重要
的推進作用。

作為家庭戲班主人的社交或自娛之物，家庭戲班在明末清初時，達到了
鼎盛階段。楊慧玲在《戲曲班社研究：明清家班》一書中，統計了萬曆到明
亡這段時期，明確記載於文獻上的家庭戲班，幾近一百五十家；〔註95〕劉水
雲在《明清家樂研究》一書中，考訂晚明時期的家庭戲班，更多達一百七十
二家。〔註96〕

養優蓄樂成為晚明文人士大夫生活文化的普遍現象。在北方，比較有名的
家樂主人，諸如：王九思、康海、李開先等人的家庭戲班。李開先（1502～1568）
曾自述：「有時取玩，或命童子扮之，以代百尺掃愁之帚。」〔註97〕至於江南
和東南沿海地區，自前朝歷代以來，原本就是富庶的魚米之鄉。晚明，商品經
濟的空前繁榮，杭州、蘇州、南京等地連成一條擁有厚實經濟基礎的物質環
境，除了文人士大夫外，江南的鄉紳商賈之家，各個養優蓄樂，儼然成風。

〔註93〕〔明〕余懷：〈冒巢民先生七十壽序〉，收錄於〔明〕冒襄：《同人集》（濟南：
　　　　齊魯書社，1997年），卷2，頁68。
〔註94〕徐子方：《明雜劇史》（北京：中華書局，2003年），頁180。
〔註95〕楊惠玲：《戲曲班社研究：明清家班》（廈門：廈門大學出版社，2006年），頁
　　　　70。
〔註96〕劉水雲：《明清家樂研究》（上海：上海古籍出版社，2005年），頁44。
〔註97〕〔明〕李開先：《李開先集》，〈院本短引〉（北京：中華書局，1959年），頁857。

在當時頗負盛名的仕宦文人，像是蘇州申時行家樂、浙江屠隆家樂、南京阮大鋮家樂等；未有官職的文人家樂，像是杭州汪汝謙家樂、紹興張岱家樂、浙江李漁家樂等，其家庭戲班的規模，優伶約略都有十幾二十來人。

另一方面，家庭戲班數目之多，演出必然頻繁，不論曲宴款客，抑或雅集逞技，都到了無日不赴宴、無日不觀劇的地步。譬如：祁彪佳曾在日記記載：崇禎五年十月，看戲十一餘次；崇禎六年正月，看戲更高達十四次之多，幾乎兩三天就要觀劇一次。

晚明時期，社會文化確實為家庭戲班營造和提供種種蓬勃興起的條件，也為中國戲曲掀起了一場各階層看戲的社會風尚。不僅文人士大夫階層醉心於度曲場上，且幾乎到達狂熱的程度；與此同時，連鄉紳、富豪、商賈階層也跟風仿效，學起文人士大夫置辦家庭戲班，其家樂數目亦不容小覷。

家庭戲班的盛況，至清世宗雍正二年，為了整飭官風，端正社會風俗，明文規定「家有優伶，即非好官，著督撫不時訪查。至督撫提鎮，若家有優伶者，亦得互相訪查，指明密折奏聞。」〔註98〕清高宗乾隆二十七年，明令禁止「在京如有需次人員，出入戲園酒館，不自愛惜名器者，交步軍統領順天府及五城御史嚴刑稽察，指名糾參，以示懲儆。」〔註99〕乾隆三十四年，再次重申「有飭禁外官畜養優伶之事，聖諭周詳，恐其耗費多金，廢弛公務，並且夤緣生事，敕督撫不時訪查糾參。」〔註100〕清仁宗嘉慶四年，明令「若署內自養戲班，則習俗攸關，奢靡妄費，並恐啟曠廢公事之漸。……嗣後各省督撫司道署內，俱不許自養戲班，以肅官箴而維風化。」〔註101〕嘉慶十三年，再次重申「凡有戲班人等，俱著立時攆逐出境，令其各歸內地謀生，毋許逗遛。仍將實力禁緣由，於每歲年底自行具奏一次。」〔註102〕當皇帝三申五令，言明規定禁止官員養優蓄樂的結果，清中葉以後，家庭戲班逐漸退散，轉由職業戲班取而代之。

〔註98〕 本社編審：《元明清三代禁毀小說戲曲史料》，〈雍正二年十二月禁外官畜養優伶〉（台北：河洛圖書出版社，1980年），頁28。

〔註99〕 本社編審：《元明清三代禁毀小說戲曲史料》，〈乾隆二十七年禁需次人員出入戲園〉，頁42。

〔註100〕 本社編審：《元明清三代禁毀小說戲曲史料》，〈乾隆三十四年嚴禁官員畜養歌童〉，頁43。

〔註101〕 本社編審：《元明清三代禁毀小說戲曲史料》，〈嘉慶四年禁止官員畜養優伶〉，頁50。

〔註102〕 本社編審：《元明清三代禁毀小說戲曲史料》，〈嘉慶十三年禁止官員畜養優伶〉，頁59。

明中葉以後的種種政治亂象，讓社會秩序雖然變得難以維繫，但卻給了戲曲多樣文化的萌芽與發展，家庭戲班便是在這樣的時代背景下萌芽、茁壯、蓬勃發展。尤其在明弘治、正德年間，家庭戲班慢慢探出頭來，之後便一發不可收拾，這一時期，上層文人士大夫無疑是蓄養家庭戲班最強而有力的推手。

第四章　政治與戲曲的對話：
　　　　文人的價值選擇

　　認識文人家庭戲班，不僅僅要了解家庭戲班的歷史演進、發展與盛衰，對於優伶的舞台表演與藝術審美同樣也要進行梳理和考察。本章探討的戲曲活動，主要側重在戲曲的外緣因素，亦即戲曲與現實政治、社會經濟的複雜關係，文人如何以政治身分和經濟實力耽樂於家庭戲班。故此，戲曲內部的基本曲藝問題，歷來學者已研究出豐富的文獻資料，且蔚為大觀，適足以為佐證。

第一節　士大夫的政治身分

一、仕宦身分的外延與再界定

　　「士大夫」一詞，其定義、內涵與文人、士子之異同，於前章業已討論。在本節，我們深入探討士大夫仕宦身分的外延與再界定。本義上，士大夫是通過國家科舉考試而授予官職任事的士人，以仕宦作為政事舉業的概念內涵。他們是一群擁有科名、知識，以及社會聲望的官僚組織成員。但是，隨著明代中晚期捐納制度的逐漸發展，富家子弟中或有未試舉業、或有應試而落地者，皆可以經由捐納途徑而獲得監生（也稱作生員）的科名，〔註1〕有些還可能授予

〔註1〕明代捐納制度，從商人的商業行為來看，日人寺田隆信指出：「因為對傳統政治體制的依存和寄生，是支持他們的營業活動的基礎。」參閱張正明等譯：《山西商人研究》（太原：山西人民出版社，1986年），頁280。唐焱認為：明清時

官職爵位。

　　明英宗正統年間，土木堡之變後，捐納之門開啟，納銀四十兩，即可獲得冠帶，成為「義官」。義官也稱作「散官」，在文官體系下，品秩低於科舉出身的官員，是一種享有較高社會地位的虛銜。〔註2〕也就是說，人民不論捐納幾品，雖然可以獲得一個作官的資格，但畢竟沒有經過正規銓選制度循序而上，實際是無法到任就職，自然也就沒有政治實權，屬於賦閒的爵位，僅作為個人門面的擺設。那麼，由朝廷授予的散官冠帶這一群體，是否也可以視為士大夫之列？此為本節所欲釐析仕宦身分的外延與再界定。

　　首先，我們來看美國漢學家列文森（Joseph Richmond Leveson, 1920～1969）所觀察中國士大夫的人格特質。

> 中國的士大夫是這樣一種類型的人文主義者，即在本性上要求掌握一門定型的文化，或一種人文學科的遺產；在表面上，同時也在心中，他們對科學沒有產生任何興趣，因為科學精神只能對傳統主義的一種顛覆，而傳統主義又如此天然地適合他們的社會本性，並在思想上與他們所遵循的儒家原則如此緊密地聯繫在一起。〔註3〕

列文森認為：士大夫是知識的學習者、擁有者，同時也是創造者。在中國傳統文化中，士大夫將知識系統傳播於社會，建構起一套儒家社會文化。當然，從西方重視科學的視角來看，列文森認為中國士大夫缺乏科學精神，乃源於科學

期，商人十分重視經由捐納等方式躋身士大夫的行列，來「提高自身的政治地位」與官員「乃至封疆大吏直至皇帝交往」參閱《法律視野下的徽州鹽商──從萬曆至道光》（上海：華東政法大學碩士論文，2008 年），頁 14。也有研究者從社會階層觀察，伍躍認為：從科舉取士制度的發展來看，「捐監政策的出現等於公開承認財力在選官取士方面的作用，亦即在既有的學力標準之外，又堂而皇之地引入了一個財力的標準。只要付出一定的財力，國家便向該人授予國子監生資格──做官的資格。」參閱〈明代的社會：納貢與例監──中國近世社會庶民勢力成長的一個側面〉，《東吳歷史學報》第 20 期（2008 年 12 月），頁 155～191。李太龍、潘士遠指出：「古代知識份子嚮往學而優則仕，他們在科舉場上『十年寒窗』是為入仕為官進行的投資。不能科舉入仕的人通過捐納換取官職，『買官鬻爵』是合法的政治投資行為。」參閱〈財富分配、社會階層結構和經濟績效──一個政治經濟學模型〉，台灣大學經濟學系《經濟論文叢刊》第 42 輯第 3 期（2014 年 9 月），頁 405～451。

〔註 2〕〔明〕姜淮：《岐海瑣談》（上海：上海社會科學院出版社，2002 年），卷 7，頁 116。

〔註 3〕〔美〕列文森（Joseph Richmond Leveson）著，鄭大華、任菁譯：《儒教中國及其現代命運》（桂林：廣西師範大學出版社，2009 年），頁 42。

與傳統二者的互斥關係。不過，列文森也肯定中國士大夫「掌握一門定型的文化，或一種人文學科的遺產」是傳統中國社會擁有知識權力的人文主義者。

　　在傳統中國社會中，擁有知識即擁有權力。「士」進可以仕宦，而為公卿、為大夫，掌握更多的國家資源與權力；退可以為鄉紳、為私塾之師，擁有鄉里間的聲望，同樣掌握豐富的地方資源與權力。如是觀之，士與中國文化確實有密不可分的關係。余英時（1930～2021）從科舉考試的視角剖析：

> 從社會結構與功能方面看，從漢到清兩千年間，「士」在文化與政治方面所占據的中心位置是和科舉制度分不開的。通過科舉考試（特別如唐、宋以下的「進士」），「士」直接進入了權力世界的大門，他們的仕宦前程已取得了制度的保障。這是現代學校的畢業生所望塵莫及的。著眼於此，我們才能抓住傳統的「士」與現代知識人之間的一個關鍵性的區別。〔註4〕

以明代科舉為例，明代科舉分文舉、武舉兩途。文舉只設進士一科，武舉用以選拔軍事人才。士人循其正道，參加科舉考試，只要通過「鄉試」成為「舉人」，即具有任官資格，然位階較低，未來升遷也有限；倘若能再通過「會試」與「殿試」兩級，取得「進士」銜位，方能說是前途未可限量。顧炎武（1613～1682）慨言：「科名所得十人之中，其八九皆為白徒。而一舉於鄉，即以營求關說為治生之計。於是在州里則無人非勢豪，適四方則無地非遊客。」〔註5〕即說明具有「士」知識的平民百姓可以經由科舉考試，改變自己的身分與家族的命運。即便每個士人的仕宦目的各異，但只要能進入國家官僚體系的權力世界，其仕宦前程也就能取得制度上的保障。

　　明太祖洪武十七年，頒布「科舉成式」，規定「三年一大比」及考試內容，基本制定明代二百多年的科舉成文法規。清代大致因襲明代成規，明清科舉一脈相承，長達五百多年。終及明亡，明季開科共八十九次，僅進士就錄取近兩萬五千（24536）人，舉人更是錄取逾十萬餘人。〔註6〕儘管錄取人數眾多，但落榜人數更多，且經由科舉而獲得功名者，也非人人都能晉身仕宦之列，絕大多數原因還是官職缺額有限。不過，比較重要的一個社會現象是，由於科舉考

〔註4〕余英時：《士與中國文化》，〈序言〉（上海：上海人民出版社，2003年），頁6。
〔註5〕〔明〕顧炎武：《日知錄》，〈經義論策〉（長沙：嶽麓書社，1996年），卷16，頁586。
〔註6〕金諍：《科舉制度與中國文化》（上海：上海人民出版社，1990年），頁170～176。

試的相對公平，因此吸引了絕大多數的士人參與，打破貴族壟斷和特權關係，使有心進入國家官僚體系中不同層級的知識份子，在平等競爭的原則下，都可藉由科舉考試得以改變自己的身分和家族的命運。

以色列社會學家艾森希塔特（S. N. Eisenstadt, 1923～2010）則從帝國的政治取才上來看中國的官僚制度，他認為：

> 在文人群中，文化精英與政治精英不論是組織上，乃至象徵上，只有小異而無大別。由於百分之十至二十的文人會被吸納到官僚體制裡，而且除了少數幾個書院外，他們缺乏自己的組織，因而他們的組織架構幾乎等於國家的官僚體系。職是之故，中國文士並未在政治、行政與宗教組織中產生特殊的組織要求。〔註7〕

艾森希塔特同樣認為：在傳統中國社會中，擁有知識即擁有權力，且知識與權力的擁有者，僅分配給「百分之十至二十的文人」手上。他們是經由科舉考試而進入國家官僚體制，由於「缺乏自己的組織」，因此，這些「百分之十至二十的文人」實際的政治運作與參與，皆為國家機器所控制。就政治權力而言，作為文化精英與政治精英的士大夫階層，事實上，也是因為獲益於科舉制度，而得以成功進入官場，成為政治權力的掌握者。

大抵而言，就士大夫相關概念的諸多釐析，傳統中國士大夫意指通過科舉考試而仕宦的官員。在帝國政治體制下，他們是一群擁有知識和權力的階層，是所謂的文化精英和政治精英。不過，若是以通過科舉考試而仕宦作為「士大夫」一詞的定論，顯然無法將明代士大夫的概念內涵含括殆盡。其中，明代的捐納制度即產生「士大夫」一詞在政治身分上的外延與再界定。

從社會結構與文化面來看，明代的市民階層相當活躍，尤以晚明更加顯著。徽州《汪氏統宗譜》記載：「士商異術而同志，以雍行之藝，而崇士君子之行，又奚必於縫章而後為士也。」〔註8〕晚明商人可以經由捐納制度，提升自己的身分而成為「士」，士兼可經商營利，這讓原本欲藉科舉考試來改變身分的市民，在仕途上有了不一樣的選擇。故此，晚明社會階層的流動，科舉考試不再是士商身分相對互動的唯一路徑。

〔註7〕〔以色列〕艾森希塔特（S. N. Eisenstadt）著，呂紹理、劉子琦合譯：〈知識份子──開創性、改造性及其衝擊〉，收錄於余英時等著：《中國歷史轉型時期的知識份子》（台北：聯經出版事業公司，1992年），頁1～9。

〔註8〕張海鷗、王廷元主編：《明清徽商資料選編》，〈汪氏統宗譜〉（合肥：黃山書社，1985年），卷116，頁440。

　　明神宗萬曆年間，兵部左侍郎汪道昆（1525～1593）出身商賈世家，與張居正同榜進士、也是晚明著名的戲曲家，曾云：「大江以南，新都以文物著，其俗不儒則賈，相代若踐更，要之良賈何負閎儒，則其躬行彰彰矣。」〔註9〕汪氏的看法，正好說明晚明在社會、經濟與文化上，士商關係已經產生結構性的變化。

　　就廣義的士大夫來說，明代的「科舉和捐納如同一個政治市場，為中產階級提供躋身官員行列、成為精英的可能，也為統治者提供選拔官員、調整統治階層的途徑。」〔註10〕明代的捐納制度有「捐官」和「捐監」兩種，前者是買官鬻爵，後者是入監成為國子監學生，少了繁縟耗時的考試程序，已具有秀才身分。因此，監生除了可以向上考舉人、進士外，也可以擔任地方較低階的官吏或王府教員。「明末『生員』人數激增，大約有五、六十萬之多，其中由『捐資』得來的必占了一個很高的比例。」〔註11〕這是明清兩代在財政困難時，所賴以支撐帝國生存的籌款方式。

　　當然，本文所要探討的士大夫政治身分，主要還是就狹義的士大夫而言，即通過科舉考試而仕宦者，其中包含了在任、停職、致仕等官員。對於已取得進士銜號資格而尚未授予官職者，以及捐納的監生、地方庠序之學儒等，則不在討論之列。

二、政治抱負與政治心態的轉向

　　《二十二史劄記》記載：「蓋是時，明祖懲元季縱弛，一切用重典，故人多不樂仕進。」〔註12〕事實上，明代士大夫的辭歸、不仕進，並非晚明才漸成風尚，早在明初朱元璋時期，便有這樣的跡象存在，且為數頗多。〔註13〕當然，自朱元璋廢除丞相制度，集權在握；設立廷杖，辱虐士大夫。其後，朱棣增設廠衛制度，對官員的監控有過之而無不及，各種嚴刑峻法行於吏治，不能說沒有影響文人儒者仕宦的心理恐懼。

〔註9〕〔明〕汪道昆：《太函集》，〈誥贈奉直大夫戶部員外郎程公暨贈宜人閔氏合葬墓誌銘〉（濟南：齊魯書社，1997年），卷55，頁625。

〔註10〕李太龍、潘士遠〈財富分配、社會階層結構和經濟績效──一個政治經濟學模型〉，台灣大學經濟學系《經濟論文叢刊》第42輯第3期（2014年9月），頁405～451。

〔註11〕余英時：《士與中國文化》，頁528。

〔註12〕〔清〕趙翼：《二十二史劄記》，〈明初人多不仕〉（台北：鼎文書局，1975年），卷32，頁737。

〔註13〕明代開國輔臣，高啟曾拒仕一次，劉基曾拒仕二次，宋濂曾拒仕四次。

　　明初，朱元璋始立國，百廢待舉，自然需要許多文人儒者來替他佐理天下，他曾言：「天下甫定，朕願與諸儒講明治道。有能輔朕濟民者，有司禮遣。」〔註 14〕未成帝業之前，朱元璋也曾效法周公吐哺，明末諸生談遷（1594～1658）即言：「高皇以武功創業，顧慕耆儒，見儒輒喜，以耆儒無誕謬，可厚俗也。」〔註 15〕但朱元璋稱帝後，各種嚴刑峻法與官俸微薄等因素，致使諸多文人不願進京仕宦，朱元璋遂不再下氣隱忍，而手段愈加威嚇殘暴。譬如：秦裕伯（1295～1373）受徵辟而上書拒仕，朱元璋手書諭之曰：「海濱民好鬥，裕伯智謀之士而居此地，堅守不起，恐有後悔。」〔註 16〕又，陶凱（1304～1376）受徵辟而隱躲，朱元璋直言威嚇：「陶凱不應詔，可取一族人首級回話，於是族人之四遠，求得凱見上。」〔註 17〕不過，最讓朱元璋大為光火的，則是後來發生於蘇州文人姚叔閏、王謬事件，明《御製大誥》記載：

> 蘇州人材姚叔閏、王謬皆儒學，有人以儒者舉於朝廷，吏部行下蘇
> 州府取赴京師，朕欲擢用分理庶務，共造民服。二生交結本府官吏
> 張亨等，暗作主文老先生，因循破調不行，赴京以就官位而食祿，
> 匿於本郡，作害民之源，事覺梟令，籍沒其家。〔註 18〕

「學成文武藝，貨與帝王家。」〔註 19〕是士人與武將意欲求仕的晉升管道。尤其，士人掌握了文化知識，是輔佐國家統治者治理地方與中央政事不可或缺的助力。明初剛建國之際，劉基、宋濂、葉琛、章溢等一批開國輔臣文人，受到朱元璋極高的禮聘，在朱元璋率軍攻克浙江後，還相當謙遜恭謹曰：「我為天下屈四先生，今天下分爭，何時定乎？」〔註 20〕然今時不比往昔，朱元璋稱帝後，與建國前判若兩人，他頒布的嚴刑峻法，不僅用之百姓，也施於吏治。重典重法的結果，使得才俊之士，不論身處官場，抑或隱於鄉里，其能僥倖存活者，百無一二。明初四先生，無一善終。《明史》記載：

〔註 14〕〔清〕張廷玉等奉敕撰，楊家駱主編：《明史》，〈太祖本紀〉（台北：鼎文書局，1991 年），卷 2，頁 21。

〔註 15〕〔明〕談遷：《國榷》（台北：鼎文書局，1978 年），卷 7，頁 581。

〔註 16〕〔清〕張廷玉等奉敕撰，楊家駱主編：《明史》，〈文苑傳一・秦裕伯〉，卷 285，頁 7317。

〔註 17〕〔明〕雷禮：《國朝列卿記》（台北：文海書局，不詳年），卷 39，頁 2461。

〔註 18〕〔明〕朱元璋：《御製大誥三編》，〈蘇州人材第十三〉（上海：上海古籍出版社，1999 年），頁 332。

〔註 19〕〔明〕馮夢龍：《喻世明言》（台北：光復書局，1998 年），卷 20，頁 238。

〔註 20〕〔清〕畢沅：《續資治通鑑》，〈元紀三十三〉（台北：中華書局，1970 年），卷 215，頁 5865。

> 古之為士者，以登仕為榮，以罷職為辱。今之為士者，以潛跡無聞
> 為福，以受玷不錄為幸。〔註21〕

明人呂毖（生卒年不詳）亦言：

> 帝新定天下，以重法繩臣下，士不樂仕。人文散逸，詔求賢才，悉
> 集京師。甚至家有好學之子，恐為郡縣所知，反督耕於田畝。〔註22〕

天子之心，高深莫測。史家認為，朱元璋既「詔求賢才」禮遇文人，又「重法
繩臣下」迫害文人，恐怕在於自卑感作祟。皇權高高在握，徵辟文人進京仕
宦，卻屢遭拒絕，帝王的顏面何在？在帝王眼中，文臣武將都是他手中的棋
子，這盤江山大棋該怎麼運籌？何時棄之？何時保之？他都必須掌握得牢牢
實實，一切令人不安的因素都必須拔除，「期使士人震懾於王室積威之下，使
其只能為吾用而不足為吾患。」〔註23〕因此，錢穆（1895～1990）有言：

> 明祖之起，其敬禮而羅致之者固多儒，且亦以儒道而羅致之，……
> 方其未仕，敬禮之，優渥之，皆所以崇儒也。即其既仕，束縛之，
> 馳驟之，皆所以馭吏也。〔註24〕

這樣的天子之心，除制定於法條律令外，也彰顯在明代的科舉制度。明初，朱
元璋重實務質樸、斥奢華藻飾，不僅衣食起居等日常生活嚴格執行，連文章筆
法也有定制。亦即反對使用四六對偶來行文，要求諸生應試須仿司馬遷、蘇軾
等人的散文筆法，《明實錄》記載：

> 茲欲上稽古制，設文武二科，以廣求天下之賢。其應文舉者，察其
> 言行，以觀其德；考之經術，以觀其業；試之書算騎射，以觀其能；
> 策以經史時務，以觀其政事。應武舉者，先之以謀略，次之以武藝，
> 俱求實效，不尚虛文。〔註25〕

明代科舉不考詩賦，主要以「四書」、「五經」儒家經典作為考試內容。朱元璋
重視諸生的綜合素質，因此，考試內容除經義外，也含括道德品格、經國政事、
騎射武藝等方面。逮及明憲宗成化年間（1464～1487），八股制義才形成答卷

〔註21〕〔明〕陳子龍等選輯：《明經世文編》，〈葉居升奏疏〉（北京：中華書局，1962
　　　　年），卷8，頁54。
〔註22〕〔明〕呂毖：《明朝小史》，〈洪武紀・士不樂仕〉（台北：正中書局，1981年），
　　　　卷2，頁175。
〔註23〕錢穆：《國史大綱》（台北：台灣商務印書館，2017年），頁161。
〔註24〕錢穆：《國史大綱》，頁161。
〔註25〕中央研究院歷史語言研究所編：《明實錄》，〈太祖實錄〉（台北：中央研究院歷
　　　　史語言研究所，1967年），卷22，頁323。

有一定的標準程式，亦即內容要行文對偶、模仿古人語氣、蹈襲古人論點，不能違背經注，也不容許有個人見解。

　　一道廣求天下賢人入仕的詔文，看似朱元璋為國舉才所鋪設的康莊坦途。實際上，朱元璋深知：治理國家離不開知識份子的輔佐，但這群具有文化知識的文人又非得牢牢束縛其自由的精神，否則恐不受役使，而終究「足為吾患」。這種高明的手段，《明史》有如下記載：

> 朝廷取天下之士，網羅捃摭，務無餘逸，有司迫敦上道，如捕重囚。
> 比道京師，而除官多以貌選，所學或非其所用，所用或非其所學。
> 洎乎居官，一有差跌，苟免誅戮，則必在屯田工役之科。率是為常，
> 不少顧惜，此豈陛下所樂為哉？〔註26〕

藉由科舉考試的內容與形式，朱元璋開始控制文人的創作自由，藉此來圈養天下文人的思想與行動。嚴峻的官場吏治，對士大夫所遭受的廷杖，在於施與不施之間，全端賴君主的尊威與喜怒。從朱元璋至朱棣，而手段愈加苛厲。明初，方孝孺（1357～1402）便直接拒絕與朱棣合作，曾經直言：

> 君臣之際有常禮，上不以尊而威其下，下不以卑而屈於上，道合則
> 仕，否則引而退，不宜以鞭笞戮辱懼之也。〔註27〕

方孝孺的諫言，似乎沒有得到上位者多大的回應；君主的尊威與喜怒，也從未中斷過。至明中晚期，朝政綱紀逐漸敗壞，天子之心落入另一權力階級手中——內侍擅權。而廠衛的肆虐，以及文武百官之間的對立與內鬥更形嚴重。皇帝荒度怠政，多年未曾上朝，在政治上的無作為癱瘓，即便歷史也前所未見。不過，明代中晚期的官員未必因此就過得輕鬆自在。《明實錄》記載：

> 一撫按官專制一方，朝廷重托，乃有地方利弊通不究心，官吏賢否？
> 偏信耳目。供張僭侈，費用浩繁。歲時慶賀之儀，不勝奔走。廩餼
> 常供之外，後多餽遺。司道官又借視聽於窩訪，取私費於官庫。以
> 致貪官汙吏，有恃無恐。〔註28〕

明代中晚期，武宗正德皇帝貪圖享樂，怠於政事，縱容宦官欺世霸道；世宗嘉靖年間，同樣有宦官嚴嵩專權，兼及朝廷發生「大禮義」之爭，造成君臣失交，竟演變成士大夫間的黨同伐異。官場上的閣臣黨爭，形成百官勾心鬥角，群僚

〔註26〕〔清〕張廷玉等奉敕撰，楊家駱主編：《明史》，〈葉伯臣列傳〉，卷139，頁3991。
〔註27〕〔明〕方孝孺：《遜志齋集》，〈周禮辨疑〉（上海：上海商務印書館，1967年），
　　　　卷4，頁84。
〔註28〕中央研究院歷史語言研究所編：《明實錄》，〈神宗實錄〉，卷312，頁5827。

相互傾軋，而貪官汙吏蔚為成風，導致正、嘉時期的政治形勢險惡嚴峻。至神宗萬曆皇帝，直接不見群臣，缺官不補，任由朝政空轉，較之前朝，有過之而無不及。

閣臣黨爭歷代有之，但閣宦擅政「自內閣、六部至四方總督、巡撫，遍置死黨。」〔註29〕天啟年間，熹宗「移宮案」的即位紛爭，以及後來對政治的荒怠冷漠，陸續發酵，給了閣宦濫用權力的機會和控制朝政的權柄空間，更直接對一心匡扶社稷的士大夫帶來前所未有的侮辱和凌虐。諸如：楊漣（1572～1625）因彈劾魏忠賢二十四大罪，〔註30〕反遭魏閣「土囊壓身，鐵釘貫耳，僅以血濺衣裹置棺中，後櫬歸無葬地，置於河側。」〔註31〕左光斗（1575～1625）同遭魏閣「被炮烙，旦夕且死，……面額焦爛不可辨，左膝以下，脛骨盡脫矣。」〔註32〕魏忠賢一樣在排除異己，而忠良之臣亦難逃閣爪，較之閣臣黨爭，閣宦濫權危害尤烈。

就大多數士大夫而言，他們是肝腦塗地、忠心於國家。但殘酷的政治迫害，不僅挫傷了士大夫的元氣，甚至於搭上性命，使得許多士大夫對政治心灰意冷，特別是東林黨人慘遭閣宦的屠戮。這些事件不無影響他們的人生觀，也開始改變對政治的態度。明穆宗隆慶年間，內閣首輔高拱（1512～1578）即曾厲言：

> 今之士風，可為極敝，從宦者全不知有君臣之義，徒以善彌縫，善推委，移法以徇人者為賢，而視君上如弁髦，苟可欺蔽，無弗為也。亦不知進退之節，是徒以善援附，善躐取，善賣法以持祿者為能，而棄名節如土梗，由他笑罵，所甘心也。有人言及君臣之義、進退之節者，則駭異而非笑之。噫！主本既亡，廉恥又喪，則宜其為公室之豺郎、私門之鷹犬也已。〔註33〕

面對嚴重的政治腐化與危殆，素以修身齊家治國平天下為職志的士大夫，理應上奏朝廷，提出整飭吏治、嚴懲貪汙、掃除閣黨等實際作為的建言與舉措。但

〔註29〕〔清〕張廷玉等奉敕撰，楊家駱主編：《明史》，〈宦官傳〉，卷305，頁7822。
〔註30〕《明史》記載：「六月癸未，左副督御史楊漣劾魏忠賢二十四大罪，南北諸臣論忠賢者相繼，皆不納。」參閱〈熹宗本紀〉，卷22，頁302。
〔註31〕〔清〕谷應泰：《明史紀事本末》，〈魏忠賢亂政〉（北京：中華書局，1985年），卷71，頁872。
〔註32〕〔清〕方苞：《方望溪全集》，〈左忠毅公軼事〉（北京：中國書店，1991年），卷9，頁116。
〔註33〕〔明〕高拱：《本語》（北京：中華書局，1985年），卷6，頁64。

多數士大夫不再去重蹈「文死諫」的臣道之禮，他們紛紛辭官，瀟灑來去，且
不覺得有愧對皇恩——一種未盡臣子義務的深刻內疚。倘若有人前來規勸或斥
責，他們反而「駭異而非笑之」。這種政治心態的轉向，與明初「文人多不樂仕
進」有所不同。晚明士大夫對政治的多數淡漠，源於人格受辱，以及仕宦並沒
有得到完全的政治保障，加之社會文化因素——陽明心學的興起、商業經濟的
發達。在一定程度上，士大夫已然擺脫傳統道德的束縛，不若明初的教孝教忠、
五倫全備的理學信仰。他們開始關注自身的情感欲望和心理體驗，表現文人的
自我意識覺醒，以及對人性本能情欲的追求。因此，李贄（1527～1602）曾言：

> 夫暴虐之君，淫刑以逞，諫又烏能入也？蚤知其不可諫，即引身而
> 退者，上也；不可諫而必諫，諫而不聽乃去者，次也；若夫不聽浚
> 諫，諫而以死，癡也。〔註34〕

在飽嘗一次又一次腥風血雨的殺戮後，士大夫絕望到了極點，有些士大夫選擇
繼續隱忍，有人稱病不起，更有一部分的人乾脆告老還鄉或上書辭歸，遠離險
惡的朝政。這一類的士大夫從一開始的心靈遠離政治，不涉政爭；慢慢到身體
也退隱於政治，離開朝堂，終致仕歸里。顯示晚明士大夫的政治心態轉向，在
當時確實蔚為一股風尚。

　　對晚明部分士大夫而言，政治環境的艱困險惡，迫使他們不得不退出官
場，選擇另一種人生。譬如：文徵明（1470～1559）出身於仕宦之家，先祖文
定開隨朱元璋征討張獻忠有功；父文林，成化年間進士，官至浙江溫州知府。
然而，文徵明的仕途並不如父祖順遂。他一生九次應試，連鄉試都未能及第，
最後以諸生之名經吏部考核，薦授位低俸薄的翰林院待詔一職。〔註35〕又，李
贄先任職北京國子監博士、北京禮部司務、南京刑部員外郎，後任雲南姚安府
知府，三年後棄官，時明神宗萬曆八年。〔註36〕他們對政治的熱情雖不如明
初，但這些具有文人身分的士大夫更嚮往自在自適的閒雅生活。

　　當這些士大夫選擇致仕歸里，便意謂著政治身分的已然失去，不再享有原

〔註34〕〔明〕李贄：《初潭集》，〈癡臣〉（濟南：齊魯書社，1995年），卷24，頁236。
〔註35〕《明史》記載：「正德末，巡撫李充嗣薦之。會徵明亦以歲貢生詣吏部試，奏
　　　　授翰林帶詔。」屢受翰林院同僚排擠，曾有人曰：「我衙門中非畫院，乃容畫
　　　　匠處此耶？」文徵明在任三年，提出三次辭呈，始獲上級批准。五十七歲致仕
　　　　歸里，永居蘇州。參閱〈文苑傳三‧文徵明〉，卷287，頁7362。
〔註36〕李贄曾於〈與焦弱侯〉信中云：「弟自三月即閉門專為告歸一事，全不理事矣，
　　　　至七月初乃始離任。」參閱《續焚書》（台北；漢京文化事業公司，1984年），
　　　　卷1，頁44。

本仕宦時的政治權力。但是，這種身分的改變，因著晚明心學的廣佈、商業經濟的發達，他們與商賈常常是合流一體的。於是，我們可以觀察到，當士大夫的價值取向轉變之後，他們行事變得比較灑脫，沒有過往士大夫那種不遇明君的悽惻苦悶。因此，明初以程朱理學治國的君臣之禮，漸漸在晚明失去了強而有力的約束，自然也不會構成這一類士大夫致仕歸里的心理障礙。

> 明初本是個百廢待興的時代，急需大量士人輔佐王政，否則朱元璋求士之心不會那麼急切。然而，在入仕非但無益甚且有害的政治高壓下，什麼自我抱負的實現，什麼天下蒼生的安危，什麼服務王室的責任，被許多士人統統置於腦後，只有自我生命的保存才是最為實惠的選擇。明代對士人入仕構成一定影響的另一時期是商業經濟發達的晚明。一方面是有限的官僚隊伍難以容納所有的士子，另一方面是豐厚的商業利潤的刺激，使相當一部分士人不再選擇仕途，而是湧入商人的行列。〔註37〕

晚明社會，在政治、經濟、文化等各個層面皆產生一定影響的劇變，使得士人對自身命運的重新認識，具有很深的社會內涵。士風的改變，出現了所謂的狂士、狂禪、士商合一等多元身分。以修齊治平為己任的傳統儒家精神、致君於堯舜的為官理想，到了明末，士人多視仕宦為畏途。這種政治心態的轉向，是士人對晚明政治的極度失望，對所謂傳統價值的否定，或可言魏晉亡國遺風的逃禪士人於晚明的再現。標誌著士人的人生道路，不是僅有文業、科名為唯一的選擇。

於此，本小節所探討的政治抱負與政治心態的轉向，意指士人通過科舉考試而成為「士大夫」身分，以這個身分入朝任事，必然面對閹臣與閹宦的衝擊，甚者暗遭媾陷與迫害，使得士人對於營求功名、夤緣官位的傳統政治心態都產生一定程度的變化。

至若，晚明士風出現的狂士、狂禪、士商合一等問題，因其中細部方面的議題牽連諸多，且與本論文探究的主旨無大關係，故姑置不論。

第二節　文人士大夫的舞台表演

一、政治舞台：家庭戲班作為一種社交手腕

政治表演和戲曲表演一樣，目的都在於使人相信，讓對方相信這件事情

〔註37〕左東嶺：《王學與中晚明士人心態》（北京：人民文學出版社，2000年），頁101。

是真的、這話語也是真的。在政治舞台上，每一位士大夫都會有自己的表演
劇本，或表演於皇上御前、或表演於同僚之間、或表演於百姓觀看。士大夫
的政治話語是為了塑造個人形象也好，是為了毀滅他人仕途或取悅他人以獲
得自身利益也罷，在黨同伐異的政治舞台上，每一位士大夫都會竭盡所能的
演出，並且利用自身的資源運籌帷幄。袁宏道（1568～1610）將這些角色歸
成三類：

> 夫吏道有三，上之有吏才，次之有吏趣，下則有之以為利焉。吏才
> 者，吏而才也，吏而才是國家大可倚靠人也，如之而可不用哉？吏
> 趣者，其人未必有才，亦未必不才，但覺官有無窮滋味，愈勞愈佚，
> 愈苦愈甜，愈啖愈不盡，不窮其味不止。若奪其官便如奪嬰兒手中
> 雞子，啼哭隨之矣。雖欲不用，胡可得耶！若夫有之以為吏者，是
> 貪欲無厭人也，但有一分利可趨，便作牛亦得，作馬亦得，作雞犬
> 亦得。最為污下，最為可厭。〔註38〕

袁宏道剖析仕宦者在政治舞台上的表演角色，大致分為：吏才者，志向遠大，
胸懷經世濟民，是謂第一等士大夫。吏趣者，拜高踩低，面謁上位，則卑躬屈
膝，唯唯諾諾；與同僚相晤，朝迎而夕送，作揖以互捧；召見下層者，則頤指
氣使，不假辭色，此等人既苦其外，亦苦其內，是謂第二等士大夫。以為利焉
者，蠅營狗苟，尚且矯情，逢人便說自己求仕不求富貴；然此等人利之所趨，
逐之聚之，仕宦對他們來說，本來就是生財牟利的管道，是謂第三等士大夫。

　　儘管明初文人多不仕進，晚明士大夫也因政治態度的轉向而紛紛致仕，仍
舊擋不住明季諸生的前仆後繼。八股制義下的政治舞台，長年不斷踐踏與折損
士人的思想，雖然造成了為求登科而學問空疏、為求仕宦而品德取巧等弊端，
但明中晚期的諸生數量之龐大，還是令人咋舌。嘉靖年間，當時全國的「生員」
總數高達三萬五、六千名，〔註39〕政治舞台的「名利」魅力，絲毫不減光彩。

　　在國家政治權力與社會文化場域之間，士大夫使用各種扮相，展現出政治
衝突或政治迎合，有時會以戲劇化的言行，來獲取皇帝的喜好認知。當然，這
些士大夫常把政治表演詮釋得淋漓盡致，從上奏疏文、製造議題、拉攏盟友、
打擊政敵，甚至連臉部表情的細微動作都完美到位。在與其他同僚互利共生的

〔註38〕〔明〕袁宏道：《袁中郎全集》，〈張幼於〉（台北：偉文圖書出版社，1976年），
　　　　卷21，頁968。
〔註39〕〔明〕王鏊：《震澤長語》，〈官制〉（北京：中華書局，1985年），卷上，頁11
　　　　～18。

過程中，士大夫透過政治表演，將政治情節的發展、事件高潮的落點，任何一個小細節，都會按照擬好的劇本亦步亦趨，決然不會輕輕帶過。

從政治學、社會學、文化研究來看，政治與戲曲的對話是什麼？政治與戲曲能產生什麼對話？戲曲文化與士大夫如何互動出千絲萬縷的關係？首先，我們必須釐清「政治」與「文化」二詞結合的意義。旅居德國學者仲維光認為：

中文的「文化政治」實際上涉及的是兩個概念，一個是 Cultural Politics（亦或 Politicize Culture），「政治化的文化」，一個是 Politics of Culture，「文化中的政治」。在前者是使用文化問題但實際上過問的是政治，也就是用文化來參與政治。在後者，雖然是在文化領域中，然而他在這個領域中進行的不是文化問題的探索，而是「政治」活動。這裡文化領域的「政治」活動並非指的是與現實社會中的政治相關的東西，而是指本意的 Politics，即文化領域中的人士往來，名利運作。〔註40〕

士大夫在政治舞台上，不僅講究實質內涵，更須要外表包裝，包裝得靠情緒的表演，因為，在 Cultural Politics「政治化的文化」中，情緒主導了人們的判斷。如何諫言皇帝？如何斡旋同僚？如何敷衍不相干、不重要的官員而不致成為自己晉升的絆腳石？凡此種種，都須要有適切的情緒應對，沒有政治表演是不行的。政治表演確實有影響力，演得不夠逼真，演得讓對方無法相信，這場舞台表演的政治謀算就是輸了，顯然，士大夫必須謹慎行事。

另一方面，政治與戲曲的對話是什麼？政治與戲曲能產生什麼對話？這樣的問題意識，所指涉的是 Politics of Culture「文化中的政治」。亦即士大夫在戲曲舞台上，進行的不是文化問題的探索，而是一種「政治」活動。當然，這裡所謂的「政治」活動，也並非指朝政上的政治相關事務，而是指士大夫藉由家庭戲班的曲宴款客，進行個人名利的運作與重要人士的社交往來。

明代家庭戲班萌芽於孝宗弘治年間，至世宗嘉靖後期才開始發展起來，神宗萬曆以後更是如雨後春筍般蓬勃盛大。當時，許多文人家樂都是在此一時期成立的。影響家庭戲班滋長的因素不一而足，就政治層面來說，晚明的朝綱既鬆弛又嚴苛，鬆弛的是皇權旁落閹宦之手，任由閹宦顛倒乾坤，而國家政事江河日下；嚴苛的是廠衛亂紀，可以肆意拘捕，殘害良民忠臣，不過，

〔註40〕仲維光：〈政治文化還是文化政治──再談齊如山去台灣，龍應台到大陸〉，《大紀元時報》（2012 年 2 月 24 日）。

這與朱元璋的嚴苛有所不同。再者，陽明心學思潮的廣佈，使得人們在個性上的解放有了很大程度的改變，尤其表現在思想觀念和生活方式。此時的官場局勢和社會氛圍，也與明初有很大的差異，士大夫在政治舞台上確有不同於以往的演出。

明初，朱元璋為鞏固政權，在思想文化上，提倡程朱理學，極其重視官員的道德品格，德行有虧者是難以入仕為官的。明成祖永樂九年，朱棣頒布戲曲相關法令：

> 今後人民倡優裝扮雜劇，除依律神仙道扮、義夫節婦、孝子順孫、勸
> 人為善及歡樂太平者不禁外，但有褻瀆帝王聖賢之詞曲、架頭雜劇，
> 非律所該載者，敢有收藏、傳頌、印賣，一時拿送法司究治。〔註41〕

統治者藉由文學粉飾太平政治，用以反映大一統帝國思想，歷朝歷代皆然。朱元璋曾云：「《五經》、《四書》，布帛菽粟也，家家皆有；高明《琵琶記》如山珍海錯，富貴家不可無。」〔註42〕清代評點家毛聲山、毛宗綱（生卒年皆不詳）父子合評《第七才子書琵琶記》曾云：「且《琵琶》一書得此快評，直為孝子、義夫、貞婦、淑女別開生面，是不特文人墨士窗前燈下所不可缺少之書，而亦深閨繡閣妝臺鏡側所不可少之書也。」〔註43〕但朱元璋在位三十一年，朱標在位四年，至朱棣稱帝，永樂九年頒布法令，其實已不算明初。朱棣的政權取得不合正統，因此，他也亟須藉由文學戲曲來為他的天下歌功頌德，宣揚這種觀點的最佳人選，莫過於以丘濬（1421～1495）為代表。丘濬從事戲劇創作，篤信程朱理學，撰寫了一部《五倫全備記》，一躍而為統治者的文學侍從。這個時期的士大夫，站在政治舞台上，每一個都是穿戴理學的服帽，整齊劃一，自奉儉樸，持恭嚴謹。

> 在傳統的風教觀對於中國文學的長遠影響中，屬於戲曲部分的獨特
> 現象。此處我們所以必須強調普遍影響中的一種特殊性，主要原因
> 來自歷史。因就文學之於中國的成長來說，中國文學自它初始的背
> 景中，著重作者個人與社會群體的互動，強調文學「移風易俗」的

〔註41〕〔明〕顧起元：《客座贅語》，〈國初榜文〉（台北：藝文印書館，1968年），卷10，頁283。

〔註42〕〔明〕徐渭：《南詞敘錄》，收錄於《中國古典戲曲論著集成》第三冊（北京：中國戲劇出版社，1982年），頁240。

〔註43〕〔清〕毛聲山評：《繪像第七才子書》，〈總論〉（北京：北京大學圖書館藏乾隆三十二年琴香堂刊本〔巾箱本〕），卷1，頁35a～37a。

功能，即有它屬於文化特質上的成因，而且這種觀念亦獲得許多日
後社會文化發展上的支撐。〔註44〕

王璦玲從戲曲的風教觀來看，她認為：明初屬於戲曲部分的風教觀，若是文學
所追求的目標，那麼，戲曲與詩文有沒有不同？文學的風教觀原本屬於詩教的
探討領域，若是移作戲曲搬演，這種植入主旨內容、道德規範、教育功效在戲
曲情節上的必要責任，是否也一樣具有文學「移風易俗」的功能和意義？王璦
玲強調這種情況是建立在「作者個人與社會群體的互動」中，並且也會「獲得
許多日後社會文化發展上的支撐」。

「作者個人與社會群體的互動」，至明中晚期，由於物質文化甚囂塵上，
社會階層與風尚習俗皆產生變化。一部分的士大夫不滿千篇一律的風教戲曲
之作，他們把穿戴整齊的理學服帽紛紛揚棄，把持恭嚴謹的個性一一解放，開
始勇敢追求聲色之樂，追求場上之曲的直觀情欲享受。對於喜好戲曲的士大夫
而言，他們從小就接受良好的六藝教育，有些也善於書畫、玩物、收藏、冶園、
曲藝等，可謂多才多藝。因此，喜愛曲藝者，若只是觀劇、串戲，尚嫌不過癮，
士大夫置辦家庭戲班不僅可以玩得更加淋漓盡致，又可以充分展現自我才華。
於是，徵歌度曲、養優蓄樂便成為文人士大夫階層擺設門面的閒雅生活。

當放浪形骸、縱情聲色不再是士大夫德行有虧的標記之後，社會瀰漫著奢
華侈靡的消費風氣，而且與日俱增。尤其晚明，金錢侵蝕了每一個階層人的生
活，社會秩序早已不復明初朱元璋所明定的規章制度。以曲宴款客為例，不僅
朝廷大臣重視，連市民階層的中等之家，也群起效尤，紛紛在家宴上追求奢侈、
講究排場，呈現出「人情以放蕩為快，世風以侈靡相高」〔註45〕的社會面貌，
玩世享樂成為時人的一種生活日常。《明實錄》記載：

今貴臣大家，爭為奢侈，眾庶仿效，沿習成風，服食器用，逾僭凌
逼。〔註46〕

上至公侯、士大夫，下至富豪、文人雅士，不論是豪華盛宴，抑或家庭小聚，
所置筵席之排場與頻繁，著實令人瞠目結舌。呂坤（1536〜1618）曾言：「百

〔註44〕王璦玲：〈晚明清初戲曲中情理觀之轉化及其意義〉，收錄於黃俊傑編：《傳統
　　　　中華文化與現代價值的激盪與調融》（台北：喜瑪拉雅研究基金會，2002年），
　　　　頁315～354。
〔註45〕〔明〕張瀚：《松窗夢語》，〈風俗紀〉（上海：上海古籍出版社，1999年），卷
　　　　7，頁495。
〔註46〕中央研究院歷史語言研究所編：《明實錄》，〈神宗實錄〉，卷172，頁3158。

畞之家不親力作，一命之士不治常業，⋯⋯身衣綺縠，口厭芻豢，志溺驕佚，懵然不知日用之所為。」〔註47〕這些掌握天下財富者，在朝士大夫也好，一縣鄉紳也罷，皆僭越了明初以來的禮樂制度。他們在生活上的用度，譬如：車馬、衣飾、飲食、器用等，都不再遵守明初的禮制規範。

　　明神宗萬曆以後，商業經濟的發達，致使財富不斷地累積，市場的供需為當時人們提供了更多的物質享樂。單純的山珍海味、美酒佳餚、歌舞表演，已經難以滿足政商名流的感官需求。自廳堂之內，至園林之外，設宴觀劇，而杯觥娛聲不絕於耳目，蓄養家樂已成為晚明士大夫和鄉紳豪富的社交工具與禮節。刑部郎中張牧（約1541年前後）云：

> 萬曆以前，士大夫宴集，多用海鹽戲文娛賓，間或用崑山腔，多屬
> 小唱。若用弋陽、餘姚，則為不敬。今則崑山腔遍天下，海鹽已無
> 人過問矣。〔註48〕

作為家樂人的士大夫而言，他們深刻了解：蓄養家樂、設宴觀劇既是當時的風尚習俗，那麼，優伶粉墨登場，以戲曲娛樂賓客，便是宴會不可或缺的重頭戲。然而，在魏良輔創制崑山腔水磨調之前，士大夫咸以為海鹽腔是高雅的音樂，弋陽腔、餘姚腔則相對鄙俚粗俗。因此，優伶以當時盛行的海鹽腔演唱，家樂主人不僅將之作為曲宴助興的社交手段，有時還會操弄成政治交流的舞台延伸，以取悅嘉賓。余懷（1616～1696）曾在《東山談苑》記載：

> 馮大司馬飆為南通政時，宴客河軒，四方名士畢集，酒再行而優人
> 不至，座客皆怒。〔註49〕

晚明，設宴觀劇的風尚習俗盛行，直接助長了家庭戲班的勃興。當然，這一時代所營造和提供的種種社會文化氛圍與條件，都是培植家庭戲班勃興的最好養分。因此，在曲宴款客中，酒足飯飽，是嗅覺和味覺上的感官滿足；看戲聽曲，自然是聽覺和視覺的感官饗宴。杯觥交錯，無曲不歡，固然暢快，但「有酒沒戲」，這就讓賓客甚是掃興，難怪令人怒火沖天。

> 義仍肆力為文，又以其餘緒為傳奇，丹青栩栩，備有生態，高出勝
> 國人。上所為《紫蕭》、《還魂》諸本，不佞率令童子習之，亦因是

〔註47〕〔明〕呂坤：《呻吟語》，〈修身〉（上海：上海古籍出版社，2000年），卷2，頁87。
〔註48〕〔明〕張牧：《笠澤隨筆》，轉引自翁敏華：〈崑曲與酒〉，《戲劇藝術》第1期（2005年1月），頁43～51。
〔註49〕〔明〕余懷：《東山談苑》（上海：上海古籍出版社，2011年），卷2，頁39。

以見神情，想風度。諸童搬演曲折，洗去格套，腔亦不俗。義仍有
意乎？鄱陽一葦直抵梁溪。公為我浮白，我為公徵歌命舞，何如何
如？〔註50〕

文人結朋交友，類以相聚，四方翕來，自古即然。晚明文人士大夫的交際活動
更顯活躍，尤以設宴觀劇成為政治社交的互訪禮節。鄒迪光（1550～1626）字
彥吉，號愚谷，南直隸常州府無錫縣人（今江蘇省無錫市）。明神宗萬曆二年，
進士及第。歷仕工部主事，官至湖廣提學副使。鄒迪光家樂，優伶技藝殊良、
能歌善舞，曾令自家的優伶排演湯顯祖（1550～1616）大作《紫簫記》、《牡丹
亭》諸本，並盛情邀約湯顯祖蒞臨賞光、指教。屠隆（1543～1605）也曾攜家
樂至鄒迪光宅邸演出自己的作品《曇花記》一劇。

　　事實上，晚明家宴以戲款客已成為一種風尚，若不依循社會常例，則不足
以表達主人對賓客的尊重。鄒迪光家樂在當時頗負盛名，規模之大，有女樂和
優童兩部，慕名前來看戲的文人、名士、清客、士大夫等階層，可謂門庭若市、
車馬喧闐。鄒氏門生還憂心賓客造訪過多，優伶恐無以為敷用，故有「不少生
徒頻問字，曾無女樂盛留賓？」〔註51〕的疑慮。如是觀之，士大夫蓄養家庭戲
班，既可以隨時隨地滿足主人的自娛要求外，也能設宴觀劇、以戲款客，施展
主人在政治舞台上的社交手腕，而不失主人的身分顏面。

　　家庭戲班作為士大夫曲宴款客的一種社交禮節，在「政治舞台」上，不但
是同僚之間聯絡感情的手段，也是彼此回敬禮數的往來方式。但是，對於一部
分士大夫來說，這種進行個人名利運作與重要人士往來的政治社交方式，有傷
風壞俗之慮，即便不以為然，卻無法厲聲斥責，仍舊隨俗跟從。明世宗嘉靖年
間，泉州府推官支大綸（1534～1604）曾云：

　　　　優伶雜技，不惟蠱惑心志，亦多玷污家風，吾所常見。惟郡邑大夫
　　　　宴款不敢不用，亦須閟宅張筵以防淫媟，其餘親友不得輒用。〔註52〕

影響家庭戲班發展的因素諸多，其中兩項，便是國家政治和社會風氣。晚明這
一時代，因著特殊的歷史條件，孕育與營造出家庭戲班這一支與社會文化關係
密切的組織團體。它成為士大夫在生活娛樂、表達友誼、施展才華上的社交工

〔註50〕　〔明〕鄒迪光：《調象庵稿》，〈與湯義仍〉（濟南：齊魯書社，1997年），卷35，
　　　　　頁526。
〔註51〕　〔明〕鄒迪光：《調象庵稿》，〈客至〉其二，卷15，頁208。
〔註52〕　〔明〕支大綸：《支華平先生集》，〈嚴家範〉（濟南：齊魯書社，1997年），卷
　　　　　36，頁420。

具，當然也是家樂主人作為一種擺設門面的政治手段。因此，這樣的娛情風尚一旦習為常例，連視戲曲為小道末技的思想家，也不得不入境隨俗，莫敢禁用。明神宗萬曆年間，劉宗周（1578～1645）即云：

> 梨園唱劇，至今日而濫觴極矣。然而敬神宴客，世俗必不能廢。但其中所演傳奇，有邪正之不同，主持世道者，正宜從此設法立教。[註53]

劉宗周，字啟東，號念台，人稱蕺山先生，南直隸紹興府山陰縣人（今浙江省紹興市）。萬曆二十九年，進士及第，官至太僕寺少卿，浙東學派的成員。思想家原本對戲曲就視之為小道末技，如今，劉宗周見社會風尚蔚然勃興，也不得不認為，敬神宴客應該要隨俗演劇，且不能禁廢。但是，陳龍正（1585～1645）卻與支、劉二人見解不同，陳氏直接斥責「以戲款客」期期以為不可。他認為：

> 俗所通用而必不可襲者四事：一曰家中不用優人。優人演戲無非淫媒，豈可令婦人童稚見之？即親翁新過，先期告之，同志高明必不見罪。倘宴公祖父母，輪流為首，誼不可辭，亦須慶量官府品致，可已者，明告而罷之，不可已，寧借他處園亭，勿壞家法。[註54]

陳龍正在家訓中，以「優人演戲無非淫，豈可令婦人童稚見之？」直接斥責「以戲款客」隳壞家法。可見，當時在「政治舞台」上的社交手段，「以戲款客」已成為士大夫進行個人名利運作與重要人士往來的常例。而「俗所通用」的戲曲表演，即使有一部分士大夫不以為然，但仍舊擋不住晚明設宴觀劇的風尚習俗。畢竟，這是當時政商名流間聯絡感情與回敬禮數的重要往來方式。

二、戲曲舞台：組織家庭戲班所需的財力背景

家庭戲班的組成，需要龐大的財力，耗費甚鉅，從優伶的選買、教習、吃穿用度，到樂師的聘請延攬、舞台的搭建設備、戲曲服飾與胭脂水粉等花費，無一不仰賴家樂主人的經濟條件。晚明商品經濟與物質文化都呈現高度發達，戲曲小說從原本市民的娛樂項目，現在連文人也涉足其中，並且豐富了它的藝術內涵，成為全民追求感官聲色的生活娛樂。

然而，另一方面，文人士大夫若想要蓄養家庭戲班徵歌度曲，除了本身要有一定程度的文化修養外，也需要耗費巨大的精神與財力，有了這些條件，才

[註53] 〔明〕劉宗周：《人譜類記》，〈考旋篇‧記警觀戲劇第四十一〉（台北：廣文書局，1971 年），卷 5，頁 87。

[註54] 〔明〕陳龍正：《幾亭全書》，〈雜訓〉（北京：北京出版社，2000 年），卷 22，頁 156。

能組織一部結構完整又能歌善舞的家庭戲班。一般基層士大夫是無緣也無力蓄養家庭戲班的，光是雄厚財力的支出，就能壓垮這些基層官員的經濟生活。因此，他們雖然心嚮往之，卻是各個望之怯步，力有不逮。

那麼，明代的官俸平均所得到底是多少呢？何以一般基層士大夫的財力菲薄到無緣也無力蓄養家庭戲班？相對地，上層士大夫蓄養家庭戲班，其所擁有雄厚的經濟財力，真的純粹僅以官俸來作為支撐家庭戲班的一切開銷？本小節就文人「經濟財力」的厚薄能否組織家庭戲班之問題，做一深入探討。

明初，百廢待舉，社會百工雖然營生不易，但當官未必就是一個好的出路。前文談到，明初文人多不願仕進，即使受詔入京，仍然有各種冠冕堂皇的理由，託辭隱遁。表面現況，除了朱元璋的嚴刑峻法、辱虐士大夫外；實際原因，就是這些擁有文化知識的文人無法在新朝得到他們想要得到的利益。說白了，便是生活中最實質的經濟收入問題，也就是俸祿過於低薄。《明史》記載：

> 洪武二十五年，更定百官祿：正一品月俸米八十七石，從一品至正三，遞減十三石，從三品二十六石，正四品二十四石，從四品二十一石，正五品十六石，從五品十四石，正六品十石，從六品八石，正七品至從九，遞減五斗，至五石而止，自後為永制。〔註55〕

根據《明太祖實錄》記載，官員的品秩級位與俸祿的所得份量，自洪武二十五年以後，更定官祿，即為永制。然而，在此之前，朱元璋分別於洪武十三年與二十年，開始對於官員的俸祿予以米、鈔給付，筆者製列表格，〔註56〕以瞻明細：

圖表一：明太祖洪武年間的官員品秩俸祿

時間 品秩	洪武十三年		洪武二十年	
俸祿品項	米（石）	鈔（貫）	月米（石）	歲米（石）
正一品	1000	300	87	1044
從一品	900	300	74	888

〔註55〕〔清〕張廷玉等奉敕撰，楊家駱主編：《明史》，〈食貨志六・俸餉〉，卷82，頁2002。

〔註56〕筆者將史料的文字敘述，予以表格化。參閱中央研究院歷史語言研究所編：《明實錄》，〈太祖實錄〉，卷185，頁2778。

正二品	800	300	61	732
從二品	700	300	48	576
正三品	600	300	35	420
從三品	500	300	26	312
正四品	400	300	24	288
從四品	300	300	21	252
正五品	250	150	16	192
從五品	170	150	14	168
正六品	120	90	10	120
從六品	110	90	8	96
正七品	100	60	7.5	90
從七品	90	60	7	84
正八品	75	45	6.5	78
從八品	70	45	6	72
正九品	65	30	5.5	66
從九品	60	30	5	60

俸祿制度是官吏制度中最基本的制度之一，也是官員生活的主要經濟來源。官員俸祿是否合理？取決於當時社會經濟與俸祿待遇是否相稱。俸祿待遇過高，會造成國家財政的負累；俸祿待遇偏低，則與官員的地位和作用產生扞格，影響官員任事的積極性，若嚴重到生活無以為繼，則會迫使官員搜刮民脂，以作為私囊補償，致使敗壞官箴，不能廉潔自守。

朱元璋生平最痛恨貪官汙吏，以至於「贓至六十兩以上者，梟首示眾，仍剝皮實草。」〔註57〕更因胡惟庸案，廢除丞相制度，嚴加吏治的清廉，故「京官每旦入朝，必與妻女訣，及暮無事則相慶，以為又活一日。」〔註58〕在朱元璋的眼裡，天下官員盡皆貪吏，而不能容忍貪吏的心理意識遂無限放大。他認為在職官員即使現在兩袖清風，將來必定貪得更多，於是先從官俸下手。那麼，朱元璋給付士大夫的俸祿是不是中國歷代最為低薄的呢？

〔註57〕〔明〕趙翼：《二十二史箚記》，〈重懲貪吏〉，卷33，頁760。
〔註58〕〔清〕趙翼：《二十二史箚記》，〈明祖晚年去嚴刑〉，卷32，頁741。

參較中國歷代官員的俸祿，《明史》記載：「自古官俸之薄，未有若此者。」
〔註59〕不可不謂以明代官員薪俸最為菲資。譬如：漢代官員分為十六個品秩等
級，以「石」來計，按其品秩等級給予穀物，最低一等為百石小吏，每月給予
十六斛穀物，可維持五口人家的生計。中央六部官員可得祿秩二千石，每月給
予一百八十斛穀物，可維持五、六十口人家的生計。

隋代開始實施九品中正制度，每一官品又分正品和從品，共有十八品秩，
官員的俸祿自然就以品秩的高低來給付。至唐代，又將官品擴大為九品三十
級。換言之，唐代官員正四品以上從隋制，而正四品以下又分上下兩個品秩，
像是正四品就有正四品上、正四品下的差別。唐代官員的俸祿名目較多，比如
永業田、職分田、祿米、俸料（僕役的生活開銷）等，類似現代的薪資，除本
俸之外，還有各種津貼補給。因此，官員的俸祿統加起來，也頗為豐厚。

宋代初年，官員的俸祿並不高，但當時的社會生活「所幸物價甚廉，粗給
妻孥，未至凍餒，然艱窘甚矣。」〔註60〕後來不斷從優，至宋神宗元豐年間以
後，官員除按月俸祿外，尚有職錢、粟祿，祿粟從三千八百石下至一百三十六
石不等。此外，每個官員可配享僕役，最低階的官員可擁有一名僕役，宰相可
擁有一百名僕役。上層官員的僕役由國家提供「衣糧錢」，基層官員的僕役則
提供「餐錢」，若有官員兼職者則加發「茶湯錢」。如此看來，普通官員的生活
肯定不虞匱乏，上層官員則是腰纏滿貫、養尊處優。以范仲淹（989～1052）
為例，宋仁宗年間，開封府推官錢公輔（1023～1074）曾作〈義田記〉一文，
說明范仲淹宰相致仕後，能用攢存的俸祿在故里建造「義莊」，以贍養族人。
范仲淹實施義田的事蹟，不可不謂獲益於此。

明代官員的俸祿品秩與隋代相同，實施九品制度，每一官品又分為正品和
從品，共有十八級，官員的俸祿也以品秩的高低來給付。明初，官員的俸祿全
是以實物「米」給付，市場也就以米易貨，但是，常受到商人貴買賤賣與十不
及一的剝削。自明成祖永樂以後，本色改為折色，可是，由於社會經濟的變動，
市場價格的折算率越來越低，官員的實際收入也就越來越少。《明史》記載：

> 初，太祖大封宗藩，令世世皆食歲祿，不授職任事，親親之誼甚厚。
> 然天潢日繁，而民賦有限。其始祿米盡支本色，繼而本鈔兼支。有

〔註59〕〔清〕張廷玉等奉敕撰，楊家駱主編：《明史》，〈食貨志六‧俸餉〉，卷82，
　　　　頁2003。

〔註60〕〔南宋〕王栐：《宋朝燕翼詒謀錄》，〈增百官俸〉（北京：中華書局，1985年），
　　　　卷2，頁10。

中半者，有本多於折者，其則不同。厥後勢不能給，而冒濫轉益多。姦弊百出，不可究詰。〔註61〕

又，《明史》曾記載雙流知縣孔友諒，因俸祿折鈔，使得生活難以維持。因此，上言六事條陳，其中第三條文如下：

祿以養廉，祿入過薄，則生事不給。國朝制祿之典，視前代為薄。今京官及方面官稍增俸祿，其餘大小官員自折鈔外，月不過米二石，不足食數人。仰事俯育，與道路往來，費安所取資。貪者放利行私，廉者終窶莫訴。請敕戶部勘實天下糧儲，以歲支餘，量增官俸，仍令內外風憲官，採訪廉潔之吏，重加旌賞。則廉者知勸，貪者知戒。〔註62〕

孔友諒，長洲人（今江蘇省蘇州市吳中區），成祖永樂十六年，進士及第。歷仕庶吉士，後任雙流縣令。明宣宗宣德初年，孔友諒見百官欽定的祿米，經過折鈔後，與原本的祿米實價相比，越折越少。日常生活的社會實況，大多數士大夫確實難以餬口營生，尤其，清正廉潔者往往迫於饑寒。宣德八年，明宣宗令外官悉聽辦理，孔友諒等七名進士，皆授給事中。《明會要》記載：

百官軍士扈從，月給米五斗。今建都於此，皆有家室，恐不足以資生。往往守義者困於饑寒，玩法者恣無忌憚。朕欲悉加倍給之，其著為令。時官俸折鈔每石至二十五貫。宣德八年，禮部尚書胡濙掌戶部，議每石減十貫，而以十分為準，七分折絹，絹一匹折鈔二百貫。少師蹇義等，以為仁宗在春宮久，深憫官員折俸之薄，故即位特增倍數，此仁政也，詎可違之。濙不聽，竟請於帝而行之。〔註63〕

蹇義（1363～1435），原名蹇瑢，四川重慶巴縣人，太祖洪武十八年進士，受到朱元璋的賞識，賜名「義」。成祖時，任吏部尚書，並受命為太子朱高熾（明仁宗）少師。蹇義歷仕五朝元老，至英宗而逝世。明仁宗即位後，深知官員俸祿低微，常因祿米折鈔而弄到無以為炊，見守分際的官員生活如此窘境，遂加祿倍數以少饑寒，但終究形成折鈔無異於減俸的怪異現象。顧炎武更是直言折鈔之弊：

每俸一石該鈔二十貫，每鈔二百貫折布一匹。後又定布一匹折銀三

〔註61〕〔清〕張廷玉等奉敕撰，楊家駱主編：《明史》，〈食貨志六〉，卷82，頁2001。

〔註62〕〔清〕張廷玉等奉敕撰，楊家駱主編：《明史》，〈列傳第五十・孔友諒〉，卷164，頁4442。

〔註63〕〔清〕龍文彬：《明會要》，〈職官十五・百官祿秩〉（上海：上海古籍出版社，1990年），卷43，頁373。

> 錢，是十石之米折銀僅三錢也。……蓋國初民間所納官糧皆米麥也，
> 或折以鈔布。百官所受俸亦米也，或折以鈔。其後鈔不行，而代以
> 銀。於是糧之重者愈重，而俸之輕者愈輕，其弊在於以鈔折米，以
> 布折鈔，以銀折布，而世莫究其源流也。〔註64〕

單純的優渥俸祿，不能保證官員的操守廉潔；但俸祿偏低，肯定會促成官員另謀圖利，以中飽私囊的不足，最直接的途徑就是取之於百姓。顧炎武認為明代官員貪污的主要原因，也是緣起俸祿菲薄所致。他痛斥：「今日貪取之風，所以膠固於人心而不可去者，以俸給之薄而無以自贍其家也。……彼無以自贍，焉得而不取諸民乎。」〔註65〕顯然，紙鈔折算穀物的發行，並無預期的看好，通貨膨脹並沒有在考量之內。

明代，自太祖洪武二十八年以後，米價在市場上約一兩銀子可以購得大米二石。《明史》記載：「於是戶部定：鈔一錠，折米一石；金一兩，十石；銀一兩，二石。」〔註66〕明代一石約等於現在的 94.4 公斤，按 2022 年台灣農委會米價交易行情，均價落在每公斤 48.035 元計算，〔註67〕一兩白銀約是 2*94.4*48.035=9069 元，約略目前台幣近一萬元。一般明代百姓大都使用文錢或貫串交易，沒有機會用到白銀，甚至一輩子都有可能沒見過白銀。

1638 年，距明清易代不到十年，此時的一千銅（文）錢約等於 0.03375 公斤的白銀，換算成一公斤銀子等於二十七兩，一千銅錢實際等於 0.91125 兩銀子，即一貫錢。白銀和銅錢的增減值，自明末至清代並沒有出現多少的漲跌。從白銀和銅錢的對比率來看，十五世紀初期，明代的米價大致為每石二至三錢；十五世紀後半，米價略有所漲，漲幅達到每石五錢左右。此後，一直到十七世紀的一百多年裡，明清的米價一直維持在這種超穩定狀態，至清道光年間還保持著一兩銀子可換一千銅錢的對比率。〔註68〕

〔註64〕〔明〕顧炎武：《日知錄》，〈俸祿〉，卷12，頁440。

〔註65〕〔明〕顧炎武：《日知錄》，〈俸祿〉，卷12，頁438。

〔註66〕〔清〕張廷玉等奉敕撰，楊家駱主編：《明史》，〈食貨志二‧賦役〉，卷78，頁1895。

〔註67〕根據台灣白米零售價格依照稻米種植品種的不同，六都米價：新北市每公斤 45.00～54.27 元，台北市每公斤 45.46～55.98 元，桃園市每公斤 40.09～49.40 元，台中市每公斤 42.02～52.43 元，台南市每公斤 41.90～55.00 元，高雄市每公斤 42.02～55.99 元。以上資料來源為行政院農委會米價交易行情，交易日期為 2022 年 8 月 12 日。

〔註68〕彭信威：《中國貨幣史》（上海：人民出版社，1988 年），頁212。

明成祖永樂時期，明代官員已經開始支用皂隸銀兩。明景宗以後，自「天順以來，始以官品崇卑定立名數，每歲銀解戶部，在京諸司則皆出自畿內及山東、山西、河南州縣，南京諸司則皆出自南畿，此月費所由來也。」〔註69〕李贄曾言：

> 顧中朝官（顧佐）祿薄，僕馬薪蒭，咸資之隸，遣隸，隸得歸耕。官得資費，中朝官皆然，臣亦然，蓋自永樂至於今，先帝固知之，以故增中朝官俸。〔註70〕

明代百姓有替國家服勞役的義務，稱作「柴薪皂隸」，類似現今台灣義務役的兵役制度，只是他們不是為軍隊服務，而是為文官官員服務。皂隸服務文官官員是有工資的，由國家給付，年收入二十兩。他們的工作內容，不外是買柴、燒水等生活雜事。明代正七品知縣可以配置四名皂隸，佐貳官（正品官的屬官，類似現今的副級官員）縣丞二名、主簿二名、典史一名，以上正副品官員皆可配置每人馬夫一名。馬夫的工作是趕馬，讓文官官員出差辦事使用，年收入四十兩。

若以明代正七品知縣為例，每月俸祿 7.5 石，折合一年四十五兩白銀，換算現今年俸約 45*9069=40 萬 8 千元台幣，馬夫年收入四十兩，換算約 36 萬 2 千多元台幣。除了新官上任，知縣可以先拿到四十兩房舍修繕費外，餘如：房舍維護、車馬出行、皂隸薪資等基本開銷，國家都會給予支付和補貼，故官員的年俸基本上是淨收入。即使如此，馬夫只要服侍妥官員就好，而官員卻還要在同僚間送往迎來，額外支出的禮金社交就讓人吃不消。是以，知縣與馬夫兩者的地位懸殊，但年俸卻相差無幾，明代官員的薪俸與歷朝歷代比較，確實低薄許多。

王陽明（1472～1529）對於官員俸祿之薄，直接影響家計，也提出看法：

> 照得近來所屬各州縣、衛所、倉場等衙門，大小官吏，以贓問革者相望，而冒犯接踵。究詢其由，皆云「家口眾多，日給不足，俸資所限。本已涼薄；而近例減削，又復日甚，加有上下接應之費，出入供送之繁，窮窘困迫，計出無聊。中間亦有甘貧食苦，刻勵自守

〔註69〕〔清〕趙翼：《陔餘叢考》，〈京官月費〉（石家莊：河北人民出版社，2003 年），卷 27，頁 526。

〔註70〕〔明〕李贄：《續藏書》，〈清正名臣〉（台北：明文書局，1991 年），卷 19，頁 391。

者，往往狼狽襤褸。至於任滿職革，債負纏結，不得去歸其鄉。」

　　夫貪墨不才，法律誠所難貸，而其情亦可矜憫。〔註71〕

明代官員俸祿菲薄，時人議論頗多，卻無多大的改善，肇因於朱元璋更定官祿，即為永制。明代俸祿如此低微，連最基本的家計都無以自贍，想要枵腹從公都難以有任事的積極性。政府官員在帝制時代尚且如此，時空背景若換做二十一世紀的現代，公務員恐怕也會開始掀起一批出走潮，為薪俸而另謀高就。

　　顧炎武則直言折鈔的結果，讓士大夫的生計在各個方面都受到極大的限縮，不僅僅只有穿衣吃飯等基本需求，還有親朋之間的人情禮數，以及致仕後的頤養年金等。他說道：

　　仰事俯育之資，道路往來之費，親故問遺之遺，滿罷閒居之用，其

　　祿不贍，則不免失其守，皆因折鈔之害。〔註72〕

明代官員的俸祿低得可憐，身居七品尚且不能養活妻兒老小，遑論官場文化的禮尚往來，更是無法逃脫的人情禮數。既然官俸捉襟見肘，受禮回贈又難以減省，於是「在明代社會轉型時期，人們關於金錢、財富和榮耀的基本看法，已經開始違背傳統的占統治地位的儒家價值觀念，並發生了根本性的變化。」〔註73〕價值觀念的變化，其中最明顯的反應是士大夫群體有了「利心」的任事態度，並且以貨殖求利為火急。

　　改朝換代，意謂著新舊利益團體重新洗牌，有人春風得意，就會有人悵然失意。朱元璋徵召元末遺民文人入京為官，其中一部分士林的輿論，明面裡高喊著無法中興的「復宋」口號，暗地裡心想著能恢復宋時文人的地位與利益。是以，朱元璋定為永制的這種官俸額度，恐怕才是文人拒仕所要表態的真實理由。

　　儘管如此，所謂山不轉，路轉；路不轉，人轉；公堂上拿不到的，人情世故可以補全。當官的好處還是有的——即使官俸低薄，台面上的損失，台面下可以補足湊齊，常言道：「三年清知府，十萬雪花銀」〔註74〕這是仕宦的地位

〔註71〕〔明〕王陽明：《王陽明全集》，〈議處官吏廩俸〉（台北：河洛圖書出版社，1978年），卷17，頁281。

〔註72〕〔明〕顧炎武：《日知錄》，〈俸祿〉，卷12，頁441。

〔註73〕Chun-shu Chang and Shelley Hsueh-Iun Chang, Crisis and Transformation in Seventeenth-Century China: Society, Culture, and Modernity in Li Y?'s World. Ann Arbor The University of Michigan Press, 1992, p1. 轉引自陳寶良：〈明代社會轉型與文化變遷〉，《中州學刊》第2期（2012年3月），頁137～141。

〔註74〕〔清〕吳敬梓：《儒林外史》第八回（台北：聯經出版事業公司，1989年），頁79。

與權力所賦予士大夫的優勢條件。譬如：錢岱（1541～1622）致仕的贐資禮單就足以震撼嚇人。《筆夢敍》如下記載：

> 贐儀六千兩、銀杯盤十二副、金杯盤四副、金鑲牙箸十雙、金鑲檀箸十雙、銀喜壺兩把、銀蠟台二副、嵌同蠟台六副、銀鑲插屏十二、晶燈十十盞、宣德瓷器八十件、蓮花晶燈二十盞、鬥色晶燈二十盞、古銅唾盂一、花梨桌四、椅十六、書桌二、腳踏四、文櫃二、雕漆涼床一、古銅面盆一、錦被二床、錦褥二床、哆囉呢帳一、銀帳鈎二、繡披十六、繡圍四、古銅花瓶大小各二、一品補服十。〔註75〕

錢岱以正三品大員致仕，張居正又是錢岱的進士座師，並且厚愛其才，成為相府門生。在如此強而巨大的背景下，錢岱以四十四歲的壯年辭官，揚州眾商夾道迎迓，而禮單厚資，豈是上層官員的俸祿所奢望的，實為令人咋舌。作為組織家庭戲班的財力背景而言，明代中晚期，由於商品經濟的高度發達，社會財富逐漸向富豪商賈、上層士大夫等少數群體匯聚。故此，以錢岱的官階品秩，加上錢岱乃富稔之家出身，想要組織一部耗資不菲的家庭戲班，作為個人歌舞讌樂的餘年享樂，自然可以不費吹灰之力，大刀闊斧覓地、建園、造景。

晚明的吏治敗壞，士風澆漓，但仍有些官員還是能憑藉自己在官場上的權力與勢力使生活富裕。家庭戲班於此際蓬勃興盛，這與明代中晚期以來，社會經濟的發展變化不無關係。明世宗嘉靖年間，王邦直（1513～1600）以歲貢出任鹽山（今河北省鹽山縣）縣令，上恤民十事疏：「當此之時，天下財貨，皆聚於勢豪之家，若不嚴為禁治，小民之害，何時而已也。」〔註76〕王邦直奏請聖上，提出十事有資治道，避免天下財貨，富者愈富而貧者益貧。

這些使自己生活富裕的大多數官員，儘管處心積慮攢聚財富，以殷充私囊，但是，未必人人都身懷鉅資可以組織一部家庭戲班。事實上，只有極少數的官員才能得償宿願；再者，他們並非附庸風雅、粉飾場面，而是真正對戲曲有所涉獵和嗜愛。袁中道（1570～1624）曾言：

> 隴山有佳木，采之以為船。隆隆若浮屋，軒窗開兩偏。粉壁圍扇潔，繡柱水龍蟠。中設棐木几，書史列其間。茶鐺與酒白，一一皆精妍。歌童四五人，鼓吹一部全。囊中何所有？絲串十萬錢。已饒清美酒，

〔註75〕〔清〕據梧子：《筆夢敍》，收錄於《筆記小說大觀》五編（台北：新興書局，1977年），卷1，頁3233。

〔註76〕〔明〕王邦直：〈陳愚衷以恤民窮以隆聖治事疏〉，收錄於陳子龍等選輯：《明經世文編》，卷251，頁2636。

更辦四時鮮。攜我同心友，發自沙市邊。遇山矙芳展，逢花開綺筵。

廣陵玩瓊華，中泠吸清泉。洞庭七十二，處處盡追攀。興盡方移去，

否則復留連。無日不歡宴，如此卒餘年。〔註77〕

一部家庭戲班的組成，須要「絲串十萬錢」如此雄厚的財力背景，也須要基本優伶「歌童四五人」的數額，當然，還要有一團「鼓吹一部全」的樂師。文人士大夫可以一擲家產千金，花費在選買優伶、採購道具、布置戲台，極盡完善地組織家庭戲班的所有設施，用來滿足自己的聲伎娛情。然而，這些歌舞聲伎的所有開銷，不管是戲台、道具、服飾，還是優伶、樂師、雜役等，一旦離開了經濟的支撐，就等於自行解散家庭戲班。

「囊中何所有？絲串十萬錢」的財力背景究竟有多雄厚？前文談到太祖洪武二十八年以後，米價在市場上約一兩銀子可以購得大米二石。若按 2022 年台灣農委會米價交易行情計算，明代一兩白銀約略目前台幣近一萬元。又，至清道光年間仍保持著一兩銀子可換一千銅錢的對比率來計算，十萬錢折合一百兩銀子，約略目前台幣近一百萬元，再對照明代正七品知縣，其年俸祿四十五兩白銀，約 40 萬 8 千元台幣，置辦家庭戲班確實不是一般基層士大夫所能負擔的天價。

關於晚明的生活物價，在衣食起居方面，明神宗萬曆年間，有一本《宛署雜記》紀錄了當時的社會、政治、經濟、歷史、地理、風土民情等資料，作者沈榜（1540～1597），湖廣臨湘人，歷仕內鄉、東明、上元等三縣知縣，後任北直隸、山東、河南等省欽差。筆者擇要品項與時價，製列表格，〔註78〕以瞻明細：

圖表二：明神宗萬曆年間的民生物價指數舉要

品項	時價	品項	時價
大米	白銀 1 兩	白布四匹	白銀 8 錢
上等豬肉	白銀 1 錢六分	綿花一斤	白銀 6 分
上等羊肉	白銀 1 錢二分	高級紅棗 100 斤	白銀 2 兩 5 錢
牛肉五斤	白銀七分五厘	會試用黃絹傘二把	白銀六分

〔註77〕〔明〕袁中道：《珂雪齋集》，〈詠懷七首之二〉（上海：上海古籍出版社，2013年），卷 2，頁 64。

〔註78〕筆者將史料的文字敘述，予以表格化。參閱〔明〕沈榜：《宛署雜記》（北京：北京古籍出版社，2018 年），頁 710。

五斤重大鯉魚	白銀 1 錢	刑部用鐵鍬五把	二錢五分
栗子五斤	白銀 6 分五厘	官用桂圓重二斤八兩	一錢二分五厘
活肥雞一隻	白銀 4 分		

除此之外，從明小說中也可以旁敲推知當時的物價指數。馮夢龍（1574～1646）在〈賣油郎獨占花魁〉一文中，寫道：「每日所賺的利息，又且儉吃儉用，積下東西來，置辦些日用家業，及身上衣服之類，並無妄廢。」[註79] 賣油郎秦重為了與名妓王美娘歡愉獨處，花了兩三年時間在街頭挑擔賣油，攢了十六兩銀。老鴇見秦重老實心誠，於是只收十兩的夜度資，但一夜春宵卻因王美娘酒意濃睡而無事發生，隔天醒來，王美娘大手筆就拿二十兩給秦重作為一夜照料的補償。

又，在〈桂員外途窮懺悔〉一文中，馮夢龍寫道：「施小舍人急於求售，落其圈套，房產值數千金，郭刁兒於中議估，止值四百金。以百金壓契，餘俟出房後方交。」[註80] 在〈趙春兒重旺曹家莊〉一文中，則云：「可成道：『在墳邊左近，有一所空房要賣，只要五十兩銀子。若買得他的，到也方便。』春兒就湊五十兩銀子，把與可成買房。」[註81]

一般市井百姓，譬如：賣油郎街頭賣油，年所得不過六兩多（兩三年攢了十六兩銀，取其中數 2.5 年計算）。而房產價格，高級宅邸要價至少數千金以上；至於，位在郊區又有墳地嫌惡設施，也要五十兩一棟。晚明家庭戲班的籌組，莫說市井百姓一輩子可能都沒摸過白銀，連中下階層士大夫而又無家產者，更是望家樂而搖頭興嘆。

明中晚期，一些文人出身於商賈之家，有些還仕宦於朝廷，譬如：品秩較低的何良俊、許自昌，以及品秩較高的汪道昆等人，他們形成了明代中晚期一個新興社會群體。這些具有士商身分的人與縉紳士大夫群體最大的區別，在於他們擁有雄厚的經濟勢力，而且不以俸祿為唯一的生計來源。故此，這一群體在當時的文壇上頗有影響力，在政壇上也不容小覷。

> 大古稱吳歌所從來久遠，至今遊惰之人，樂為優俳。二三十年間，
> 富貴家出金帛，制服飾器具，列笙歌鼓吹，招至十餘人為隊，搬演

[註79] 〔明〕馮夢龍：《醒世恆言》，〈賣油郎獨占花魁〉（北京：中華書局，2009 年），卷 3，頁 20。
[註80] 〔明〕馮夢龍：《警世通言》，〈桂員外途窮懺悔〉（北京：中華書局，2009 年），卷 25，頁 246。
[註81] 〔明〕馮夢龍：《警世通言》，〈趙春兒重旺曹家莊〉，卷 31，頁 312。

> 傳奇。好事者競為淫麗之詞，轉相唱和；一郡城之內，衣食於此者，
> 不知幾千人矣！〔註82〕

明代中晚期，尤以神宗萬曆年間以後，富貴人家擴充優伶，搬演傳奇，在演出的藝術風格上是相當精緻與考究的。這一群士大夫醉心於南北劇曲，考訂聲律，摛詞吐韻，對於家庭戲班的勃興，有著不可低估的經濟支撐作用。晚明文人士大夫往往構築官能性、生理性的炫耀式享受，而這種文化消費確實造成官場內部之間的競勝心理，最終形成社會百姓仿效的社交風尚。因此，俸祿的低薄，對於出身商賈之家的士大夫而言，根本不是問題。

以家庭戲班作為社交的門面擺設，是一種人的「欲求」行為。然而，它超越了正常「需求」的主體意向性，而被視為一己之私欲，成為存在的非必要性。在正常意義上的「需求」是合理而自然的，譬如：吃飯穿衣，並且表現出客觀化的行為，具有普遍性的意義特質，理應允准接受。明代吳郡人黃省曾（1496～1546）即言：「至今，吳中縉紳士大夫多以貨殖為急。」〔註83〕陳子龍（1608～1647）更是喝斥天下之士，多有市心，並揭示這些讀書人「朝而趨，暮而歸，一寒一暑，與時盈虛，造謁干請，秣馬脂車，毀方瓦合。」〔註84〕文人士大夫的辛勞數倍於商賈，當價值觀發生轉變後，仕宦者有了「市心」之圖，生活也就變得更加忙碌與勞累！

第三節　忙處與閒處：在仕宦與致仕之間

一、仕宦身分與文人趣味

士大夫是通過國家考試而授予官職任事的士人，以仕宦作為政事舉業的國家官僚階層；文人則代表著一種文化身分，以文學藝術作為生活興趣與精神生命的寄託，並且實踐生活中的閒雅為依歸。要之，文人士大夫一方面以士人身分仕宦朝廷，專職於政事；另方面又以文人身分形成一社群，並且活動於文人間的藝文盛會。當晚明國勢江河日下，政治陷入無可為之時，鋪天蓋地的嚴峻挑戰，不僅考驗著士大夫「仕」或「隱」的抉擇，也考驗著他們在「仕」中

〔註82〕〔明〕張瀚：《松窗夢語》，〈風俗紀〉，卷7，頁495。
〔註83〕〔明〕黃省曾：《吳風錄》，〈說郛續〉（台北：藝文印書館，1967年），卷22，頁3。
〔註84〕〔明〕陳子龍等選輯：《明經世文編》，卷4，頁21。

如何處理「忙」與「閒」的價值取向。湯顯祖曾言：

> 何謂忙人？爭名者於朝，爭利者於市，此皆天下之忙人也，即有忙
> 地焉以苦之。何謂閒人？知者樂山，仁者樂水，此皆天下之閒人也，
> 即有閒地焉而甘之。〔註85〕

對於選擇「仕」而不「隱」的士大夫來說，如何在仕途的忙處與閒處中自處，
使其文人的文藝社交依舊能如熾如沸地鋪展開來？聲色娛情的社會，正好為
他們的仕途生活提供了兩條路。不論是「忙」於往來干謁者，亦或「閒」於逸
樂娛情者，詩酒度曲皆為文人士大夫的社交利器。袁宏道曾自嘲風雅，以譏訕
俗世之人畫虎類犬，他說：

> 愚不肖之近趣也，以無品也，品愈卑故所求愈下，或為酒肉，或為
> 聲伎，率心而行，無所忌憚，自以為絕望於世，故舉世非笑之不顧
> 也，此又一趣也。〔註86〕

公安三兄弟，先後進士及第，傳為地方佳話。然而，三人仕宦的政治心態截然
不同，處理仕途的忙與閒也就有各自的進退。袁宗道（1560～1610）有詩云：
「朝朝暮暮停車馬，嬌歌急管催三雅。杯放香泉月並流，曲度南樓雲在下。」
〔註87〕恬然釋放出內蘊於傳統文人教養的精神力量，享受這一巨大聲色場域
的人生趣味；又詩云：「偶爾相逢楊子宅，劇談浪謔忘還期。」〔註88〕則說明
文人士大夫的日常相處，亦多有雅謔之語。袁中道曾得長兄袁宗道《白蘇齋》
善本，讀後甚覺清新遒媚，喟然惋惜曰：「獨所作詩餘及雜戲數齣，無一字存
於世者，可為浩歎。」〔註89〕

　　但是，暇餘之後，又必須面對失控與混亂的朝堂局勢，政治職責的重荷豈
能輕易閃避？這一階層（身分）的人，他們要如何兼顧政治職責與人生趣味？
又或者在政治職責與人生趣味的價值天平上，選擇孰輕孰重？

　　在國家官僚體系下，每一等級士大夫都有他們忙於追求的事物，或忙於
名、或忙於利、或忙於名與利。李贄在〈朔風謠〉一文中，道出了當時士大夫

〔註85〕〔明〕湯顯祖：《湯若士小品》，〈臨川縣古永安寺復寺記〉（北京：文化藝術出
　　　　版社，1996 年），頁 75。
〔註86〕〔明〕袁宏道：《袁宏道集箋校》，〈敘陳正甫會心集〉（上海：上海古籍出版
　　　　社，2008 年），卷 10，頁 463。
〔註87〕〔明〕袁宗道：《白蘇齋類集》，〈顧仲方畫山水歌‧其一〉（上海：上海古籍出
　　　　版社，2007 年），卷 1，頁 4。
〔註88〕〔明〕袁宗道：《白蘇齋類集》，〈顧仲方畫山水歌‧其一〉，卷 1，頁 4。
〔註89〕〔明〕袁中道：《游居柿錄》（上海：遠東出版社，1996 年），卷 11，頁 223。

奔走於仕途的真實寫照：

> 南來北去何時了？為利為名無了時。為利為名滿世間，南來北去正
> 相宜。朔風三月衣裳單，塞上行人忍凍難。好笑山中觀靜者，無端
> 絕塞受風寒。謂余為利不知余，謂渠為名豈識渠。非名非利一事無，
> 奔走道路胡為乎。試問長者真良圖，我願與世名利徒，同歌帝利樂
> 康衢。〔註90〕

即使在科場與官場耗盡了洪荒之力，晚明士大夫相較於市民階層的庸碌生
活，還算是個有閒階層。高級士大夫處在權力的上層，他們常善用自己政治
地位的優勢獲得財富與生活逸樂，但這須要承擔個人的政治風險。因此，他
們無時無刻不處於精神緊繃的狀態，畢竟，只要一個大意失神，不僅仕途之
路就此終站，連身家性命都得賠上。然則，若能功德圓滿者，即能「官滿還
家，除在笥在匣不算外，甲第連雲，膏田連陌，動以千百計，斯豈盡積俸得
來且也。」〔註91〕低階士大夫則不同，因為處在權力的底層，故「其在上者，
旨意各殊，雖強與之歡，而若以膠合，終不可附麗。以故往往多謬，始知今
世為吏之難在此。」〔註92〕他們即使有閒，薪俸也僅能勉強餬口，豈敢做他
想！因此，低階士大夫不得不看上層官員的臉色辦事。袁宏道任吳縣令時，
便是低階官員，忙裡忙外，毫無一日閒暇工夫。他曾給丘長孺書牘曰：

> 弟作令備極醜態，不可名狀。大約遇上官則奴，候過客則妓，治錢
> 穀則倉老人，諭百姓則保山婆。一日之間，百暖百寒，乍陰乍陽，
> 人間惡趣，令一身嘗盡矣。苦哉！毒哉！〔註93〕

袁宏道認為：做了官才知道其中的滋味，實則「苦哉」、「毒哉」！可是，如若
袁氏所言，為何還是有數十萬生員等著應試舉業，汲汲營營求得科舉及第，憧
憬當官的名利富貴？究其根本，自然是明代士大夫可以享有免賦稅之利；另方
面，則可以藉由士大夫的身分庇蔭親族一家。因此，即使明知當官「苦哉」、
「毒哉」，數十萬生員亦奮勇直往而不悔。

〔註90〕〔明〕李贄：《焚書》，〈朔風謠〉（台北：河洛圖書出版社，1974年），卷6，
　　　　頁230。
〔註91〕〔明〕張萱：《西園聞見錄》，〈恤民〉（台北：明文書局，1991年），卷97，頁
　　　　194。
〔註92〕〔明〕歸有光：《震川先生集》，〈與林侍郎書〉（上海：上海古籍出版社，2007
　　　　年），卷7，頁156。
〔註93〕〔明〕袁宏道：《袁中郎全集》，〈丘長孺〉，卷20，頁924。

對照絕大多數的市民百姓而言，當官的個中好處，說到底，還是福佑家族之人。然而，回歸士大夫主體本身來看：低階士大夫的權力微渺到無法對朝廷政事指手畫腳，因此，他們的內心既是鬱悶，又苦不堪言，對自己仕宦身分產生了焦慮感。為了消除焦慮、扭轉劣勢，低階士大夫一生精力都在忙於應對上司、夤緣攀貴，幾乎沒有閒暇餘時用心於政事。歸有光（1506～1571）曾云：

> 而煩為之使，苛為之責，欲左而掣之使右，欲右而掣之使左。以牧
> 一人而伺其主十人，而主人各以其意喜怒之。〔註94〕

晚明的城市化與商業化駢進發達，金錢與逸樂同樣腐蝕人心。這種社會現象，大抵源於物質消費的侈靡奢華。晚明社會的各個階層無不忙於追名逐利，士大夫之間的干謁往返、送迎關節，乃至「簿書期會、錢穀戎獄，一切委之俗吏。」〔註95〕祁彪佳（1602～1645）言此情狀：「總為嗜欲所牽，其營營逐逐一也。」〔註96〕然而，為了獲取更多的政治資源與財富，低階士大夫不得不應酬府僚，這是當官時最為無奈卻又難以拒絕的社交生活。畢竟，這些繁文縟節的應酬使他們疲於奔波、感到心累，原本低薄的俸祿就難以營生家計，如今禮尚往來更顯窘態。袁宏道慨嘆：

> 作吳令無復人理，幾不知有昏朝寒暑矣，何也？錢穀多如牛毛，人
> 情茫如風影，過客積如蚊蟲，官長尊如閻老，以故七尺之軀，疲於
> 奔命十圍之腰，綿於弱柳，每照鬚眉，輒爾自嫌。〔註97〕

明神宗萬曆二十年，二十三歲的袁宏道進士及第，但朝廷並沒有立刻委派官職。遲至三年，江蘇吳縣出缺，袁宏道才得以上任就職。僅兩年，便使吳縣大治，而吳民稱慶大悅。當時內閣首輔申時行（1535～1614）頗稱許袁氏之才，讚嘆曰：二百年來，無此令矣。不過，這樣的頌揚，並沒有讓袁宏道戀棧仕途。在給沈廣乘（鳳翔）的書信中，反倒更進一步陳述心跡：

> 人生作吏甚苦，而作令為尤苦。若作吳令則其苦萬萬倍，直牛馬不
> 若矣。何也？上官如雲，過客如雨，簿書如山，錢穀如海，朝夕趨
> 承檢點，尚恐不及。苦哉！苦哉！然上官直消一副賤皮骨，過客直

〔註94〕〔明〕歸有光：《震川先生集》，〈送陳子達之任元城序〉，卷10，頁228。
〔註95〕〔明〕黃宗羲：《明夷待訪錄》，〈學校〉（北京：中華書局，1985年），頁7。
〔註96〕〔明〕祁彪佳：《祁彪佳文稿》，〈祁忠敏公日記‧歸南快錄引〉（北京：書目文獻出版社，1991年），頁1013。
〔註97〕〔明〕袁宏道：《袁中郎全集》，〈沈博士〉，卷20，頁934。

消一副笑嘴臉，簿書直消一副強精神，錢穀直消一副狠心腸，苦則

苦矣，而不難。唯有一段沒證見的是非，無形影的風波，青岑可浪，

碧海可塵，往往令人趨避不及，逃遁無地，難矣，難矣！〔註98〕

袁宏道言稱為官苦，而「縣令」這等低階士大夫尤苦，任吳縣令則萬萬倍更苦。除了要應酬各個層級的府僚官員外，還得嬉笑怒罵、處處照應。在政治舞台上，縣令若妓似優，忙於做賤自我，雖然口說可忍，實則處境難堪。

萬曆二十四年，袁宏道任職吳縣縣令滿兩年，即稱病請辭。辭官期間，遊歷四方。痊癒後，再回京補職。前後三仕三去，共計七次稱病請辭，最終獲得皇上批准，歸里養病。總計袁宏道為官僅七年時光，因病家居長達十一年。在給湯顯祖的書信中，袁宏道頗有陶淵明的心境，袁氏說道：

每看陶潛，非不欲官者，非不愧貧者。但欲官之心，不勝其好適之心；

愧貧之心，不勝其厭勞之心，故竟歸去來兮，寧乞食而不悔耳。〔註99〕

袁宏道雖出身官宦之家，但他不像父兄與胞弟那樣熱中仕途。他認為：「世間第一等便宜事，真無過閒適者。白、蘇言之，兄嗜之，弟行之，皆奇人也。」〔註100〕人生苦短，所謂「閒」者，其樂趣百倍千倍於功名富貴。袁宏道享受歌舞聲伎，曾受邀米萬鍾（1570～1628）家樂觀戲，「米友石見召，同君御、修齡諸公，命歌兒演新曲，城西淨業寺前。」〔註101〕又「同龍君御、米友石飯於長春寺，寺在順城門外斜街，看演《曇花記》。」〔註102〕有時還能遠行遊歷山水，過著一種不為經濟所困、政治所羈的悠哉生活，誠如高濂（1573～1620）所言：「人間萬事，四時遊冶，一歲韶華，毋令過眼成空，當自偷閒尋樂已矣乎。」〔註103〕不過，若從士大夫的政治職責來看，袁宏道把對情感的欲望寄託在追求心靈滿足的人生態度上，是一種逃避仕途的忙碌現實，其目的仍具有一定的侷限性。李贄認為：

世間功名富貴，與夫道德性命，何曾束縛人，人自束縛耳。〔註104〕

李贄曾贈詩於袁宏道，詩曰：「頌君《金屑》句，執鞭亦忻慕。早得從君言，

〔註98〕〔明〕袁宏道：《袁中郎全集》，〈沈廣乘〉，卷20，頁955。

〔註99〕〔明〕袁宏道：《袁中郎全集》，〈湯義仍〉，卷20，頁930。

〔註100〕〔明〕袁宏道：《袁中郎全集》，〈識伯修遺墨後〉，卷16，頁789。

〔註101〕〔明〕袁中道：《游居柿錄》，卷11，頁223。

〔註102〕〔明〕袁中道：《游居柿錄》，卷11，頁224。

〔註103〕〔明〕高濂：《遵生八牋》，〈起居安樂牋下‧高子游說〉（上海：上海古籍出版社，1993年），卷8，頁531。

〔註104〕〔明〕李贄：《焚書》，〈復焦弱侯〉，卷2，頁43。

不當有《老苦》。」〔註105〕在李贄看來，士大夫是要選擇「簿書如山，錢穀如海」的生活忙人？還是要做個舞蝶遊蜂的生活閒人？在物質文化豐裕、商業經濟發達的晚明社會，端賴個人內心是否能以「閒」情處之。不論在朝仕宦，抑或因故致仕，人心若存有「閒」情，則不為功名富貴、道德性命所奴役，其苦何來之有？

　　李、袁二人說文談禪，歷三月有餘。經過李贄的開導與啟迪，袁宏道豁然大悟、視野大開。他認為人生有五大樂，其一便是歌舞聽曲，自在快活。

> 堂前列鼎，堂後度曲，賓客滿席，男女交舄，燭氣薰天，珠翠委地，
> 皓魄入帳，花影流衣，二快活也。……千金買一舟，舟中置鼓吹一部，
> 妓妾數人，遊閒數人，浮家泛宅，不知老之將至，四快活也。〔註106〕

袁宏道不僅是公安派的泰斗，在詩文上也有很高的成就；對戲曲、小說亦潛心研究，曾讚揚《金瓶梅》、《水滸傳》、《四聲猿》等作品，能脫去窠臼、別開生面，更為徐渭（1521～1593）的遭遇寫文作記。袁宏道認為，狎妓飲酒，泛舟聽曲，也是士大夫在生活中追求公務忙碌之餘的一種「閒」趣快活。

> 中郎同散木至園，來看木樨，小飲徘徊而去。坐楮亭看蓮花，中郎
> 以字云：「貸園桂開如黃錦幄，有新到吳兒善歌，可急來。」予以事
> 不得往，適鄧弈客至，因相與散步大堤。〔註107〕

袁宏道宅第有木樨花，遣工匠築園，名曰「金粟園」。金粟滿樹，一院生香，籬落業成，曾與好友龔散木遊園，酌酒同賞。一日，袁中道因事不克成行，憶起袁宏道有書信相告「吳兒善歌，可急來」之邀約。仕途生活中的忙處與閒處，全繫乎人心如何自處之。袁宏道即使憎厭仕宦，但又不得不任事的情況下，也必須要學著偷閒愉悅。徐增（1612～？）即言：

> 嘗見忙人忙到不耐煩，便思無事，即無事亦忙。又嘗見世間閒人，
> 閒到不耐煩，輒思作一事，即有事亦閒。惟會此，則城市如山林，
> 朱門如蓬戶矣。〔註108〕

晚明，士大夫幾乎沒有所謂公務之「餘」，應酬與案牘堆積如山。因此，士大夫不外乎在公務之「中」，積極追求「忙中有閒、閒中有忙」的生活。仕途生

〔註105〕〔明〕袁中道：《珂雪齋集》，〈吏部驗封司郎中中郎先生行狀〉，卷18，頁755。
〔註106〕〔明〕袁宏道：《袁中郎全集》，〈龔惟長先生〉，卷20，頁923。
〔註107〕〔明〕袁中道：《游居柿錄》，卷5，頁109。
〔註108〕〔明〕徐增：〈與申勗庵〉，收錄於〔清〕周亮工編：《尺牘新鈔》（上海：上海書店，1988年），卷8，頁214。

活中的忙處與閒處，須要靠觀念來轉換，即「身忙心閒」的生活態度。換言之，
士大夫雖身處城市，忙於政事，但要心繫山林，閒雲野鶴；或謂身雖在朱門，
食為珍饈佳餚，但心要如蓬戶甕牖，嗜粗茶淡飯。如此，便能以一種與商業化
社會所帶來的忙碌，乃至於政事的繁冗，產生與現世相隔的人生趣味。

> 世廟時，遼邸最盛。宮室苑囿，聲伎犬馬之樂，甲於諸藩。而王亦
> 風流好文，音曲詞章，梟盧擊鞠，靡不狎弄。離宮別館，霧鎖雲蒸；
> 舞榭歌樓，金鋪繡澀。於是四方之墨卿、賦客、博徒酒人、黃冠羽
> 服、驥子魚文之流，無不鱗集其座上矣。〔註109〕

袁宏道與袁中道雖沒有組織家庭戲班，但他們曾受邀於遼王朱憲㸂（1526～
1582）王府觀戲。袁宏道稱遼王朱憲㸂為：「尤喜伎樂。猶聞之故老云：『每上
元燈節，皆以妓女數千導燈行，綺羅粉黛，繁華已極。』」〔註110〕士大夫擁紅
妝飲酒，堪稱風流雅興；諸侯王爺邀四方之士，飲酒聽曲，則更顯張揚。

　　袁中道，字小修，一字少修，號柴紫居士，湖廣公安人（今湖北省公安縣），
幼時聰穎，「十餘歲，作黃山、雪二賦，五千餘言。長益豪邁，從兩兄宦遊京
師，多交四方名士，足跡半天下。」〔註111〕明神宗萬曆四十四年，進士及第。
歷仕徽州府教授、國子監博士、南京禮部主事，官至南京吏部郎中。

> 若夫貯粉黛，教歌舞，以耗壯心而遺餘年，往時猶此習，今殊厭之。
> 昔裴公美一生醉心祖道，而晚年托缽歌伎之院，自云可以說法度人。
> 白樂天亦解乘理，至頭白齒豁，時攜群粉狐往牛奇章宅中鬥歌。有
> 何好？而自云：「天上人間，無如此樂。」雖云遊雲幻霞，無所汙染，
> 然道人自有本色行徑。〔註112〕

袁中道入仕前「貯粉黛，教歌舞，以耗壯心而遺餘年」，也曾醉倒優伶曲下，
心迷神馳。入仕後則表現出「今殊厭之」的態度，性情的改變不可謂不大。袁
中道中進士當年，隨即派任南直隸徽州府教授，時年業已四十七歲，明顯晚晉
登科，不若兄長早慧即進士及第——宗道二十七歲、宏道二十三歲。

　　袁中道將其行為的轉變，歸因於年紀漸長所產生心境上的差異。然而，究
其根本，還是與仕途的束縛不無關係，他曾言：「人生閒適之趣，未有過於身

〔註109〕　〔明〕錢希言：《遼邸記聞》（成都：巴蜀書社，2000 年），頁 131。
〔註110〕　〔明〕袁中道：《游居柿錄》，卷 5，頁 107。
〔註111〕　〔清〕張廷玉等奉敕撰，楊家駱主編：《明史》，〈文苑傳四‧袁中道〉，卷 288，
　　　　　頁 7398。
〔註112〕　〔明〕袁中道：《珂雪齋集》，〈硯北樓記〉，卷 14，頁 624。

在硯北。」〔註113〕此番心跡，大抵和袁宏道有關。袁中道曾經過訪二兄袁宏道的宅第「金粟園」閒話家常，袁宏道言及養生一二事，云：「四十歲以後，甘淡薄，屏聲色變，便是長生消息。四十歲以後，謀置粉黛，求繁華，便是夭促消息。我親見前輩早夭人，個個以粉骷髏送死。」〔註114〕袁中道聽後，覆曰：「耳根常聽此言，亦自收斂。」〔註115〕不過，「以粉骷髏送死」者，同門好友江盈科可以算是其一。

江盈科（1553～1605），字進之，號綠蘿山人，湖廣常德府桃源人（今湖南省常德市）。萬曆二十年，進士及第，歷仕長州縣令、大理寺正、戶部員外郎，官至四川提學副史，卒於任上。與袁宏道同年，也為公安派成員大將之一。江盈科對仕途生活也是非常厭倦，曾作〈自述〉詩，表明心跡，其詩云：

> 解綬便安逸，抽簪得隱淪。為償牛馬債，一見宰官身。笑面人前假，
>
> 攢眉背後真。從今登覺路，無喜亦無嗔。〔註116〕

江盈科認為，明代的官俸低薄，不足以應付日常開銷，常自謙缺乏行政才幹，〔註117〕於是，將當官視為做牛做馬之債償還與民，與袁宏道所言「直牛馬不若矣」有同病相憐之情語。不過，江盈科好賭、好酒、好歌舞女色，〔註118〕曾寫詩自敘：「少年詞賦滿天涯，偶泊金閭問酒家。笑倚青樓調妓女，新裁麗曲度琵琶。」〔註119〕晚明，士大夫挾妓飲宴、文人名士坐擁紅妝，文人士大夫追求感官刺激，皆逸樂於歌舞聲伎，將傳統道德束縛解枷卸鎖於九霄之外。袁宏道則曰：「堂前列鼎，堂後度曲，賓客滿席，男女交舃。」〔註120〕

〔註113〕〔明〕袁中道：《珂雪齋集》，〈硯北樓記〉，卷14，頁623。

〔註114〕〔明〕袁中道：《游居柿錄》，卷5，頁108。

〔註115〕〔明〕袁中道：《游居柿錄》，卷5，頁108。

〔註116〕〔明〕江盈科：《江盈科集》，〈雪濤閣集‧書懷〉（長沙：嶽麓書社，1997年），卷1，頁49。

〔註117〕江盈科其實極能體察下情，與利除弊，為緩解長州人民賦稅之重，置役田二千餘畝以資役費，然此舉卻遭上級以「徵賦不力」改任大理寺正。江氏曾言：「民為王者之天、王者之心，不敢忽民，不忍殘民，不能一瞬息忘民。」參閱〈王者所天在民論〉，頁102。又以詩諷諭時政：「宮中黃金高如斗，道旁死人不如狗。民苦君樂不忍聞，分明藉資與敵手。」袁宏道讀之，嘆曰：「痛民心似病，感事淚成詩。」

〔註118〕江盈科嘗言：「故性好弈，雖終日輸棋，不廢弈也；性好賭，雖終日輸錢，不廢賭也；性好酒，雖醉欲死、瘦欲死，不廢酒與色也。何者？誠好之也。」參閱〈雪濤閣集‧自敘〉，卷1，頁2。

〔註119〕〔明〕江盈科：《江盈科集》，〈雪濤閣集‧袁小修過吳門〉，卷3，頁142。

〔註120〕〔明〕袁宏道：《袁中郎全集》，〈龔惟長先生〉，卷20，頁922。

可見，迷醉優伶、唱曲侑酒，儼然成為晚明文人士大夫忙中偷閒的生活雅事之一。

　　當士大夫逃不開政事、又困於政事羈絆之中，他們不得不重新建構一種新的仕途生活秩序——偷閒。於是，「舞蝶遊蜂，忙中之閒，閒中之忙」〔註121〕的生活互動之勢，在士大夫階層中風行起來，成為晚明仕途上，士大夫追求的一種生活閒趣。洪應明（1572～1620）曾云：

> 從靜中觀物動，向閒處看人忙，才得超塵脫俗的趣味；遇忙處會偷
> 閒，處鬧中能取靜，便是安身立命的工夫。〔註122〕

當然，晚明有一些文人士大夫因個人的性格與政治的調性不合，他們之中有人選擇自在地享受生活樂趣，不論處窮或處達，都能夠從仕途的忙處中偷閒，無往而不適。李漁（1610～1680）即云：「能與山水為緣，俗吏便成仙吏；不受簿書束縛，忙人即是閒人。」〔註123〕人生就是為了自適與自樂，在「遇忙處會偷閒，處鬧中能取靜」，如何追求生活閒趣？其心便能輕鬆坦然，其身也就無所謂案牘勞形，此即為安身立命的工夫，是謂之樂得其道。

二、致仕歸里的聲伎娛情

　　當政治職責與人生趣味的價值產生了扞格時，隨緣適世、求靜求閒便成為這時代士大夫生活的一種文化現象。這一群士大夫，人處在朝堂，往來干謁，雖身不由己，然始終懷抱「人生貴適志」的生活態度，在富足安逸的仕途中追求一種文人的閒趣生活。可是，他們性格上的自在灑脫常常與官僚體制發生越來越劇烈的衝撞，因此，有一部分的士大夫從國家體系中撤離出來。他們嚮往村童野叟之間，勤於墾地治園；也迷醉在歌舞讌樂之中，於是豪擲千金，組織家庭戲班，藉此來慰藉自己羸弱疲乏的心靈，以及修補早已耗損於政治舞台上的理想抱負。

　　晚明士大夫的致仕，大抵緣於政治危機逐步加深。從原本的仕宦熱情，眼見政治陷入無可為之際，他們也漸漸失去了向前努力匡復的動力。於是，不僅

〔註121〕〔明〕陳繼儒：《小窗幽記》，〈集靈〉（台北：文津出版社，1993 年），卷 4，頁 73。

〔註122〕〔明〕洪應明：《菜根譚》，〈應酬〉（台北：台灣古籍出版社，1996 年），卷 2，頁 3。

〔註123〕〔明〕李漁：《笠翁文集》，〈衙署雜聯・內署三聯〉（杭州：浙江古籍出版社，1991 年），卷 4，頁 246。

不得志的小官毫無眷戀地離職，譬如：何良俊屢試不中，後以貢生薦授翰林孔目；許自昌，四試四挫，遂捐資謁選，授文華殿中書舍人。進士及第大臣也選擇自己理想的歸途，譬如：顧大典（1540～1596）官至福建提學副使、屠隆官至禮部郎中、鄒迪光官至湖廣提學副使；就連內閣首輔也面臨致仕退隱的人生抉擇，譬如：申時行、王錫爵（1534～1610）等人，他們雖然位高一人之下、萬人之上，但伴君如伴虎的戒慎恐懼，以及覬覦相位者的虎視眈眈，同樣面臨了政治彈劾的遭遇，而必須認真思考仕途的去留。一旦，這一群士大夫解放了性情，選擇辭官，就表示他們正式退出國家權力中心，連帶也疏離了道統思想和理學主流意識。

當這一群致仕士大夫回到民間，沒有過多的政治考量與忌諱後，開始了任性達情的文人閒雅生活。他們接受心學思想，不再受程朱理學的束縛，像是言論放肆、個性張揚、舉止狂傲等，其行為大膽地表現在生活日常之中，以自己的感受為品評標準，卻又極端地無視他人的個性與感受。更甚者，連被官方定為正統思想的孔孟與程朱，他們也能批判嘲諷。至此，我們可以見識到陽明心學的強大作用力。其中，湯顯祖的至情戲曲《牡丹亭》傳奇，則是將此種風尚推向極致的代表人物與作品。

晚明致仕歸里的士大夫離開朝堂，或有功德圓滿的告老還鄉、或因主動上書請求辭官、或遭人媢害而被迫丟官者，不論是以哪種原因撤離政治權力中心，不做官的自在肯定是另一種大放異彩的生活。雖然，這三者撤離官場的形式與分界有時難以釐測清楚，但士大夫致仕歸里而獲得全面的自在──身與心，從自我感覺和個人意識上都掙脫了國家機器的枷鎖，在民間適以張揚個性、表現自我。

主動辭官與被迫丟官，有時候是源於相似的行為動機。何良俊，字元朗，號柘湖，松江華亭人（今上海市奉賢區柘林鎮）。少年時代，努力習讀詩文，無奈屢試不中，因孜孜矻矻過度而罹病。他嘗言：

> 何少子好讀書，遇有異書必厚貲購之，撤衣食為費，雖饑凍而不顧也。每巡竹田陌，必挾策以隨，或如廁亦必手一編，所藏書四萬卷，涉獵殆遍，⋯⋯如此蓋二十五年，何子年以幾四十，無所試。何子之得心疾，每一發動則性理錯迕。與人論難，稍不當意，輒大肆詬詈，時一出詭異語，其言事亦甚狂戾不復有倫脊。〔註124〕

〔註124〕〔明〕何良俊：《四友齋叢說》，〈自序〉（北京：中華書局，1997 年），頁 5。

何良俊薦授南京翰林院孔目，惜「居三年，遂移疾免歸。」〔註125〕時明世宗嘉靖三十四年，從此過著娛情聲伎的自在生活。《萬曆野獲編》記載：

> 嘉隆間，度曲知音者，有松江何元朗，蓄家僮習唱，一時優人俱避舍。然所唱俱北詞，尚得金元蒜酪遺風。予幼時，猶見老樂工二三人，其歌童也俱善絃索，今絕響矣。何又教女鬟數人，俱善北曲，為南教坊頓仁所賞。〔註126〕

何良俊養優蓄樂、徵歌度曲，他的家庭戲班擅以北曲絃索伴奏而聞名。他嘗言：「余家小鬟記五十餘曲，而散套不過四五段，其餘皆金元人雜劇詞也。南京教坊人所不能知。」〔註127〕這種聲伎歡演、賓客盈門的閒雅自在，萬萬不是屈居於翰林院任職孔目所能獲得的愜意生活。

顧大典，字道行，號衡寓，南直隸蘇州府吳江人（今江蘇省蘇州市）。出身於官宦之家，曾祖顧頊，刑部主事；祖父顧昺，知府。明穆宗隆慶二年，顧大典進士及第，歷仕紹興府教諭、處州推官、山東按察副使，官至福建提學副使。顧大典為官清廉正直，但是，常因拒斥賄賂請託，而阻人方便之路，故深為忌者所惡，後因受人讒言，而被謫遷禹州、知州。不久，遂棄官歸里，過著徵歌選伎的度曲生活。王驥德（1540～1623）曾對顧大典家班有所讚曰：

> 顧道行先生，亦美風儀，登第甚少。曾一就教吾越，以閩中督學使者棄官歸田。工書畫，侈姬侍，兼有顧曲之嗜。所蓄家樂，皆自教之。所著有《青衫》、《葛衣》、《義乳》三記，略尚標韻，第傷文弱。余嘗一訪先生園亭，先生論詞，亦傾倒不輟。晚年無疾，為人作一書與郡公，投筆而逝，亦一奇也。〔註128〕

顧大典致仕後，深居鄉里，蓄養聲伎，由於能妙解音律，故屢屢自按紅牙，度曲歡娛。與沈璟（1553～1610）同為吳江派的重要作家，時常流連於詩酒；也與沈璟二弟沈璨（1563～1622）（璨為武舉人，官至台頭營標下中軍把總）並蓄聲伎，常作香山、洛社之宴遊。

〔註125〕〔清〕錢謙益：《列朝詩集小傳》丁集上，〈何孔目良俊〉（上海：上海古籍出版社，1983 年），頁 450。

〔註126〕〔明〕沈德符：《萬曆野獲編》，〈詞曲‧絃索入曲〉（北京：中華書局，1997年），卷 25，頁 641。

〔註127〕〔明〕何良俊：《四友齋叢說》，〈詞曲〉，卷 37，頁 340。

〔註128〕〔明〕王驥德：《曲律》，〈雜論第三十九下〉，收錄於俞為民、孫蓉蓉編：《歷代曲話彙編》明代編第二集（合肥：黃山書社，2009 年），卷 4，頁 125。

就仕宦本質來說，顧大典「因忌者追論，為郎時，放於詩酒，而坐謫禹州知州，遂自免歸。」〔註129〕與主動上書請辭相較，因故被迫去官，當然不是什麼愉快的滋味和經歷，但顧大典致仕歸里後的生活似乎更顯瀟灑自在。

屠隆，字長卿，又字緯真，號赤水，人稱赤水先生，浙江鄞縣人（今浙江省寧波市）明神宗萬曆五年，進士及第，歷仕河南穎上令、青浦知縣、禮部主事，官至郎中。屠隆為官清正，關心民瘼。任青浦知縣時，修河築堤，不增賦稅，頗受民眾愛戴。雖勤勉吏治，但也縱情於詩酒，《列朝詩集小傳》記載：

> 長卿令青浦，延接吳越間名士沈嘉則、馮開之之流，泛舟置酒，青簾白舫，縱浪泖浦間，以仙令自許。在郎署，益放詩酒，西寧宋小侯少年好聲詩，相得歡甚，兩家肆筵曲宴，男女雜坐，絕纓滅燭之語，喧傳部下，中白簡罷官。〔註130〕

屠隆有異才，詩文、書畫、曲藝皆造詣極深。為官時已蓄養家庭戲班，並經常攜家樂出遊，足跡遍及蘇州、無錫、杭州等地。錢謙益（1582～1664）曾言：「長卿雖為吏，家無餘貲，好交遊，蓄聲伎，不耐岑寂，不能不出遊人間。」〔註131〕

明神宗萬曆十二年，屠隆因事被彈劾，削籍罷官，遂遊於吳越之間。登武夷山，探幽八閩（福建八府），後回鄞縣定居終老。然而，屠隆也因交游廣闊，罔顧男女分際，遭致緋聞亦多。《萬曆野獲編》記載：

> 西寧夫人有才色，工音律。屠亦能新聲，頗以自炫，每入劇場輒闌入群優中作技。夫人從簾箔中見之，或勞以香茗，因以外傳。至於通家往還亦有之，何至如俞疏云云也。〔註132〕

《明史‧文苑傳》則是另一載事：

> 西寧侯宋世恩兄事隆，宴遊甚歡。刑部主事俞顯卿者，險人也，嘗為隆所詆，心恨之。訐隆與世恩淫縱，詞連禮部尚書陳經邦。隆等上書自理，並列顯卿挾仇誣陷狀。所司乃兩黜之，而停世恩俸半歲。〔註133〕

〔註129〕〔清〕陳和志等纂修：《震澤縣志》（台北：成文出版社，1970年），頁113。
〔註130〕〔清〕錢謙益：《列朝詩集小傳》丁集上，〈屠儀部隆〉，頁445。
〔註131〕〔清〕錢謙益：《列朝詩集小傳》丁集上，〈屠儀部隆〉，頁446。
〔註132〕〔明〕沈德符：《萬曆野獲編》，〈詞曲‧曇花記〉，卷25，頁645。
〔註133〕〔清〕張廷玉等奉敕撰，楊家駱主編：《明史》，〈文苑傳四‧屠隆〉，卷288，頁7388。

明初，傳統倫理道德以束縛人性、壓制人欲為規範，一切以程朱理學作為指導原則。到了晚明，陽明心學思潮的出現，對於人性情欲的解放，有了世俗美好生活的謳歌。一些士大夫反對禮教對人性的禁抑，他們強調個性自由與人性解放，並且在生活中實踐自我心理的愉悅與生理的滿足。晚明文人士大夫喜挾妓飲宴，且多遊於簫鼓畫舫、歌樓舞館之中。從「男女雜坐，絕纓滅燭之語」到「訐隆與世恩淫縱，詞連禮部尚書陳經邦」指責來看，屠隆的遭貶與他流連曲優，耽樂於聲伎，不無關係。至若，晚明盛行男風之癖的享樂生活，屠隆的行為染指與否？則不可得知。但可以肯定的是，西寧夫人色藝雙全，屠隆與之相處互動之際，卻不知避嫌，致忌者有機可乘，上書彈劾，攻訐其敗德之舉。

申時行，字汝默，號瑤泉，南直隸長洲縣人（今江蘇省蘇州市）。明世宗嘉靖四十一年，狀元及第，歷仕禮部右侍郎、吏部右侍郎、禮部尚書、吏部尚書、中極殿大學士、太子太師，官至內閣首輔。明神宗萬曆十九年八月，申時行以五十七歲年齡致仕歸里，回到家鄉蘇州後，開始購地置園林，養優蓄樂，逸樂於聲伎之中。

當時，優伶多以來自江南的吳地為上選，從明萬曆年間到清康熙初年，蘇州的崑曲班竟高達千數之多，《吳郡歲華紀麗》記載：「蘇州戲班名天下。」[註134]申時行家樂不僅在當時最負盛名，堪為吳中之冠。至清聖祖康熙初年，申氏家樂傳承三代，仍然持續演劇活動，聲勢之強勁，令人嘆為觀止。《堅瓠集》記載：

> 吳中故相國申文定家，所習梨園為江南稱首。鐵墩者又梨園稱首也。……數歲時，侍相國所，相國目之曰：「此童子當有異，教之歌歌，教之泣泣，教之官官，教之乞乞，畫肘宵摩，滑稽敏給，周不形容曲中。」於自然時復援引古今，以佐口吻資談笑於相國左右。
> 余素不耐觀劇，然不厭觀申氏家劇，每坐間，輒自提撕，毋踦跛，毋傘鄗，毋輕薄，歌呼謔浪諧調。[註135]

申時行家樂孕育出許多著名的優伶，諸如：白面兼老生的周鐵墩、擅長旦角的沈娘娘、跛腳卻技優的顧伶，以及管舍等人。其中，以周鐵墩技冠群優，為梨園首席的要角兒。又，《舊小說》亦有記載申時行家樂「顧伶」一事。

〔註134〕〔清〕袁學瀾：《吳郡歲華紀麗》，〈春台戲〉（南京：江蘇古籍出版社，1998年），卷2，頁51。
〔註135〕〔明〕鄭桐庵：〈周鐵墩傳〉，收錄於〔清〕褚人穫：《堅瓠集》癸集，（上海：上海古籍出版社，1999年），卷1，頁438。

> 顧伶者，忘其名，有足疾，號顧躄腳，平時行蹣跚，登場疾徐應節，
> 人忘其為躄也，少年時，及事申相國文定，相國家聲伎，明季為吳
> 下甲，每一度曲，舉座傾倒。〔註136〕

申氏家樂在申時行的主持下，成為當時吳中地區最為頂尖優秀的家庭戲班。申時行的致仕歸里，與一般士大夫比較起來，顯得安時而順遂，在政治上無甚風波與困阨，以五十七歲的年齡退休，尚且還有時間和餘力享受人生，大抵可從他的作品《賜閒堂集》中窺見一二。申時行將他退休以後的徵歌度曲生活名為「賜閒」，並且撰寫成書，這也是晚明時期，許多文人士大夫的普遍選擇：或有玩物、或有鑑藏、或有遊歷、或有治園、或有撰書，當然，更多的是耽溺於聲伎之中的曲藝生活。

申時行在《賜閒堂集》一書中，雖然鮮少論述崑曲本質上的觀點，但對崑曲家樂的實踐與戲曲理論確實有精湛的見解和事實的表演呈現。晚明，尤以明神宗萬曆年間，士大夫從政治權力中心撤離出來，回到自己的故鄉，尤其江南吳中一帶出身的文人。他們開始經營一套與官場不一樣的生活形式，把原本在政治舞台上的競逐遊戲，巧妙地轉化成為文人風雅生活上的藝事較勁，遂構成了文人文化中閒趣的一面。

〔註136〕〔清〕楊繩武：〈書顧伶事〉，收錄於吳曾祺編：《舊小說》第十七冊己集二（台北：台灣商務印書館，1965 年），頁 20。

第五章 仕宦文人的政治歸宿：
曲藝寄物

　　明末清初，具有仕宦身分的文人家庭戲班，不勝枚舉。諸如：馮夔家樂、何棟家樂、陳燦家樂、李開先家樂、何良俊家樂、董份家樂、張科家樂、王錫爵家樂、申時行家樂、潘允端家樂、顧大典家樂、屠隆家樂、馮夢禎家樂、許自昌家樂、朱正初家樂、錢岱家樂、鄒迪光家樂、米萬鐘家樂、曹學佺家樂、范景文家樂、阮大鋮家樂、朱國盛家樂、祁彪佳家樂、李明睿家樂、徐懋曙家樂、梁清標家樂等。〔註1〕

　　戲曲，是明清文人階層閒雅生活中的品項之一。晚明，心學思想廣佈流傳，文人投入至情至性在戲曲的創作和表演中，享受不同於傳統士大夫的文人生活方式。這一群文人士大夫大多是致仕後，歸里度餘年，才開始組織起家庭戲班，僅有少數者是在官職任上即擁有家庭戲班。他們除了擅長詩文書畫外，對戲曲歌舞也相當鍾情，企圖在政治舞台之外，另闢一處表演空間，展現自己的才華。明末諸生葛芝（1615～1687）曾言：

> 吾吳中士大夫之族則不然，高門巨室，累代華胄者毋論已。即崛起
> 之家，一旦取科第，則必前堂鐘鼓，後房曼鬋，金玉犀象玩好罔不
> 俱。以至羽鱗貍互之物，泛沉醍盎之齊，倡優角觝之戲，無不亞於
> 上公貴族。〔註2〕

〔註1〕劉水雲：〈明代家樂考略〉，《戲曲研究》第 60 輯（2002 年 11 月），頁 68～95。〈清代家樂考略〉，《戲曲研究》第 62 輯（2003 年 6 月），頁 109～137。

〔註2〕〔明〕葛芝：《臥龍山人集》，〈王氏先像序〉（北京：北京出版社，2000 年），卷 9，頁 390。

葛芝，字瑞五，號龍仙，江蘇崑山人（今江蘇省崑山市）。出身官宦之家，祖父葛錫璠（1577～1632）官至河南按察司按察使。葛錫璠為官廉正有直聲，治家亦嚴方。葛芝從小便隨侍在旁，耳濡目染，無書不讀。及長，十五歲遊於太倉張溥之門，十七歲迎娶張采之女，時溥、采二人皆為復社首魁，葛芝聲名一時大譟。可惜！年未三十，即遭逢明清易代的巨變，對於家鄉崑山乃吳中崑曲之發源地，感念世故，吳中士大夫由盛而衰的丕變，心懷慨嘆，一如其他仕宦遺民，豪情壯志瞬間折翼。

這一階層具有仕宦身分的文人，在政治舞台上的不如意，在官場上決絕不會也不能開誠佈公，許多心思與行為都必須匿藏嚴實，否則易遭讒忌，引來禍端。事實上，長期處在這樣的高壓環境中，士大夫的內在精神承受著佶大的苦悶和抑鬱。如何替內在精神的苦悶和抑鬱尋找出口？有些文人士大夫會以自己嗜愛的戲曲歌舞，作為情緒宣洩和情感轉化的手段。於是，有經濟財力者，為了掌控更大的權力和自由度，他們之中有人開始組織家庭戲班，營造致仕後的閒雅生活。家庭戲班除了滿足個人的自娛私欲外，更多時候，是作為個人生活交游和政治舞台上的社交利器。

本章將從「仕宦文人的政治歸宿」之題旨，依照其任職年代的歷時性、政治遭遇的相關聯與共時性表述，以及歷史定位，就現有文獻的詳略，舉其重要的幾個文人家樂，做一文化性的內涵探討。

第一節　明中晚期內閣首輔的賦閒文化

一、社會身分的經營與文藝生活的開展

明代，尤其是明神宗以後，內閣首輔的致仕年齡大多已屆中晚年。諸如：萬曆十九年，申時行五十七歲致仕；萬曆二十二年，王錫爵六十一歲致仕；萬曆十一年，余有丁五十八歲致仕。他們人生的大半黃金歲月都奉獻給了朝廷──始於青壯年，忙於政事；終於晚年，因故致仕歸里。或築樓藏書，冶園玩物，閒雲野鶴；或組織家庭戲班，園亭舞榭，徵歌度曲。

明世宗嘉靖四十一年，明代科舉考試發生了一樁美事，申時行、王錫爵、余有丁（1526～1584）三人佔據當年殿試前三甲（依序為狀元、榜眼、探花）的榮耀，至萬曆年間，先後入仕內閣首輔、次輔，同理朝政，相無猜嫌。《甬上耆舊詩》前序錄有〈太保余文敏公有丁〉一文，如是記載：

> 嘉靖壬戌中進士，與吳門申公、婁江王公廷對，俱一甲三人並入相，
> 前此所未有也。〔註3〕

余有丁，字丙仲，號同麓，浙江鄞縣人（今浙江省寧波市），歷仕南京國子監
祭酒、吏部左侍郎、少詹事、太常寺卿、禮部左右侍郎、禮部尚書、文淵閣
大學士、戶部尚書、建極殿大學士。張居正逝世前，舉薦入閣，因而官拜內
閣次輔。

　　傳統士大夫，常常把辭官隱居作為對政治的消極退避。但實際上，他們仍
然心繫朝政，把個人的政治理想以山水寄託、著書立說等方式，安頓政治失落
後的心靈補償。然而，明代士大夫的辭官有別於過去傳統士大夫的悽惻憂傷，
他們實現張揚個性、恣意任情的心學思想，在人生閒趣上，沉吟於遊山玩水，
曲蘗於園林聲伎，鼓樂於樓臺亭榭等文人雅事。在某種程度上，這群士大夫把
辭官視為人生另一種個人意識的自覺，不論在情感或者自由度，都完完全全地
解放開來。尤其，晚明江南地區的致仕官員，確實為一支不容小覷的龐大群體。

　　萬曆十年，余有丁入相為內閣次輔，與申、王二人同理朝政。萬曆十二年，
即告病辭官，不月而卒於京邸，仕相未及三年。〈太保余文敏公有丁〉又載：

> 未幾，以疾卒於京邸，入相不及三年，公素達生，有高世之志，喜
> 訪故鄉家山水，所居一日，必使亭館修整，樹植蒔灌，俱得其宜，……
> 每四方名士至，輒相延接與，極遊湖山佳處，既載肴觴，兼攜絲竹，
> 唱詠傳一時，江左風流，自許謝安、王儉，至今臺基榭址尚有存者，
> 追溯盛遊，蓋不勝今昔歎焉。〔註4〕

東晉以降，士人常以「江左風流」作為仕與隱的徵象，標示了一種撤離政事而
逍遙於山水之間，並且逸樂於文藝的精神世界，這一歷史源頭適巧與晚明社會
文化獲得了接軌。江南的閒逸與豐庶，成為晚明商品經濟的首善之區，而「士
多出江南」的特殊地理位置，歷代已然，明代尤烈。〔註5〕余有丁生於浙江鄞

〔註3〕〔清〕胡文學：《甬上耆舊詩》，〈太保余文敏公有丁〉（台北：台灣商務印書館，
　　　　1979年），卷18，頁1a。

〔註4〕〔清〕胡文學：《甬上耆舊詩》，〈太保余文敏公有丁〉，卷18，頁2b～3a。

〔註5〕洪武三十年，丁丑科會試，發榜後，北方考生全數落榜，為歷科所未見，呈現
　　　　出南北教育水平之差距。朱元璋為平息此次爭端，以及全國統一形勢發展中南
　　　　北政治平衡的要求，遂開南北取士之先例。此外，為安撫北方士子，朱元璋除
　　　　了分南北兩榜，又以北榜較南榜簡單且取士為多，至洪熙元年以後成為定制。
　　　　呂珋：「洪武三十年丁丑科，試官劉三吾、白信蹈，取宋琮等五十一人，中原
　　　　西北士子無登第者。及入對，以福建陳安為狀元，應天尹昌隆為榜眼，浙江劉

縣，為官閒餘之際，「喜訪故鄉家山水」，頗有當年王、謝士族的前人遺跡，而高世之志與物質享樂，兩不相妨。

余有丁生平海闊，喜聚宴賓客。嘗於家鄉東錢湖近郊月波山修築讀書樓，名為「覺是齋」，後人稱「余相書樓」。余有丁有詩曰：

> 錢湖佳勝萬山臨，映水樓台花木深。開拓平疇八百頃，不知誰祀陸
> 南金。〔註6〕

余家除園林之美外，藏書亦豐。「覺是齋」書樓有七楹，一楹一藏書，神宗御筆「名山洞府」賜之。讀書樓門外，植栽五棵柳樹，名為「五柳莊」，蓋與陶淵明的「江左風流」遙遙相望。園林內，亭榭樓台，山水挹勝。余有丁愛書，也嗜好藏書，生平校書更是嚴謹。萬曆二年，任國子監祭酒，即親自校定南監本二十一史，並重新刊刻，嘉惠後世學子，不遺餘力。

誠然，壬戌一甲三人，共仕內閣，亦皆生於江南，江南已成為他們在地理上和精神上的雙重故鄉。不同的是，余有丁選擇了一條「園林藏書」的閒趣晚景，與申、王二人的「園林聲伎」享樂，別是一種風味。

二、政治角力的延伸：劇本搬演的話語權

王錫爵字元馭，號荊石，南直隸蘇州府太倉人（今江蘇省太倉市）。嘉靖四十一年，榜眼及第。歷仕翰林院編修、南京國子監祭酒、北京國子監祭酒、禮部右侍郎、禮部尚書、文淵閣大學士、吏部尚書、建極殿大學士，官至內閣首輔。萬曆二十二年，王錫爵以六十一歲年齡致仕，仍一再受神宗相召。不過，王錫爵回到家鄉太倉後，便開始建造園林，養優蓄樂，逸樂於聲伎之中，以遣晚寂。

家庭戲班的人員組織，除了曲藝表演的優伶外，樂曲伴奏的曲師也是相當重要的，他們能輔助優伶在舞台上的聲音表現，使觀眾除了滿足視覺賞心外，聽覺也能獲得悅耳感受。王錫爵家樂的曲師是以絃索來伴奏南曲，《閱世編》記載：

仕諤為探花。下第者以三吾等南人為言，上怒，命儒臣再考落卷中理長者第之。
於是侍讀張信……各閱十卷，或言劉、白囑信等以陋卷進呈。上閱卷益怒，親
試策問，又取山東韓克忠為狀元，王恕為榜眼，山西焦勝為探花，共六十一人，
皆北士也。考官信等皆磔殺，安等亦伏法削籍。故世稱春夏榜，又謂之南北榜。」
參閱《明朝小史》，〈春夏榜〉，卷2，頁187～188。

〔註6〕〔明〕余有丁：《余文敏公文集》，〈東錢湖吊古〉（北京：北京出版社，2005年），
卷15，頁311。

> 昔兵未起時，中州諸王府，樂府造絃索，漸流江南，其音繁促淒緊，
> 聽之哀蕩，士大夫雅尚之。……因考絃索之入江南，由戍卒張野塘
> 始。……時良輔年五十餘，有一女，亦善歌，諸貴爭求之，良輔不
> 與，至是遂以妻野塘。吳中諸少年聞之，稍稍稱絃索矣。野塘既得
> 魏氏，並習南曲，更定絃索音，使與南音相近，並改三絃之式，身
> 稍細而其鼓圓，以文木制之，名曰「絃子」。時王太倉相公方家居，
> 見而善之，命家僮習焉。〔註7〕

王錫爵致仕歸里太倉後，延聘享盛名的曲師張野塘、趙瞻云教習家樂優伶。張
野塘，河北人，流寓太倉，擅長絃索北曲，乃魏良輔之婿。張氏改良北曲，使
音習近南曲，而益柔婉悅耳。嗣後，凡有賓客至訪，王錫爵必置酒以家宴盛款，
並招家樂歌舞演劇。

　　王氏家樂的曲師常以絃索來伴奏南曲，最常搬演湯顯祖的作品《牡丹亭》。
王錫爵曾經盛邀湯顯祖蒞臨觀賞，湯氏觀劇後，頗感驚訝，憶昔日婁江女子事，
不覺嘆曰：

> 吳氏張元長、許子洽前後來言，婁江女子俞二娘秀慧能文辭，未有
> 所適。酷嗜《牡丹亭》傳奇，蠅頭細字，批注其側。幽思苦韻，有痛
> 於本詞者。十七惋憤而終。元長得其別本寄謝耳伯，來示傷之。因
> 憶周明行中丞言，向婁江王相國（王錫爵）家勸駕，出家樂演此。
> 相國曰：「吾老年人，近頗為此曲惆悵！王宇泰亦云，乃至俞家女子
> 好之至死，情之於人甚哉！〔註8〕

周孔教（1548～1613），字明行，號懷魯，臨川河東人。萬曆八年，進士及第，
曾任應天巡撫，明、清巡撫又稱「中丞」，故以周中丞行之。湯顯祖比周孔教
小兩歲，少小友好，又與之同年中舉人。萬曆四十一年，周孔教辭世，湯顯祖
撰贊文曰：「容溫而肅，度寬而嚴。留兩間之正氣，行壯志於當年。位高不亢，
志大彌堅。」〔註9〕評價之高，足見湯氏對周氏的景仰情誼。

　　事實上，《牡丹亭》作品業經脫稿，第一個演出的便是王氏家樂。湯顯祖

〔註7〕〔清〕葉夢珠：《閱世編》，〈紀聞〉（台北：木鐸出版社，1982年），卷10，頁
　　　　221～222。

〔註8〕〔明〕湯顯祖：《湯顯祖全集》，〈玉茗堂詩之十一・哭婁江女子二首有序〉（北
　　　　京：北京古籍出版社，1995年），卷16，頁654。

〔註9〕〔明〕湯顯祖：《玉茗堂全集》，〈懷魯公像贊〉（上海：上海古籍出版社，1992
　　　　年），卷下，頁240。

受王錫爵盛情邀約觀劇，對於自己的作品首次搬演，而且演得曲盡其妙，令人讚嘆。《瑣聞別錄》記載：「婁東家素俱梨園，聞外論籍籍，即命家僮急習《還魂》，曲盡其妙，客至輒以新劇進。」〔註10〕湯顯祖除了頗感驚訝外，也讓他想起時任應天巡府的周明行。周明行曾經報喜訊於湯顯祖，述說《牡丹亭》此劇在蘇州一帶的演出情況，極受達官貴人的好評。周明行關注湯顯祖的戲曲創作，這份同鄉情誼對湯顯祖來說，令人潸然感動。

王錫爵家樂的曲師，除了張野塘外，另一位趙瞻云亦負盛名。趙瞻云為魏良輔的嫡傳弟子，乃太倉一帶著名的曲師。陳繼儒曾云：

> 王文肅公解相印歸，與公（趙瞻云）日益昵。所居去文肅南園不數武。文肅巾車過園，輒物色趙翁在否？在則相與把臂入林，分蘭藝菊，舉觴鬥棋，率抵暮以為常。……公（趙瞻云）酒酣耳熱，赴必人先，歸必人後，曼為長謳，四座辟易，即群少年竹肉滿堂，噤無敢發聲音者。〔註11〕

王錫爵因事被彈劾，自乞罷歸。由於愛好曲藝聲伎，故與曲師交游為好。嘗偶經南園，流連在分蘭藝菊、竹肉（歌舞伎人）滿堂之中，聽曲師趙瞻云謳曲，兩人杯觥交錯，快活自適。堂堂一位解相印歸里的內閣首輔，業經脫離官場，則身段至柔，盡卸階級分際。

然而，湯顯祖在王錫爵家的至尊禮遇，在申時行家可就沒有那麼受到隆重的對待。當年，申氏家樂是不允許演出湯顯祖任何一本作品的。戲曲舞台的搬演，其實關涉到政治舞台的恩怨，王錫爵與申時行交好，但兩人對待湯顯祖的態度，儼然大相逕庭。

申時行位居內閣首輔，凡九年有餘，上下恬熙，容群納人，「進退雍容，主眷優渥。三詔存問，壽考康強。」〔註12〕但是，在湯顯祖的眼裡卻是奸佞輔臣。萬曆十九年，神宗以星變一事嚴責言官欺蔽，湯顯祖上奏摺，指責事因起於申時行之故，曰：「時行柔而多欲，以群私人，靡然壞之。」〔註13〕致使法

〔註10〕〔明〕宋徽輿：《瑣聞別錄・曇陽子》，轉引自劉水雲：〈明代家樂考略〉，《戲曲研究》第 60 輯（2002 年 11 月），頁 68～95。

〔註11〕〔明〕陳繼儒：《陳眉公小品》，〈趙瞻云傳〉（北京：文化藝術出版社，1996年），頁 82。

〔註12〕〔清〕錢謙益：《列朝詩集小傳》丁集中，〈申少師時行〉（上海：上海古籍出版社，1983 年），頁 544。

〔註13〕〔明〕湯顯祖：《湯顯祖全集》，〈論輔臣科臣疏〉，卷 43，頁 1211。

紀不振。結果「帝怒，謫徐聞典史，稍遷遂昌知縣。……力爭不得，竟奪官。家居二十年卒。」〔註14〕

　　湯顯祖早素文名，為人剛正不阿。萬曆十七年，湯顯祖時任南京禮部主事，雖然僅一閒職，依舊直言厲色，不失士大夫風骨。他對政治有纖塵不染的堅持，用現在的大白話來說，湯顯祖就是出了名的政治潔癖者，從他兩次皆不屑與張居正之子同年考試以作陪榜，言稱：「吾不敢從處女子失身也。」〔註15〕來滿足張居正家族顯耀的行徑，足見一斑。然而，對大多數官場同僚而言，他們看待申時行的政治態度，則未必如此嚴苛。

　　回歸政治舞台的現實面來論，官場凶險，禍福相依，利害與共，實不能一瞬間有任何差池。申時行能在張居正「威權震主，禍萌驂乘。」〔註16〕的麾下做事，而充滿榮耀、極盡圓滿，讓其他同朝為仕者，既戰戰慄慄，又心生欽佩。申時行何以能從狀元及第，一路仕途顯達，少有災厄風雨，至位及首輔，澤被後代？除了深諳為官之道外，其個性最是關鍵。他曾將自己的身居高位，比喻成雪中之竹，賦有一詩云：

　　　乍聽風敲玉，俄驚雪壓枝。亦知剛易折，無乃重難持。劃似鮫冰斷，

　　　紛如鳳羽披。歲寒不自保，抗節使人疑。〔註17〕

申時行所以成為「太平宰相，風流弘長，吳人以為盛事。」〔註18〕與他政務寬大，從容斡旋，行禮如儀，不無關係。即使因湯顯祖上奏參劾星變欺蔽一事，他也能全身而退，自乞罷官歸里，受神宗御書「賜閒」筆墨二字。申時行的柔順守分、知所進退，實與湯顯祖的剛直個性，以及後來的遭遇，大大不同。

　　《牡丹亭》此劇，不論案頭閱讀，抑或場上搬演，都獲得時人的喜愛，尤以明清女性閱讀經驗，更是現今學者熱衷研究的焦點。劇作家的作品一旦脫稿，政治舞台的權力遊戲便開始以另一種形式展現出來，譬如：朝廷的戲曲禁

〔註14〕〔清〕張廷玉等奉敕撰，楊家駱主編：《明史》，〈湯顯祖列傳〉（台北：鼎文書局，1991年），卷230，頁6016。

〔註15〕〔明〕鄒迪光：〈臨川湯先生傳〉，收錄於〔明〕湯顯祖：《湯顯祖全集》，〈補遺・傳〉，卷50，頁1511。

〔註16〕中央研究院歷史語言研究所編：《明實錄》，〈神宗實錄〉（台北：中央研究院歷史語言研究所，1967年），卷125，頁2336。

〔註17〕〔明〕申時行：《賜閒堂集》，〈詠雪中折竹〉（濟南：齊魯書社，1997年），卷3，頁50。

〔註18〕〔清〕董康：《曲海總目提要》，〈玉蜻蜓〉（天津：天津古籍書店，1992年），卷44，頁1889。

令、士大夫對腔調的好惡、家班主人的點戲偏重等。在風尚相襲的力量湧起，晚明士大夫以曲藝聲伎作為致仕歸里的閒雅生活，哪怕劇本僅是一種純粹的文學創作，當然！有些戲曲帶有歷史隱喻，都需要去爭取表演舞台，與政治做一場拉鋸式的博弈，才能使案頭文章在戲曲舞台上活出生命。

申、王二位致仕首輔對戲曲表演的話語權，從政治舞台延燒到《牡丹亭》的搬演與否。湯顯祖用劇本語言作為表達自己對於「情理」的看法，在王錫爵家樂的舞台上，優伶的聲音創造了生機勃勃的強烈欲望；可是，在申時行家樂猶如失語的狀態，儘管《牡丹亭》在各個管道中積極展現表演話語權，但始終上不了申氏家樂的舞台，即使試圖想發聲，卻永遠也發不出聲音。

第二節　晚明家樂主人的政治表述

一、致仕：政治負氣與壯心消磨

明末清初的「世變」時期，對士大夫的政治心態造成不小的衝擊；社會經濟的繁榮富裕，使得士大夫有了「歸去來兮」的政治負氣。也就是說，當晚明政治的公領域漸漸暗黑敝壞，再無挽回頹勢的可能時，士大夫選擇回到他們如天堂般的故里，把許多公眾事務的挫敗與無力，全部推動在私領域的一切生活中。在適應俗世的文化趣味的同時，士大夫自覺地主導生活各方面的話語權，體現出鮮明的主體意識，因此，俗世的文化趣味也就變得很有吸引力。

（一）錢岱

錢岱（1541～1622），字汝瞻，號秀峰，南直隸蘇州府常熟人（今江蘇省常熟市）。明穆宗隆慶五年，進士及第。歷仕廣州府推官、侍御史，以及山東、湖廣按察使。明神宗萬曆十三年，錢岱四十四歲致仕歸里。雖是上疏請終養，但究其根本，還是與張居正第六子張靜修赴鄉試弊案有關。

> 萬曆十二年三月，左副督御史丘橓條陳三款：……其二請均處邪媚
> 之臣。近日芟除邪黨，如江西巡撫王宗載；巡按於應昌致死，御史
> 劉台宗載，主謀已擬充軍矣。應昌不但同謀而又下手，乃止罷官，
> 不幾失刑乎……錢岱為監臨官，先期請居正第六子赴試，會居正，
> 故不果赴，密中王篆之子之衡；此其懷私作弊皆同，今二家子及思
> 極應訓俱斥矣，一鯤與岱猶繫籍班行。……上可其奏，令部院分別

　　邪媚各官以聞，敕檄即遵新命供職。後吏部覆詔，勞堪不必再勘，

　　與張一鯤都褫職為民，錢岱降三級調外任。〔註19〕

錢岱頗得張居正的厚愛，唯張命是從。其原由乃張居正為錢岱的進士座師，「侍御（錢岱）中隆慶辛未進士，出江陵（張居正）相公門。江陵愛其才，深相得也。擢御史、三持斧鉞代巡，四典鄉會試，而門生故舊，自此盛也。」〔註20〕時張靜修赴鄉試，錢岱為報答師恩，使張靜修中試。神宗萬曆十二年三月，被左副督御史丘橓彈劾。翌年，「時皇太后萬壽慶賀畢，疏請終養，江陵挽留甚力不從，江陵作詩以送。」〔註21〕由於張、錢有師生關係，故錢岱歸里時，「長安歌詩餽賻者填塞旅邸，遂告假歸。時也四十有四。」〔註22〕正是春秋鼎盛之齡。

　　錢岱出身於富稔之家，錢父「龍橋世業頗豐，實無意其子讀書。」〔註23〕然而，錢岱夙慧，少有大志，不以承繼家業而從父志。曾與同窗蕭應宮（生卒年不詳）遊湖，至湖橋，眼前一片遠景，錢岱喟曰：「我得志，第宅必營於西半城。」〔註24〕後果真驗，即為後世有名的「小輞川」園林。

　　春時，小輞川花叢如錦，侍御日偃息其間。令諸妓或打十番，或歌清曲。張素玉中坐司鼓，餘女團團四圍，笙歌相聞，幾於滿城。牆外遊人，竟日立聽，皆作薯想。……秋時，或遊小輞川，或坐四照軒。遇楓葉落，則登挹翠亭，列酒肴，命侍妾每清歌一曲，進酒一觴。至夜張燈亭上，弦管迭奏。都人士每從城西上望之，以為不減謝安。……宴飲用女樂，惟冬天為多。〔註25〕

此段在描述「小輞川」四季的歌舞樂曲。在堂榭花亭之內，花葉酒水，文人辭氣輕揚，奢華而閒雅；優伶衣袂紛然，口銜崑曲，情衷婉麗，令園外的市民聞聲趨前，欲攀牆跨門、翹首企望，徒增羨慕而終不得其入。

　　「小輞川」園林，前後建造耗時二十年竣工，四季風貌，各有情韻。內有四大堂：集順、怡順、其順、百順。建物富麗堂皇，用度奢靡侈華。其中，

〔註19〕中央研究院歷史語言研究所編：《明實錄》，〈神宗實錄〉，卷147，頁2740。
〔註20〕〔清〕據梧子：《筆夢敘》，收錄於《筆記小說大觀》五編（台北：新興書局，1977年），卷1，頁3232。
〔註21〕〔清〕據梧子：《筆夢敘》，卷1，頁3234。
〔註22〕〔清〕據梧子：《筆夢敘》，卷1，頁3234。
〔註23〕〔清〕據梧子：《筆夢敘》，卷1，頁3232。
〔註24〕〔清〕據梧子：《筆夢敘》，卷1，頁3232。
〔註25〕〔清〕據梧子：《筆夢敘》，卷1，頁3244。

「百順則女樂聚焉,連房洞閨,幾四百餘間。」〔註26〕百順堂是錢岱家樂演出的一個重要場所,也是錢岱家樂優伶所居住的閨室,在建造與用度上自然也不能簡吝。

錢岱仿唐朝王維的「輞川別墅」諸景,構築一座聲色逸樂的園林宅邸,訓練一批專精於唱崑曲的優伶,從咬釘嚼鐵,到一字百磨,文人與女伶,各個都演足了戲份。家樂優伶與主人在「小輞川」的人間歲月,風飛花落,春秋無言;笛管蕭蕭,戲夢人生。錢岱致仕後的歸里生活,近四十年的富貴逸樂,浸淫在「小輞川」園林宅邸,可謂極盡聲伎娛情,享壽八十有二。《常熟縣志》亦記載了屠隆眼中的「小輞川」景緻:

> 屠隆〈小輞川記〉曰:「錢先生園中之室,什不能當右丞(王維)二
> 三。右丞好禪,孤居三十年,而錢先生旁多聲伎,此似有不盡同者。
> 然先生瀟灑超邁,此中曠然,攬一朝盡斥聲伎,而清虛寂寞近於禪
> 喜,遂據大士蓮花座,余又何能量達人也。」〔註27〕

明中晚期,文人不僅興起組織家庭戲班之風,也冶園成癖。園林內,他們結群遊賞,觀戲入迷,說白了,就是奢侈行徑的徵顯,而這種奢侈風尚又是與晚明的政治敗壞和經濟發達互有關涉。屠隆所言錢岱的歸里生活、園居設施雖近似王維,而生活噪靜卻與王維的「輞川別墅」有雲泥之別。

錢岱在常熟西城營造「小輞川」園林,徵歌度曲,過著極盡奢華逸樂的致仕生活。諦看他自京還鄉時,昔與地方官多有故交,且張居正又為其進士座師,因此,四方雜沓而來,贈禮多厚賻。中途經揚州,眾商人餞送禮單中,僅賻儀就有六千兩之多,莫說上品士大夫一年薪俸尚且不及如此,市民百姓更遑論是幾輩子的奢望,實是令人咋舌。

錢岱的園林生活,在家庭戲班的娛情下,過得既奢豪又閒雅,文人調性與晚明的社會風尚珠聯璧合。事實上,「岱有經世材,而不得施用,故以園林第宅、妙舞嬌歌消磨壯心,流連歲月。」〔註28〕然而,在閒雅生活的表面行徑下,錢岱不問政事、唯藝事擲金若土的豪氣,雖然令人驚愕,但我們試著去理解文人士大夫的深層意圖,何嘗不是他們對政治的一種負氣而所做出的生活反撲?

〔註26〕〔清〕據梧子:《筆夢敘》,卷1,頁3239。
〔註27〕〔明〕龔立本纂:崇禎《常熟縣志》,〈園林・小輞川〉,清常熟王氏恬古堂抄本,卷14,頁882。
〔註28〕〔明〕陳三恪:《海虞別乘》,〈邑人・錢岱〉(北京:學苑出版社,2010年),卷2,頁21。

（二）鄒迪光

鄒迪光，字彥吉，號愚公，南直隸常州府無錫縣人（今江蘇省無錫市）。明神宗萬曆二年，進士及第。歷仕工部主事，官至湖廣提學副使。萬曆十七年，鄒迪光四十歲致仕歸里。

鄒迪光出身仕宦之家，因此，在他致仕後的賦閒生活、送往迎來，除了父祖輩的人脈外，賓客朋友也是交游滿天下，張岱（1597～1679）曾言：

> 愚公先生交游遍天下，名公巨卿多就之，歌兒舞女，綺席華筵，詩
> 文字畫，無不虛往實歸。〔註29〕

鄒迪光致仕歸里後，無錫惠山寓所的「愚公谷」便成為藝文人士聚集之處。鄒迪光不僅工詩文，也擅長山水畫，力追宋代的米芾、米友仁父子，以及元代的黃公望、倪瓚。在書畫上，鄒迪光「寫山水，脫盡時格，一樹一石，必求精妙，蓋力追宋元人之用心者。」〔註30〕故刻意以求佳構，多能秀逸超群，然頗多代筆之作，亦雜得真跡。在詩文、園池與歌舞上，鍾惺（1574～1625）則云：「（鄒迪光）二十八年中，安身立命於山水、賓客、詩文、書畫、園池、歌舞間者如一日。」〔註31〕在藝文聚宴中，賓客雲集，才華盡出，而邵潛是眾多賓客之中，讓鄒迪光在強仕之年選擇致仕的一個關鍵性重要人物。

邵潛（1581～1665），字潛夫，自號五岳外臣，蘇州府通州縣人（今江蘇省南通市）。文人之間往來，常以詩文書畫排憂遣興，以園林聲伎作為重要的社交工具。鄒迪光曾評騭邵潛為人「遇事慷慨有正骨，與之言，若不口出，而至語佳山川。」〔註32〕也為其《十體詩》一書作序，曰：「潛夫詩具眾體於十九首之內，此其價不當重十二城耶？」〔註33〕盛讚邵潛的詩作堪比《古詩十九首》；又為《眉如草》一書作序，曰：「廣陵一曲調，絕知希，奈之何哉！潛夫竢之而已。潛夫以眉如命草，亦自謂詩之不售。」〔註34〕其中，鄒迪光尤以對「眉如草」三字的詮釋，甚為精妙上乘。這自然是起因於魏忠賢等閹逆誣陷、

〔註29〕〔明〕張岱：《陶庵夢憶》，〈愚公谷〉（濟南：山東畫報出版社，2010年），卷7，頁145。

〔註30〕〔明〕朱謀垔：《畫史會要》，（台北：台灣商務書局，1979年），卷4，頁67。

〔註31〕〔明〕鍾惺：《隱秀軒集》，〈鄒彥吉先生七十序〉（上海：上海古籍出版社，1992年），卷19，頁305。

〔註32〕〔明〕鄒迪光：《石語齋集》，〈眉如草序〉（濟南：齊魯書社，1997年），卷16，頁251。

〔註33〕〔明〕鄒迪光：《石語齋集》，〈邵潛夫十體詩序〉，卷16，頁251。

〔註34〕〔明〕鄒迪光：《石語齋集》，〈眉如草序〉，卷16，頁252。

並殺害左光斗等忠良賢臣，邵潛為魏閹行徑所不齒，旋即憤而辭官，鄒迪光多少亦受影響，深感同憤。

鄒迪光好客，經常與一群文人聚宴。邵潛也頻繁至「愚公谷」參與盛會，乃至邵潛離開無錫，欲往南京時，鄒迪光都會親自為其送行。錢謙益曾經為邵潛詩集作序時，也記載了鄒迪光家中文人聚宴的景況：

> 彥吉山居好客，園林歌舞，清妍妙麗，賓從皆一時勝流，觴詠雜遝。由今思之，則已為東都之燕喜，西園之宴遊，……讀潛夫之集，追思本寧、彥吉，昇平士大夫，儒雅風流，髣髴在眼。於乎！其可感也！余每過彥吉園亭，回首昔遊，天均之堂，塔光之榭，往者傳杯度曲，移日分夜之處，胥化為黑灰紅土。與舊客雲閒徐叟，杖藜指點，淒然別去。〔註35〕

錢謙益在《列朝詩集小傳》亦有記載，鄒迪光在春秋鼎盛之齡致仕，聲伎享樂近三十載，賓主極盡歡愉。錢氏說道：

> 鄒迪光，字彥吉，無錫人。萬曆甲戌進士，官至副使，提學湖廣。罷官時年才及強。以其間疏泉架壑，徵歌度曲，卜築惠錫之下，極園亭歌舞之勝。賓朋滿座，觴詠窮日，享山林之樂幾三十載。年七十餘乃卒，愚公亡，而江左風流盡矣。〔註36〕

晚明，家庭戲班成為文人士大夫聊以遣興尋歡、自娛娛人的閒雅生活品項之一。或作為家樂主人廣泛交游的工具，或作為政治攏絡關係的手段，不一而足。鄒迪光致仕歸里後，建「愚公谷」於無錫惠山之麓，養優蓄樂。《無聲詩史》記載：

> 鄒迪光，字彥吉，號愚公，無錫人。由甲科歷官湖廣學憲。中歲掛冠，怡情丘壑，且高才博學，以經濟自期終。於應落不偶，借園林聲伎以遣餘年。歌童度曲，咸自按拍，音律之妙，甲於吳中。〔註37〕

姜紹書（1605～1680），字二西，號晏如居士，南直隸蘇州府丹陽縣人（今江蘇省鎮江市）。明思宗崇禎三年，任參中府軍事；崇禎十五年，任南京工部郎。姜紹書工繪畫，善鑑別，嗜藏書，記錄所藏字畫、古器、珍玩等物，尤喜考究

〔註35〕〔清〕錢謙益：《牧齋有學集》，〈邵潛夫詩集序〉（上海：上海古籍出版社，1985年），卷19，頁811～812。

〔註36〕〔清〕錢謙益：《列朝詩集小傳》丁集下，〈鄒提學迪光〉，頁647。

〔註37〕〔清〕姜紹書：《無聲詩史》，〈鄒迪光〉（台南：莊嚴文化事業公司，1995年），卷4，頁746。

畫家作畫的原委，所著《無聲詩史》皆錄明代畫家小傳。

　　鄒迪光詩文書畫皆擅，姜紹書除錄有鄒氏書畫小傳外，也敘寫鄒氏家樂的優伶曲未終聲已入雲，絕美聲伎「甲於吳中」。文中又寫道「歌僮度曲」一幕，《錫山景物略》記載：「愚公谷即海內所傳鄒園是也，在惠山寺右，黃公澗前。……梨園兩部，尤冠絕江南。」〔註 38〕鄒迪光家樂有女樂班和優童班兩部，誠為歌翻樂府舊填詞，壺觴唱樂各自醉。《錫金識小錄》亦有記載：「鄒彥吉迪光，興無一事不求其至者，妖姬美姿充牣，建十二樓以居之。優童數十，極一時之選。」〔註 39〕惠山寺的香客絡繹不絕，時有喧鬧；而愚公谷卻是鬧中取靜，山林清宴。一群文人就石列筵，聽歌拍板，把酒淋漓，謔浪歡娛，實謂清讌雅集。

　　潘之恒（1556～1622）曾為鄒迪光家的優童班品題賦詩：〈贈何禽華〉、〈贈潘鑒然〉、〈贈何文倩〉三首，〔註 40〕他們分別是：正生何禽華、旦色潘鑒然、小旦何文倩。鄒迪光也有在自己的詩作中，吟詠優童和女伶者。諸如：優童班演劇〈和俞羨長入愚公谷觀兒僮作劇二十四韻〉；〔註 41〕詠女伶演劇事〈春夜宴集鴻寶、一指兩堂，先命優人作劇，繼以侍兒和許覺父韻〉，〔註 42〕〈秋日尚熱，西湖舟中命侍兒作劇，人來聚觀，至夜分乃散，依茗撫兄韻紀事〉等二首。〔註 43〕

　　在政治舞台上，有些進士及第大臣正值春秋鼎盛之年，諸如：錢、鄒二人。他們在仕途上得不到所想要的對待，以及所欲求的政治氣象，那麼，選擇致仕歸里，也就不必再為揣摩上意、招忌於同僚，而終日惶惶不安。士大夫的風骨，從今往後，便以政治負氣來消磨文人的才情壯志。他們冶一園之聲伎，不問政事，只遣藝事；天高地闊，逍遙閒趣，自己便是主人。

〔註 38〕〔明〕王永積：《錫山景物略》，〈愚公谷〉（濟南：齊魯出版社，1996 年），卷 4，頁 463。

〔註 39〕〔清〕黃印輯錄：《錫金識小錄》，〈前鑒‧優童〉（台北：成文出版社，1989 年），卷 10，頁 613。

〔註 40〕〔明〕潘之恒：《鸞嘯小品》，收錄於俞為民、孫蓉蓉編：《歷代曲話彙編》明代編第二集（合肥：黃山書社，2009 年），頁 227～228。

〔註 41〕〔明〕鄒迪光：《石語齋集》，〈和俞羨長入愚公谷觀兒僮作劇二十四韻〉，卷 8，頁 131。

〔註 42〕〔明〕鄒迪光：《石語齋集》，〈春夜宴集鴻寶、一指兩堂，先命優人作劇，繼以侍兒和許覺父韻〉，卷 10，頁 159。

〔註 43〕〔明〕鄒迪光：《調象庵稿》，〈秋日尚熱，西湖舟中命侍兒作劇，人來聚觀，至夜分乃散，依茗撫兄韻紀事〉（濟南：齊魯書社，1997 年），卷 18，頁 634。

就意旨來看，文人士大夫的政治負氣，徵顯在生活上的奢豪用度。然而，這樣的行徑不能被簡化為僅是生活的頹廢與靡爛；更多的隱喻是，它在很大的程度上，透露著文人士大夫欲藉家樂舞台來展現自我意識的適遊個性。

二、降清：政治權力與欲望的戀棧

古代文人「進則朝堂，退而江湖。」是他們實現人生價值的兩條路徑，然而，「邦有道則仕，邦無道則隱。」則是士大夫抉擇仕與隱的基本守則，兩者鮮明地折射出文人士大夫的政治心態。

明清易代之際，諸多晚明士大夫面臨「仕清」與「殉節」的人生價值。遺民的心理充滿了相當大的矛盾情結與複雜情緒，與新朝合作或拒絕？都在考驗著他們對國家民族的認知與認同之抉擇。

阮大鋮（1587～1646），字集之，號圓海，又號石巢居士，別號百子山樵、橫雲山人，南直隸安慶府桐城人（今安徽省懷寧縣）。明神宗萬曆四十四年，進士及第。歷仕行人、考選給事中。後因魏閹案，名列閹黨，被廢為民，終明思宗崇禎一朝不再啟用。後清軍南下，阮大鋮降清，隨清軍攻打浙江，行經五通嶺時，「大鋮方遊山，自觸石死，仍戮屍云。」〔註44〕終其一生，史家以惡名史錄誌之。《明史》記載：

> 大鋮機敏猾賊，有才藻。天啟初，由行人擢給事中，以憂歸。同邑左光斗為御史有聲，大鋮倚為重。四年春，吏科都給事中缺，大鋮次當選，光斗招之。而趙南星、高攀龍、楊漣等以察典近，大鋮輕躁不可任，欲用魏大中。大鋮至，使補工科。大鋮心恨，陰結中璫寢推大中疏。吏部不得已，更上大鋮名，即得請。大鋮自是附魏忠賢，與霍維華、楊維垣、倪文煥為死友，造百官圖，因文煥達諸忠賢。然畏東林攻己，未一月遽請急歸。而大中掌吏科，大鋮憤甚，私謂所親曰：「我猶善歸，未知左氏何如耳。」已而楊、左諸人獄死，大鋮對客栩栩自矜。尋召為太常少卿，至都，事忠賢極謹。〔註45〕

明熹宗天啟年間，「大鋮與左光斗同里，頗相善。」〔註46〕政治立場也親東林

〔註44〕〔清〕張廷玉等奉敕撰，楊家駱主編：《明史》，〈奸臣列傳・阮大鋮〉，卷308，頁7945。

〔註45〕〔清〕張廷玉等奉敕撰，楊家駱主編：《明史》，〈奸臣列傳・阮大鋮〉，卷308，頁7937。

〔註46〕中央研究院歷史語言研究所編：《明實錄》，〈崇禎長編〉，卷33，頁1909。

黨。但是，後因東林黨趙南星等人阻抑其仕途，因此，憤而轉向依附魏忠賢，開啟了一段宦海復仇的仕途境遇。後，南明王朝建立，福王時期，阮大鋮為內閣首輔馬士英（1596～1647）重用，官至兵部尚書兼右都御史。一旦握有權柄，昔日政治舞台屢遭挫敗的怨懟，便成為阮大鋮現今個人私慾復仇的首要目的，對於國家中興大義，早已拋諸腦後。史稱阮大鋮「奸佞」之流，《明史》將阮氏列入〈奸臣列傳〉，究其根本，在於阮大鋮被自己的個性所戕害。

　　事實上，阮大鋮文采洋溢，為人所稱揚。但熱衷仕途之心，急於表現，過於躁進，並非賦予重任大位的人選。不只是東林黨上層士大夫趙南星、高攀龍、楊漣等人如此看待，連權傾朝堂的魏忠賢也認為阮大鋮行事不夠靜慮安穩。可悲的是，阮大鋮並不知道「躁進表現」才是躓礙他的仕途最大原因。

　　誠然，撇開人品風骨而論，阮大鋮在戲曲方面的造詣，的確堪稱全才，不論是創作、度曲、教唱家優等戲曲能事，演出水準之高，在當時有「金陵歌舞諸部甲天下，而懷寧歌者為冠。」〔註47〕的美譽，阮大鋮頗為自負。他嘗誌書曰：

> 余詞不敢較玉茗，而羞勝之二：玉茗不能度曲，予薄能之。雖按拍
> 不甚勻合，然凡棘喉殢齒之音，早於填時推敲小當，故易歌演也。
> 昭武地僻，秦青、何戡輩所不往。余鄉為吳首，相去彌近，如裕所
> 陳君者，稱優孟耆宿，無論清濁疾徐，宛轉高下，能盡曲致。即歌
> 板外一種頻笑歡愁，載於衣摺眉稜者，亦如虎頭道子，絲絲描出，
> 勝右丞自舞《鬱輪》遠矣，又一快也。癸酉三月望日，編《春燈謎》
> 竟，偶書於詠懷堂花下，百子山樵手書。〔註48〕

阮大鋮在戲曲上的優越，可謂能導、能編、能唱、能教習，在其作品《春燈謎》卷首，自敘才華勝過湯顯祖。尤以音律一項，暗諷湯顯祖的戲曲創作，多部劇作的內容情節雖然精彩，但有音律不能合拍度曲的瑕疵。關於這項評薄，自然直指沈璟與湯顯祖在戲曲音律上的辯駁。接著，又遠溯唐代，以王維所作《鬱輪袍》為喻，〔註49〕欽羨王維的仕途順風順水。表面上，阮大鋮仍以音律相較

〔註47〕〔清〕陳維崧：〈奉賀冒巢民老伯暨伯母蘇孺人五十雙壽序〉，收錄於〔明〕冒　　　襄：《同人集》（濟南：齊魯書社，1997年），卷2，頁46。
〔註48〕〔明〕阮大鋮：《阮大鋮戲曲四種》，〈自序〉（合肥：黃山書社，1993年），頁6。
〔註49〕唐代薛用弱記載：「王維右丞，年未弱冠，文章得名。性閑音律，妙能琵琶，　　　遊歷諸貴之間，尤為岐王所眷重。時進士張九皋聲稱籍甚，客有出入於公主之　　　門者，為其致公主邑牒京兆試官，令以九皋為解頭。維方將應舉，具其事言於　　　岐王，仍求庇借。……至公主之第，岐王入曰：『承貴主出內，故攜酒樂奉讌。』　　　即令張筵，諸伶旅進。維妙年潔白，風姿都美，立於前行，公主顧之。謂岐王

量，自負曲藝高超，遠遠勝過王維；然細究根本，阮大鋮對政治舞台仍抱有強烈的表演欲望，言在此而意在彼，仕宦之心斧鑿斑斑。

> 阮圓海大有才華，恨居心勿靜，其所編諸劇，罵世十七，解嘲十三，多詆毀東林，辨宥奸黨，為士君子所唾棄，故其傳奇不之著焉。如就戲論，則亦鏃鏃能新，不落巢臼者也。〔註50〕

阮大鋮躊躇滿志，在戲曲創作與家庭戲班上皆能取得成就，尤以音律一項自負甚高。就其所寫劇本十一種，從舞台演出的角度上看，確實都是適合演出的。若再與同時代其他人的作品相較，阮大鋮在劇本結構、情節，乃至於場上搬演，咸有「單出獨樹，自致千古」的特點。張岱雖不以人廢言，而大力讚揚阮大鋮的戲曲才華；但另一方面，張岱也看出阮大鋮對於東林黨人阻抑他的仕途極為不滿。

清聖祖康熙四十八年，戴名世（1653～1713）榜眼及第，奉敕翰林院編修時，也記載了阮大鋮的苦心孤詣、城府用盡：

> 初，大鋮以逆案廢錮，屏居金陵城南，淫於聲伎。當是時，東南名士繼東林而起，號曰復社，多聚於雨花、桃葉之間，臧否人物，議論蜂起。而禮部儀制司主事周鑣實為盟主，其誹詆大鋮不遺餘力。
> 大鋮嘗以梨園子弟為間諜，每聞諸名士飲酒高會，必用一二人闌入伶人別部中，竊聽諸名士口語。顧諸名士酒酣，輒戟手詈大鋮為快。
> 大鋮聞則嚼齒槌床大恨。〔註51〕

自朱棣遷都北京後，「南京」就成為南方的政治中心。阮大鋮為避兵亂，由安徽僑居南京，這位被明思宗崇禎皇帝趕下政治舞台的人，無時無刻都不放棄再站上政治舞台的競進之心。他構築「石巢園」園林，組織家庭戲班，扮演著時人的隱逸行徑，藉此親昵江南名士，諸如：東林書院、復社等文人社團，其用

日：『斯何人哉？』答曰：『知音者也。』即令獨奏新曲，聲調哀切，滿座動容，公主自詢曰：『此曲何名？』維起曰：『號《鬱輪袍》！』公主大奇之。歧王曰：『此生非止音律，至於詞學，無出其右。』公主異之，則曰：『子有所為文乎？』維即出獻懷中詩卷。公主覽讀，驚駭曰：『皆我素所誦習者，常謂古人佳作，乃子之為乎！』因令更衣，昇之客右。……公主則召試官至，第遣宮婢傳教，維遂作解頭，而一舉登第。」參閱《集異記》，〈王維〉（北京：中華書局，1985年），卷2，頁7～8。
〔註50〕〔明〕張岱：《陶庵夢憶》，〈阮圓海戲〉，卷8，頁158。
〔註51〕〔清〕戴名世：〈弘光朝偽東宮偽后及黨禍紀略〉，收錄於《中國野史集成》第三十三冊（成都：巴蜀書社，1993年），頁23。

心計較，不可不謂城府極深矣。

又，阮大鋮與計成（1582～1642）友好，江南園林的建造，多以計成為馬首是瞻。阮大鋮嘗為計成《園冶》寫序，自然不忘藉機剖白心跡：

> 余少負向禽志，苦為小草所紲。幸見放，謂此志可遂。適四方多故，而又不能違兩尊人菽水，以從事逍遙遊；將雞塒、豚柵、歌戚而聚國族焉已乎？……園有「冶」，「冶」之者松陵計無否，而題之冶者，吾友姑孰曹元甫也。無否人最質直，臆絕靈奇，儂氣客習，對之而盡。所為詩畫，甚如其人，宜乎元甫深嗜之。予因剪蓬蒿甌脫，資營拳勺，讀書鼓琴其中。勝日，鳩杖板輿，仙仙於止；予則「五色衣」，歌紫芝曲，進觝觥為壽，忻然將終其身。甚哉，計子之能樂吾志也，亦引滿以酹計子，於歌餘月出，庭峰悄然時，以資元甫，元甫豈能已於言？崇禎甲戌清和屆期，園列數榮好鳥如友，遂援筆其下。〔註52〕

因人廢言，在特定的歷史情境中，尤其易代之際，更顯情非得已，也讓人情有可原。阮大鋮為《園冶》寫序，儘管明裡說是計成的知音之言，但暗裡卻在表述著自己憧憬政治舞台的競進之心未泯。在「石巢園」裡，他常以無爭的姿態，表現「歲月遂得林壑有，雲山安得是非存？」的恬退閒逸。不過，這種言不由衷的心跡表述，江南名士彼此心照不宣，當然不會涕淚信服。阮大鋮作序的別有圖謀，反倒殃及計成，讓計成坐實了背負惡名，入清之後，《園冶》被列為禁書。

阮大鋮的人品低劣，來自於仕途屢遭躓礙，故所作任何布局，其心機都易被識破。官場失意的阮大鋮退居南京後，遇到了同樣官場不得意的馬士英，境遇相同的天涯淪落人，很快就結為知己好友。弘光帝登基後，南明小王朝於焉開始。馬士英被封為內閣首輔，並舉薦阮大鋮入朝。在南明這個危如累卵的時代，阮大鋮引以為傲的戲曲長才終究派上了用場。他以吳綾寫《燕子箋》等劇上呈皇宮，福王聲色沉酣，觀劇後大悅，封阮大鋮為兵部侍郎。在仕途競路上，阮大鋮手握大權，官至兵部尚書兼右都御史。然而此刻，他不是想著如何忠君報國，而是肆意打擊東林黨人，以報一箭之仇，致使一群忠良之士紛紛離去。

弘光朝亡後，阮大鋮降清，再一次以戲曲長才表演於政治舞台上，《龍禪寶摭談》記載：

〔註52〕〔明〕阮大鋮：〈園冶敘〉，收錄於〔明〕計成：《園冶》（台北：金楓出版社，1999 年），頁 8。

> 阮圓海所撰《燕子箋》、《春燈謎》足稱才調無雙矣。昔圓海降後，
> 從北軍為先驅，帳中諸將聞其有，《燕子箋》、《春燈謎》劇本，問能
> 自度不？阮即起鼓板，頓足而唱。諸將北人，不省南曲，習改唱弋
> 陽腔，始點頭稱善。〔註53〕

阮大鋮向來以精通音律而自負，也以戲曲長才獲致政治利益與位置。他降清軍
以曲藝相迎，為清軍佐酒唱曲，雖為風骨節操士大夫所不齒，咸以小丑搬演於
政治舞台視之，但仍然有人不以人廢言，稱道於他的戲曲造詣。孔尚任（1648
～1718）在《桃花扇》一劇裡，便曾藉侯方域口評《燕子箋》說道：「論文采，
天仙吏，譎人間。好教執牛耳，立騷壇。」〔註54〕阮大鋮不僅擅長文人嗜愛的
崑山腔，對於地方俗曲的弋陽腔也能信手拈來，唱功奇佳。

三、仕清：政治迫使的一種矛盾接受

　　相對阮大鋮的降清，另一位晚明士大夫李明睿（1585～1671）不僅降清，
還仕宦於清世祖順治帝的朝堂。李明睿，字虛中，號太虛，江西府南昌人。明
熹宗天啟二年，進士及第。歷仕考選庶吉士、翰林院檢討、湖廣典試、侍講、
左中允等職，後被彈劾，罷閒歸里六、七年。明思宗崇禎十六年，李明睿再度
為朝廷所用，歷仕左中允、右庶子。明亡後，李明睿仕清。順治初，任禮部侍
郎，未幾，因事失職而去官。

　　在南返故里南昌的途中，李明睿購得大量蘇州女伶一部。樂伎中有「八面
觀音」和「四面觀音」二人，其聲容兼美、色藝俱佳，見者莫不心醉神馳。《庭
聞錄》記載：

> 八面觀音與圓圓，並擅殊寵，故宗伯南昌李明睿妓也。宗伯侍兒十
> 數輩，聲色極一時之選，而八面為之魁。其曹四面觀音亦美姿容，
> 亞於八面。先公曾於宗伯第見其歌舞，果尤物也。宗柏老，為給事
> 高安所得，以奉三桂。辛酉城破，圓圓先死，八面歸綏遠將軍蔡毓
> 榮，四面歸征南將軍穆占。〔註55〕

陳圓圓為吳三桂的愛妾，向為世人所知曉。而世人不知曉的是，陳圓圓原為李

〔註53〕〔清〕龐樹柏：《龍禪寶摭談》（上海：上海古籍出版社，2010 年），頁 155。
〔註54〕〔清〕孔尚任：《桃花扇》第四齣，〈偵戲〉（台北：里仁書局，2000 年），頁
　　　　40。
〔註55〕〔清〕劉健：《庭聞錄》，〈雜錄備遺〉（台北：大通書局，1987 年），卷 6，頁
　　　　63。

明睿的侍兒家妓。李明睿家樂優伶，聲色皆一時之選，以八面觀音為花魁，四面觀音次之。吳三桂也有組織家庭戲班，在接手李明睿的侍兒家妓中，除了陳圓圓愛妾外，還有八面觀音者。後，清兵入關，陳圓圓既死，八面觀音輾轉為綏遠將軍蔡毓榮擄獲，四面觀音則為征南將軍穆占所有。

綜觀李明睿所購女伶中「八面觀音」和「四面觀音」二人，儘管轉手數次，然以其聲容兼美、色藝俱佳的演員條件，咸為嗜愛歌舞聲伎者所不棄。

自歸里南昌家居後，李明睿墾地構築園亭，組織家庭戲班，極盡文酒聲色之娛。裘君弘（1670～1740）曾言：

> 李明睿字太虛，南昌人，天啟進士，歷官少宗伯。歸里，構亭蓼洲傍，曰「滄浪」。有女樂一部，皆吳姬極選。……命諸姬開樽出管，酌月醉花，高歌一曲。酒酣，自為四絕紀之云：「清風明月人間有，玉管冰壺天下無。迴雪臨風吹玉管，煙波弄玉濯冰壺。」迴雪、煙波，公二妓名，……公嘗於亭上演《牡丹亭》及翻新《秣陵春》二曲，名流畢集。競為詩歌，以志其勝。〔註56〕

湯顯祖是李明睿的進士座師，李明睿是吳偉業（1609～1672）的進士座師，這一條光彩斑斕的戲曲師生鏈，使李明睿成為上有名師、下有高徒的關鍵人物，且居於一個薪傳的重要位置。熊文舉（1595～1668），明思宗崇禎四年，進士及第，官至吏部主事，曾受邀於「滄浪亭」觀劇，有詩曰：

> 紫玉紅牙許共論，臨川之後有梅村。可知宗伯名師弟，孝穆蘭成早即門。〔註57〕

熊文舉除了點出歌者聲情，流露出觀劇後的黍離之悲外，大抵恭維吳梅村的曲藝才氣可追步湯顯祖。當然，也可以看出湯、李、吳三人的師生關係，以及戲曲間的同脈連氣。

縱然，當時的南昌並不綏靖，李明睿仍舊沉溺於聲伎歌舞之中，命家樂優伶搬演座師湯顯祖的《牡丹亭》，以及翻新門生吳偉業的《秣陵春》。在「滄浪亭」園中，聽笛管蕭蕭，曲韻悠揚，眾人觀劇無不好生愜意。

清世祖順治五年（1648），屬左良玉（1599～1645）麾部的金聲桓（？～

〔註56〕〔清〕裘君弘：《西江詩話》，〈李明睿〉（台北：廣文書局，1973年），卷10，頁815。

〔註57〕〔清〕熊文舉：《雪堂先生集選》，〈良夜，集滄浪亭觀女劇演新翻《秣陵春》，同遂初博庵賦得十絕，呈太虛宗伯擬寄梅村祭酒〉（北京：北京出版社，2005年），卷5，頁576。

1649）隨左良玉聲討馬士英。良玉死，金聲桓隨良玉子左夢庚降清，而任江西總兵，駐守南昌。永曆二年（1648）閏三月，金聲桓因不滿清廷封賞太薄，又轉而歸順南明王朝，與清軍作戰。李明睿為避兵亂，攜家眷流寓揚州，依舊嗜聲伎而不輟。吳偉業有詩〈座主李太虛師從燕都間道北歸，尋以南昌兵變，避亂廣陵，賦呈八首〉〔註58〕又作〈閬園詩十首並序〉曰：

> 閬園者，李太虛先生所創別墅也。廣廈層軒，迴廊曲榭，門外有修陂百頃，堂前列灌木千章，采文石於西山，導清流於南浦。……張華燈而度曲，指孤嶼以題詩。若將終身焉，洵可樂也。不謂平原鹿走，一柱蛟飛，始也子魚已下虞翻之說，既而孝頊遽來周迪之軍，浪激亭湖，兵焚樵舍，馬矢積桓伊之墓，鼓聲震徐孺之台。……偉業幸遇龍門，曾隨兔苑，自灌園於海畔，將負笈於山中。顧茲三逕之荒，已近十年之別，願依杖履，共肆登臨。〔註59〕

歌舞聲伎除在「滄浪亭」演出外，李明睿尚有「閬苑」一處園林，可供徵歌度曲之用。吳偉業遊苑觀劇，見園林別墅的山水亭樹，聽優伶曲音錚錚，不免感傷而懷古。施閏章（1618～1683）亦有詩〈西湖醉後酬李宗伯〉一首，詩後作小序，曰：「（李明睿）南昌人，為楚藩賓儀所居，在藩府中曰『閬苑』，藏書數萬卷。被兵後，僑寓西泠。蓄善歌者，與湖上耆舊為『香山社』。」〔註60〕

在廣陵（揚州）避難期間，曹溶（1613～1685）也曾受李明睿之邀，入宅觀劇，宴後填詞〈青衫濕‧廣陵飲李太虛寓中，出家姬作劇〉一闋，曰：

> 紅橋舊日深情地，一片玉簫吹。畫蛾青斂，著人多處，不在歌時。
>
> 教師催出，齊登繡毯，擺落遊絲。曲中簾卷，堂前黃月，占斷相思。
>
> 〔註61〕

曹溶，字潔躬，號秋岳，晚號倦圃，浙江嘉興人。明思宗崇禎十年，進士及第，官至御史。仕清後，官至戶部侍郎、廣東布政使。曹溶雖為貳臣，但與顧炎武、

〔註58〕〔明〕吳偉業：《吳梅村全集》，〈座主李太虛師從燕都間道北歸，尋以南昌兵變，避亂廣陵，賦呈八首〉（上海：上海古籍出版社，1990年），卷4，頁114～116。

〔註59〕〔明〕吳偉業：《吳梅村全集》，〈閬園詩十首並序〉，卷4，頁120～121。

〔註60〕〔清〕施閏章：《學餘堂詩集》，〈西湖醉後酬李宗伯〉（台北：台灣商務書局，1979年），卷45，頁1。

〔註61〕〔清〕曹溶：《靜惕堂詞》，〈青衫濕‧廣陵飲李太虛寓中，出家姬作劇〉，收錄於張宏生編：《清詞珍本叢刊》第一冊（南京：鳳凰出版社，2009年），卷1，頁67。

屈大均交往甚密，尤以與顧炎武情誼篤厚，互有詩作酬贈，《靜惕堂詩集》即收有九題十一首。曹溶以其歷仕明清兩朝，為時人所恥，《重麟玉冊》記載：「當時錢牧齋、吳梅村、龔芝麓、陳素庵、曹倦圃為浙江五不肖，皆蒙面灌漿人。」〔註62〕其中，龔芝麓與李明睿同為仕清貳臣，慘遭時人鄙夷唾罵，甚且以戲辱之。《簷曝雜記》記載：

> 李太虛，南昌人，吳梅村座師也。明崇禎中為列卿，國變不死，降李自成，本朝定鼎後乃脫歸。有舉人徐巨源者，其年家子也，嘗非笑之。一日，視太虛疾，自言病將不起。巨源曰：「公壽正長，必不死。」詰之，則曰：「甲申、乙酉不死，則更無死期，以是知公之壽未艾也。」太虛怒，然無如何。巨源又撰一劇，演太虛及龔芝麓降賊後聞，本朝兵入，急逃而南至杭州，為追兵所躪，匿於岳墳鐵鑄秦檜夫人胯下。值夫人方月事，追兵過，兩人頭皆血汙。此劇已演於民間，稍稍聞於太虛。適芝麓以上林苑監謫宦廣東，過南昌，亦聞此事，乃與太虛密召歌伶，夜半演而觀之。至兩人出胯下時，血淋漓頭面而不覺相顧大哭，謂「名節掃地至此，夫復何言！」〔註63〕

吳偉業曾於〈座師李太虛先生壽序〉一文中，為李明睿左袒，曰：「吾師為之人，儒朗而曠遠，以視人世之危疑患難，實不足以動其心而損其意氣。」〔註64〕然而，吳偉業是泥菩薩過江，自身難保，不僅被列為「浙江五不肖」，還曾於某次觀劇中，慘遭優伶於舞台上指鼻斥責。《都門識小錄》記載：

> 昔吳梅村宮詹，嘗於席上觀伶人演《爛柯山》（即《朱買臣休妻》一劇），某伶於科白時，大聲對梅村曰：「姓朱的有甚虧負於你？」梅村為之面赤。〔註65〕

明亡後，吳偉業降清，「都城失守，帝殉社稷時，不能與陳臥子、黃蘊生諸賢致命遂志，又不能與顧亭林、紀伯紫諸子自放山林之間，委蛇優遊，遂事二朝。」〔註66〕又與座師李明睿同仕大清，師生二人的風骨節操，盡掃文人顏面，也都

〔註62〕〔清〕沈冰壺：《重麟玉冊》（北京：九州出版社，2004年），頁102。

〔註63〕〔清〕趙翼：《簷曝雜記》，〈李太虛戲本〉（上海：上海古籍出版社，1990年），卷2，頁319。

〔註64〕〔明〕吳偉業：《吳梅村全集》，〈座師李太虛先生壽序〉，卷14，頁763。

〔註65〕〔清〕蔣芷儕：〈都門識小錄〉，收錄於《中國野史集成》第五十冊，頁263～280。

〔註66〕〔清〕方濬師：《蕉軒隨錄》，〈安積信敘梅村詩〉（台北：文海出版社，1969年），卷12，頁1212。

受到時人的嗤之以鼻。

然而，李明睿的識見與器度，果真與阮大鋮一輩同流？從史料中得知，阮大鋮終究無法與李明睿堪比。回到李自成攻陷北京的那一年，當時，李明睿處處以大局著想，為國祚續命而獻策出計。他曾受明思宗崇禎皇帝詔於密室，共同商議南遷一事，李明睿勸帝曰：

> 惟命不於常，善則得之，不善則失之。天命微密，全在人事，人定勝天。皇上此舉，正合天心，差之毫釐，謬以千里，知幾其神。況事勢已至此極，詎可輕忽因循？一不速決，異日有噬臍之憂。當局者迷，旁觀者清。皇上可內斷之聖心，外度之時勢，不可一刻遲延者也。若築舍道旁，三年不成；此事後雖欲為，有不及為者矣。〔註67〕

關於明亡，歷來學者皆從不同的歷史因素分析、比較、擬測，雖紛雜多歧，大抵能求得可循脈絡。其中，明思宗多疑猜忌、優柔寡斷、剛愎自用的性格，為多數學者所共識。在危急存亡之秋，崇禎帝亦有南遷之意，以求來日徐圖中興。然遭諸多大臣的掣肘，尤以給事中光時亨（1599～1645）為代表多數大臣，曾曰：「不殺明睿，不足以安人心。」〔註68〕崇禎帝無奈，只能「命廷臣上戰守事宜。左都御史李邦華、右庶子李明睿請南遷及太子撫軍江南，皆不許。」〔註69〕後，李自成攻陷京師內城，李邦華投繯而死。黃宗羲（1610～1695）喟曰：「當李賊之圍京城也，毅宗亦欲南下，而孤懸絕北，音塵不貫，一時既不能出，出亦不能必達，故不得已而身殉社稷。」〔註70〕

綜觀阮大鋮一生，在政治舞台上的表演：從晚明、南明，及至明亡後，其行徑僅僅只是降清，且在行軍途中觸石暴卒，而尚未仕清，史書對他的角色詮釋是千夫所指。相對李明睿的仕清，史家少有朱墨，《明史‧文苑傳》竟無其名，在《清史稿》中，列傳所載157名貳臣，也不見名錄。大抵政治品格與人格操守，向來為士大夫所倚重。當然，這裡涉及了史家為人物立傳的原則。以《史記》為例，「司馬遷的選擇標準，注重各類典型和社會作用，並不以血統尊卑和爵秩高低立準繩。」〔註71〕吳見思（1621～1680）則認為：「蓋史公之

〔註67〕〔明〕鄒漪：《明季遺聞》，〈北都〉（台北：台灣銀行，1961年），卷1，頁18。

〔註68〕〔明〕蔣德璟：《愨書》（廈門：鷺江出版社，2015年），卷12，頁118。

〔註69〕〔清〕張廷玉等奉敕撰，楊家駱主編：《明史》，〈莊烈帝本紀〉，卷24，頁334。

〔註70〕〔明〕黃宗羲：《明夷待訪錄》，〈建都〉（北京：中華書局，1985年），頁14。

〔註71〕史次耘：《司馬遷與史記》（台北：廣文書局，1964年），頁8。

文，每篇各有一機軸，各有一主意。」〔註72〕故此，李明睿在萬曆、崇禎年間，及至順治初年，其政治角色尚且不及阮大鋮有影響力，足以牽一髮而動全局。

　　至若，從文化政治學來看，士大夫的文化嗜性聯繫著政治動因。明亡，李明睿已六十歲，就政治生命而言，其實也無可作為，是告老還鄉的年齡。「仕清」成為新朝對遺民士大夫的禮遇與懷柔政策，也是在政治的縫隙中，遺民士大夫藉由政治的過度期成全了文化的建構。李明睿在晚寂安穩的日子裡，為園林聲伎的文化空間注入了年輕的生命，並且在曲藝的洪流中激起美麗的浪花。

四、歸隱：政治期待的失落與逍遙

　　「邦有道」時，鍾鼎山林，人各有志，而仕與隱之間的抉擇，全然是個人的人生價值路徑；然「邦無道」時，仕與隱之間的抉擇，便要面對「貳臣」與「殉節」的道德價值判斷。

　　易代之際，對於遺民身分的士大夫而言，親睹國家敗亡，而廊廟之志未竟，有些耐不住窮寂，經不起新朝功名利祿的誘惑，便俯首稱臣，唱起「天子聖德」的頌歌，恩同再造；有些則解冠歸隱，無奈之隱是為了表達不與當朝合作，守住自己的精神家園而不被侵犯。

　　「歸隱」，是士大夫嚮往獨立人格自由的所在。他們高蹈出塵，拒不出仕，放情自我於山水漁樵之間，怡然自得，曠達閒適。然則，還有另一群士大夫自足懷抱，他們雖負有氣節，但境遇是極其困頓艱難，而其精神與思想也是極為矛盾痛苦，於是，「殉節」成為他們從事最為激烈的政治抗爭手段。

　　爰此，顧炎武提出「博學於文，行己有恥」的旨意，對於明代遺民士大夫來說，在國家與民族之間的大義上，必然要以「大節」為重，以遵奉明朝為國朝的認知與正統為最終抉擇。

　　徐懋曙（1600～1649），字復生，一字映薇，或作暎薇，室名樂孺堂，自署且樸齋主人，江南府宜興人（今江蘇省宜興縣）。明思宗崇禎四年，進士及第。歷仕部曹、典試粵東，官至吉安府、黃州府、寧波府三任太守。所任職之地，多所惠政。時任吉安府太守，曾「有按使至，欲中傷之。至九日，公宴滕王閣，問知府為官如何？大司馬李邦華答云：『明如萬里無雲，清乃一塵不染。』

〔註72〕〔清〕吳見思：《史記論文》，〈屈原賈生列傳〉（上海：上海古籍出版社，2008年），頁51。

按使頓為改容。」〔註73〕明亡後，徐懋曙遂窮居鄉野，隱居不仕，時年四十五歲。

　　徐懋曙與吳偉業為同榜進士，因此，李明睿自然也是徐懋曙的進士座師。在國家與民族之間的大義上，徐懋曙選擇了一條與吳、李二人仕清迥異的道路──歸隱。遺民士大夫遭逢國變，組織家庭戲班，其中不乏有娛賓遣興或醉生夢死的一面，當然也有寄寓滄桑和感慨興亡的一面。相較徐懋曙傾向於後者，吳偉業見此狀，曾為徐懋曙《且樸齋詩稿》一書作序，曰：

> 厥後而時事難言矣。映薇急流疾退，一遁而入於野夫游女之群，相
> 與一唱三嘆，人之視之與其自視，皆不復知為士大夫也。然而氣運
> 關心，不堪悽惻，乃教翠鬟十二，遂空紅粉三千。一老子韻腳初收，
> 眾女郎踏歌齊應。筆搖五嶽，知〈竹枝〉、〈白苧〉非豪；舞罷〈六
> 么〉，笑〈霓裳羽衣〉未韻。人謂是映薇洒情結綺、纏綿燕婉時，余
> 謂是映薇絮語連昌，唏噓慷慨時也。……嗟乎！以此類推之，映薇
> 之詩，可以史矣！可以謂之史外傳心之史矣！……余故書此以告天
> 下，當以讀古人史法讀吾映薇詩也。〔註74〕

具有遺民意識的士大夫，在從事戲曲活動時，他們所寄託的動機和傷世的心緒，無非是為了排遣心中的鬱悶，以及打發無望的時日。明亡後，徐懋曙適值春秋鼎盛，他選擇拒不出仕，隱遁於山林漁樵間，借女伶耗磨壯志，以戲曲自娛而終，所有黍離之悲盡付歌舞聲伎中。

　　徐懋曙的戲曲才華，堪稱全能齊備，自己身兼導演、曲師、劇作家等數職。崑山望族子弟葉奕苞（1629～1686）曾作七絕〈前題次盈水韻六首〉，詩作其二的末兩句「風流太守休閒計，手點紅牙板眼齊。」〔註75〕又，詩末亦有自注，曰：「映翁有自制傳奇」一語，適與吳偉業詩云「一老子韻腳初收，眾女郎踏歌齊應」兩句，相互呼應，說明了吳偉業對徐懋曙在編劇及其家樂優伶演出的實況述要。

　　清聖祖康熙九年，陳維崧（1625～1682）也曾有詩作〈感舊絕句‧徐太守映薇〉，詩云：「風流太守識宮商，城北迎賓燭萬行。今日歌姬都入道，聽歌人

〔註73〕〔清〕阮升基修，甯楷纂：《宜興縣志》（台北：成文出版社，1970年），卷2，頁37。
〔註74〕〔明〕吳偉業：《吳梅村全集》，〈且樸齋詩稿序〉，卷60，頁1206。
〔註75〕〔清〕葉奕苞：《經鋤堂詩稿》，〈前題次盈水韻六首〉（北京：北京出版社，2000年），卷8，頁582。

況客他鄉。」〔註76〕詩末自注曰：

> 太守諱懋曙，崇禎辛未進士，官至江西吉安府知府，性曉音律，喜
> 賓客，家居蓄女伎一部。姿首明麗，正末湘月，旦泥凝香、花想，
> 色藝尤為動人。數邀余焚香顧曲，歌絲聲影，輒縈人心臆間。無何，
> 太守既亡，歌姬亦散，聞湘月已黃帔入道矣。〔註77〕

徐氏家樂的優伶不僅聲容兼美，「色藝尤為動人」，徐懋曙曾作詩〈周將軍座問出青衣唱吳歌佐酒〉七絕一首，詩曰：「吳歈雅調滿吳閶，入耳欣如在故鄉。為問主人能賞鑒？應知顧曲是周郎。」乃知，太守徐懋曙風流好事，「性曉音律，喜賓客」，親自教習女伶。故此，徐氏家樂既擅長崑曲清唱，也對流行於吳中一帶的民間樂曲甚是熟悉。可惜！徐懋曙死後，家庭戲班也宣告解散，曾經用心習曲的優伶們，泰半紅顏薄命，僅知湘月入庵為尼，見者不勝感傷。

葉奕苞曾為徐懋曙家樂優伶賦詩，以記女伶色藝，其詩作〈贈徐氏歌姬六首〉，詩前序曰：

> 宜興徐太守映薇，蓄歌姬如梨園，色目無不備列，皆妙齡雅技也。
> 歌舞之暇，映翁示集唐數絕，予同張子鶯水即席和之。姬之演生者
> 曰湘月，旦曰凝香，小旦曰花想。若貞玉、尋秋、雲菰、來紅、慧
> 蘭、潤玉、拾緣，則雜色也。贈詩不盡錄，錄翁所屬意者。〔註78〕

徐懋曙的家庭戲班，優伶由十餘女伎所組成，各行腳色齊備，並且完全按照職業戲班的演出來配置人員。因此，家庭戲班成為徐懋曙重要的社交工具。譬如：葉奕苞除作有〈贈徐氏歌姬〉詩六首外，還有〈過陽羨訪徐映薇先生留飲樂孺堂觀劇〉等首觀劇後的酬贈之作，均為葉氏對徐氏家樂優伶演技讚賞的題詠作品。

> 鳥弄歌聲雜管弦，坐來雖近遠於天。楚王雲雨迷巫峽，望帝春心托
> 杜鵑。芍藥比容花比貌，綠楊如花草如煙。西園詩侶應多思，卻恨
> 青蛾誤少年。〔註79〕

〔註76〕〔清〕陳維崧：《陳維崧集·湖海樓詩集》，〈感舊絕句·徐太守映薇〉（上海：上海古籍出版社，2010年），卷4，頁742。

〔註77〕〔清〕陳維崧：《陳維崧集·湖海樓詩集》，〈感舊絕句·徐太守映薇注〉，卷4，頁742。

〔註78〕〔清〕葉奕苞：《經鋤堂別集》，〈集唐人句·贈徐氏歌姬序〉，卷4，頁620。

〔註79〕〔清〕葉奕苞：《經鋤堂別集》，〈集唐人句·集宜興徐映薇先生樂孺堂〉，卷4，頁620。

這首〈集宜興徐映薇先生樂孺堂〉七律，是葉奕苞至徐懋曙宅邸觀劇中的諸多詩作其一。樂孺堂是徐懋曙演劇的廳堂，優伶以絕佳的唱功和身段表演，配合曲師的樂曲彈奏，在飄逸吟詠的念白中，道出典故隱喻來迎合文人觀劇的興味，座上賓葉奕苞藉詩作這一文學形式抒發其內心的感慨。

　明中晚期，政治統治日趨鬆散，社會風氣的奢靡漸長，娛樂文化相對驟興，諸多士大夫追求聲伎享樂，可謂齊聲同步。葉奕苞在頌揚徐懋曙家樂女伶的聲容兼美之餘，不外遙想北宋的西園雅集。西園詩侶，緣於北宋文人的聚宴，與會者多為元祐黨人，也都隸屬上層士大夫，可謂是當時文化精英的文人雅集。這一群體士大夫總在追求一種清逸超脫的文化品味，因此，讓世人看來顯得華靡貴重，也彰顯這個群體具有濃厚「曲高和寡」的色彩。然則，這種超然物外、雅而不可俗的藝術取向，正好與晚明文人所自成一格的閒雅生活銜接上了軌道。

　徐氏家樂除了家宴觴飲演出外，徐懋曙也常攜家樂過訪友人家，進行社交表演活動。葉奕苞觀徐氏家樂演劇數回，詩作分別有：〈集鄰園觀劇戲題長句呈徐映薇先生四首〉七律，〔註80〕〈過陽羨訪徐映薇先生留飲樂孺堂觀劇〉七律，〔註81〕〈陽羨徐映薇先生攜女樂湘月輩數人過崑侍家大人觀劇次韻四首〉七絕，〔註82〕今茲舉其四首，其一：「薄鬢叢叢歌緩緩，就中絕豔是凝香。」又，其二：「千金一曲教初成，解得歌時萬態生。」又，其三：「脈脈歌情曲外生，一迴舞態一迴輕。」又，其四：「搖曳翻身下舞筵，蟬衫麟帶尚回旋。」同樣是頌揚徐懋曙的家樂女伶，以凝香最為絕豔動人，歌舞堪比仙女，令人神馳迷醉。

五、殉節：政治焦慮的悲劇意識

　相較於徐懋曙的柔和政治態度──歸隱不仕清，另一類士大夫的政治態度，則是強硬不屈服，他們選擇與我朝同進退，譬如：范景文；也有力主皇帝御駕親征，以抗清兵，譬如：曹學佺。可惜！兩者皆天不我予，不是事敗

〔註80〕〔清〕葉奕苞：《經鋤堂詩稿》，〈集鄰園觀劇戲題長句呈徐映薇先生四首〉，卷4，頁568。

〔註81〕〔清〕葉奕苞：《經鋤堂詩稿》，〈過陽羨訪徐映薇先生留飲樂孺堂觀劇〉，卷4，頁568。

〔註82〕〔清〕葉奕苞：《經鋤堂詩稿》，〈陽羨徐映薇先生攜女樂湘月輩數人，過崑侍家大人觀劇，次韻四首〉，卷8，頁582。

而皇帝自縊，譬如：明思宗崇禎皇帝；就是皇帝被俘而弒，譬如：南明唐王隆武帝。身為人臣者，見帝崩，則無顏面苟活，遂以最激烈的不屈從、不合作手段從事政治抗爭。殉節，成為他們政治舞台上的謝幕，也是人生來去一遭的舞台離場。

（一）范景文赴井

范景文（1587～1644），字夢章，號思仁，又號質公，北直隸河間府吳橋縣人（今河北省吳橋縣）。明神宗萬曆四十一年，進士及第。歷仕東昌府推官、吏部稽功司主事、文選員外郎、驗封郎中。范景文出身官宦世家，父親范永年，字延齡，號仁元，曾任南寧知府，政聲頗著，有聲望，人稱「佛子」。《明史》記載：

> 范景文，字夢章，吳橋人。父永年，南寧知府。景文幼負器識，登萬曆四十一年進士，授東昌推官。以名節自勵，苞苴無敢及其門。歲大饑，盡心振救，闔郡賴之。用治行高等，擢吏部稽勳主事，歷文選員外郎，署選事。泰昌時，群賢登進，景文力為多，尋乞假去。天啟五年二月起文選郎中。魏忠賢暨魏廣微中外用事，景文同鄉，不一詣其門，亦不附東林，孤立行意而已。嘗言：「天地人才，當為天地惜之。朝廷名器，當為朝廷守之。天下萬世是非公論，當與天下萬世共之。」時以為名言。視事未彌月，謝病去。〔註83〕

朝堂魏忠賢漸苞勢大，政事一身獨攬，為了壓制不同的意見，遂廣泛培植黨羽，以佈下嚴密天網。泰昌年間，范景文骨鯁上疏，請求廣開仕路，招納賢才良德之士，以興仕節。明光宗欣然允諾，然范景文所舉薦者多為先朝元老，為光宗所忌諱，後，范景文遂而去官。明熹宗天啟五年，范景文重新被朝廷啟用，任文選郎中，官至兵部尚書兼東閣大學士。時朝廷昏昧，魏黨篡權，儘管范景文所言朝廷名器，言詞深切，時人傳為佳話，但是，他既不依附魏忠賢，也不靠攏東林黨，故朝堂無一人奧援他的高義言論，遂以謝病再度辭官。

> 崇禎初，用薦召為太常少卿。二年七月擢右僉都御史，巡撫河南。京師戒嚴，率所部八千人勤王，餉皆自齎。抵涿州，四方援兵多剽掠，獨河南軍無所犯。移駐都門，再移昌平，遠近恃以無恐。明年三月擢兵部添注左侍郎，練兵通州。通鎮初設，兵皆召募，景文綜理有法，

〔註83〕〔清〕張廷玉等奉敕撰，楊家駱主編：《明史》，〈范景文列傳〉，卷265，頁6834。

> 軍特精。嘗請有司實行一條鞭法，徭役歸之官，民稍助其費，供應平
> 買，不立官價名。帝令永著為例。居二年，以父喪去官。〔註84〕

明思宗崇禎元年，范景文三度為朝廷啟用，薦舉召為太常少卿，官至工部尚書兼東閣大學士，延攬入閣參機政務。崇禎二年，升任擢右僉都御史，巡撫河南。范景文所部八千人京師勤王，而軍令嚴飭，軍無所犯。嘗請有司實行一條鞭法，崇禎帝對此建議甚為欣賞，令永著為例。崇禎三年，再升任兵部左侍郎，練兵於通州。其部同樣軍容齊一，訓練有度，戰鬥力極強，後以父喪而再度致仕。

> 崇禎七年冬，起南京右都御史。未幾，就拜兵部尚書，參贊機務。
> 屢遣兵戍池河、浦口，援廬州，扼滁陽，有警輒發，節制精明。嘗
> 與南京戶部尚書錢春以軍食相訐奏，坐鐫秩視事。已，敘援剿功，
> 復故秩。十一年冬，京師戒嚴，遣兵入衛。楊嗣昌奪情輔政，廷臣
> 力爭多被謫，景文倡同列合詞論救。帝不悅，詰首謀，則自引罪，
> 且以眾論僉同為言。帝益怒，削籍為民。〔註85〕

崇禎七年，范景文四度被啟用，任為南京右都御史。不久，拜兵部尚書兼東閣大學士，參贊軍政機務。崇禎十一年，楊嗣昌奪情輔政，剛愎自用。詞臣黃道周因在朝堂提出幾句反對意見，即遭廷杖。范景文挺身相救，聯合同僚上疏替黃道周求情。崇禎皇帝益發惱怒，遂削籍景文為庶民。

　　明代不設宰相，專制集權，繫於皇帝一人之手。大學士為皇帝的顧問，相當於內閣輔臣。崇禎十七年（1644）二月，范景文五度被啟用，以本官入閣，兼東閣大學士，受命於危難之際。《明史》記載：

> 景文曰：「固結人心，堅守待援而已，此外非臣所知。」及都城陷，
> 趨至宮門，宮人曰：「駕出矣。」復趨朝房，賊已塞道。從者請易服
> 還邸，景文曰：「駕出安歸？」就道旁廟草遺疏，復大書曰：「身為
> 大臣，不能滅賊雪恥，死有餘恨。」遂至演象所拜辭闕墓，赴雙塔
> 寺旁古井死。景文死時，猶謂帝南幸也。贈太傅，諡文貞。本朝賜
> 諡文忠。〔註86〕

此時的大明王朝業已搖搖欲墜，范景文雖高居相位，卻是獨木難撐，壯志難酬。

〔註84〕〔清〕張廷玉等奉敕撰，楊家駱主編：《明史》，〈范景文列傳〉，卷265，頁6834。
〔註85〕〔清〕張廷玉等奉敕撰，楊家駱主編：《明史》，〈范景文列傳〉，卷265，頁6834。
〔註86〕〔清〕張廷玉等奉敕撰，楊家駱主編：《明史》，〈范景文列傳〉，卷265，頁6834。

崇禎十七年，李自成破宣府，烽火近逼京師，眾臣請帝南遷以圖謀。范景文反而勸帝「固結人心，堅守待援」，這個決定也毀了他幼時成就偉業的宏願。不久，崇禎皇帝眼見大勢已去，遂於煤山自縊。京城陷，范景文留下遺書，後赴雙塔寺旁的古井自殺。贈太傅，諡文貞。清高宗乾隆皇帝追諡文忠，著有《大臣譜》、《戰守全書》等作品。

范景文自幼即受到良好的家庭教育，器度與膽識皆好，人品亦高，常以名節自勉。任東閣大學士時，親友多登門求官，景文一一婉拒，並在門上張貼「不受囑，不受饋」六字，以明心跡。同僚正直之士則續六字而綴成對聯：上聯「不受囑，不受饋，心底無私可放手」，下聯「勤為國，勤為民，衙前有鼓便知情」，聊表欽慕之意。因此，無人敢向他關說行賄、託囑官位，世人譽稱「二不尚書」。

從《明史》所載而觀之，范景文不論在政事，抑或治軍，咸為嚴謹自持，絲毫不苟，鞠躬盡瘁，死而後已。然則，范景文除了詩文書畫皆擅外，亦好歌舞聽曲，故組織家庭戲班，閒情以自娛。黃宗羲曾言：

> 范景文，號質公，吳橋人。東閣大學士。甲申之變，投龍泉巷古井。公儀觀甚偉，好自標致。……公有家樂，每飯則出以侑酒。風流文采，照映一時。由是知節義一途，非拘謹小儒所能盡也。〔註87〕

在政治舞台上，范景文的角色表演，確實是以嚴謹自持、絲毫不苟作為詮釋。然而，在戲曲舞台上，范景文熟諳曲律，擅按節拍，嘗自謂：「聞人度曲，時作周郎顧誤。」〔註88〕其風流瀟灑的本性卻是無法掩蓋知詩識曲的自負。要之，范景文蓄養家庭戲班，約莫始於明思宗崇禎年間，《留都見聞錄》記載：

> 北直范質公自解任後，而吳橋適為蹂躪，遂不能歸。借居同鄉劉京兆之第，賓客不絕於門，公亦時以聲樂娛客，又性博愛，士樂趨之。
> 〔註89〕

范景文的仕途之路，五進五出。時值北方流寇戰亂，范景文避禍於江左，常以聲樂娛客，寫下諸多觀戲詩句。譬如：〈秋夜鄧未孩、馮上仙、曹愚公招飲淮河樓上，看演《黃粱》傳奇〉〔註90〕〈辰叟、聖符招同介孺看演《牡丹亭》傳

〔註87〕〔明〕黃宗羲：《思舊錄》（台北：明文書局，1985年），頁97。

〔註88〕〔明〕范景文：《范文忠公文集》，〈題米家童詩序〉（北京：中華書局，1985年），卷6，頁85。

〔註89〕〔明〕吳應箕：《留都見聞錄》（北京：學苑出版社，2010年），卷下，頁113。

〔註90〕〔明〕范景文：《范文忠公文集》，卷10，頁157。

奇，得三字招戲設席於吳門舟上，晚泊虎丘〉〔註91〕〈病起聽歌坐中，約以茶賞，適仁常寄詩相訊，即用其韻成詠〉〔註92〕〈臘日郭伏生來自敬仲所，留飲味元堂，同王貞伯立秋日錢與立儲君送之廣陵影園，月下聽歌，次鄭超宗韻〉〔註93〕等首。錢謙益則曰：

> 夢章秀羸文弱，身不勝衣，啜茶品香，論詩顧曲，每以江左風流自命。〔註94〕

此外，當時評書家柳敬亭避禍於南京，也成為范景文的座上之賓，《板橋雜記》記載：

> 柳敬亭，泰州人，本姓曹，避仇，流落江湖。休於樹下，乃姓柳。善說書，遊於金陵，吳橋范司馬、桐城何相國引為上客。常往來南曲，與張燕筑、沈公憲俱。張、沈以歌曲，敬亭以彈詞。酒酣以往，擊節悲吟，傾靡四座，蓋優孟、東方曼倩之流也。〔註95〕

范景文寫下諸多觀戲詩句，文人墨客歌詠范家戲班，亦有贈答者。譬如：阮大鋮有〈荷露歌為范奉常質公歌兒賦戲作長吉體〉一詩。〔註96〕龔鼎孳（1615～1673）至范家戲班觀戲後，亦作七絕詩六首，曰：

> 其一
>
> 烏啼楊柳白門前，一夜春鶯雜管絃。惆悵開元花落盡，亭亭秋水正當年。
>
> 其二
>
> 中樞堂起白楊風，丞相祠前暮草空。彷彿九天冠劍在，豈知兒女即英雄。
>
> 其三
>
> 歌舞曾將半壁消，空將流水送南朝。可憐今秋黃昏月，不及東風柳一條。

〔註91〕〔明〕范景文：《范文忠公文集》，卷10，頁157。
〔註92〕〔明〕范景文：《范文忠公文集》，卷10，頁157。
〔註93〕〔明〕范景文：《范文忠公文集》，卷10，頁157。
〔註94〕〔清〕錢謙益：《列朝詩集小傳》丁集中，〈范閣學景文〉，頁558。
〔註95〕〔明〕余懷：《板橋雜記》，〈軼事〉（上海：上海古籍出版社，1990年），卷下，頁11。
〔註96〕〔明〕阮大鋮：《詠懷堂詩集》，〈荷露歌為范奉常質公歌兒賦戲作長吉體〉（上海：上海古籍出版社，1995年），卷4，頁170。

其四

宛轉花開相府蓮，春風一笑自嫣然。吳橋應有招魂曲，莫唱江東燕
子箋。

其五

內苑花殘太液波，無人宣素念奴歌。江南一曲腸俱斷，惟有何戡淚
點多。

其六

玉潟珠瓔起暮塵，舞裙歌板自憐身。羊曇醉後春蕭索，青眼看君有
幾人。〔註97〕

阮大鋮《燕子箋》一劇是范氏家樂經常演出的劇本之一。儘管，龔鼎孳暗示范
景文曾與阮大鋮過從甚密，有諷諭之說。然則，以范、阮二人的品格優劣相較，
實乃天壤之別。龔鼎孳作此詩，除了黍離之悲的慨嘆外，蓋有意鄙薄阮大鋮的
為人狡詐。因此，實乃勸戒世人看戲「莫唱江東《燕子箋》」的高度警語。

（二）曹學佺投繯

曹學佺（1573～1646），字能始，號石倉、雁澤，別號西峰居士，福州府
侯官縣洪塘鄉人（今福建省福州市）。明神宗萬曆二十三年，進士及第。歷仕
戶部主事、南京大理寺左寺正、南京戶部郎中、四川右參政、江西布政使、四
川按察使等職。曹學佺承繼儒家仁民愛物的思想，為官期間，傾聽民瘼，在賑
災、濟貧、浚河、建橋、興學等政事上，都頗有建樹，很受當地百姓的愛戴。
譬如：福州百姓在洪山橋上為他立塑像、在潘渡橋頭為他建生祠，這些義舉都
是百姓為感恩戴德曹學佺造福人民、建設鄉里所做的具體行動。

然而，曹學佺的耿直任事，自然不容於貪吏異黨與跋扈驕縱的宗藩。萬曆
三十七年，曹學佺時任四川按察使，蜀王朱宣圻因府邸發生火災，要求地方官
籌資七十萬兩銀元協助修繕，曹學佺以不符合「宗藩條例」為由，拒絕動用國
庫私建王府宅邸，因而受到朱宣圻懷恨在心，讒言於君。萬曆四十一年，曹學
佺削職三級，被迫去官為民，歸里福州。

明熹宗天啟三年，曹學佺被朝廷再度啟用，任廣西右參議。天啟六年秋，
曹學佺升陝西副布政使，赴任前，卻遭魏忠賢黨羽劉廷元彈劾。劉氏指控曹氏

〔註97〕〔明〕龔鼎孳：《定山堂詩集》，〈秋水吟為范文貞公歌兒作六首〉（北京：北京
　　　　出版社，2000 年），卷 36，頁 531。

私撰《野史紀略》一書，並藉此書以淆亂國章誣罪，逮捕下獄。天啟七年，曹學佺被囚七十日，終獲釋。事實上，閹黨所忌憚者，在於曹氏直筆「梃擊案」本末，恐禍及於己身，故奮力剷除異己。返閩數日後，曹學佺三度為朝廷徵召，但此次，曹氏力辭不就，於閩中家居頤養餘年。

明思宗崇禎十七年（1644），李自成率部攻陷北京，崇禎帝自縊於煤山，曹學佺聽聞後，因過於悲憤而投池自殺，幸為家人所救。明亡，南明小王朝成立。唐王朱聿鍵（1602～1646）在福州即帝位，改元隆武。曹學佺加入唐王政權，授太常寺卿，後遷禮部侍郎兼侍講學士，編修《崇禎實錄》。官至禮部尚書、太子太保。當時，南明朝堂諸事尚待草創，皆由曹學佺和大學士黃道周（1585～1646）二人議決。

隆武二年（順治三年），曹學佺力主隆武帝親征，因自己年邁不能隨行，故捐銀萬兩以助軍餉。八月，清軍攻閩，鄭芝龍降清，隆武帝事敗，於逃亡汀州途中被俘而弒。九月十七日，清軍陷福州府，曹學佺在西峰里家中投繯殉國，享年七十四歲。曹氏死前留下絕命對聯：「生前單管筆，死後一條繩。」〔註98〕《明史‧文苑傳》為其立傳，魯王監國朱以海（1618～1662）追諡「文忠」名號。清高宗乾隆十一年，曹學佺冥誕一百年，清廷追諡「忠節」名號。這種忠君愛國的殉節大義，曹學佺贏得新朝乾隆皇帝的旌揚，洵為後世典範。

曹學佺為東林黨成員，畢生好學，對文學、天文、地理、佛道、音律、諸子百家等皆有研究，尤工詩詞。明末，因故先後兩次被迫削職，在家頤養期間，致力經營「石倉園」園林。「石倉園」在曹學佺仕宦時業已建造，與一般士大夫致仕後才精心構築，時序上有所不同。

「石倉園」園林除了有「汗竹齋」藏書，以及藝文與思想領域的賓朋好友往來外，曲壇盛事與戲曲同好也頻繁進出。歌舞聲伎，宴飲享樂；紅牙按節，聽歌度曲，曹學佺以東家身分，廣邀各地文人入園觀劇，共襄盛舉。

明神宗萬曆三十二年，曹學佺的家庭戲班首次參加福州當地的普渡演出。閩中舉人徐𤊺觀劇後，曾言：

> 五音克諧，可歌可詠；一篇合道，可誦可觀。……自然中律，才情
> 雅贍，蔚爾名家。〔註99〕

〔註98〕 李建崑：〈無情山水有情遊——曹學佺的官宦與行旅〉，收錄於余崇生主編：《閱讀明清：明清文學的文化探索》（台北：萬卷樓圖書公司，2013年），頁97。

〔註99〕 福建省地方志編纂委員會：《福建省志》，〈戲曲志〉（北京：方志出版社，2000年），頁116。

曹學佺精通音律，擅於度曲，為了找出適合福州方言音韻演唱的新腔，他將文人喜愛的崑山腔劇目，譜寫成新的腔調，福州人稱之為「逗腔」，當時文人評論此腔是「曲向花間度」、「翠管時調鳳」、「新編樂府鶯喉囀」，〔註100〕這種腔調成為後來閩劇的主要腔調之一。《福建地方戲劇》亦有記載：

> （曹學佺）他在閒居福州西郊洪塘村時，組織府中童婢，辦起了曹氏家班，邀請儒士文人觀賞娛樂，故後人稱之為「儒林班」或「儒林戲」，他成了閩劇最早的前身。〔註101〕

萬曆三十七年，曹學佺邀請儒士文人入「石倉園」觀劇宴飲。萬曆四十一年，曹學佺第一次被迫削職為民，故此處「閒居福州」一語，當指曹氏在職期間，公閒回鄉暫居，並非致仕後的賦閒家居。這段期間，曹學佺常廣邀文友至「石倉園」賦詩酬觴、論古談今，閩中文風因而昌盛。當然，即使暇餘歸里，曹學佺也不忘公務。他關心福州百姓，並針對當地的海盜、水利、修橋、災濟等迫切解決的政事，提出個人看法，其中不少建議都獲得同僚、朝廷的採納。此外，曹學佺的家庭戲班深受閩中儒士文人喜愛，後人稱之為「儒林班」劇社，也被後世學者認為是閩劇的濫觴。

　　錢謙益也曾受邀至「石倉園」，齊聚觀賞曹學佺家樂的演劇，錢氏曾言：

> 學佺，字能始，侯官人。萬曆乙未進士，……能始具勝情，愛名山水，卜築匡山下，將攜家往居，不果。家有石倉園，水木佳勝，賓友翕集，聲伎雜進，享詩酒談讌之樂，近世所罕有也。〔註102〕

匡山，位處福建省南平、福州、寧德、三明等市之間，以其外表似匡廬而得名，又名匡斗山。曹學佺於福州西郊的洪塘鄉東歧嶺下，建造「石倉園」私家園林，所蓄女樂「聲伎雜進」，想來是曹氏分次購得，因而人數極多。《石倉詩稿》有詩題，概可略見，諸如：其一〈七夕荔閣上聽施長卿彈琴，文娟、玉翰、小雙三姬度曲〉，〔註103〕其二〈攜小雙觀泉〉，〔註104〕其三〈七夕山池宴集有贈〉，詩題後注曰：「祥姬、近姬、阿瓊侑觴。」〔註105〕其四〈瓊兒侍

〔註100〕福建省地方志編纂委員會：《福建省志》，〈戲曲志〉，頁116。
〔註101〕陳嘯、劉湘如、林瑞武合著：《福建地方戲劇》（福州：福建人民出版社，1997年），頁31。
〔註102〕〔清〕錢謙益：《列朝詩集小傳》丁集下，〈曹南宮學佺〉，頁606。
〔註103〕〔明〕曹學佺：《石倉詩稿》，〈七夕荔閣上聽施長卿彈琴，文娟、玉翰、小雙三姬度曲〉（北京：北京出版社，2000年），卷23，頁452。
〔註104〕〔明〕曹學佺：《石倉詩稿》，〈攜小雙觀泉〉，卷23，頁460。
〔註105〕〔明〕曹學佺：《石倉詩稿》，〈七夕山池宴集有贈〉，卷25，頁468。

書墨汙其袖〉等。〔註 106〕大凡色藝雙全、聲容俱佳者，都會被家樂主人或觀劇文人詳錄於詩文稿中，或以記述演劇過程之精彩、或以欣賞某位優伶的聲腔與顏值。因此，從這些詩題中，除了可以了解曹學佺家庭戲班的演劇活動外，還能知曉曹學佺家樂中較為殊優的女伶名字。

查繼佐（1601～1676）也曾受邀「石倉園」觀劇，對曹氏家樂優伶的演出，甚是讚嘆：

> 曹學佺，字能始，……騷雅自命，亭館雅逸，客座常滿，時進聲伎，
> 登高眺遠無間日時。〔註 107〕

查繼佐，字伊璜，號與齋，別號東山釣叟，浙江海寧人。明思宗崇禎六年，中試舉人。南明時期，任魯王監國之兵部職方司郎中。崇禎十一年，查繼佐開始蓄養家庭戲班，名為「十些班」。他不僅妙解音律，教習自家優伶，還能創作劇本，是個戲曲全才。因此，查繼佐言稱曹學佺「騷雅自命」的風流形象，以及「儒林班」的演劇頌揚，當是屬實，洵非客套之語。

此外，閩中詩人徐𤊹（1561～1599）也曾觀看曹學佺家庭戲班演劇，有詩題〈七夕，曹能始宅上觀伎〉，〔註 108〕以及徽商太學生汪汝謙（1577～1655）觀曹學佺家庭戲班演劇後，賦詩〈春日湖上觀曹氏女樂〉七絕一首，詩云：「銷魂每為聽吳歌，況復名家豔綺羅。風吹遙聞花下過，遊人應向六橋多。」〔註109〕皆是對曹學佺的「儒林戲」表達高度的稱讚。

福州毗鄰吳中地區，遠在唐代，就有歌舞百戲的演出。南宋時，南戲《張協狀元》便是採擷福州民間小調《福州歌》和《福清歌》作為曲牌。明末清初，江西的弋陽腔也傳入福州，以其多聲腔的特點，在舞台表演上具有高亢激越的喧鬧場面，加上樂師的鑼鼓伴奏，而有前台福州話唱、後台念白幫腔，極受民間的歡迎。這種常年流動演出的戲班，以其表演藝術和技巧，尤適合廣大山城農民和手工業者的觀賞習慣，因而被稱為「江湖班」，與深受士大夫青睞的「儒林戲」形成了雅俗鮮明的對比。清兵入關後，曹學佺以身殉國，閩中「儒林班」

〔註 106〕〔明〕曹學佺：《石倉詩稿》，〈瓊兒侍書墨汙其袖〉，卷 25，頁 469。
〔註 107〕〔清〕查繼佐：《國壽錄》，〈禮部尚書曹公傳〉（台北：明文書局，1991 年），
　　　　卷 4，頁 145。
〔註 108〕〔明〕徐𤊹：《幔亭集》，〈七夕，曹能始宅上觀伎〉（台北：台灣商務書局，
　　　　1979 年），卷 3，頁 24。
〔註 109〕〔明〕汪汝謙：《春星堂詩集》，〈春日湖上觀曹氏女樂〉（上海：上海古籍出
　　　　版社，2010 年），卷 2，頁 18。

沉寂了很長的一段時間。至清咸豐、同治年間，「儒林戲」才又復甦起來，得到大批文人的關注，並開始從鄉村往城鎮發展。不過，這些都是後話，不在本章討論範圍。

第三節　自我認同：舉人仕宦心理的轉向

　　明清科舉若以功名來論，概分三級：秀才、舉人、進士。一般循正常考試管道，只有獲得舉人的銜位，才有資格仕宦為官。不過，舉人只能任職小吏，而全國官員缺額有限，未必都能補缺。因此，倘若能再往上一級別，秋闈會試通過，參加來春的殿試，獲得進士銜位，便是天子門生，優先授官的機會更可以獲得保障。秀才雖然也是經由考試而獲得的功名，但他們不能仕宦。儘管如此，這一群體士人仍有一定的優勢存在，譬如：秀才的地位高於普通百姓，與知縣見面時無須下跪，在地方上有一定程度的社會影響力，在經濟上可以免除部分賦稅徭役、地丁糧錢。不過，話說回來，有才能、有競進之心的士人，還是會以殿試大堂為龍門，一級一級往上奮力魚躍。

一、士商身分的家樂主人

　　許自昌（1578～1623），字玄祐，號霖寰，又號去緣，別署梅花主人，江蘇府長洲人（今江蘇省蘇州市吳中區）。明神宗萬曆三十二年，中舉於鄉，其後，會試科考屢試不第。父許朝相因經商有成而為「財雄於吳」的一方鉅賈，在衣食無虞的經濟基礎下，許自昌從小就生活優渥。無奈！許朝相見兒會試四試四挫，於心不忍，遂捐資謁選，朝廷授許自昌文華殿中書舍人，即起草詔令的文書職。董其昌（1555～1636）曾言：「顧數奇，屢扼京兆試，玄祐慨然：『河清詎可俟哉，而以為吾兩人憂。』遂謁選，得文華殿中書。」〔註110〕又《吳郡甫里志》記載：「萬曆丁未，（許自昌）考中中書舍人，時年三十。」〔註111〕據此，萬曆丁未即萬曆三十五年（1607），許自昌三十歲，其父為其捐資以謁選，得授文華殿中書，時人稱「許中翰」。

　　為官幾載，因非正途入仕，許自昌心中難掩屈辱。萬曆三十六年，許父八

〔註110〕〔明〕董其昌：《容臺文集》，〈中書舍人許玄祐墓誌銘〉（濟南：齊魯書社，1997 年），卷 8，頁 498。

〔註111〕〔清〕彭方周纂修：《吳郡甫里志》，〈許自昌〉（南京：江蘇古籍出版社，1992 年），卷 6，頁 45。

十壽慶，許自昌以奉養菽水為由，告歸故里。後於蘇州吳淞江畔購得一處荒破私宅園林，原為唐代陸龜蒙故居，因以「梅花墅」為號，修築別業。《蘇州府志》記載：「梅花墅在甫里，許中書自昌所購。」〔註112〕許自昌將此園林重新整理，擴建為百畝之闊的「梅花墅」園林。園內布局有方、巧構精緻，勝景有三十餘處，蜚聲遍及吳中，為江南一代名園。李流芳（1575～1629）撰有〈許母陸孺人行狀〉一文，誌曰：

> 中書君官京朝，亦以親老馳傳，歸而拜慶，綵衣象服，焜耀里閭，人皆榮之。中書雖以貲為郎，雅非意所屑。獨好奇文異書，手自讎校，懸之國門。暇則闢園通池，樹藝花竹，水亭山榭，窈窕幽靚，不減輞川平泉。而又制為歌曲傳奇，令小隊習之，竹肉之音，時與山水映發。〔註113〕

李流芳，原籍徽州歙縣人（今安徽省歙縣），自祖父一代始僑居上海嘉定，父祖家族皆為仕宦。明神宗萬曆三十四年，李流芳中舉於鄉，後兩次會試則不第，遂絕意仕進，築「檀園」園林，以書畫度餘生。李流芳所撰〈許母陸孺人行狀〉一文，表達出既憐憫許自昌捐貲為官的委屈，又勉勵許自昌因此而榮耀家族，何樂而不為！至若，「梅花墅」勝景耀眼，藏書樓刻本令人觀止，家樂歌曲傳奇、竹肉之音，更是與山水相迭互應，洵為極樂天堂。錢允治（1541～1624）撰有〈梅花墅歌贈許玄祐〉詩作，誌「梅花墅」園林的生活景況。詩云：

> 君園名墅梅花墅，種梅已自成千樹。……清歌一曲酒十觴，妙舞千回醉萬場。斗杓北指月西墮，猶自留人不下堂。主人好客更殊妙，六子森森盡文豹。引商刻羽擲金聲，日與調人藝相較。分題寄勝日無何，爛漫盈篇卷秩多。〔註114〕

錢允治，名府，字允治，以字行，蘇州府長洲人（今江蘇省蘇州市），明代畫家錢穀（1508～1578）之子。錢允治曾造訪「梅花墅」，見園內景緻麗人，如入桃花源；又見許自昌刻書、讎書與藏書，與自己求書「如飢似渴」的收藏習性，如出一轍，甚感同歡；而家樂聲伎，歌樂酒觴，更是快意人生。然錢允治

〔註112〕〔清〕李銘皖等修：《蘇州府志》，〈第宅園林二‧梅花墅〉（台北：成文出版社，1970年），卷46，頁1314。

〔註113〕〔明〕李流芳：《檀園集》，〈許母陸孺人行狀〉（台北：台灣學生書局，1975年），卷9，頁383。

〔註114〕〔明〕錢允治：〈梅花墅歌贈許玄祐〉，收錄於〔明〕沈際飛輯：《古香岑草堂詩餘》，台灣大學圖書館藏，崇禎年間太末翁少麓刊本。

無子嗣，其藏書亦皆散去，見許自昌有六子：許元溥、許元恭、許元任、許元方、許元毅、許元超，〔註115〕各個成就非凡，則頗羨慕不已。

在晚明山水小品中，關於「梅花墅」的描寫，陳繼儒所撰〈梅花墅記〉一文，實為上乘之作，他說：

> 玄祐好閒適，冶梅花墅於宅址之南。廣池曲廊，亭台閣道，石十之一，花竹十之三，水十之七，絃索歌舞稱之。而又撰樂府新聲，度曲以奉上客。客過甫里，不訪玄祐不名遊；遊而不與玄祐唱和，不名子墨卿。……每有四方勝客來此劇堂，歌舞遞進，觴詠間作，酒香墨彩，淋漓跌宕，紅綃於錦瑟之旁。鼓五撾，雞三號，主不聽客出，客亦不妨拂袖歸。〔註116〕

又，陳繼儒為許自昌《樗齋詩鈔》一書，作〈許玄祐樗齋詩鈔序〉一文，同樣以「梅花墅」為觀看視野，描寫園林中的場景，以及許自昌的賦詩歌舞之生活。其所敘之言，章句亦頗超卓，風采亦多姿韻。陳繼儒說道：

> 玄祐近創一別墅，幾百畝廣，地之半，花木葱倩，廊榭窈窕，中為樗齋五六楹。客至賦詩，詩罷遊戲，為樂府，命童子按而奏之。〔註117〕

許自昌從小就被父親培養「結交文人、熟識名士」的習慣，致仕歸里後，築「梅花墅」作為他徜徉興趣的人間天堂。由於交游廣闊，凡曾聚於「梅花墅」而逸樂歡娛，又為此園撰寫匾額、頌讚詩文者，皆是與許自昌交好的文壇或畫壇名家。諸如：申時行、曹學佺、臧懋循、陳繼儒、鍾惺、祁彪佳、董其昌、屠隆、錢希言、張大復、李流芳、焦竑、侯峒曾等人。陳繼儒即曾贈詩曰：「青山解綬修僮約，紅袖焚香捧道書。」〔註118〕之句。董其昌遊歷「梅花墅」後，同樣讚不絕口：

〔註115〕 長子許元溥，崇禎三年舉人，清初學者，藏書家、刻書家；次子許元恭，繼承父親許自昌事業，與陳繼儒交好，嘗聽陳繼儒建議出版舉子應考書冊，而成為富商；三子許元任科舉不第，遂以編書為業，其子為禹城知縣，得子廕，封文林郎；四子許元方、五子許元毅、六子許元超均為府學庠生，也就是蘇州府的秀才。參閱《吳郡甫里志》，卷6，頁46。

〔註116〕 〔明〕陳繼儒：《樗齋漫錄》，〈梅花墅記〉（北京：書目文獻出版社，1988年），卷2，頁15。

〔註117〕 〔明〕陳繼儒：《樗齋詩鈔》，〈許玄祐樗齋詩鈔序〉（北京：書目文獻出版社，1988年），卷2，頁10。

〔註118〕 〔清〕雅爾哈善等修：乾隆《蘇州府志》（香港：蝠池書院出版公司，2006年），卷20，頁118。

> 過甫里不入許玄祐園林，猶入輞川不見王、裴也。……與玄祐交者，
> 吾邑陳徵君、竟陵鍾伯敬、山陰祁夷度，及不佞輩，咸樂其曠逸。
> 花時柑候，命駕相期，雀舫布帆，間集梅花墅下，開簾張樂，絲肉
> 迭陳，而微窺玄祐意，顧曲選舞，總借為菜綵娛者。〔註119〕

家樂主人盛邀賓客入園饗宴，飲酒賦詩，歌舞觀劇；賓客回饋家樂主人的熱情款待，便以酬贈詩文感謝之、讚美之。有趣的是，所撰詩文原為酬贈主人的美句，理應言盡主人之好，孰料所讚之園溢於所讚之人！於是，園林之美，不脛而走，許自昌的「梅花墅」遂成為江南園林的一大勝景。

「梅花墅」建有藏書樓，名之為「霏玉軒」，許自昌除了嗜愛刻書、讎書與藏書外，也在園林搬演戲曲，文人的風雅閒情，未曾減少。蔣欽有律詩題序曰：

> 癸亥上元前四日，許中翰張燈梅花墅，岩阿竹樹，亭榭廊廡，懸綴
> 皆滿，檄兩部奏劇，晝宴夜遊，極聲伎燈火之盛。予適歸里中，得
> 與斯會，臘月先閱劇場，並及之。〔註120〕

「癸亥」上元，正是明熹宗天啟三年（1623），距離大明覆亡，不過僅剩短短二十載。此時，政治處於頹敗瓦解中，而民間的安逸享樂似乎不受影響，依舊華燈初上，通宵達旦，這年也是許自昌辭世之年。蔣欽所作此詩題序，無非顯露出許自昌因承襲父親的家業，故能生活無虞，而豪奢情狀令人可驚！

明末清初，家庭戲班蓬勃發展，晚明益加鼎盛，甚至成為富豪之家的一種標誌。一般士大夫若沒有相當大的財力，自然無法豢養一部家樂；沒有相當深厚的文化涵養，也無法撐起一部家樂。許自昌以其父親「財雄於吳」而能克紹箕裘，養尊處優，雖為舉人，亦能以財力營造「梅花墅」園林，宴朋邀友，佐以歌舞聲伎，賦詩侑酒。致四方名士，趨而前往；文人盛會，門庭若市。

侯峒曾（1591～1645），蘇州府嘉定縣人，明熹宗天啟五年，進士及第。曾受邀於許自昌入「梅花墅」園林觀劇，並酬贈一詩曰：「浮白奏來天上曲，殺青搜盡世間書。」〔註121〕之句。家樂主人的三大嗜好：好酒、好戲，好書，侯峒曾表達出許自昌的宴客之道，確實有濃厚的文人趣味。

〔註119〕〔明〕董其昌：《容臺文集》，〈中書舍人許玄祐墓誌銘〉，卷8，頁498。
〔註120〕〔明〕蔣欽：〈自蘇州赴南昌永懷序〉，收錄於〔清〕張啟鵬輯：《梅墅詩鈔》（台中：文聽閣圖書公司，2011年），卷5，頁162。
〔註121〕〔明〕侯峒曾：《侯忠節公全集》（北京：北京國家圖書館，1933年），卷3，頁29。

綜觀許自昌的一生經歷，主要專精致力於兩方面：一是晚明極為繁榮的刻書出版品，二是劇本創作，共撰有傳奇九部，名之為《梅花墅傳奇》，今存《水滸記》和《橘浦記》兩本，這也是他對晚明文化所遺澤的最大貢獻。

二、官宦世家的家樂主人

祁豸佳（1595～1683），字止祥，號雪瓢、逸峰道人，浙江山陰縣人（今浙江省紹興市）明熹宗天啟七年，中舉於鄉，以教諭授吏部司務。明亡（1644）後，翌年，即順治二年（1645），南京被清軍攻陷，祁豸佳回浙江山陰老家，任南明監軍駐紮台州。清世祖順治三年，祁豸佳宅邸遭亂民掠奪，家產殆盡。此時，受清廷禮聘入仕，祁豸佳婉拒，隱居於梅城鎮（今浙江省建德市），守祖輩墓田，以鬻書賣畫為生。錢海岳（1901～1968）所著《南明史》記載：

> 兄豸佳，字止祥。天啟七年舉於鄉。授吏部司務。工詩文，畫入荊、
> 關之室。紹興亡，與王鎬為僧。〔註122〕

祁豸佳的文采風逸多姿，工於詩文、書帖、繪畫，尤擅於度曲。甲申（1644）年後，潛隱於梅城鎮，以鬻賣書畫為生，不數月，即出家雲門寺。後與董瑒、王雨謙、陳洪綬、羅坤、嚴繩孫、顧貞觀、秦松齡、安璿、徐渭等人，結社「雲門十子」，日與道長僧侶相對，闊談世外煙霞。雲門寺乃中國著名的佛教聖地，也是王羲之在山陰蘭亭寫就《蘭亭序》之處，環境清蘭靜幽，為士子勵志讀書、凡人修身養性的佳處。

明熹宗天啟七年，祁豸佳鄉試中舉，其後，會試屢次不第，頗不得志，遂組織家庭戲班以遣憂解懷。周亮工（1612～1672）曾言：

> 祁止祥豸佳，山陰人，行五，世培（祁彪佳）中承之從兄，予同門
> 文載（祁熊佳）之胞兄也。丁卯舉於鄉，數入春明不得志。常自為
> 新劇，按紅牙，教諸童子。或自度曲，或令客度曲，自倚洞簫和之，
> 藉以抒其憤鬱。〔註123〕

祁豸佳出身官宦世家：曾祖祁清（1510～1571），明世宗嘉靖二十六年，進士及第，官至陝西右布政使司。祖父祁汝森，生二子，父親祁承勳，選貢，官至陝西布政司都事；叔祁承㸁（1563～1628），明神宗萬曆三十二年，進士及第，

〔註122〕 錢海岳：《南明史》，〈列傳第二十〉（北京：中華書局，2016 年），卷 44，頁 21。

〔註123〕 〔清〕周亮工：《讀畫錄》，〈祁止祥〉（台北：明文書局，1985 年），卷 1，頁 23。

官至江西布政司右參政兼按察僉事。祁豸佳二弟祁熊佳（1608～1673）明思宗崇禎十三年，進士及第，官至大理寺觀政、兵科給事中。祁承㸁生五子一女，其中有名的政治家兼戲曲家祁彪佳（1603～1645）為四子，明熹宗天啟二年，進士及第，官至都察院右副都御史、蘇松巡撫，娶兵部尚書商周祚三女商景蘭（1605～1676）為妻，商景蘭為詠絮才女，善詩文，祁商聯姻，一時傳為佳話。

　　在這樣一個如此顯赫的官宦家族中成長，祁豸佳因會試屢試不第，其內心鬱結難以解開，自然是可以理解。不過，祁氏「佳」字輩這一代都因喜愛戲曲而互有交流，而且相處融洽。譬如：祁彪佳的大哥祁麟佳撰有《錯轉輪》雜劇、三哥祁駿佳撰有《鴛鴦錦》雜劇、祁彪佳自己撰有《玉節記》和《全節記》傳奇兩種，以及《遠山堂曲品》、《遠山堂劇品》戲曲理論等著作。

　　祁彪佳除了對戲曲理論有個人精闢的識見外，也是個愛看戲的文人，屢至堂兄祁豸佳宅邸觀看祁氏家樂的演出。另一方面，從祁彪佳觀劇日誌中，可以旁側得知祁豸佳常攜家庭戲班至各地演出，祁彪佳的「寓山園」自然也是其一，擇要幾處如下：

> 在北京，八月初一日
>
> 晚，康樂來，與止祥共酌，聽其所攜歌兒唱曲，止祥宿予寓中。〔註124〕
>
> 在紹興，正月十三日
>
> 吳玄素之令郎亦至，士女遊者駢集，舉酌四負堂，觀止祥小優演戲，諸友亦演數齣。以寒甚，作雪留。〔註125〕
>
> 在紹興，八月十一日
>
> 午後作書，餞羅和陽公祖、止祥兄於燈下做鬼戲，眉目生動，亦一奇也。〔註126〕

祁豸佳酷愛崑曲，精於音律，能度曲而歌之，雖有家庭戲班，卻苦無園林戲台可供優伶登台表演。堂弟祁彪佳築有「寓山園」，在偌大的園林中，「四負堂」為祁彪佳與家人最常觀劇的廳堂。因此，祁豸佳自編新曲，指導優伶演唱，常攜家樂至「四負堂」搬演，對樂曲的精審態度極為嚴謹。此外，祁豸佳為提高家樂優伶的表演技巧，除了孜孜不倦於度曲、教戲外，自己也會上場串戲，親

〔註124〕〔明〕祁彪佳：《祁彪佳文稿》，〈祁忠敏公日記‧癸未日曆〉（北京：書目文獻出版社，1991年），頁1443。

〔註125〕〔明〕祁彪佳：《祁彪佳文稿》，〈祁忠敏公日記‧甲申日曆〉，頁1365。

〔註126〕〔明〕祁彪佳：《祁彪佳文稿》，〈祁忠敏公日記‧歸南快錄〉，頁1025。

臨表演示眾。在戲曲創作上，祁彪佳撰有《眉頭眼角》雜劇、《玉犀記》傳奇兩種，可惜均已亡佚。

　　在促進崑曲的傳播與提高戲曲藝術的層面上，祁彪佳對自己一手組織起來的家庭戲班，可謂是傾注滿腔心血。張岱就曾作〈壽祁止祥八十〉詩，稱祁彪佳為「曲學知己」。《陶庵夢憶》便記載祁彪佳對戲曲的迷戀與痴狂，張岱曾言：

> 人無癖不可與交，以其無深情也；人無疵不可與交，以其無真氣也。余友祁止祥有書畫癖，有蹴鞠癖，有鼓鈸癖，有鬼戲癖，有梨園癖。……止祥精音律，咬釘嚼鐵，一字百磨，口口親授，阿寶輩皆能曲通主意。乙酉，南都失守，止祥奔歸，遇土賊，刀劍加頸，性命可傾，阿寶是寶。丙戌，以監軍駐台州，亂民擄掠，止祥囊篋都盡，阿寶沿途唱曲，以膳主人。及歸，剛半月，又挾之遠去。止祥去妻子如脫屣耳，獨以孌童崽子為性命，其癖如此。〔註127〕

乙酉年（順治二年），南都失守，祁彪佳自沉湖中殉節，祁彪佳攜家伶阿寶一起逃難回鄉。丙戌年（順治三年），祁彪佳以監軍駐台州，後隱居於雲門寺。張岱和祁氏家族有姻親關係，更與祁彪佳、祁彪佳兩人常有詩文、戲曲、書畫等文藝活動的往來，其「文人」的身分關係益加深密。

　　從張岱所言祁彪佳的「癖」好，除書畫收藏、足球運動、鼓鈸樂器外，戲曲表演和家庭戲班則為其所嗜愛。尤其作為一位家樂主人，祁彪佳凡事躬親，不僅精於音律、擅長度曲、自編新劇，還能親自指導優伶唱曲演戲，間奏絲竹，執管和之，堪稱戲曲全才。

〔註127〕〔明〕張岱：《陶庵夢憶》，〈祁止祥癖〉，卷4，頁84。

第六章 家樂主人的文化資本與話語建構

第一節 曲藝涵養的文化指標

一、文人藏書樓

　　明代中晚期，國內的農業、手工業日益勃興，而江南一帶與東南沿海地區，因著海上貿易的開通暢流，大大助長了新興城市的崛起，使得這一地區的社會經濟呈現出前所未有的富庶繁榮，全國有二分之一以上的財政來源仰賴於此。舉凡貴族世胄、富商鉅子、文人士大夫，甚至一般市民階層等不同的族群，其奢侈的生活型態，表現在起居飲食、車馬衣飾、宅第家俱等各方面，不一而足，都能有相異的風貌。其中，有錢有閒的文人嗜園成癖、競相築園，使得江南園林的風華與興廢，一時成為晚明宅邸的另一種特殊景觀建物。

　　從自然山水的賞景、背景與遮景視角來看，大抵園林都會環合碧水，而水中洲嶼疏落、倒映似鏡，有畫堤橫跨兩岸，池水分流於四方。一般文人築園，輔以參酌的人文建物，諸如：臺、樓、榭、堂、房、齋、廬、閣、亭等散列各處，並將園中分割為數塊景區，星羅棋布，蔚為壯觀。時有賓客造訪，文人雅事與興味，則機趣橫生。在不經意之間，身影落園，柔情萬千，令人有謬認桃源之境，則又形成一幅閒賞幽靜的圖畫。

　　晚明，家庭戲班臻於鼎盛，園林觀劇成為文人聽曲的最佳場域。然則，園林景觀的意義，不僅在自然山水與人文建物之間，其所隱含園林主人的身分與

社會地位莫過於兩物：其一、家庭戲班；其二、藏書樓。文人自幼作詩屬文，原是為了將來的科舉仕途所做的準備，因此，必須積蓄豐厚的文化資本。這些豐厚的文化資本除了作為文人應試的敲門磚外，也拿來用作文人的個人嗜好。對於嗜曲文人而言，他們傾全力於創作劇本與戲曲活動上；對於嗜書文人來說，築有藏書樓的生活需求，自不待言。那麼，藏書樓對曲家文人的重要性又是如何呢？

首先，就建物的外型而言，藏書樓不一定是「樓」的建築，有些只是一間堂室，安安靜靜地在園林的某處座落。若按圖索驥古代文人珍藏圖書典籍之處，藏書樓是文人在園林中特地為「書」闢出的空間，方寸天地的小小樓所，不僅典藏數萬卷書冊，以供聚友、品書；事實上，它孕育了文人身分的養成、精神財富的厚積，以及一個書香世家的建立與傳承。

大抵來看，園林多為致仕官員在厭倦官場後，歸里營造的恬退宅邸。如果說園林建有戲台，是滿足園主的文人趣味與閒逸生活；那麼，在園林某處築有藏書樓，便是一種文化修身，它不僅彰顯文人博學風雅的器度，也體現了園主的性情修養與文化品味。藏書樓作為文人讀書、著書、校書和藏書的聖地，有著文人自幼及長對書本鍾愛難捨的生命情調。

園林與家樂不特文人所獨有，書畫與珍玩亦非文人僅能收藏，有經濟財力的商賈亦可以為之。晚明，江南士商合一的情形漸成風尚，原本屬於文人階層建立起來而自成一格的文化屏障，其文人審美意趣便受到嚴重的衝擊。因此，有些引以為傲的文人階層會與新興商人階層形成一種競合關係。換言之，晚明士大夫以修築藏書樓來體現文人獨特的文化品味，通過「文人藏書樓」這一文化符號，適與其他階層做生活品味的區分，進而發展出一套士商身分之間審美體系的差異。明初，吳寬（1435～1504）即言：

> 元之季，吳中多富室，爭以奢侈相高，然好文而喜客者，皆莫若顧玉山。百餘年來，吳人尚能道其盛，而予又嘗閱《玉山名勝集》，則當時所與名士登臨宴賞之文辭，皆在信乎。〔註1〕

吳寬，南直隸府長洲縣人（今江蘇省蘇州市），明憲宗成化八年，狀元及第。善書法，文學造詣頗高，為明孝宗、武宗兩朝的帝師，官至禮部尚書，是一位聲譽極佳的政治家。他推崇顧瑛的文人身分，即意味著不沾惹商賈氣息之人。

〔註 1〕〔明〕吳寬：《匏翁家藏集》，〈跋桃園雅集記〉（上海：上海商務印書館，1967年），卷51，頁314。

　　元末明初，顧瑛以其世代仕宦，家族顯赫，為東吳大姓，自然有政治上的支持與庇蔭。另一方面，他經商有成，未及十載，即躍身為江南三大首富之一，對當時社會產生極大影響。然則，顧瑛散盡家產，結交四方文人，積極褪去商賈的外衣，試圖蛻變為一位內涵與外表兼具的真正文人，則是受到明清文人所推崇。另一位曲家文人士大夫何良俊亦云：

　　　東吳富家，唯松江曹雲西、無錫倪雲林、崑山顧玉山，聲華文物，

　　　可以並稱，餘不得與其列者是也。〔註2〕

顧瑛褪去商賈的外衣後，勤於習文作詩，以增儒風，而才情妙麗，與諸名士頗略相當。清高宗乾隆年間，安徽歙縣生員鮑廷博（1728～1814）曾為顧瑛《玉山逸稿》作跋，以誌記顧瑛去商近儒後的文采風姿，舉凡文史、書畫、聲律、戲曲、古玩等，皆為所擅。所述者如下：

　　　玉山主人顧仲瑛氏，生於有元末季，金石文史之富，園亭聲伎之勝，

　　　甲於東南。而其才情之如麗，襟度之蕭閒，又足以副之。〔註3〕

文人群體利用自身擁有的文化資本，展開他們所認可的文藝審美意趣，並賦權這些文化品味來維護他們在文人群體中的合法性和有效性。換言之，文人藏書樓這一文化符號，除了體現文人階層與商人階層的差異外，同時也是文人在善（孤）本收藏、文學創作、劇本撰寫等實踐生活品味的重要文化場域。

　　明代中晚期，築有園林又建造藏書樓的士大夫，不勝枚舉。譬如：明孝宗弘治六年，進士及第的王獻臣（生卒年不詳）是蘇州著名園林「拙政園」第一代的創始者，築有「臨頓書樓」。明神宗萬曆年間，內閣次輔余有丁（1526～1584）在家鄉東錢湖近郊的月波山，修築藏書樓，名為「覺是齋」，後人稱「余相書樓」。梅鼎祚（1549～1615），安徽宣城人，出身於仕宦之家，卻未曾科考舉試。梅鼎祚好藏書，建有「天逸閣」、「東壁樓」、「鹿裘石室」等藏書樓，家藏萬卷。明熹宗天啟二年，進士及第狀元郎文震孟（1574～1636），乃文徵明的曾孫，文震亨的長兄，亦修築藏書樓，名之為「石經堂」。

　　曲家呂天成（1580～1618）的祖母孫氏，亦富藏書，出身官宦家族，浙江餘姚橫河孫氏，有「昭代閥閱之盛，首屬孫氏」之稱。王驥德曾言：

〔註2〕〔明〕何良俊：《四友齋叢說》，〈史十二〉（北京：中華書局，1997年），卷16，頁4。

〔註3〕〔清〕鮑廷博：〈玉山逸稿跋〉，收錄於〔元〕顧瑛：《玉山逸稿》（北京：中華書局，1985年），頁83。

勤之童年便有聲律之嗜。既為諸生，有名，兼工古文詞。與余稱文
字交垂二十年，每抵掌談詞，日昃不休。孫太夫人好藏書，於古今
戲曲，靡不購存，故勤之泛瀾極博。所著傳奇，始工綺麗，才藻燁
然；後最服膺詞隱，改徹從之，稍流質易，然宮調、字句、平仄，兢
兢愁睿，不少假借。詞隱生平著述，悉授勤之，並為刻播，可謂尊
信至極，不負相知耳。〔註4〕

呂天成，字勤之，號棘津，別號郁藍生。浙江餘姚縣人，祖父呂本，嘉靖、萬
曆年間，官至武英殿大學士，父親呂允昌也是曲家。呂天成自幼博覽群書，尤
工詞曲，弱冠即能編劇上演，創作才華一時無二，可謂得益於祖母孫氏的藏書
樓。孫氏以戲曲藏書之豐，讓呂天成浸淫書香之中，積蘊豐厚的文化資本。除
了著名的戲曲評論《曲品》外，呂天成的戲曲創作宏富，諸如：《煙鬟閣傳奇
十種》，雜劇《秀才送妾》、《勝山大會》、《兒女債》、《姻緣帳》、《纏夜帳》、《耍
風情》數本。

　　不過，若要說史上規模最大的私人藏書家，當屬越地的祁氏家族，以祁承
爜（1563～1628）為首，祁氏家族藏書約有十四至十五萬卷，是明神宗萬曆年
間相當著名的藏書家。祁承爜為祁彪佳（1603～1645）之父，紹興祁氏家族，
除了是官宦世家外，還是著名的戲曲家族。祁承爜建有「澹生堂」藏書樓，還
四處收購詞曲劇本，藏有諸多雜劇與傳奇作品。

　　明末，越地的祁氏成為吳中以外的另一個戲曲薈萃中心。祁彪佳的長兄祁
麟佳、三兄祁駿佳、從兄祁豸佳皆為戲曲行家。祁彪佳從小成長在戲曲氛圍濃
厚的簪纓家族，自然也培養了對戲曲的涉獵與喜愛，常在「寓山園」搬演戲曲，
以娛樂父母親友，著有《遠山堂曲品》、《遠山堂劇品》等戲曲作品。

　　明末清初，文人家樂中有幾位著名的園林主人，他們除了在園林中演堂會
戲外，也建造兼具藝術美感與實用功能的藏書樓。一般園林主人的藏書樓會擇
地座落在園內較為景色優美的僻靜之處，其周圍有疊石累山、植栽灌叢，巧妙
融為園林的一景。這些家樂主人在歌舞享樂之餘，並不會忘記自己的文人身分
與自幼習得的文化修養，從他們對藏書樓的命名，便可以知曉文人為「書」所
傾注畢生的心血和情感。

　　曹學佺（1573～1646），畢生好學，對文學、天文、地理、佛道、音律、

〔註4〕〔明〕王驥德：《曲律》，〈雜論第三十九〉，收錄於俞為民、孫蓉蓉編：《歷代
　　　曲話彙編》明代編第二集（合肥：黃山書社，2009年），卷4，頁145。

諸子百家等皆有研究，尤工詩詞，為東林黨成員。明末，因故先後兩次被迫削職，在家頤養期間，賦閒於「石倉園」園林宅邸。園內建有「汗竹齋」藏書樓，致力經營藏書萬餘卷，徐𤋺（1563～1639）曾言：「予友鄧原若、謝肇淛、曹學佺皆有書嗜，曹氏藏書則丹鉛滿卷、枕籍沈酣。」〔註5〕歷時十餘年，分類編纂，彙集成《汗竹齋藏書目》，可惜未完稿而明亡。

「石倉園」園林宅邸的建造，在曹學佺仕宦時業已完竣，與一般士大夫致仕後，始歸里精心構築，有所不同。曹學佺常邀文人好友入園討論文學，像是與徐𤋺、謝肇淛等人在詩文上都頗有建樹，並帶動明代中期以來沉寂的閩中文壇，成為明末閩中十才子之首；又與李贄、焦竑等學者往來，曰佛說禪，以開闊的思想追求內心的幽靜，遂將佛教的出世解脫和儒家的入世精神統一起來。曹學佺雖在官場多年，但功名之心並未著力，反倒是「汗竹齋」藏書樓成為他讀書靜心、創作劇本、問學之道的安頓空間。

許自昌（1578～1623）建有「梅花墅」園林，園中蓋有藏書樓，以「霏玉軒」名之。「霏玉軒」不僅作為藏書功能，還作為起居、讀書、覽書、誦書、校書、刻書、抄書等多種用途。譬如：以刻書來說，「霏玉軒」刻有唐代多人的作品匯集，像是李白、杜甫、陸龜蒙、皮日修等人的《唐詩十二家》，以及李昉等人編纂的《太平廣記》五百卷類書小說等。

許自昌的「梅花墅」園林宅邸，不僅歌舞絲竹、優伶唱曲，還貯書連屋，供名人雅士相偕前來。許自昌本人極喜愛結交名人雅士，諸如：董其昌、陳繼儒、文震孟、陳子龍、王穉登、侯峒曾、鍾惺、張采等名家，都曾入園造訪。他們在「得閒堂」觀劇聽曲，在「霏玉軒」聚書品書，自然也為「梅花墅」留下詩文作品，為園林的人文內涵盈滿了深厚的篇章。

綜觀晚明文人家樂，主人建造園林，除了宴飲觀劇外，熱衷藏書最能展現主人嗜書成性的具體行動。在晚明江南文化中，家樂主人競築園林，藏書樓亦林立其間，文人除了讀書、治學外，有些還是擅長創作劇本的曲家。「書」對曲家文人而言，藏書樓不止於藏書而已，曲家文人在藏書樓的生活空間，往往摘擷經史子集中的詩詞或典故，寫進代表自己內心世界的劇本情節裡。因此，藏書樓歷來便是園林建物重要的文化指標，也是彰顯園林主人性情的一種方式，在園林中的文化地位極高。

〔註5〕〔明〕徐𤋺：《紅雨樓集》，〈敘書汗竹齋〉（上海：上海古籍出版社，2020年），頁195。

二、從詩文通曉到劇本創作

優伶的舞台表演，首先還得要有劇本創作的誕生，而文人撰劇則與優伶搬演互為表裡。一方面，許多劇作家的作品是專門為了家庭戲班而創作的，其中不乏家樂主人自己就是劇作家；另一方面，脫稿後的劇本由文人家樂率先搬演，這種非營利性質的戲劇團體組織，理所當然嘗試家樂主人的新劇，並在實驗劇的過程中邊演邊修改，以求美善完備。

因此，在戲曲理論與劇本撰寫上，為了彰顯雅正的文化傳統，劇作家的思想體現，要能受到文人群體普遍的認同與讚許，才是文人家樂話語權的獲得。為了應對這一情況，家樂主人除了自覺地吸收優伶的舞台經驗外，也須將優伶的演出實踐納入戲曲表演的理論中，成為文人之間在社交活動上的文化資本籌碼。

家樂主人在曲壇上，一旦享有很高的聲譽時，便可以左右戲曲藝術的發展方向。譬如：文人叫好的劇本在家樂首演後，得以流傳到職業戲班，也叫座連連，遂為職業戲班常演的劇碼。在私密與公眾相互滲透，回返往復中，激發了劇作家的創作熱情，也構成彼此觀劇的結果。因此，在「雅」與「俗」的相互對立又依存下，戲曲載體實現了案頭之劇與場上之曲的雙向流動。

明中晚期，家庭戲班的興起與茁壯，使得嗜曲文人把畢生的文化素養和藝術審美都投注在戲曲舞台上，這群家樂主人把傳統士大夫眼中的小道末技──戲曲的藝術價值，舉凡詩詞、賦文、書畫全融化成舞台景象，大大提高了表演藝術的品質與美感。譬如：顧大典（1540～1596）置辦家庭戲班，所作戲曲作品《清音閣傳奇》四種，皆由自家家樂演出，間或攜優伶至蘇州友人家演出。其中，《青衫記》、《葛衣記》今存全本，《義乳記》已佚，《風教編》殘存佚曲。綜觀顧大典的劇作章法，大抵文詞雅質、講究構局，但欠自然，故情節發展略嫌平直。

作為低階士大夫的許自昌，顯然志不在於宦位，為官時間不長，短短兩年即致仕歸里。他花更多的心力在於刻書、藏書與戲曲上，成就非凡，是晚明著名的家樂主人。

許自昌工樂府、善度曲，所制散曲，殘存於明代戲曲選集中。創作傳奇作品九部，今知其名者，有《水滸記》、《橘浦記》、《靈犀佩》、《弄珠樓》、《報主記》、《臨潼會》、《百花亭》等七種，除傳世的前三部外，餘見各家名錄的有《弄珠樓》、《報主記》、《臨潼會》、《百花亭》四種，但已無傳本，以上總名為「梅

花塢傳奇」。其中，《水滸記》是許自昌的代表作，後世搬演較盛，更以〈借茶〉、〈劉唐〉、〈拾巾〉、〈前誘〉、〈後誘〉、〈殺惜〉、〈活捉〉等齣，是崑曲經常搬演的折子戲。此外，許自昌也改編他人傳奇作品，譬如：改訂汪廷訥《種玉記》、許三階《節俠記》傳奇，流傳者有十餘種。

明末，越地祁氏家族的祁彪佳，不足二十一歲即中三甲進士。祁彪佳初入官場，即少年老成，勇於任事，氣度非凡。無奈！仕途坎坷，三起三落。最終，祁彪佳於 1635 年致仕，距離明亡僅剩十年，此時的他才三十三歲，正值抱負有為之際。還鄉後，祁彪佳對戲曲的單純「顧誤之癖」漸忘，轉為對社會功用寄予厚望，祁氏曾言：

> 予坐書室，竟日不出戶，整向日所蓄詞曲，彙而成帙。然顧誤之癖，
> 於此已解，終不喜觀之矣。〔註6〕

在政治上，祁氏累代為仕宦家族；在文化上，不論直系宗親或旁系姻親皆雅好觀劇，且多數為嗜曲人士。事實上，祁彪佳在任蘇松巡撫時，曾拜訪馮夢龍，囑託他編輯沈璟以及其子侄的傳奇作品。因此，在 1635 年秋，祁彪佳致仕歸里後，也著手戲曲的整理與創作工作。兩年後，即 1637 年，祁彪佳作《全節記》傳奇脫稿，劇本是以漢代蘇武為作品主人公，祁彪佳在自序中寫道：

> 子卿奇跡，《史》、《漢》業有全傳矣。文人學士，無不扼腕而想見其
> 人，然婦豎不識也。於是譜之聲歌，借優孟衣冠，以開子卿之生
> 面。……試一演之，窮愁蕭瑟之景，與慷慨激烈之慨，歷歷如睹。
> 令觀者若置身其間，為之歌哭憑弔，不能自已。從今而後不特圖書
> 記籍有子卿，即村落市廛婦豎之胸中，亦有子卿矣。〔註7〕

張岱為祁彪佳作《像贊》的首開題名為「德裕園亭，文山聲伎」二句，高度彰顯祁彪佳的身分和情調——既是士大夫，也是文人，一種末世政治家與文化人格的矛盾糾結。這種政治思想與戲曲文化交流的相互作用，讓劇本的載體機制能夠不斷地拓展思想隱喻空間，並豐富其意義世界。在祁彪佳的自序中，已然透露此際的政治心態：既然社會功用的期許無望，不如轉為個人精神上的救贖與救世。

文人士大夫是場域之間相互影響的「文化遊戲者」，這一階層的嗜曲文人，

〔註6〕〔明〕祁彪佳：《祁彪佳文稿》，〈祁忠敏公日記·歸南快錄〉（北京：書目文獻
　　　　出版社，1991 年），頁 1027。
〔註7〕〔明〕祁彪佳：《祁彪佳文稿》，〈祁忠敏公日記·年譜〉，頁 1517。

都具有很高的文化涵養，本身可能就是聲律家，或是創作傳奇的劇作家，穿行在不同家庭戲班的場域間。誠然，如果無法徹底割捨政治場域的牽絆，那麼，即使致仕歸里，他們仍舊不得不受到政治場域的心理規範和制約。《全節記》傳奇的字裡行間，可謂隱喻著祁彪佳的政治遺言，另一方面，也創造出具有一定獨立性的精神文化產物。

政治舞台上，同樣是離開官場，同樣不得不受到政治場域的心理規範和制約的另一個末世政客阮大鋮（1587～1646），不僅致仕的原因與祁彪佳迥異，連文化人格都大相逕庭。阮大鋮被明思宗廢為庶民後，陷入塗炭之中，終崇禎一朝而不得啟用。但是，戲曲才華卻讓他夤緣清廷，光照一時。明思宗崇禎八年，農民起義軍進入安徽，阮大鋮為了避兵亂，遂離開故里，僑居南京。被貶為庶民的這段期間，阮大鋮仍懷抱著仕宦的熱忱，廣交朝廷士大夫，並在南京寓所構築「石巢園」園林，置辦家庭戲班。

阮大鋮創作傳奇作品，有《春燈謎》、《燕子箋》、《牟尼合》、《雙金榜》、《老門生》、《忠孝環》、《桃花笑》、《井中盟》、《獅子賺》、《賜恩環》、《翠鵬圖》等十一種，前四本流傳至今，餘皆散佚。王思任（1574～1646）曾為《春燈謎》作序，並給予極高的評價：

> 臨川清遠道人，自泥天竈，取日膏月汁，烘燒五色之霞，絕不肯俯齊州，掄烟片點。於是「四夢」熟而膾炙四天之下，四天之下，遂競與傳其薪而乞其火，遞相夢夢，凌夷至今。……甫閱月，而《春燈謎》就，亦不減擊鉢之敏矣。中有「十認錯」：自父子、兄弟、夫婦、朋友，以致上下倫物，無不認也，無不錯也。文笋鬥縫，巧軸轉關，石破天來，峰窮境出。擬事既以瞻貼，集唐若出前緣。為予監優兩夕，千人萬人俱大歡喜。……文章不可不錯，則山樵、花筆之所以參伍而綜也。作《易》者，其有憂心乎？山樵之鑄錯也，接道人之憨夢。〔註8〕

清遠道人即湯顯祖，撰有《玉茗堂四夢》：《牡丹亭》、《紫釵記》、《邯鄲記》、《南柯記》四本。山樵即百子山樵，阮大鋮的別號。王思任以為阮大鋮的《春燈謎》調笑情節猶如人生大夢，既然人生千般若此，也就事事難以說清講明，以其錯綜複雜，當可承襲湯顯祖《玉茗堂四夢》的藝術思想。然則，王思任對

〔註8〕〔明〕王思任：〈春燈謎敘〉，收錄於俞為民、孫蓉蓉編：《歷代曲話彙編》明代編第三集，頁50。

阮大鋮的作品評價是否過譽？此際暫且不論。事實上，阮大鋮曾侈言自己的戲曲才華勝過湯顯祖，嘗言：「余詞不敢較《玉茗》，而羞勝之二：玉茗不能度曲，予薄能之。」〔註9〕阮大鋮能編、能導、能演，更是顧曲周郎，故能以妙解音律而自矜。

　　不過，要說到當時的戲曲作品堪比湯顯祖的《牡丹亭》盛行於世者，莫若屠隆的《曇花記》一本。

> 昔人之作傳奇也，事取凡近而義廢勸懲，不過借伶倫之唇舌，醒蒙昧之耳目，使觀者津津焉，互相傳述足矣。自屠緯真《曇花》、湯義仍《牡丹》以後，莫不家按譜而人填詞，遂謂事不誕妄，則不幻；境不錯誤乖張，則不炫惑人。於是六尺氍毹，現種種變相，而世之嘉筵良會，勢不得不問途於庸瑣之劇，豈非宴衍中一大恨事乎？〔註10〕

湯顯祖的《牡丹亭》屢屢為音律派的曲家攻擊，作為案頭閱讀足為珍品，但若登上舞台搬演，那便是聱牙詰屈，音律難以入耳。就本節「劇本創作」而論，《牡丹亭》除了擁有廣大的男性閱讀群眾外，另一批女性閱讀群眾，尤其明清時期，更是不容忽視的。當然，這一女性閱讀群體還得限於仕宦、富商、仕紳一類家庭的詠絮女子。〔註11〕

　　家庭戲班演出的劇本，包括他人的創作以及家樂主人自己的創作。搬演家樂主人創作的劇本，很大一部分，家樂主人自己就是顧曲周郎，有些還會導戲、演戲，堪稱戲曲全才。這群曲家文人的創作劇本一旦脫稿，就會令自己的家樂優伶進行排演，但求完美無誤。在排演的過程中，如果發現唱詞有問題，便會立刻修改劇本的缺失，進行實驗劇的彌補。如此，家樂主人的創作劇本不僅可以作為場上之曲，也能以案頭之劇的刻本流傳於世，進而拓展更多的隱性閱讀者，譬如：《牡丹亭》的閱讀便能滿足無法拋頭露面的閨閣女性。

　　屠隆（1553～1620）創作傳奇作品三種，皆在致仕歸里之後。他嘗言：

> 園居無事，技癢不能抑，則以蒲團銷之。跏趺出定，意興偶到，輒

〔註9〕〔明〕阮大鋮：《阮大鋮戲曲四種》，〈自序〉（合肥：黃山書社，1993年），頁6。

〔註10〕〔明〕黃鶴山農：〈玉搔頭序〉，收錄於〔明〕李漁：《李漁全集》第二冊（杭州：浙江古籍出版社，1991年），頁215。

〔註11〕參看拙作：〈期待視野、多重異讀、身體欲望——論明清時期《牡丹亭》女性閱讀〉，《戲曲學報》第18期（2018年6月），頁191～229。

> 命墨卿，《曇花》、《彩豪》紛然，並作遊戲之語。〔註12〕

嗜曲文人通常會把自幼習得的詩詞文化涵養，除表現在作詩屬文之外，還會展現在曲藝的炫技上，以滿足文人生活的另一種文化競爭。這種文化資本的展現，強調「雅」文化的品味要求，因此，文人的審美心態和文化選擇，徵顯在家庭戲班時，便能夠使其文化活動的建構實現文人生活與審美價值。屠隆從園居無事，到技癢不能抑，當然！意興也就滲入了戲劇的內在蘊義與形式體系的構築之中。

　　不乏有些文人，他們或先閱讀案頭文章，拍案叫好，終究期待能收到主人的請柬，而受邀入園觀劇，與眾多文人雅集一堂，見賞樂師的撫琴吹笛、家樂優伶的歌舞表演，陳繼儒（1558～1639）便是一例。

> 前讀《曇花記》，痛快處令人解頤，淒慘處令人墮淚；批判幽明，喚
> 醒醉夢，二藏中語也。往聞載家樂過從吳門，何不臨下里，使俗兒
> 一聞霓裳之調乎？若有新聲，亦望見示。懶病之人，得手一編，支
> 頤綠蔭中，便是十部清商也。〔註13〕

儘管有些文人的劇本創作，因過於重視詞藻的典雅婉麗，最終只能清供於案頭，止於閱讀；但更多的戲曲作品，不因文詞的雅麗深邃而止步於案頭。這些作品一經文人階層的肯定與傳佈，使受眾者能接受其文詞藝術的美感流暢，同樣能登上舞台搬演，而俗世社會的欣賞和迷醉，亦能隨之興起風尚。究其根柢，端賴文人自幼涵養的文化養分之厚薄以定。

　　陳繼儒因讀罷《曇花記》一本，心之所向，寄予親訪屠隆家樂的優伶搬演，始作〈與屠赤水使君〉一文，以表己志。若從劇本的創作與實踐視角來看，文人在編寫劇本上，倘有高超的編劇手法，便能使原本藻飾的文詞通過優伶的演唱技巧，達到戲劇性的舞台效果。換言之，劇本的時間流動，關係著它是否能從二度空間的案頭閱讀，轉為四度空間的場上演出。

三、從音律妙解到場上之曲

　　對於一般文人來說，他們自幼就有很札實的文化涵養與訓練，從禮「樂」射御書數，到「琴」棋書畫詩酒花，但凡文人在文化涵養與訓練的項目上，都

〔註12〕〔明〕屠隆：《婆羅館清言》，〈序言〉（台北：藝文印書館，1965 年），卷 1，
　　　　頁 1。
〔註13〕〔明〕陳繼儒：《陳眉公小品》，〈與屠赤水使君〉（北京：文化藝術出版社，
　　　　1996 年），頁 103。

會接觸到與樂曲相關的陶冶。不過，賞曲與度曲又是兩碼事，能賞曲者未必能度曲，能度曲者自然亦能賞曲。因此，從家樂主人的身分細觀，尤侗（1618～1704）為李漁《閒情偶記》作序，便有如下識見：

> 聲色者，才人之寄旅；文章者，造物之工師。我思古人，如子胥吹簫，正平撾鼓，叔夜彈琴，季長弄笛，王維為「琵琶弟子」，和凝稱「曲子相公」，以至京兆畫眉，幼輿折齒，子建敷粉，相如掛冠，子京之半臂忍寒，熙載之衲衣乞食，此皆絕世人才。〔註14〕

文人階層，自幼便涵養和育成諸多的文化養分，及長，除了展現詩詞賦文的長才外，有些文人還會涉足戲曲一類的通俗文學，並且雅化其藝術內涵，使之成為晚明文人獨特的生活形式。南京國子監丞陳龍正（1585～1645），蘇州府吳縣人，見當時蘇州的社會風尚，曾云：「每見士大夫居家無事，搜買兒童，教習謳歌，稱為家樂。」〔註15〕家庭戲班的活動，除了彰顯文人自身的高雅風流外，另一方面，也因為文人的文辭涵養相當高，故其創作劇本一經脫稿，便常用作場上實驗之劇。倘若，家樂主人又能妙解音律、教習優伶、親自導戲，兼具種種文化優勢條件，無疑地，對於規範審美趣味的影響力，可謂大大推動文人場上之曲的發展。

　　這些文人置辦家庭戲班，不惟享樂，還親自下場：周郎顧曲，自按紅牙；歌舞場上，鼓瑟拍板，也就成為晚明文人涉足戲曲的一大特色。李漁曾云：

> 教歌習舞之家，主人必多冗事，且恐未必知音，勢必委諸門客，詢之優師。門客豈盡周郎，大半以優師之耳目為耳目。而優師之中，淹通文墨者少，每見才人所作，輒思避之，以鑿枘不相入也。故延優師者，必擇文理稍通之人，使閱新詞，方能定其美惡。又必藉文人墨客參酌其間，兩議僉同，方可授之使習。此為主人多冗，不諳音樂者而言。若系風雅盟主，詞壇領袖，則獨斷有餘，何必知而故詢？〔註16〕

晚明家庭戲班，擔任樂曲教習者，凡二種：其一，聘請曲師教習；其二，家樂主人親自授曲。其中，受聘教習家樂優伶曲藝者，主要由兩類身分構成：一為

〔註14〕〔清〕尤侗：〈閒情偶記序〉，收錄於〔明〕李漁：《閒情偶記》（濟南：山東畫報出版社，2005 年），頁 10。

〔註15〕〔明〕陳龍正：《幾亭全集》，〈書政〉（北京：北京出版社，2000 年），卷 21，頁 150。

〔註16〕〔明〕李漁：《閒情偶記》，〈演習部・選劇第一・別古今〉，卷 2，頁 97。

清曲家、一為年長的優伶。譬如：太常寺少卿李開先（1502～1568）曾言：「新作誰能唱？須煩女教師，……口占南北曲，即席付歌兒。」〔註17〕事實上，李開先不僅組織家庭戲班，還嗜曲如癡，曾言：「三日不編詞，則心煩；不聞樂，則耳聾；不觀舞，則目瞽。」〔註18〕他推崇戲曲可以教化人心，傾心於度曲觀劇，對於音律的妙解功夫臻於爐火純青之境。又曰：

> 音調合否，字面生熟，舉目如辨素蒼，開口如數一二。甚者歌者才
> 一發聲，則按而止之曰：「開端有誤，不必歌竟矣！」坐客無不屈
> 伏。〔註19〕

李開先的度曲編詞功力，無不令賓客驚艷四座。在實驗場上，對於優伶的唱曲，只消兩耳直豎，即能聽出正誤，倘若調有不協、句有不穩者，便改韻正音、刪繁歸約，悉數更訂優伶的謬誤之處，實踐戲曲的高尚雅化，齊與詩文尊崇的地位。

此外，申時行（1535～1614）家樂的優伶唱曲，則由年長的優伶教習，《筆夢敘》記載：「沈娘娘，蘇州人。少時為申相國家女優，善度曲，年六十餘，探喉而出，音節嘹亮，衣冠登場，不減優孟。」〔註20〕沈娘娘，十一、二歲被買進申府，成為申時行家樂的女伶，色藝絕佳；至六十餘歲，年老而輾轉至錢府。雖然不能再以「色」演出，但是，錢岱看重沈娘娘深厚的唱曲功力，聘為錢岱家樂的教習曲師，繼續為家樂奉獻。錢岱家樂的另一位曲師「薛太太，蘇州人。舅家淑媛，善絲竹，兼工刺繡，年五十餘，宅中皆稱太太。」〔註21〕後來，錢岱去世，子嗣無意經營，家樂宣告解散，兩位優伶也先後離開錢府。

其餘家樂主人聘請教習教導優伶者，諸如：鄒迪光（1550～1626）延聘曲師陳奉萱、潘少荊等人教導女伶唱曲，鄒迪光在〈與孫文融〉一文中，說道：「自為請親為律，則家伶教之。」〔註22〕馮夢禎（1548～1606）延聘黃問琴為

〔註17〕〔明〕李開先：《閒居集》，〈歸休家居病起，蒙諸友邀入祠社二首同韻〉（上海：上海古籍出版社，2005年），卷2，頁89。
〔註18〕〔明〕李開先：《閒居集》，〈市井艷詞又序〉，頁423。
〔註19〕〔明〕李開先：《閒居集》，〈南北插科詞序〉，頁425。
〔註20〕〔清〕據梧子：《筆夢敘》，收錄於《筆記小說大觀》五編（台北：新興書局，1977年），卷1，頁3238。
〔註21〕〔清〕據梧子：《筆夢敘》，收錄於《筆記小說大觀》五編，卷1，頁3238。
〔註22〕〔明〕鄒迪光：《調象庵稿》，〈與孫文融〉（濟南：齊魯書社，1997年），卷37，頁160～72。

曲師，教導女伶唱曲，在〈次兒去粵西三年不通音信，入夏焦勞成疾，伏枕俠
句，得詩八章，自嘲並示兒輩〉組詩中，其七詩後注曰：「昔馮開之司成，延
黃問琴教習青衣。」〔註23〕亦可獲知。

　　善於度曲的家樂主人與曲師都是妙解音律的箇中翹楚，但是，兩者在身分
與資質上還是存在著相當大的差異，主要在於劇本文辭上的涵養功夫，其念白
與唱詞有雲泥之別。簡而析言，清曲家和優伶出身的曲師，因為文學造詣非常
有限，即使在唱腔與身段上高超絕妙，也難以闡釋劇本的深層意義和情感，以
及優美的文辭句讀。

　　相較於妙解音律的文人，他們擁有較高的文化涵養與詩詞造詣，故能創作
文辭典雅富麗、充滿歷史典故的劇本。有些家樂主人不僅出身於詩書簪纓的士
大夫身分，更有可能是嗜戲如癡的曲家文人。因此，當具有度曲能力的文人參
與家庭戲班這種戲劇組織後，他們可謂「黃金不惜買娥眉，揀得如花四五枝，
歌舞教成心力盡。」〔註24〕從優伶的選買、培養、訓練、排演到登場等過程，
每一個環節都親力親為、嚴加要求，俾以達到文人觀劇的水平。要之，家樂優
伶的素質與舞台表演的可看性，相對比職業戲班要來得高致雅韻。

　　晚明，戲曲創作達到榮盛高峰，出現了諸多派別，其中影響曲壇較大者：
一是以沈璟（1553～1610）為代表的吳江派，一是以湯顯祖（1550～1616）為
代表的臨川派。吳江派重視格律，諸如：顧大典、呂天成、王驥德、葉憲祖、
沈自晉、馮夢龍、卜世臣、徐復祚等人，皆屬其流派。臨川派講究詞藻，為情
作使，後繼追隨者，諸如：孟稱舜、吳炳等人，皆以尊情為尚。沈璟曾因不滿
《牡丹亭》的音律不協而擅改之，自此和湯顯祖結下一場不可調和的音律論
爭，但卻常與同鄉顧大典切磋曲藝，惺惺互惜，受時人頗多盛譽。

　　　顧大典字道行，禹之孫也。……家有清商一部，……或自造新聲，
　　　被之管弦。時吏部員外郎沈璟年少，亦善音律，每相唱和。邑人慕
　　　其風流，多蓄聲伎，蓋自二公始也。〔註25〕

顧大典與沈璟，皆為蘇州府吳江縣人，二人常相討論音律之學，相互切磋，故

〔註23〕〔明〕汪汝謙：《春星堂詩集》（上海：上海古籍出版社，2010 年），卷 5，頁
　　　311。
〔註24〕〔唐〕白居易：〈感故張僕射諸妓〉，收錄於〔清〕彭定求等修纂：《全唐詩》
　　　（北京：中華書局，1996 年），卷 436，頁 4834。
〔註25〕〔清〕潘檉章：《松陵文獻》，〈人物志‧六七卜‧顧大典〉（北京：北京出版社，
　　　1997 年），卷 9，頁 90。

戲曲理念習近，情誼甚篤。顧大典致仕歸里後，不僅築有園林，還組織家庭戲班，並且親自教習優伶唱曲。《列朝詩集小傳》記載：

> 家有諧賞園、清音閣，亭池佳勝。妙解音律，自按紅牙度曲，今松
> 陵多蓄聲伎，其遺風也。〔註26〕

顧大典文化涵養完備，既能通曉詩文，又能妙解音律，而家蓄聲伎，能親自教習優伶唱曲，使之舞台表演能夠符合顧氏衷曲，滿足文人菹賞的觀劇興致。在曲藝創作上，顧氏所作劇本，不僅文詞雅質，構局之法亦甚講究，著《清音閣傳奇》四種。晚明曲家梅鼎祚在《青衫記》一本，曾曰：

> 僕誠愧周郎，君家樂部亦無誤可顧，新譜《青衫》，引泣千古，然胡
> 不一潤我耳，使隨百獸率舞也。〔註27〕

梅鼎祚，安徽宣城人。由於擅長詩文、戲曲與小說，深受羅汝芳的賞識，又與湯顯祖為莫逆之交，因此，顧大典以白居易自況而搬演《青衫記》一本，梅鼎祚觀畢，大為盛讚「無誤可顧」。

何良俊同樣是一位通曉詩文、妙解音律的曲藝才子，晚年組織家庭戲班，還親自教習優伶唱曲。《列朝詩集小傳》記載：

> 元朗風神朗徹，所至賓客填門。妙解音律。晚蓄聲伎，躬自度曲，
> 分刊合度。秣陵金閶，都會佳麗，文酒過從，絲竹竟奮，人謂江左
> 風流，復見於今日也。〔註28〕

何良俊親自教習優伶唱曲，而曲高技優，人盡皆知。江左文人風流，一時傳為佳話，譬如：《萬曆野獲編》記載：「何又教女鬟數人，俱善北曲，為南教坊頓仁所賞。」〔註29〕又《五茸志逸隨筆》亦載：「何元朗家蓄梨園甚精，曲皆手自校定。」〔註30〕

有些妙解音律的文人，不止於家樂主人自己，其子輩一代更是耳濡目染，習曲有成，《甬上耆舊詩》記載：

> 先生（屠隆）每詩成，輒競相寫和，所填樂府詞，立唱之，兼被絲

〔註26〕 〔清〕錢謙益：《列朝詩集小傳》丁集中，〈顧副使大典〉（上海：上海古籍出版社，1983年），頁547。
〔註27〕 〔明〕梅鼎祚：《鹿裘石室集》，〈書牘‧與顧道行學使〉（北京：北京出版社，2000年），卷9，頁635。
〔註28〕 〔清〕錢謙益：《列朝詩集小傳》丁集上，〈何孔目良俊〉，頁450。
〔註29〕 〔明〕沈德符：《萬曆野獲編》，〈詞曲‧弦索入曲〉（北京：中華書局，1997年），卷25，頁641。
〔註30〕 〔清〕吳履震：《五茸志逸隨筆》（台北：成文出版社，1982年），卷4，頁274。

竹，人謂先生可方謝太傅家庭。〔註31〕

儘管屠隆《曇花記》一劇受到不少音律派的曲家批評，但是，屠隆曾校定《西廂記》全本，強調「針線聯絡，血脈貫通」的戲曲主張。聲律家沈寵綏（？～1596）在所編《度曲須知》一書中，大讚屠隆「稽采良多」；《顧曲雜言》記載：「西寧夫人有才色，工音律。屠亦能新聲，頗以自炫。」〔註32〕足見屠隆是通曉音律、善於清音唱曲的。不僅如此，屠隆之子金樞、玉衡，女瑤瑟，三人俱工詩善曲，全家可謂皆熱衷於家樂的戲曲活動。

當然，還有另一類家樂主人，不僅妙解音律，還能編、導、演完備，堪稱全方位皆擅，阮大鋮即是一例。不過，因其人品有德虧，故不為多數文人所賞識。即使《燕子箋》深受當時文人與市民的捧場，但也是邊觀劇邊唾罵。在罵聲一片的喧囂中，張岱不以人廢言，曾對阮大鋮的戲曲作品有極高的評價，他說：

> 故所搬演，本本出色，腳腳出色，齣齣出色，句句出色。余在其家
> 看《十錯認》、《牟尼珠》、《燕子箋》三劇，其串架鬥笋、插科打諢、
> 意色眼目，主人細細與之講明。知其意味，知其指歸，故咬嚼吞吐，
> 尋味不盡。〔註33〕

阮大鋮雖以奸邪狡猾著稱於明末政壇，然其曲藝才華確實難掩鋒芒。阮大鋮除了擅長編、導、演外，亦精通音律。他從家鄉懷寧的江鎮、三橋一帶買青少年攜至南京，親自培訓優伶，從一板一眼、審音度曲，到一招一式、曉諭關目，及至舞台陳設，都能使優伶知其意味、知其指歸。張岱就戲論曲，大讚阮氏家樂「與他班孟浪不同」之處，其實也是折服阮大鋮的曲藝才華。

除此之外，諸如：祁豸佳「常自為新劇，按紅牙，教諸童子，或自度曲。」〔註34〕又，徐錫允「家蓄優童，親自按樂句指授，演劇之妙，遂冠一邑。」〔註35〕又，尤侗「先君雅號聲伎，予教小伶數人，資以裝飾，登場供奉。」〔註36〕

〔註31〕〔清〕胡文學：《甬上耆舊詩》，〈禮部屠長卿先生隆·女瑤瑟〉（台北：台灣商務印書館，1979 年），卷 19，頁 379。

〔註32〕〔明〕沈德符：《顧曲雜言》（北京：中華書局，1985 年），頁 37。

〔註33〕〔明〕張岱：《陶庵夢憶》，〈阮圓海戲〉（濟南：山東畫報出版社，2010 年），卷 8，頁 158。

〔註34〕〔清〕周亮工：《讀畫錄》，〈祁止祥〉（台北：明文書局，1985 年），卷 1，頁23。

〔註35〕〔清〕王應奎：《柳南隨筆》（台北：廣文書局，1969 年），卷 2，頁 22。

〔註36〕〔清〕尤侗：《年譜圖詩》，〈草堂戲彩圖〉之八（北京：北京圖書館出版社，2006 年），卷 1，頁 15。

又，施紹莘「時教慧童，度以弦索，更以簫管，協予諸南詞。」〔註37〕又，冒襄「家生十餘童子，親教歌曲成班。」〔註38〕又，侯方域「身自按譜，不使有一字訛錯。……曲有誤，周郎顧，聞聲先覺，雖梨園老弟子，莫不畏服其神也。」〔註39〕等等，皆是妙解音律的曲家文人。

第二節　家樂主人的賦權與話語建構

一、家樂的文化賦權與子代紹襲

明末清初，文人家樂不僅作為一種戲劇組織來搬演，也具有一種了代紹襲的家族文化傳統。當時，文人階層偏愛崑山腔的演唱曲調，崑曲劇種和藝術形式由此而滲透到文人的文化生活。在家族情感的凝聚下，家庭戲班的活動相對頻繁，觀劇聽曲遂成為家族文化活動的主要內容，而家族成員也在潛移默化中產生莫大的影響。

家庭戲班是一種戲曲文化特有的組織團體形式，置辦一部家庭戲班，最基本條件是經濟上的許可。因此，在組織結構上，家庭戲班所體現的內涵意義：不僅外顯家樂主人的財力展示，更多的是隱含著家族的文化賦權運作。是以，想要成為家樂主人的身分，除了需要擁有殷實的經濟財富外，還要有一個強而有力的家庭出身，諸如：公卿王侯、文士縉紳、武臣將帥、富豪商賈等階層的背景，作為家族文化傳承的接棒者。

傳承是個人繼承家庭或家族的價值觀、傳統習慣、歷史文物等的認同感，作為一種文化目的性的存在，經由世代流傳下來，並且累積結果，使後嗣子輩對父祖前人的文化成就重新展開新的里程。因此，當個人體察到這個家庭或家族所要傳承的「物」是獨特且有意義時，在生活中便可以感受自己對「傳承」的認同。

《說文解字》曰：「族，矢鋒也，束之族族也，从㫃从矢。」〔註40〕段玉

〔註37〕〔明〕施紹莘：《秋水庵花影集》，〈春遊述懷【北正宮】曲後按語〉（濟南：齊魯書社，1997 年），卷 1，頁 232。

〔註38〕〔明〕冒襄：《同人集》，〈附書邵公木世兄見壽詩後〉（濟南：齊魯書社，1997 年），卷 3，頁 385～117。

〔註39〕〔明〕胡介祉：〈侯朝宗公子傳〉，收錄於〔明〕侯方域：《壯悔堂文集》（台北：台灣商務印書館，1968 年），卷 5，頁 338。

〔註40〕〔東漢〕許慎：《說文解字》（台北：藝文印書館，1994 年），頁 315。

裁注曰：「族族，聚皃。毛傳云：五十矢為束，引伸為凡族類之稱。」〔註41〕故「族」實指的意涵是人群的聚合，且以具有血緣的臍帶關係注入生生不竭的生命活力，並以人倫綱常為秩序而相互結合的社會組織。是以，當家「族」成員對家族文化傳承的必要性產生了認同之後，後嗣者對家族文化的存在價值也會繼起使命之作用。

文人家樂子弟對戲曲的喜愛，有些自幼耳濡目染，似乎與生俱來即烙下養優蓄樂的文化印記，而成為生活中不可或缺的文人娛樂。及長，在家族培育他們具有崑曲的藝術涵養與才能後，這群子輩後嗣也晉升為經營家庭戲班的中堅力量，成為家族養優蓄樂的接班人。譬如：申時行、王錫爵、何良俊、鄒迪光、屠隆、冒襄、張岱等文人，入清以後，他們的子輩後嗣繼續掌握著文化權力的棒子，歌舞弦管，代代不絕。

（一）申時行家族

明世宗嘉靖四十一年，申時行狀元及第，後入仕內閣首輔。由於身段極軟，又知所進退，故在凶險重重的官場上少有風波，而能以富貴風流的「太平宰相」順遂退休。和一般致仕文人相同，申時行歸里恬居後，以其財力和閒情精心營造「樂圃」園林宅邸，而勝景可行、可賞、可遊、可居，氣勢果然非凡。嘗為「樂圃」園林賦詩，詩云：

> 棲遲舊業理荒蕪，徙倚叢篁據槁梧。為圃自安吾計拙，歸田早荷聖
> 恩殊。山移小島成愚谷，水引清流學鑑湖。敢向明時稱逸老，北窗
> 高枕一愁無。〔註42〕

申時行，故居位在江蘇府長洲縣。致仕歸里後，不再殫精竭慮為政事而忙，轉而做一位安泰尊榮的地方老叟。然而，申時行畢竟是內閣首輔退休，他的器度與情懷自然與一般致仕文人不同。申家在蘇州的宅邸共有八處，申時行「分金、石、絲、竹、匏、土、革、木。申衙前、百花巷各四大宅。」〔註43〕既巧妙又富含寓意地以八音命名。不過，申時行主要還是居於「樂圃」園林宅邸。這位人稱太平宰相的內閣首輔，惟我清閒而無纖事，即使退休歸鄉，在為官之道與賦閒聲伎上，顯然是深諳其中的意趣。

〔註41〕〔清〕段玉裁：《說文解字注》（台北：藝文印書館，1994年），頁315。
〔註42〕〔明〕申時行：〈樂圃〉，收錄於〔清〕錢泳：《履園叢話》（北京：中華書局，1997年），卷20，頁522。
〔註43〕〔清〕顧震濤：《吳門表隱》（南京：江蘇古籍出版社，1999年），卷5，頁195。

　　「樂圃」園林，勝景美輪美奐，當然少不了梨園歌舞。明神宗萬曆年間，在蘇州文人家樂中，申時行對聲伎度曲極為嗜愛，並且把家樂經營有聲有色，成為當時蘇州的上等家樂。當時的文人家樂多以唱崑曲為主要聲腔，以申時行家樂為首甲，范允臨（1558～1641）家樂居次，徐仲元家樂再次之。其中，申時行家樂演劇的檔次之高，時人譽為「江南梨園之首」，潘之恒將其列為蘇州「上三班之首」。〔註44〕錢謙益從祖弟錢謙貞（1593～1646）曾為申氏家樂演劇賦詩，詩云：

　　　　風流執拊倍堪誇，不數申衙與范衙。想得唐皇教法曲，梨園三百少
　　　　良家。〔註45〕

這首詩作〈郡優六首〉其二，詩後有注曰：「聞諸優皆良家子，申衙、范衙則吳門所推上三班也。」從文化賦權的視角來看，申氏家樂與范氏家樂的曲藝表現，皆在優級以上，堪比帝王唐玄宗的梨園子弟一時之選。事實上，申氏家樂演劇的高妙絕倫，時人同樣讚曰：「余素不耐觀劇，然不厭觀申氏家劇。」〔註46〕錢謙貞給予范允臨這般上乘評價，抬高到與相國申時行的同等地位，而忽略徐仲元，這對官至福建布政使司右參議的范氏來說，有著耐人尋味的觀劇鑑賞。

　　申時行有三子，長子申用懋（1560～1638），字敬中，號元諸，明神宗萬曆十一年，進士及第。歷仕刑部主事、兵部職方郎中、太僕少卿；明思宗崇禎年間，官至兵部尚書，後卒。次子申用嘉（1565～1643），字美中，號經峪，萬曆十年舉人，累官至贛州府推官、貴州按察司副使、廣西參政。申時行離世後，二人繼續經營申氏家樂，而且經營得更加繁榮興旺，並且擴充數部，計有大班、中班、小班等部。當時，小班優伶以「管舍」最負盛名，《鸞嘯小品》記載：「申之小班，管舍為傑出，……今小管作申衙領班，兩生演《西樓記》最擅場。」〔註47〕

　　明清易代，申家子輩仍然繼續經營家庭戲班。清世祖順治十二年，九月，

〔註44〕〔明〕潘之恒：《鸞嘯小品》，收錄於俞為民、孫蓉蓉編：《歷代曲話彙編》明代編第二集（合肥：黃山書社，2009年），頁210。

〔註45〕〔明〕錢謙貞：《得閒集》，〈郡優六首〉其二，轉引劉水雲：〈明代家樂考略〉，《戲曲研究》第60輯（2002年11月），頁68～95。

〔註46〕〔明〕鄭桐庵：〈周鐵墩傳〉，收錄於〔清〕褚人穫：《堅瓠集》癸集（上海：上海古籍出版社，1999年），卷1，頁438。

〔註47〕〔明〕潘之恒：《鸞嘯小品》，〈吳劇〉，收錄於俞為民、孫蓉蓉編：《歷代曲話彙編》明代編第二集，頁209。

申氏小班優伶金君佐，曾在南京演出《葛衣記》、《七國記》等劇目。〔註48〕順治十八年，申氏中班獲邀至王時敏（1592～1680）宅邸演劇祝壽，「是年，大人七十，於正月中旬豫慶，召申府中班到家，張樂數日，第一本演李玉《萬里圓》。」〔註49〕

　　申時行營造的戲曲聲伎樂園，除了教習出許多名伶外，也培育出後來赫赫有名的戲曲大家李玉（1610～1672），字玄玉，號蘇門嘯侶，江蘇府吳縣人（今江蘇省吳縣）。李玉出身微賤，父親是申時行家樂的曲師，因此，李玉幼時便在申府做雜役奴僕。《劇說》記載：

> 元玉係申相國家人，為孫公子所抑，不得應科試，因著傳奇以抒其憤。
> 而《一》、《人》、《永》、《占》尤盛傳於時。其《一捧雪》極為奴婢吐
> 氣，而開首即云：「裘馬豪華，恥爭呼貴家子。」意固有在也。〔註50〕

在元明制度上，曲師、娼優等藝人與妓女、乞丐同屬賤民一類，《國初事跡》記載：「教坊司冠服，洪武三年定，……樂妓明角冠皂褙子，不許與民妻同。……伶人常服綠色巾，以別士庶之服。」〔註51〕他們的社會地位既低且卑，連三等奴僕還不如，故常受人歧視。至明思宗崇禎年間，李玉才得以參加鄉試，可惜僅中副貢生。入清後，李玉絕意仕進，畢生致力於戲曲創作，並獲得很高的成就。作品諸如：一、人、永、佔（《一捧雪》、《人獸關》、《永團圓》、《佔花魁》）四本，最受戲曲評家所讚揚。此外，李玉與畢魏、葉時章、朱素臣合撰《清忠譜》傳奇，則是一齣具有深刻思想和現實批判的歷史時代大劇。

　　申氏家樂傳承至第三代申紹芳（1591～1653），仍舊紅紅火火，興旺不止。申紹芳為申用嘉之子，明神宗萬曆四十四年，進士及第，官至戶部左侍郎。然而，對於自幼養於申府做雜役奴僕的李玉而言，出身便注定低人一等，他的仕進科舉之路，必然受到申府主人申紹芳所阻抑。主僕不平等的相對待，致使李玉將這股憤悶鬱氣譜之宮商、發為詞章，以抒胸中塊壘。不過，從家樂文化的視角來看，李玉自幼成長於申府，來自於申氏家樂的藝術薰陶是無法抹煞的養分。故此，李玉表現在音律與創作上的戲曲才情，申府不能說是沒有功勞。

〔註48〕〔明〕王抃：《王巢松年譜》（蘇州：蘇州圖書館，1939年），頁23。
〔註49〕〔明〕王抃：《王巢松年譜》，頁28。
〔註50〕〔清〕焦循：《劇說》（台北：廣文書局，1970年），卷4，頁71。
〔註51〕〔明〕劉辰：《國初事跡》（北京：中華書局，1991年），卷1，頁18。

中時行自官場退休，恬居故里長達二十三年之久，申氏家樂傳承至第三代，家樂聲譽猶盛不衰。作為文化娛樂的精神需求，以及強化家族譜系（也稱系譜）內聚力的象徵意義而言，家庭戲班在搬演活動中，滿足了族眾的文化娛樂；而在維繫血緣的功能上，則產生家族文化傳承的使命。事實上，這種維繫血緣的臍帶關係，也是家樂主人對家族文化「家庭戲班」傳承的一種文化賦權宣示。

（二）王錫爵家族

明神宗萬曆二十六年，王錫爵以六十一歲言老退休。歸里太倉後，便開始建造園林，養優蓄樂，逸樂於聲伎之中，以遣晚寂。王錫爵延聘富享盛名的曲師張野塘、趙瞻云教習家班，曲師常以絃索來伴奏南曲。凡有賓客造訪，王錫爵必置酒以家宴盛款，並招家樂歌舞演劇，最常搬演《牡丹亭》，故與湯顯祖交好。萬曆三十年，九月，馮夢禎至太倉訪王衡，不克謀面，王錫爵遂「置酒家園相款，余（馮夢禎）獨上座，演家樂《金花女狀元》傳奇。」〔註52〕作為待客之道。

第二代王氏家樂接棒人王衡（1561～1609），字辰玉，號緱山，別署蘅蕪室主人，萬曆二十九年，進士及第，授翰林院編修。王衡自幼喜愛看戲，緣由除自家家樂外，也受叔父王鼎爵影響頗多，王錫爵曾言胞弟王鼎爵性嗜聲伎，「弟頗自夷猶於歌壇酒社間」。〔註53〕後因仕途風雨多，王衡遂以養親為由致仕歸里，過著曲酒宴飲的生活。王衡素來妙解音律、嫻熟度曲，著有《鬱輪袍》、《真傀儡》、《長安街》等雜劇數種。

王氏家樂第三代主人王時敏，字遜之，號煙客，晚號西廬老人。因父祖兩代皆居高官，明思宗崇禎元年，未經科考即以蔭官出任尚寶司丞、太常寺少卿。入清後，降清而隱居不仕，以詞曲書畫自娛以終。王時敏承襲家族文化遺風，亦嗜曲蓄樂。清聖祖康熙二年，王時敏延聘著名清曲大師蘇昆生「教家僮時曲，為娛老計」，〔註54〕以切磋優伶曲藝，致力把王氏家樂維持在較高的藝術水平。

〔註52〕〔明〕馮夢禎：《快雪堂集》，〈日記・壬寅〉（濟南：齊魯書社，1997年），卷59，頁57。

〔註53〕〔明〕王錫爵：《王文肅公文草》，〈先弟河南按察司提學副使家馭暨婦莊宜人行狀〉（東京：國立公文書館，2014年），卷11，頁113。

〔註54〕〔清〕王寶仁編：《王煙客年譜・癸卯年譜》，收錄於陳紅彥主編：《國家圖書館藏稿鈔本年譜彙刊》（北京：國家圖書館出版社，2017年），卷1，頁10。

　　王氏家樂第四代主人，主要承襲者有兩人：王時敏第五子王抃（1628～1692）和九子王抑。王抃，字懌民，號巢松，自幼喜愛崑曲，擅寫劇本，諸如：《玉階怨》、《戴花劉》、《舜華莊》、《贊峰綠》等。康熙十四年，王抃作《籌邊樓》傳奇，王士禛（1634～1711）曰：「晚作《籌邊樓》傳奇，一褒一貶，字挾風霜，於維州一案，描摹情狀，可泣鬼神。」〔註55〕康熙二十年，王抑開始加入家樂行列，王抃曰：「九弟優人於是年合成」。〔註56〕康熙二十一年，王抃又作《浩氣吟》傳奇，一脫稿，即刻被王抑拿來排演，「九月杪，九弟班始演於鶴來堂。」〔註57〕

　　王氏家樂始於明代萬曆年間，在時間軸線上的延續性，不因易代與戰火而解散，其家族「家庭戲班」的文化傳承與賦權的轉移，持續至清代康熙年間，誠屬珍貴不易。

（三）其他

　　除上述兩位內閣首輔外，何良俊曾言：「余家自先祖以來，即有戲劇。我輩有識後，即延二師儒訓以經學，又有樂工二人教童子聲樂，習簫鼓弦索。余小時好嬉，每放學即往聽之。」〔註58〕故此，何良俊家族養優蓄樂，可以上溯至第一代祖父何泉，第二代父親何孝。

　　明神宗萬曆年間，張岱家族的聲伎蓄優，始於第一代祖父張汝霖，第二代父親張耀芳，張岱自己是第三代傳人。張氏家樂還擴延許多班別，諸如：可餐班、武陵班、梯仙班、吳郡班、蘇小小班等。

　　鄒迪光家樂也是傳承三代，但與何、張二家不同的是，鄒迪光上承第一代父親鄒懋中，下傳第三代獨子鄒德基，而自己則作為鄒氏家樂的第二代，也是家樂最為繁榮的一代。

　　冒襄家族養優蓄樂則傳承了四代。第一代始於祖父冒夢齡，第二代父親冒起宗，至冒襄第三代而家樂最為風光。冒襄離世後，由其子冒青若第四代接棒冒氏家班。范大士有詩作〈聽冒青若歌兒度曲兼以述懷限韻〉，〔註59〕以記紅氍毹景況。

〔註55〕〔清〕王士禛：《香祖筆記》（濟南：齊魯書社，2007年），卷12，頁226。
〔註56〕〔明〕王抃：《王巢松年譜》，頁29。
〔註57〕〔明〕王抃：《王巢松年譜》，頁29。
〔註58〕〔明〕何良俊：《四友齋叢說》，〈史九〉，卷13，頁4。
〔註59〕〔清〕范大士：〈聽冒青若歌兒度曲兼以述懷限韻〉，收錄於〔清〕吳藹輯：《名家詩選》（北京：北京出版社，2000年），卷3，頁158。

綜論：文人家樂的家族文化傳承及其影響，並非僅限於直系親屬，譬如：祁豸佳與祁彪佳為堂兄弟，祁氏家族也與張岱有姻親關係；沈璟與沈自友為從叔姪，沈自友與姊夫葉紹袁則是妻舅關係；吳炳與鄒武韓有翁婿關係；徐泰時與范允臨同樣也是翁婿關係等。這些龐大的家族結盟與情感凝聚，讓更多的家庭戲班是因為姻親關係而宛若樹枝狀般地展開，得以構成崑劇藝術蛛網的廣佈。但本小節因受限於篇幅，僅探討直系親屬內的子代紹襲。

二、觀劇酬唱的文化價值與功能

中國古代文人，尤其士大夫群體，他們擁有優於平民的政治地位，而且掌握地方或中央的統馭權力；也因為被歸屬於士人階層，故能藉由話語權形塑一種社會規範，引領著社會風氣。故此，文人士大夫在進行文藝活動時，常喜歡以詩詞酬唱作為社交場合中的文化質感與文化積蘊。對於詩詞酬唱的內容、規則、形式與風格等，所涉及的是酬唱對象的社會身分、闡釋酬唱的價值與功能，以及文人社交生活的精緻化。

每一位文人在詩詞酬唱的質感承載上，雖然呈現出多重且差異性的表達，但是，彼此文化身分的相近，使得文人在價值規範與話語系統上產生一定程度的認同。是以，在展現各自性情的書寫下，文人的詩詞酬唱也就形成具有品評層次的審美生活，並且不斷地深化其內容，以及相關的文化內涵，最終發展成為文人社交生活的一種日常。

相較於上層文人這種「詩詞」雅文化的文藝活動，到了明末清初，家庭戲班興起之後，文人們開始有意識地與俗文化的戲曲演出相結合，把雅文化的價值規範和話語系統建構在觀劇聽曲的散場會後，對戲曲演出所留下的品評文字，遂形成文人在酬唱詩詞時的一種感官投射。

在晚明士大夫階層，以園林聲伎的文人雅集，是最高雅別緻的聚會。其中，家樂曲宴是以主人獻戲、好友觀劇的聚會方式，作為一種文人風流、排場奢華的感官饗宴。然而，「家庭戲班」雅集不比「詩文書畫」雅集，具有場域上的「任意性」；而「詩文書畫」雅集也不比「家庭戲班」雅集具有音律上的「諳雅性」。換言之，能閱讀案頭劇本者，未必能熟稔舞台上的聲腔音律。因此，在園林宅邸的戲曲活動，文人士大夫的聚會就顯得小眾化，也更具有私密性，非行家摯友者難窺演劇全貌。

晚明，文人家樂的優伶大多以演唱崑曲為主，並以水磨腔體現文人雅集的高雅文化。文人家樂曲宴，在主客杯觥交錯的席間，他們藉由觀劇互相鑑賞優

伶的曲藝技巧，不論是自家家樂，抑或他家家樂，都是家樂主人和受邀文人間在戲曲上的相互切磋，有些還會參酌彼此養優蓄樂的經驗。另一方面，曲宴會後，並非曲終而人散，嗣續的觀劇酬唱才是文人間文采交流的開始。換言之，這種文人藝事的活動，也形成了士大夫在政事之外的另一種文化資本較勁。

屠隆嘗與湯顯祖、馮夢禎、鄒迪光等文人切磋崑曲藝術，並且相互酬唱。譬如：鄒迪光曾作五言古詩〈屠長卿自四明過訪，有贈二首〉其一，詩云：

酌我葡萄酒，坐我紅氍毹。推金復伐鼓，清歌發吳歈。申旦不能寐，有語必通區。〔註60〕

屠隆曾攜家樂造訪鄒迪光的「愚公谷」園林宅邸，並演出自己的作品《曇花記》傳奇，歡娛以樂，至晡時而未寢。事實上，文人豢養家樂，除了家庭自娛外，也常借優伶競演來獲取家樂互訪與交流的表演經驗。屠隆與鄒迪光交情匪淺，兩人經常攜家樂互訪，並以文人聚會和詩歌酬唱之名，雅集於園林宅邸，歌舞宴飲，觀劇聽曲，數十餘次。

何良俊也常以家樂演戲會集好友，席間，互以酬唱詩歌、饗宴為歡。皇甫汸（1505～1584）曾受邀觀劇，曲終會後，賦作〈何內翰招讌獲聞聲伎之盛作三絕句〉三首，詩云：

其一

房中樂自舊京傳，促柱輕調慢拂絃。曲罷周郎哪得顧，但聞餘響落燈前。

其二

紅妝喚出夜留歡，翠袖因霑細雨寒。為謝喬家無惡客，不妨歌舞教人看。

其三

二月鶯花樂事新，更憐羅綺坐生春。當杯入手休辭歡，只恐夫君怒美人。〔註61〕

皇甫汸，字子循，號百泉、百泉子，直隸長洲縣人（今江蘇省蘇州市），出身仕宦之家。明世宗嘉靖八年，皇甫汸進士及第，歷仕吏部郎中、大名通判，官

〔註60〕〔明〕鄒迪光：《鬱儀樓集》，〈屠長卿至，自四明過訪有贈二首〉之一（濟南：齊魯書社，1997年），卷7，頁503。

〔註61〕〔明〕皇甫汸：《皇甫司勳集》，〈何內翰招讌獲聞聲伎之盛作三絕句〉（台北：台灣商務書局，1979年），卷33，頁11a～11b。

至雲南按察僉事。其父皇甫錄，明孝宗弘治九年，進士及第，官至禮部郎中、
員外郎，生四子，皇甫汸排行三，其長兄皇甫沖為舉子，次兄皇甫涍、弟皇甫
濂皆為進士出身，史稱「皇甫四傑」。

　　皇甫汸在文學上的造詣極高，工於詩，尤精書法，亦好聲色狎遊。他曾受
邀至何良俊宅邸觀劇，宴飲會後，賦詩酬唱。文人以藝文活動相聚，除了感官
的耳目饗宴外，比吟誦詩歌更具有超越俗世層級的精神饗宴，便是曲藝文化與
詩歌酬唱的相結合。

　　從社會文化的視角細看，文人酬唱的目的，主要在於文人文化的一種象徵
性互動。因此，對於文人所留下的觀劇諸詩作，以其具有相互作用和相互影響
的過程，才是締造這場家樂曲宴所帶來的風流盛事；否則，流於一場吃吃喝喝
的文人聚會，與市民之間的宴飲又有何異！

　　文人之間有詩歌酬唱，自然也有覆答之作，咸為禮尚往來。何良俊在皇
甫汸的觀劇酬唱後，也覆答詩歌予皇甫汸，賦作〈春日，皇甫司勳見過余出
小鬟以箏琶侑觴，司勳為賦三絕句，率爾奉答，戲酬來意，不復用韻〉三首，
詩云：

> 其一
> 燈下曾觀舞麗華，小庭亦復沸箏琶。近來此樂無人解，獨有牛家與
> 白家。
> 其二
> 歌珠歷落本清圓，更遣流泉亂拂絃。好取使君留一顧，故將誤曲唱
> 當筵。
> 其三
> 簾同夏簟真成陋，床類楊褒亦太寒。不是窈娘容絕世，何妨日日借
> 人看。〔註62〕

文人之間的唱和，自古已然，常以詩詞賦文相互酬謝贈答。晚明，文人雅集的
宴樂方式，不一而足。然而，不論以詩文書畫雅集者，抑或以家樂獻戲會友者，
其主人與賓客之間的關係，不為密友，便是至交。這樣的一個關係限制，對於
一般遠疏或泛泛者流，是不太可能受邀至宅邸觀劇的，因此，也就形成了家班

〔註62〕〔明〕何良俊：《何翰林集》，〈春日，皇甫司勳見過余出小鬟以箏琶侑觴，司
　　　　勳為賦三絕句，率爾奉答，戲酬來意，不復用韻〉（濟南：齊魯書社，1997年），
　　　　卷7，頁70。

獻戲的小眾化、私密化。另一方面，從酬唱規範和話語系統上來看，受邀賓客與主人在文學藝術上的水平也必然齊一。換言之，善詩詞賦文而不諳曲藝者，亦難與家樂主人有觀劇宴後的文采覆答和品評對話。

再從觀看和被看的話語權上來說，家樂優伶的曲藝表演，不僅僅是一場文人雅集間的盛宴，更多的是賓主宴後的文化資本較勁。事實上，在賓主杯觥交錯的席間，觀劇聽曲的耳目饗宴已然成為文人間的文采角力前哨站。換言之，何良俊盛邀皇甫汸至宅邸觀劇，絕非曲終歌罷人散去。何、皇二人互以三絕句作為觀劇後的酬贈之作，是謂：以家樂優伶獻藝於賓客，除了作為家樂主人逞技與炫才的社交手段外，賓客也會以詩歌酬唱作為回敬之禮，呈現家樂曲宴的文化內涵。

至若，活動於易代之際，作為新朝貳臣的明末士大夫，不管衷曲如何？文人的風骨與政治的迎拒，總是在內心深處藏有難以言喻的歷史。明亡後，清世祖順治元年，李明睿（1585～1671）受招撫而仕清，任禮部侍郎。未及年餘，即因失職而去官，真可謂最短命的貳臣。

在南返故里江西南昌後，李明睿繼續過著曲酒宴飲的生活。縱使，當時的南昌亦不綏靖，李明睿還是營造一座名號「閬苑」的園林宅邸，並在「滄浪亭」此處供作徵歌度曲之用。明代，桐城方氏家族以仕宦、治學著稱於世，清世祖順治十八年秋，「桐城三詩家」之一的方文（1612～1669）遊南昌，與兵部尚書陳道亨之子陳宏緒（1597～1665）宴飲於李明睿家。方文賦詩〈重九後二日，同陳士業飲李太虛先生齋頭〉一首，其中詩云：「聞有翠眉工度曲，何時才一奏笙簧。」〔註63〕二句，則是相當讚賞李明睿家樂優伶的精湛演技。

此外，與李明睿同僚的李元鼎（1595～1670），以其江西同鄉之誼，也多次進入「閬苑」宴飲觀劇，並在「滄浪亭」中品賞李明睿家樂演出《牡丹亭》、《燕子箋》、《秣陵春》等大劇。譬如：春暮，李元鼎偕熊文舉、黎元寬等人至「閬苑」滄浪亭觀劇，得詩四首，筆者節錄後二首：

其三

留春無計尋芳甸，勝集同疑坐樂宮。落雁千峰梨苑雨，垂楊三月酒旗風。幾從佩珞驚搖翠，不向臙脂怨洗紅。今古鍾情推《玉茗》，夢回愁絕歎飛蓬。

〔註63〕〔清〕方文：《嵞山續集》，〈西江遊草〉（上海：上海古籍出版社，1979年），卷2，頁38。

其四

滄浪亭下空流水，誰按《霓裳》譜舊宮。細囀鶯聲籠澹月，輕翻蝶
羽怯迴風。午橋景物人同醉，子夜煙光燭映紅。歸路不愁城柝晚，
春江一榻寄漁蓬。〔註64〕

又，冬夜，李元鼎再偕熊文舉至「閬苑」滄浪亭觀劇，得詩十首，筆者節錄後
五首，以賞其韻味：

其六

今古茫茫總未分，可堪易代更逢君。傷心最是離鴻曲，解贈琵琶不
忍焚。

其七

殷勤疑唱比紅兒，執拂應憐曉夜隨。亭外波光流不盡，空教歌舞譜
傳奇。

其八

話到興亡事事悲，斐江筆彩絢淪漪。後堂絲竹渾無奈，空憶先朝舊
羽儀。

其九

人生消得幾金樽，檀板嘈嘈歎棗昏。只恐樂工貪度曲，一時驚散小
遊魂。

其十

鐘漏沉沉錦瑟圍，鏡花杯影共依稀。秣陵春草年年綠，誰向昭陽看
燕飛。〔註65〕

李元鼎，江西吉安府吉水縣人（今江西省吉水縣），明熹宗天啟二年，進士及
第，官至光祿寺少卿。明亡後，受清廷招撫而仕清。清世祖順治八年，官至兵
部左侍郎。再仕十年，後辭官回鄉，優遊林下，至清聖祖康熙八年而卒。

士大夫的位階與隸屬層級不同，受邀家樂主人雅集宴飲，其詩歌酬唱的風
貌與觀劇審美的情態也會不盡相同。李元鼎曾任吏部考功司主事、員外郎，李

〔註64〕〔清〕李元鼎：《石園全集》，〈春暮，偕熊雪堂少宰、黎博庵學憲讌集太虛宗
伯滄浪亭觀女伎演《牡丹亭》劇，歡聚深宵，以門禁為嚴，未得入城，趨臥小
舟，曉起步雪，老前韻得詩四首〉（濟南：齊魯書社，1997年），卷8，頁54。
〔註65〕〔清〕李元鼎：《石園全集》，〈冬夜，同集滄浪亭觀女伎演《秣陵春》，次熊少
宰韻十首〉，卷9，頁58。

明睿曾任湖廣典試；前者考課黜陟在職官員，後者考選拔擢新進官員，其品秩與任事職責大致相近，皆在從六品至正七品之間，分別負責新舊官員的考核機構。文人的個體酬唱，因為政治圈的彼此錯綜和交融，連結成一個士大夫的酬唱網絡，原本文人之間的詩歌交游，也在酬唱中匯聚為集體的歸屬感。

　　士大夫的詩歌酬唱歸屬感，因為文人身分的彼此認同，讓士大夫的文化活動都儘可能進入政治公領域的視野，而這種士大夫之間尋求認同的有效手段，也會延伸至家眷私領域的唱和。譬如：丁酉初春，李明睿偕夫人攜小女伎訪李元鼎，演《牡丹亭》、《燕子箋》諸劇，而贈詩八首。〔註66〕又，李元鼎之妻朱中楣，江西廬陵人。曾與夫偕同至李明睿「闓苑」園林宅邸觀《秣陵春》劇，宴會散後，賦作十絕，作為酬饋，其一詩云：

> 越調吳歈可並論，梅邨翻入莫愁邨。興亡瞬息成今古，誰弔荒陵入
>
> 白門。〔註67〕

一般而言，晚明文人家樂幾乎都以崑曲為主要唱腔，即使購買來的優伶過去是演唱地方聲腔，家樂主人也會延請曲師教習改正為唱崑腔。不過，仍有些家樂主人海納五音、共歡雜曲，李明睿即是一例。南京國子監祭酒顧起元（1565～1628）曾云：

> 南都萬曆以前，公侯與縉紳及富家，凡有讌會，小集多用散樂，或
>
> 三四人，或多人唱大套北曲。……後乃變而盡用南唱，……大會則
>
> 用南戲，其始止二腔：一為弋陽，一為海鹽。弋陽則錯用鄉語，四
>
> 方士客喜聞之；海鹽多官語，兩京人用之。〔註68〕

徐渭（1521～1593）云：「惟崑山腔止行於吳中，流麗悠遠，出乎三腔之上，聽之最足蕩人，妓女尤妙此。」〔註69〕是謂：吳歈指的是江蘇吳縣崑曲發源地，越調則泛稱浙江一帶的地方海鹽腔，李元鼎和朱中楣的本籍都在江西，而朱中楣所言「越調吳歈」一詞，足見《秣陵春》一劇在當時不僅使用文人喜愛的崑山腔搬演，也雜用海鹽腔唱過。清高宗「乾隆五年《臨川縣志》所云『吳

〔註66〕〔清〕李元鼎：《石園全集》，〈丁酉初春，家宗伯太虛偕夫人攜小女伎過我演
　　　　《燕子箋》、《牡丹亭》諸劇，因各贈一絕得八首〉，卷17，頁109。

〔註67〕〔清〕李元鼎：《石園全集》，〈宗伯年嫂相期滄浪亭，觀女伎演《秣陵春》，漫
　　　　成十絕〉，卷16，頁108。

〔註68〕〔明〕顧起元：《客座贅語》，〈戲劇〉（台北：藝文印書館，1968年），卷9，
　　　　頁434。

〔註69〕〔明〕徐渭：《南詞敘錄》（北京：中國戲劇出版社，1982年），頁412。

謳越吹」，臨川亦為海鹽腔流行之地區，均可見海鹽腔在康熙、乾隆間還在江蘇吳縣、江西臨川等地有流行的跡象。」〔註70〕

李明睿家樂所以經常搬演《牡丹亭》、《邯陵春》二劇，其來有自。湯顯祖是李明睿的進士座師，李明睿是吳偉業（1609～1672）的進士座師，這一條光彩斑斕的戲曲師生鏈，使李明睿成為上有名師、下有高徒的關鍵人物，且居於一個薪傳的重要位置。

李明睿除了在「閬苑」演劇外，也會攜樂出遊。南明永曆二年（1648）閏三月，亦即清世祖順治五年，李明睿為避戰火兵亂，攜家眷流寓揚州，依舊嗜聲伎而不輟。曹溶（1613～1685）曾受邀入李宅觀劇，宴後填詞〈青衫濕‧廣陵飲李太虛寓中，出家姬作劇〉一闋，詞曰：

> 紅橋舊日深情地，一片玉簫吹。畫蛾青斂，著人多處，不在歌時。
>
> 教師催出，齊登繡毯，擺落遊絲。曲中簾卷，堂前黃月，占斷相思。
>
> 〔註71〕

除此之外，李明睿也曾邀查繼佐（1601～1676）勝會維揚，而兩家優伶「登場與共，聲容不可與上下。」〔註72〕聽曲韻悠揚，而笛管蕭蕭，一時名士佳人盡與之遊，無一不耽溺於聽曲之樂。又，毛奇齡（1623～1716）亦填詞〈虞美人‧廣陵李宗伯寓觀女劇作〉一闋，作為酬贈李氏家樂演劇的題詠謝禮，詞曰：

> 蕪城新曲勾欄淺，覆地氍毹軟。小蠻金管雪兒箏，二十四橋明月照
>
> 人醒。三朝不作銜書鳳，但舞江南弄。曉風散去雲彩愁，可是竹西
>
> 歌吹舊揚州。〔註73〕

詩詞酬唱是文人在文化與社會兩個層面中不斷地交游唱和，並為自己的文人身分與社會階層定位，所呈現的是一種文化資本的象徵。觀劇酬唱則是將戲曲活動的藝文雅事與傳統詩詞雅文化相結合，用以表述晚明文人的文化內涵底蘊。因此，這一群體文人不僅要藉由詩詞酬唱來表現自己既有的曲藝涵養，還要通過彼此的酬唱贈答來激發與深化曲藝相關的文化內涵。如此，不論

〔註70〕曾永義：〈海鹽腔新探〉，《戲曲學報》第 1 期（2007 年 6 月），頁 3～28。

〔註71〕〔清〕曹溶：《靜惕堂詞》，〈青衫濕‧廣陵飲李太虛寓中，出家姬作劇〉，收錄於張宏生編：《清詞珍本叢刊》第一冊（南京：鳳凰出版社，2009 年），卷 1，頁 67。

〔註72〕〔清〕周驤、劉振麟輯：《東山外紀》（廣州：廣東人民出版社，2013 年），卷 1，頁 23。

〔註73〕〔清〕毛奇齡：〈虞美人‧廣陵李宗伯寓觀女劇作〉，收錄於程千帆主編：《全清詞‧順康卷》第 6 冊（北京：中華書局，2002 年），頁 3711。

是家樂主人，抑或受邀賓客，以其文人的審美意識所互為贈答的酬唱作品，便能表現出觀劇酬唱的文化價值與功能。

三、家樂獻藝與文人的品評話語

家樂主人養優蓄樂的目的，主要是為了家庭自娛與社交宴樂之用。他們藉由「家樂曲宴」的聚會展現文人意識的審美視野，演繹出嗜曲文人在曲藝生活上的獨特景觀，並且不斷地產生新的文化內涵與文人風尚。故此，家樂曲宴遂成為家樂主人在雅集文人的一種社交文藝活動。爰此，有些受邀文人在觀劇後會留下詩詞文賦等不同形式的文字作品，這些作品是帶有作者主觀性的品評意涵，它與觀劇酬唱的本質略有不同。在內涵上，品評話語的觀劇文字隱含著文化權力關係，亦即主人與賓客對於優伶表演所衍生出被看與觀看的話語建構。

晚明，家庭戲班一般為嗜曲士大夫致仕後的舞台，他們對曲藝的經營不輸對政事的付出。受邀家樂曲宴以觀劇，賓客所觀賞的不僅是主人豢養的優伶演技，姑且勿論賓客的醉翁之意「以色不以技」，或是「色藝兼優」者，有些賓客還會品評主人創作劇本的優劣；相對地，主人也會藉由家樂優伶的搬演，展現自己創作劇本的才華，作為逞才炫技的機會。根據潘之恆（1556～1622）所言：

> 西園主人精於賞音，凡金陵諸部士女遊冶，咸集其門。以擬洞庭張
> 樂，主人部署品評，能令滿意去。客欲張屏進劇，殆無虛日。亦閱
> 數十曹，無少爽。出外舍泊中帷，各有班次，而主人未善也。〔註74〕

對於優伶在紅牙拍板的調教上，有些家樂主人會聘請曲師教習加以訓練，有些家樂主人則妙解音律，自己就可以為家樂制曲，還能親自教習優伶唱法和講解劇本情節。家樂主人對優伶在曲藝上的要求相當嚴格，畢竟，優伶的技藝優劣代表著主人的文采修養與調教能力。因此，獻藝與品評——被看與觀看，也就隱藏著主人與賓客之間的話語權力。本小節以屠隆《曇花記》為例說明。

《曇花記》是屠隆創作的傳奇之一，明神宗萬曆二十六年完成，共計五十五齣。歷來演劇頻頻，為諸多家樂的場上之曲，以其盛名遐邇，故品評之人亦多。諸如：張琦認為：「《曇花》一記，憤薈淒爽，寓言立教，具見婆心。」〔註75〕

〔註74〕〔明〕潘之恆：《鸞嘯小品》，〈鳳姝〉，收錄於俞為民、孫蓉蓉編：《歷代曲話
　　　　彙編》明代編第二集，頁 223。
〔註75〕〔明〕張琦：《衡曲麈譚》，收錄於俞為民、孫蓉蓉編：《歷代曲話彙編》明代
　　　　編第二集，頁 354。

呂天成將此劇列入《曲品》中的「上之下品」，評曰：「其詞華美充暢，說世情極醒，但以律傳奇局，則漫衍乏節奏耳。」〔註76〕祁彪佳則持不同看法，在《遠山堂劇品》中入「豔品」之列，評曰：「先生闡仙、釋之宗，窮天馨地，出古入今。其中唾罵奸雄，直以消其塊壘。學問堆垛，當作一部類書觀，不必以音律節奏較也。」〔註77〕就場上之曲的規範論，呂天成認為：情節拖杳，節奏枝蔓；然而，若從案頭文章的視角來品評，祁彪佳認為當以「類書」觀之，自然不必計較音律節奏。不過，就舞台搬演的適可性而言，徐復祚（1560～1629）的觀點與呂天成並無二致：

> 《曇花》、《彩毫》，屠長卿隆先生筆，肥腸滿腦，莽莽滔滔，有資深逢源之趣，無捉襟露肘之失。然又不得以濃鹽、赤醬訾之，惜未守沈先生三章耳。〔註78〕

再看沈德符（1578～1642）闡釋屠隆創作《曇花記》的旨意：

> 近年屠作《曇花記》，忽以木清泰為主，嘗怪其無謂。一日，遇屠於武林，命其家僮演此曲，指揮四顧，如辛幼安之歌「千古江山」，自鳴得意。余於席間問馮開之祭酒云：「屠年伯此記，出何典故？」馮笑曰：「子不知耶？木字增一，蓋成宋字；清字與西為對，泰即寧之義也。屠晚年自恨往時孟浪，致累宋夫人被醜聲，侯方嚮用，亦因以坐廢，此懺悔文也。……今馮年伯沒矣，其言必有所本，恨不細叩之。〔註79〕

沈璟嚴守音律，持論極高，但凡傳奇劇本有音律不協者，多有改本或予以嚴評，因此，有些曲家在音律上擁護他的主張，形成了「吳江派」風格。譬如：湯顯祖《牡丹亭》的舞台演出，便多有音律不協之處，沈璟實難以忍受，遂擅改之，詎料，此舉讓湯顯祖相當不滿，從此引發無法收拾的「沈湯之爭」。至若，音律的協與不協，主要還是著眼於舞台搬演的效果，因此，徐復祚乃謂屠隆「未守沈先生三章」所以然也。沈德符以為屠隆演劇唱曲「如辛幼安之歌，千古江山，自鳴得意」則是站在詞的正宗與變體不同。宋代的「詞」是可以唱的，以

〔註76〕〔明〕呂天成：《曲品》，〈屠隆〉（北京：中華書局，1990年），卷上，頁65。

〔註77〕〔明〕祁彪佳：《遠山堂劇品》，〈豔品‧曇花〉（北京：書目文獻出版社，1991年），頁1453。

〔註78〕〔明〕徐復祚：《三家村老曲談‧屠隆傳奇》，收錄於俞為民、孫蓉蓉編：《歷代曲話彙編》明代編第二集，頁262。

〔註79〕〔明〕沈德符：《顧曲雜言》，〈曇花記〉（北京：中華書局，1985年），頁7。

晏殊、李清照的婉約一派為正宗，有別於蘇軾、辛棄疾的豪放一派變體詞風。沈德符所以拿辛棄疾的詞風來暗指屠隆《曇花記》的音律不協，正如李清照批評蘇軾詞「然皆句讀不葺之詩爾，又往往不諧音律者。」〔註80〕皆是意有所指變體詞風拗口，難以諧音入律演唱。

　　舞台演出強調演員音律唱腔的視聽效果，案頭文章偏重讀者閱讀時的心靈感受，兩者的受眾回饋是不一樣的。綜觀《曇花記》一劇，論音律節奏者，其劍鋒所指，皆在舞台搬演上的視聽效果適當與不當。徐復祚端出沈璟，沈德符暗指辛棄疾，同樣都在說明戲曲的音律節奏問題。

　　再如，論情節內容者，屠隆所作《曇花記》具有濃厚的宗教立意味道，根柢是懺悔文，不無欲藉戲曲以為世間俗眾助道，在於勸善懲惡、警世醒人，使觀眾能於觀劇後有所覺悟、持戒修行，俾以出離輪迴。作如是觀，則道觀佛寺儼然成為文人士大夫另一處觀劇聽曲的場域。根據《棗林藝簀》記載：

> 萬曆丙戌八月，歙縣汪道昆、鄞縣屠長卿隆輩集西湖之淨慈寺，仁
> 和卓明卿、餘姚徐桂為地主，倡「西泠社」。〔註81〕

屠隆攜家樂至道觀佛寺演出《曇花記》傳奇，其活動的行跡，曾在杭州西湖近郊的「淨慈寺」留下演劇的紀錄。又，《西湖夢尋》亦如是記載：

> 甬東屠隆於淨慈寺迎師觀所著《曇花》傳奇，虞淳熙以師梵行素嚴
> 阻之。師竟偕諸紳衿臨場諦觀，訖無所忤。寺必設戒，絕釵釧聲，
> 而時撫琴弄簫，以樂其脾神。〔註82〕

屠隆家樂此番入寺演劇，雅集了僧人與諸紳蒞場諦觀，打破佛寺清修、寺必設戒的禁令。遑論屠隆意在逞才？抑或醒世？都贏得「淨慈寺」高僧的品評有加。蓮池大師（1535～1615）即言：「上選者有羅懋登所著《觀世音香山修行記》、鄭之珍《目連救母勸善戲文》，及屠隆《曇花記》等，以出世間正法感悟時人。」〔註83〕蓮池大師乃淨土宗第八代祖師，與紫柏真可、憨山德清、蕅益智旭三人，並稱明末四大高僧。蓮池大師認為：看戲的原則，應該以編寫古今事略而作為排場的戲曲為佳，屠隆的《曇花記》有凡塵助道之功效，自當可選

〔註80〕〔北宋〕李清照：《李清照集箋注》，〈詞論〉（上海：上海古籍出版社，2013年），卷3，頁289。

〔註81〕〔明〕談遷：《棗林藝簀》，〈西泠社〉（北京：中華書局，1991年），頁17。

〔註82〕〔明〕張岱：《西湖夢尋》，〈西湖外景・雲樓〉（濟南：齊魯書社，1996年），卷5，頁55。

〔註83〕〔明〕蓮池大師：《竹窗隨筆》，〈伎樂〉（台南：和裕出版社，2011年），頁103。

為上乘之作。

　　《曇花記》的宗教立意，不僅在佛門聖地拈花一笑，也讓士大夫鄒迪光持戒修行。鄒迪光曾邀屠隆家樂入「慧山寺」演劇，歌舞曲宴，為歡竟日。此次文人雅集者：俞羨長、錢叔達、宋明之、盛季常等諸君，皆為座上賓客。曲宴會後，鄒迪光賦詩三首：

　　　　其一

　　　　丹崖細草翠平鋪，列席頻呼金巨羅。樹杪妖童歌嬝嬝，花間醉客舞傞傞。辟兵節近傳蒲艾，招隱人來坐薜蘿。齊楚當年盟尚在，詞壇牛耳奈君何。

　　　　其二

　　　　誰唱新聲道梵宮，曇花此夕領春風。那知竺國多羅義，只在梨園傀儡中。柘鼓輕摐留白日，刀環小隊踏飛虹。人生何可長拘束，酒色聲聞理字通。

　　　　其三

　　　　百罰深杯醉不辭，追懽猶似少年時。越兒解作巴俞舞，吳管能調敕勒詞。倚檻文魚樂在藻，窺簾飛鳥觸游絲。金烏景匿還秉興，踏葉穿花信所之。〔註84〕

戲曲的風世教化，繼承了儒家「文以載道」的文學傳統，形成與文藝思想有著密切的紐帶聯繫、不僅士大夫受儒家思想影響甚深，一般市民百姓也潛移默化在其中。因此，教化之道，除了倫理道德教化外，政治教化也在君王的高壓政策下實施森嚴。另一方面，宗教的倫理道德教化大多不離儒家思想的規範，亦在揚善懲惡、感化世人，以弘揚教義、度化俗眾為責任，故對重整社會良善美俗的秩序，具有諷諭世間的重要作用。

　　在被看與觀看之間，家庭戲班的演出形成了主客微妙的權力交流，這種關係源於觀劇過程中的心靈觸動，使人願意施於教化，而不是厭棄陳腔教條。故此，宗教教化的內容情節，不能倚賴艱澀深奧的教條義理，必須符合一般大眾程度與需求的世俗化，才能有效地引導俗眾誠心規行，俾以達到宗教教化人心的功能。王陽明曾曰：

〔註84〕〔明〕鄒迪光：《鬱儀樓集》，〈五月二日，載酒要屠長卿暨俞羨長、錢叔達、宋明之、盛季常諸君入慧山寺飲秦氏園亭，時長卿命侍兒演其所制《曇花戲》，予亦令雙童挾瑟唱歌，為懽竟日，賦詩三首〉，卷23，頁619。

今要民俗返樸還淳，取今之戲子，將妖詞淫調俱去了，只取忠臣孝子故事，使愚俗百姓人人易曉，無意中感激他良知起來，卻於風化有益。〔註85〕

文學批評不止於對文本做出闡釋，還要能通過作品的闡釋向社會發聲，並影響群眾的行為。同樣地，搬演戲曲除了娛樂功能外，也要對俗眾負起教化的責任，從而彌補俗眾知識的不足。尤其，情節內容具有宗教立意者，不僅是穩定社會人心的力量，也能使揚善懲惡的律令讓人所願適從。孫玫曾言：

就中國傳統戲曲而言，儘管在傳統社會裡也曾有文人把儒家「文以載道」的傳統引進戲曲，借高臺以施教化，但這種「教化」首先也還得服從於戲曲的娛樂和審美。〔註86〕

戲曲具有教化功能，自不待言。孫玫進一步認為：這種「教化」首先還得服從於戲曲的娛樂和審美。在傳統中國，戲曲表演是人們的主要娛樂形式之一，一般市民喜在勾欄瓦舍看戲，文人則有自己的家庭戲班。對於知識不普及的傳統中國來說，文盲和半文盲市民仍佔大多數。他們對於各種知識和信息的來源與傳播，不是通過讀書獲致，而是經由看戲和聽書來接受傳統社會的主流價值。相對於文人的觀劇態度，他們同樣具有看戲娛樂的功能，但是，因為藝術的審美作用，他們還具有與市民不同層次的觀劇感受。

文人的思想、知識和信息來源，大抵是通過讀書咀嚼獲致。而戲曲藝術的審美作用，讓他們在觀劇時，與市民同樣產生心靈上的觸動，但這種心靈觸動的投射現象，卻與市民觀劇有不同層次的感受。譬如：戲曲的教化功能，在士大夫鄒迪光身上確實起了很大的作用，鄒迪光曾在觀演《曇花記》戲散，有感賦詩：

其一
幾年心在法雲邊，選伎微聲亦偶然。鳳曲不留驚燕罷，一時火宅有青蓮。

其二
千金教舞百金歌，《激楚》《陽阿》奈若何。嘗鼎未多先屬饜，桃花一夜付流波。

〔註85〕〔明〕王陽明：《王陽明全集》，（台北：河洛圖書出版社，1978年），卷3，頁113。
〔註86〕孫玫：《中國戲曲跨文化研究》（北京：中華書局，2006年），頁96。

其三

長將舊譜定新詞，教得延年絕代奇。擲盡豪華不復問，回身竺國禮
摩尼。

其四

掛冠歸隱鬢猶玄，絲竹東山二十年。世事真同傀儡戲，何如天外領
鈞天。

其五

伊州一曲動簾帷，驚得梁塵處處飛。不是主人憐玉淺，長齋新著水
田衣。

其六

青絲為織善清謳，牙板輕敲木葉流。今日周郎懶回顧，抱琴一任過
他舟。〔註87〕

鄒迪光以七絕詩六首示曲師朱輪，並解散鄒家兩部家樂：女樂班、優童班。細
看第一首詩的一、二句「幾年心在法雲邊，選伎徵聲亦偶然。」與第六首詩的
三、四句「今日周郎懶回顧，抱琴一任過他舟。」適巧作為此組詩「起」與
「合」的前後縮結，而中間的「承」與「轉」則耽樂於歌舞聲伎、擲盡人生的
豪華歲月。是謂：人生苦短，世事無常，以出離生死輪迴，內省回頭是岸，表
達自己對人生的體悟。

　　《曇花記》是一齣具有宗教立意內容的戲曲，旨在以世間正法來感悟時
人，使人主動助道。然而，鄒迪光平日行為「惡」在何事？此劇對鄒迪光又是
勸懲何「惡」？回到屠隆作《曇花記》的文本上來看，其宗教助道的力量甚深，
創作立意自然源於繁華一瞬的生活感觸，除了對宋夫人的愧疚外，也是對自我
內省的一種懺悔錄，與張岱〈自為墓誌銘〉一文如出一轍。屠隆曾言：

　　余見士大夫居鄉豪腴，侈心不已，日求田間，舍放廣，東西奔走，
　　有司侵削里閭，廣亭樹，置器玩，多童奴，飾歌舞，烏身勞冗，略
　　御休息。一朝權殞，飛煙冷風。余以靜中眼觀之，如醒觀醉，加覺
　　觀夢，亦可嘆矣。嗟乎！人生百年，露電耳，盡力營繕，而凋散轉
　　師之間，福空業在，多生積迷，一悟可解也。〔註88〕

─────────

〔註87〕〔明〕鄒迪光：《調象庵稿》，〈余閱搬演《曇花》傳奇而有悟，立散兩部梨園，
　　　　將於空門置力焉，示曲師朱輪六首〉，卷21，頁674。
〔註88〕〔明〕屠隆：《鴻苞》，〈醉夢〉（濟南：齊魯書社，1995年），卷21，頁351。

事實上，鄒迪光之「惡」自然非俗眾所謂的惡行惡狀，這種與市民觀劇有不同層次的感受，便是通過戲曲藝術的審美作用，對人生價值有了與眾不同的覺悟。當鄒迪光自行遣散家庭戲班時，諸多藝文人士紛來勸阻，潘之恒即為其一。潘氏曾曰：「時主人將散其群，余抗言復留，語多激烈，亦念其楚楚耳。」〔註89〕又於詠〈贈何文倩〉詩題序，曰：「鄒長公以老，傳移居錫山，將省歌舞之半，分棲外舍。余陳詩乞還舊觀，即召入以劇娛客，觀賞如初。」〔註90〕後，其子鄒德基不善經營家樂，優伶終告四散，有部分生、淨演員輾轉入了田弘遇家樂。

　　戲曲在藝術形式上的審美作用，文人本來就和市民有不同層次的觀劇感受，兩者都有娛樂的功能元素存在，但文人意識的審美視野是市民俗眾所不能及的。因此，在家班獻藝演劇下，文人的品評話語便隱含著文化權力的關係，具有賓主之間所衍生出被看與觀看的話語建構。是以，屠隆所作《曇花記》使鄒迪光觀劇後而悟道，在「宗教教化」與「藝術審美」的戲曲功能上，鄒迪光來回游移、轉換於兩重人性內蘊的意義範圍——一種自我存在與認同的價值思考，最終使個人情感獲得淨化。

第三節　家樂曲宴：山水寄興的文化意涵

　　表演空間是家樂主人實踐戲曲活動的文化場域論。明人好遊歷山水的風尚，影響了家樂主人除了園林戲台外，多了另一項家樂表演場域的選擇。他們攜家樂出遊，或在山水間歌舞自娛，而「遊」文化提供家樂曲宴一種全新的時空格局。一方面，家樂主人隨著空間的生活意義提升，有了以山水為寄興的空間話語；另一方面，新的表演空間秩序重建，促成了家樂曲宴文人觀劇的心理空間轉換。湯顯祖曾言：

　　　　知者樂山，仁者樂水，此皆天下之閒人也，即有閒地焉而甘之。〔註91〕

從晚明的政治風險與不確定性挑戰，乃至經歷明清易代的惆悵興亡，對於曲家文人而言，內在騷動不寧的心靈和自我實現的需求，充滿著舉步維艱的人

〔註89〕〔明〕潘之恒：《鸞嘯小品》，收錄於俞為民、孫蓉蓉編：《歷代曲話彙編》明
　　　　代編第二集，頁225。
〔註90〕〔明〕潘之恒：《鸞嘯小品》，〈贈何文倩〉，收錄於俞為民、孫蓉蓉編：《歷代
　　　　曲話彙編》明代編第二集，卷3，頁222。
〔註91〕〔明〕湯顯祖：《湯若士小品》，〈臨川縣古永安寺復寺記〉（北京：文化藝術出
　　　　版社，1996年），頁75。

生抉擇。何去何從的感慨情懷，是晚明文人的心理空間寫照，也是文人浸淫在家庭戲班裡必須回答的問題。在家樂曲宴的文化氛圍裡，他們可能是樂水者，譬如：馮夢禎的西湖演劇；可能是樂山者，譬如：祁彪佳的寓山演劇。遑論樂水者，抑或樂山者，家樂主人以山水為寄興的心理空間轉換，相較於他們對社會生活所負載的時代精神與時代情緒，皆有著個人與家族生存發展等重大影響。

一、樂水忘情：馮夢禎的西湖演劇

　　明人好遊歷，尤以山水為勝，家庭戲班選擇以舟湖為演劇場域的文人不在少數。他們攜家樂出遊，自在無羈，喜歡舟舫泛湖，搬演於船上。白天，賞青山水景，聽伶聲若禽，宛囀不已；入夜，燈火縈繞，歌舞喧囂，達旦不寢。這些文人家樂的表演場域不在陸上園林，而是以舟舫為戲台。在飛觴湖水的氛圍中，賓主倚坐甲板看戲聽曲，不啻人生一大樂事。

　　施紹莘（1581～1640）有畫舫一艘，常攜家樂出遊。「復造一畫舫，命曰『隨庵』。……攜六七童子，吹洞簫，拍象板，鼓檀絲，唱自製詞。」〔註92〕又，汪汝謙（1577～1655）在其著作《西湖韻事》記載：「或為長夜之遊，選伎徵歌，集於堤畔。」〔註93〕又，毛際可（1633～1708）曾言汪汝謙的戲船，曰：「余少時，聞武林有汪然明先生，……先生置舫曰『不繫園』，桂揖蘭撓，宏麗特甚。每四方名流至止，必選伎徵歌，連宵達旦。」〔註94〕又，張岱的祖父張汝霖，萬曆二十三年，進士及第，官至廣西參議；父張耀芳屢試不第，僅副榜出身，薦為魯藩右長史。在其妻勸慰下，張耀芳「遂興土木，造船樓一二，教習小僕，鼓吹戲劇。」〔註95〕另外，尚有馮夢禎、朱雲崍、屠隆等人，他們也常攜家樂遊賞西湖，鼓吹歌舞。本小節將以馮夢禎家樂為例，說明舟湖搬演的文化意涵。

　　（馮夢禎）先生久寓武林，花朝月夕，必攜家樂湖航，為竟月遊。……

〔註92〕〔明〕施紹莘：《秋水庵花影集》，〈柳上新居【南仙呂入雙調】套曲尾文〉，卷1，頁237。
〔註93〕〔明〕汪汝謙：《西湖韻事》，〈不繫園集〉（台北：新文豐出版社，1989年），卷1，頁8。
〔註94〕〔清〕毛際可：〈遺詩序〉，收錄於汪汝謙《春星堂詩集》（上海：上海古籍出版社，2010年），卷5，頁138。
〔註95〕〔明〕張岱：《瑯嬛文集》，〈家傳〉（北京：故宮出版社，2012年），卷4，頁96。

稍稍娛情絲竹，放歌山水，世又以是議先生，先生嘿而不答，嗟乎！

太上忘情，餘各有寄興。與其蠅營一官，蟻逐金窟，與夫獨往獨來，

浪跡方外之為快哉。〔註96〕

馮夢禎，字開之，號具區，又號真實居士，浙江秀水人（今浙江省嘉興市）。明神宗萬曆五年，會試會元，殿試二甲第三名，選庶起士，授翰林院編修，官至南京國子監祭酒。會試科考時，馮夢禎與湯顯祖結識而相熟，和湯氏一樣，馮氏也與張居正不合，又因闊略酬對、京察浮躁，不能盡從關說。萬曆二十六年，被歐陽鳳彈劾而去職。致仕後的馮夢禎，遂築室於西湖孤山之麓。江浙故里，湖水浮堦，雲嵐團戶，因收藏王羲之〈快雪時晴帖〉，故其宅邸名曰「快雪堂」。

晚明文人在山水遊歷的心態上，已然產生更複雜的心理變化，明顯帶有政治失意而不得不寄寓於此的浪遊情懷。以舟舫泛湖來娛情絲竹、放歌山水，進行文人獨有的生命情調與文藝活動。馮夢禎的樂水，在於忘情而有寄興，意味著士大夫攜家樂泛湖遊藝的自我放逐。從「舟湖搬演」這個可移動式的表演空間來看，家樂主人生活方式的自適自在，不囿限於陸上搬演戲劇，舟湖演劇同樣可以滿足文人士大夫在政治失意上的某種精神缺憾。

馮夢禎敏而好學，工詩文，善書法，個性耿直率真，師事泰州學派羅汝芳，講性命之學，也從王錫爵之女曇陽子學道。萬曆十五年，因被讒而謫降杭州，期間參與佛經《嘉興藏》的募刻校勘與編輯，故而喜近禪僧；又習淨土宗，常與紫柏真可修念佛法，因此，對儒釋道三家均有涉獵。除此之外，馮夢禎徵歌選伎，組織家庭戲班，意態宴遊於湖航之間，因與屠隆交好，常互邀彼此的家樂樓船舟遊，絲竹歌舞，唱會於西湖。安徽歙縣太學生汪汝謙（1577～1655）在〈西湖紀遊〉一文中記載：

（馮夢禎）有時泛輕舫，挾歌伎，焚香淪茗，徜徉兩湖之間。〔註97〕

馮夢禎致仕後，徜徉兩湖之間——浙西西湖與吳中太湖——一個開天闊地的遊居空間。錢謙益評曰：「風流弘長，衣被海內，謝安石之攜伎采藥，房次律之鳴琴弈棋，天下以王佐歸之，固不以用不用為軒輊也。」〔註98〕由於妙解音

〔註96〕〔明〕丁元薦：《尊拙堂文集》，〈祭馮司成〉（濟南：齊魯書社，1997年），卷11，頁181。

〔註97〕〔明〕汪汝謙：《西湖韻事》，〈西湖紀遊〉，卷5，頁72。

〔註98〕〔清〕錢謙益：《列朝詩集小傳》丁集下，〈馮祭酒夢禎〉，頁620。

律，對茶品鑽研亦深，馮夢禎的文人生活場域，不再囿於陸上孤山之麓的別墅，「舟湖搬演」成為另一處文人聚會的移動空間，而西湖也成為他主要晨昏相親的精神家園。

　　從政治的韁鎖中解脫開來，超越俗世名累與利祿之慮，在不斷建構理想的文人生活過程中，選擇與山水貼近，對自我生命的關注給予最妥適的安頓，自古以來，便是文人所追求恬淡曠達的生活方式。馮夢禎在閒逸生活與歌舞喧嘩之間，歸隱林泉，尋找山水清音，開始茗酒交友，談禪度曲，鑑書賞帖，觀劇聽曲，完全從政治失意中逍遙逸出。

　　對於「山水遊歷／舟湖搬演」的文人曲藝生活樣貌，就西湖泛舟的「歌吹為風，粉汗為雨，羅紈之盛」〔註99〕一類的江南文人文化意涵來看，江南湖泊水澤多，成為建造園林最天然無缺的自然景觀。文人家樂除了園林演劇外，舟湖搬演是另一處開天闊地的戲台，而以「西湖」場域最受文人士大夫的喜愛。「文人家樂」如何成為士大夫致仕後的身分轉換的生活重心？又如何一窺舟湖搬演之究竟？《快雪堂集》記載：

> 八月十五，大晴。

> 屠長卿、曹能始作主，唱西湖大會，泛於湖舟。席設金沙灘陳氏別
> 業，長卿蒼頭演《曇花記》，宿桂舟，四歌姬從羨長、東生、允兆諸
> 君小敘，始散。〔註100〕

明神宗萬曆三十年，屠隆邀約馮夢禎、曹學佺等人，聚會於西湖近郊，觀看《曇花記》一劇。屠隆躬踐排場、徵歌度曲，常雅集文人泛舟遊湖，與賓客好友同賞家樂優伶的演出，而舟舫歌舞，快意人生，一船之人皆耽樂於聲伎之中。隔年，萬曆三十一年，改由馮夢禎家樂演出《拜月亭》一劇，屠隆（沖暘）等人則受邀隔船觀劇，而湖波蕩漾，舟舫歌舞，屠隆大加讚賞。

> 七月十一日，晴。

> 包襲明物色，相見有字，相聞久之，同屠沖暘樓船至矣。出關入，
> 余舟遂拉過其船，船以為館，留余敘張樂演《拜月亭》，樂半，余諸
> 姬奏，伎隔船，沖暘大加賞嘆。〔註101〕

〔註99〕〔明〕袁宏道：《袁中郎全集》，〈西湖雜記・晚遊六橋待月記〉（台北：偉文圖書出版社，1976年），卷2，頁52。
〔註100〕〔明〕馮夢禎：《快雪堂集》，〈日記・壬寅〉，卷59，頁54。
〔註101〕〔明〕馮夢禎：《快雪堂集》，〈日記・癸卯〉，卷60，頁74。

《快雪堂日記》記載的過程，是馮夢禎在建構自己理想的文人生活意境。在歸隱之際，與自然貼近，追求林泉高致，不忘寄情曠懷，而家樂曲宴的遊歷書寫再現與敘述策略，遂成為編織迥異於園林聲伎的家樂場域論述。馮夢禎以家樂主人第一手資料——日記的建構譜系，寄興於舟湖搬演，對一個充滿象徵性與歷史感的「西湖」場域而言，有極大的情感向心力，表現出一種閒適的文人生活意境。

> 七月十七日，晴。
>
> 早移舟，靚園尋往斷橋，迎屠沖暘先生。既午，過屠舟久之，包儀甫至，遂過大舟。先令諸姬隔船奏曲，始送酒作戲。是日，演《紅葉》傳奇，坐又久之，包襲明至。將晚，俞羨長至。晚風雨作，二更別，沖暘先生舟返靚園。〔註102〕

一週後，屠隆等人再度為馮夢禎受邀。西湖的山水秀色，波紋如綾，文人往遊之興，隔船觀劇，而湖波蕩漾，溫風如酒，舟舫依舊歌舞，終日醺醉。時正在更，風驟四布，至二更始道別。《快雪堂日記》記載舟湖搬演的過程，便是通過家樂主人的遊歷書寫，呈現時代場域的氛圍，以見其馮夢禎與友朋徜徉在西湖及其周邊之間的互應關係，使得「西湖」場域成為一個充滿審美情韻、且終生不倦於斯的文化生活空間。

　　馮夢禎的文人生活，雅好山水攬勝，其「舟湖搬演」則展現了文人情志交流的另種風貌。平均每年會有三至四次，馮夢禎攜家樂出孤山別墅，遠遊搬演，時間短則數天，長達一月有餘，其足跡範圍大致上是以吳中為中心，遍及蘇州、嘉興、無錫、越中、湖州、嘉善、宜興、昆陵、蕭山、南京等地，其中，又以蘇州為主要遊歷勝地。《快雪堂集》記載：

> 八月二十二，晴。
>
> 早迎五歌姬到舟，三兒俱至湖莊，拜壽侯姥。挈新買之妓，移楢舟中為壽。新妓至西泠，先別姚叔度，來挈伯道，舊童碧綵同白苧唱曲，離師日久已，損舊調益，令家姬縱橫於斷橋。侯姥行安，小范同叔度、羨長坐，久之，姚童家姬各奏一曲。初更別，以明日之約復有他阻，特來消此緣耳！夜微雨。〔註103〕

這則日記刊錄於癸卯年，明神宗萬曆三十一年，距離馮夢禎辭世尚存三年。追

〔註102〕〔明〕馮夢禎：《快雪堂集》，〈日記‧癸卯〉，卷60，頁74。
〔註103〕〔明〕馮夢禎：《快雪堂集》，〈日記‧癸卯〉，卷60，頁75。

憶往昔家樂曲宴上的迎迓之禮，不論晴日或雨夜，也不論拜壽或會友，咸能舟遊於湖上張樂演戲、歌舞奏曲，使賓主相歡而散。

在西湖山光水色映照之下，領略晚明江南文人「山水遊歷／舟湖搬演」充滿詩意的文化審美空間。回溯歷史的遺跡，多少文人以「西湖」為場域，演繹著各種文化意象，以及各自的戲劇人生。馮夢禎的「舟湖搬演」，透過家庭戲班向表演場域展現文人生活的另類樣貌，並以非實用性的家樂「物」為基礎，耽溺於晚明物質文化的風景，而其文化隱喻確實有社會風尚的歷史脈絡，是可謂藉此一窺晚明社會「遊」文化的大門。

> 五月初三，陰雨。
>
> 早粥後，離長溪，途中遇景，情物色甘，子開船已。維杉青閒知，飲於屠沖暘園中。就之，沖暘與黃宇恭作主，甚喜。余來演《驚鴻記》，往十年前，曾款徐大來宅，看一過夜別，子開並舟行，又二里而別。〔註104〕

在西湖山水之間，滌淨了歷來無數文人士大夫在政治上的名利與爭鬥。甲辰年，明神宗萬曆三十二年，距離馮夢禎辭世尚存兩年。此刻，馮夢禎的心靈處於一種自由、舒適的休閒狀態。一幅西湖夜景，泛湖耽樂，而友朋並舟觀劇，度曲與吹簫在山水之間響起，更為夜遊西湖的文酒聽曲增添雅致。

誠然，園林與家樂不能畫上必然關係，但是，考其文獻，馮夢禎並無建造園林，其家樂也未曾在園林戲台上搬演過。另一方面，晚明文人性喜遊歷山水的風尚，常常不是攜家帶眷，便是雅集同好者泛舟攬勝、歌舞撫琴，至若觀劇，則非旬月而不歸。馮夢禎頻頻攜家樂出遊演出，自然與此風尚脫離不了關係。

俞懋相（1573～1620）字元簡，號季暘，明神宗萬曆年間諸生，曾作〈馮司成招集梅花莊，出歌姬佐酒，次年復遊，而司成已故，感賦此詩〉一首，詩云：

> 司成娛客地，零落幾人哀。高館啼黃鳥，空除見綠苔。容華隨淚盡，歌舞逐愁來。此日孤鸞調，吹彈向夜台。〔註105〕

就家樂曲宴的演出場域而言，舟湖搬演仍保有文人雅集的私密性，以及不受俗世干擾的可移動性，因此，演出場域的功能便利性也就極其重要。一部家樂的

〔註104〕〔明〕馮夢禎：《快雪堂集》，〈日記‧甲辰〉，卷61，頁82。

〔註105〕〔明〕俞懋相：〈馮司成招集梅花莊，出歌姬佐酒，次年復遊，而司成已故，感賦此詩〉，收錄於〔清〕沈季友編：《檇李詩繫》，〈俞太學懋相〉（台北：台灣商務書局，1979年），卷15，頁36。

所有家當，除了優伶、樂師與雜役等「人」的部分外，餘如服飾、道具、樂器，以及飲食起居等「物」的部分，林林總總，不可勝數。家樂主人若攜樂出遊搬演，東西的往來搬運與搭建，便是一項浩大工程。當然，龐大的開銷自不待言，但對於曲家文人來說，他們的考量並不在此，他們會以自娛和應酬作為個人的喜好而存在。故從俞懋相的詩作中可以窺知，嗜戲如癡的馮夢禎，直到病歿前一年，仍然浩浩湯湯攜家樂出遊，耽樂於歌舞聲伎之中。

在晚明文人家班中，馮夢禎家樂稱不上是角兒名班，但對於習染佛禪的他來說，從政治舞台出場後的文人生活，也非狂歡在耗費鉅資的園林之中。馮夢禎營造宅邸「快雪堂」，其名號由來，自然彰顯出他不是庸俗的物質主義者。雖耽溺於家樂「物」的享樂，雖有經濟生活的逼側，但馮夢禎心靈所及之處，選擇快意無羈的樓船遊歷生活，才是他在私人空間中精彩自適的人生。

相對於園林聲伎，晚景的馮夢禎徵歌度曲於泛舟之上，自娛娛人的心境，迥異於園林主人的豪奢排場。南京禮部尚書李維楨（1547～1626）評曰：「為文人、為良史、為豪士、為直臣、為清吏、為逸民、為禪宗，要不可以一節名矣。」〔註106〕又，浙西詞派宗祖朱彝尊（1629～1709）評曰：「歸田之後，間娛情聲伎，徵歌酒宴，望者目為神仙中人。」〔註107〕二人所評之語，皆指出晚年的馮夢禎，似乎更傾向做一個息焉遊焉、度曲拍板的閒人。

二、樂山移情：祁彪佳的寓山演劇

明清時期，戲曲、小說成為新的文體寵兒，詩文書畫的文人雅集，也隨之轉變成為觀劇聽曲的家樂曲宴。其中，建有園林又有組織家庭戲班的文人，他們的文化活動除了賦詩觸詠、臨帖摹畫、品茗賞花外，許多家樂主人還會佐以堂會演出，耽溺於文人趣味與閒情生活之中。

文人雅集，選擇「園林」歌舞曲宴，兼以詩文書畫聚會，閒適而風雅，既滿足了文人的生活品味，又能提高自己的文化涵養。這些財力雄厚的文人，在城市或郊原建造園林，窈然深鎖在高牆之內，這一牆之隔，隔出的不僅僅是一處遮風避雨的豪華宅邸，也隔出了俗世之外為自己營造一方託寓寄情的天地。

文人雅集所圍繞的是士大夫群體特有的文化身分。因此，在一定程度上，

〔註106〕〔明〕李維楨：《大泌山房集》，〈馮祭酒家傳〉（濟南：齊魯書社，1997年），卷66，頁38。

〔註107〕〔清〕朱彝尊：《靜志居詩話》，〈馮夢禎〉（台北：明文書局，1991年），卷15，頁441。

雅集活動需要有特定的空間,使文人之間能「談笑有鴻儒,往來無白丁。」〔註108〕私家園林無疑是最佳空間,也是最多文人家樂喜愛的表演場域。王穉登(1535~1612)曾云:「城中丘壑秀,何用入煙尋。」〔註109〕文人既要享受山林之趣,又要屏蔽俗人俗事的干擾,閒逸雅趣的園林宅邸,是極具私密性的雅集場所。本小節將以祁彪佳最負盛名的「寓山園」來說明戲曲搬演的家宴活動,以及所隱含的文化意義。

祁彪佳,字弘吉、虎子、幼文,號世培,別號遠山堂主人,浙江山陰人(今浙江省紹興市人),明末政治家、戲曲家。明熹宗天啟二年,進士及第,歷仕蘇松巡撫,官至都察院右副都御史。明思宗崇禎四年,祁彪佳因對時局有深切的洞察體認,故不計利害指陳時弊、建言獻策,可惜不見容於朝堂,終獲罪當時的首輔周延儒。徹底看清官場黑幕後,祁彪佳「乞歸養母之志」〔註110〕,憤而辭官。至崇禎末年始復官,而時值清兵入關,祁彪佳力主抗清,可惜大勢已去,明亡,南明小王朝仍持續苟延殘喘。清世祖順治二年(1645)六月底,清廷招撫祁彪佳入朝為官,祁彪佳不為所動。同年,閏六月六日(1645年7月28日),南京陷,杭州亦陷,祁彪佳自沉殉節,以死明志。南明隆武帝贈少傅兼太子太傅兵部尚書,諡忠敏。

作為一位蒿目時艱、勤於政事的士大夫而言,祁彪佳在任蘇松巡撫時,政聲頗著,朝野仰目,而「民風利弊,獄情錢谷,無不洞若觀火,迎刃而解。」〔註111〕另一方面,作為一位文才斐然、精於戲曲的文人來說,祁彪佳謙稱自己「予素有顧誤之癖」〔註112〕,在仕宦期間,交游廣闊,經常請益曲家前輩,諸如:王思任、葉憲祖、陳汝元等人;也常與同儕好友雅集觀劇,譬如:張岱、孟稱舜、董玄、袁于令、陳情表、蔣安然等人。比較特別的是,儘管祁彪佳在戲曲方面的成就斐然,但他和湯顯祖一樣,並無組織家庭戲班。另一方面,祁氏家族都愛看戲,故歌舞家宴,演戲頻頻,屢屢延請優伶至「寓山園」搬演,娛親奉母觀劇,事母至孝。今擇列數條,《祁忠敏公日記》記載:

〔註108〕〔唐〕劉禹錫:《劉禹錫集》,〈詩文補遺‧陋室銘〉(北京:中華書局,1990年),頁630。

〔註109〕〔明〕王穉登:《金閶集》(北京:北京出版社,2000年),卷2,頁35。

〔註110〕〔明〕祁彪佳:《祁彪佳文稿》,〈祁忠敏公日記‧歸南快錄〉,頁1025。

〔註111〕〔明〕祁彪佳:《祁彪佳文稿》,〈祁忠敏公日記‧年譜〉,頁1511。

〔註112〕〔明〕祁彪佳:《遠山堂曲品》,〈敘言〉(上海:上海古籍出版社,2005年),頁308。

崇禎十年，丁丑，四月二十日

奉老母觀戲於寓山，⋯⋯午後觀《荷花盪記》，時金大來、劉北生、
鄒汝功、鄭九華皆至，舉小酌而別，晚值雨。〔註113〕

七月初八日

⋯⋯老母攜諸媳亦至，觀戲於四負堂，本原師來，留之齋。午後小
憩，再觀演《繡襦記》。〔註114〕

十月十九日

冒風出寓山，即歸。老母先令優人演戲，午後邀王雲岫、潘敬渠、
潘鳴岐舉酌，觀《釵釧記》。〔註115〕

崇禎十年，距離明亡尚存六年。在國家劇變時期的心理活動，士大夫內在的焦
慮與苦楚，可謂臻於緊張的極限。從至情人性的隱喻到歷史興廢的記憶，在家
國與生命之間，他們真的瀟灑不起來。因此，祁彪佳在寓山以演劇來娛親，絕
非浸淫在晚明社會的奢靡現象與頹廢享樂。在這個國家即將淪喪的時刻，奉母
觀劇，遠比我們想像的要複雜多了。

　　在文人家樂曲宴中，觀劇聽曲的藝術活動成為文人、以及文人家族閒暇
中的生活日常。歌舞家宴除了自娛娛人、社交應酬、慶典祝壽等內涵外，奉
親娛樂也是其中一個項目。然而，祁彪佳生於明末劇變的時代，江山瞬即改
易，在歷史現實的面前，晚明政局令人不寒而慄。祁彪佳所以能在寓山宅邸
喘一口氣，作為人子而言，以演劇娛親為歡，不妨說是文人將自己暫時沉沒
到崑曲樂音的深層結構裡，守護全家周全的一種安心現狀。另一方面，作為
士大夫的苦境，人生的為難擺盪在節操與人倫之間，有著與生命價值不同的
存在意義。

　　事實上，祁彪佳在京為官時，便經常雅集同好觀劇，即使在政治舞台上
起落頻繁──四進四出，但他對戲曲的愛好已深深根植於性情之中，不因仕
途起落而銳減。對祁彪佳而言，雅集觀劇的文化意涵，不同於一般致仕的文
人士大夫，純粹流連於聲伎享樂、歌舞曲宴以自終。祁彪佳所建造的「寓山
園」宅邸，有更多是政治上無可為之際的省思，大底從《寓山注》中可以讀
出作者的衷曲：

〔註113〕　〔明〕祁彪佳：《祁彪佳文稿》，〈祁忠敏公日記・山居拙錄〉，頁1081。
〔註114〕　〔明〕祁彪佳：《祁彪佳文稿》，〈祁忠敏公日記・自鑒錄〉，頁1432。
〔註115〕　〔明〕祁彪佳：《祁彪佳文稿》，〈祁忠敏公日記・自鑒錄〉，頁1433。

自有天地，便有茲山。今日以前，原是培塿寸土，安能保今日以後，

列閣層軒，長峙乎巖壑哉？成毀之數，天地不免。〔註116〕

祁彪佳出生在一個「詩禮簪纓」的仕宦家族，從小接受嚴格的禮樂詩書教育，亦即自幼便為入仕而作準備。以祁彪佳的稟賦天分和家族背景來看，他的私生活領域，幾乎可以說是擁有最完美的人生，一切都呈現著優渥、美滿與和諧。原本可以在政治舞台上演出經世濟民的政治家面貌，可惜生不逢辰！祁彪佳生活在大明國祚的最後四十餘年，而他致仕於1635年，距離明亡僅剩十年時間。此時，祁彪佳才三十三歲，正值春秋鼎盛，這樣的時代際遇，似乎一開始就潛藏了個人和國家的不安與危機。

士大夫處在國家存亡之際，四海如焚，時局即使令人緊張到了極限，生活情感的餘波，仍舊要傳達彼時的日常情境。因此，在讀書問學之餘，祁彪佳也常與祁氏家族從兄弟，以及姻親張岱等人往來密切，並延請優伶入「寓山園」演劇，作為祁氏家族聯絡情感的家宴聚會之處。今擇列數條，《祁忠敏公日記》記載：

崇禎七年，甲戌，九月初四日

薄暮出柯園，偕薛君亮、鄭九華、陳日譽、劉北生及諸兄弟赴止祥兄席，席間以鼓吹為歡。〔註117〕

崇禎十年，丁丑，九月十八日

作數行，復止祥兄方欲小憩，⋯⋯更舉酌於四負堂，觀《千金記》已，小坐浮景台，觀花火，主客之情甚暢，子夜送之至予村，始分手。〔註118〕

崇禎十七年，正月二十五日，晴

午後，延王雲岫、潘鳴岐、潘完寧小酌，錢克一同翁艾弟（祁彪佳五弟祁象佳，字翁艾）亦與焉。清唱罷，令止祥兄之小優演戲，乃別。〔註119〕

明代文人建造園林，不必然是為了家樂而築館；但是，對於有錢有閒，又嗜戲如癡的文人來說，能擁有一座可供優伶表演的園林戲台，卻是寤寐求之的宿

〔註116〕〔明〕祁彪佳：《寓山注》，〈讀易居〉，明崇禎刊本，卷上，頁6a。
〔註117〕〔明〕祁彪佳：《祁彪佳文稿》，〈祁忠敏公日記‧歸南快錄〉，頁1027。
〔註118〕〔明〕祁彪佳：《祁彪佳文稿》，〈祁忠敏公日記‧山居拙錄〉，頁1098。
〔註119〕〔明〕祁彪佳：《祁彪佳文稿》，〈祁忠敏公日記‧甲申日曆〉，頁1369。

願。在園林之內，文人可以隨時驅遣優伶供家庭自娛，也能雅集同好齊聚觀劇品賞。倘若園林與家樂無法兼得，便尋求補襯，以彌其圓滿。

祁彪佳雖無組織家庭戲班，但是，祁氏家族卻有兩位赫赫有名的家樂主人：其一，從兄祁豸佳，字止祥，號雪瓢，家樂有一名出色的優伶，喚作「阿寶」。其二，姻親張岱，而張氏家樂綿延三代，始於第一代祖父張汝霖，第二代父親張耀芳，張岱自己是第三代傳人。因此，對於如此豐裕可用的戲曲文化資本，祁彪佳自然無虞可寧，頻頻延請優伶至「寓山園」搬演，不論是祁氏家族之間的情感聯絡，抑或賓朋好友的曲宴雅聚，都是社交應酬的往來日常。

> 崇禎五年，壬申，十二月初二日
> 予仍出就稽山會館訪客，再晤汪月掌，座上值張篤籧、又晤吳鹿友、向王東里，請假入陸園，邀金雙南、吳儉育、吳磊齋、李鹿胎、黃王屋，劉闇然、喬聖任飲，觀小優《桃符記》。〔註120〕
>
> 崇禎十七年，甲申，三月初五日
> 午後，潘鳴岐、王雲岫、潘完宵、潘益儒、潘宗魏共舉五簋之酌於四負堂。與席者張軼凡、陳長耀、戴遠明、方無隅、翁艾弟；二兄邀錢克一、金雲生、李慰蒼，以絃索歌曲侑之，又侑錢環中女樂四人。及晚，復向西澤呼女優四人，演戲數折，極歡而罷。〔註121〕

祁彪佳建有多處園林別業，諸如：「寓山園」、「陸園」、「柯園」、「密園」等，但還是以「寓山園」為主要日常生活場域。這些宅邸都曾延請優伶入園搬演，目的或家庭娛樂、或娛親祝壽、或吉祥慶典，不一而足。其中「寓山園」的四負堂、四經堂、選勝亭、浮景臺等處，則是祁彪佳最常雅集文人聽曲宴飲的地方。

表面上，「寓山園」宅邸的建造與雅集文人觀劇，讓祁彪佳襲染了晚明文人的身分和閒雅的生活情調，因而在他的身上，格外清晰地折射出士大夫的政治理想和文化身分的矛盾與糾纏。然而，在深層的文化內涵上，所樂者在此，而不在彼。祁彪佳明鏡透徹，他認為「寓山園」的宅邸建造與生活場域，不過就是「眼看他起朱樓，眼看他宴賓客，眼看他樓塌了。」〔註122〕物質文化的倏忽往來與遷化，終究是無所淹留，因此，何不往心隨意，最是痛快！

〔註120〕〔明〕祁彪佳：《祁彪佳文稿》，〈祁忠敏公日記‧棲北冗言〉，頁988。
〔註121〕〔明〕祁彪佳：《祁彪佳文稿》，〈祁忠敏公日記‧甲申日曆〉，頁1371。
〔註122〕〔清〕孔尚任：《桃花扇》第四十齣，〈餘韻‧離亭宴帶歌拍煞〉（台北：里仁書局，2000年），頁321。

> 以境遇論，惟適然而來，適然而止，來不知其所來，止不知其所止，
> 庶幾乎境遇之樂，無殊性分耳。乃若營精藻翰，溺志歌舞，有意以
> 為之者，皆苦因也。〔註123〕

「寓山園」宅邸，是祁彪佳迎迓賓客入園觀劇的地方，具有寄「寓」此新，移情於「園」的文化意涵和情感溫度。園中建物以「四負堂」最常作為搬演戲曲的場域，故言稱：「溺志歌舞，有意以為之者，皆苦因也。」是謂「四負堂」之名，取其有虧負於君、親、己、友四意，那是一種對國家興亡的天命感悟，以及愧對家族妻小的無奈抉擇與悲慟。而人的性情與境界，往往與丘壑之奇美靈秀相映，類如祁彪佳一輩的明代末世政治家，特別適合在「寓山園」這清幽之境，以曲宴觀劇來沖淡內心的濃烈悲壯。

祁彪佳在詩書禮樂曲方面皆擅，他生活在一個文化氛圍極濃厚的簪纓家族，無論是在政治際遇，還是文人風骨上，祁彪佳都具有殫精竭慮、末世忠臣的美好形象，而斑斑載於史籍。姻親張岱曾讚言祁彪佳「德裕園亭，文山聲伎」，說明「寓山園」的建造，在文人閒趣的生活彩繪下，雖然雅集觀劇一齣接著一齣，但人生蒼茫一粟，寄身於寓山之隅，無論是位處政治舞台，抑或寓山移情於聲伎，在祁彪佳心靈深處的自我追問，都無法消解他的家國之憂與苦痛。

〔註123〕〔明〕祁彪佳：《祁彪佳文稿》，〈祁忠敏公日記‧林居適筆引〉，頁 1039。

第七章　文人與文化消費場域：
　　　　　園林聲伎

第一節　園林聲伎的文化消費

　　政治舞台和戲曲舞台，一直是明末清初文人士大夫所專注的表演空間。他們之中有人兩者兼得，如魚得水，游刃有餘。有人僅得其一，或官運亨通，無意於制曲；或屢遭貶謫又屢獲詔回，在仕途心灰意冷之際，遂耽樂於歌舞戲班，以此自終。這群文人士大夫一旦離開政治舞台，不論是暫去或者辭官，他們都會藉由自己的文化內涵做出不同程度的文化消費。其中，園林此一巨大物質文化，常常是這一群體所熱衷的文化消費物項。園林空間不僅展現出亭台樓閣、廊巷徑道、小橋流水、山石花木等閒雅景致，它所演繹出的人文意涵有著文人的情志寄寓，有些園林還設有藏書樓和戲台，更是文人自賞、自娛與社交的最佳場域。

一、江南園林與文人寄寓

　　自明世宗嘉靖末年，財力雄厚的士大夫常侈靡物質文化中的巨物品項，文人築園競仿成風，尤以富庶的江南為甚。當他們把人生的志業與心力從政治舞台移轉後，其精神必然會產生生活型態的空間性適應與平衡，園林的閒逸生活方式，遂成為晚明士大夫致仕後的寄情遣興。「閒」意謂著士大夫在現實政治之外的暇時餘閒，「逸」則泛指對功名利祿的超越之心，「閒逸」本身如何開展？

對士大夫階層而言，並不是政治性的問題，文人趣味才是取決於他們的生活方式與交游對象。當然，這與當時政治的鬆動、經濟的繁榮，以及文人的生活型態等時代背景有著密切的關聯。

從文化消費的競逐來看，「園林聲伎」進入士大夫審美生活的前提條件是，他們在政治、經濟、文化上都能獲得相對的獨立性，彼此缺一不可。就「園林」一物來看。明中期以降，建造園林蔚然成風，而以江南地域尤甚。在此之前，朱元璋建國之初，民生主要在休養生息，以待國力的恢復。因此，生活用度與日常禮制皆受政府的嚴格監控，包括士大夫的宅第園池，都規定鉅細靡遺。《明史》記載：

> 品官房舍，門窗、戶牖不得用丹漆。功臣宅社之後，留空地十丈，
> 左右皆五丈。不許那移軍民居止，更不許於宅前後左右多占地，構
> 亭館，開池塘，以資遊眺。[註1]

朱元璋訂下祖制禮法的強勢控御，明初的園林發展很難以勃興。直到明憲宗成化年間，這種禮法限制在政治體制鬆動後，社會風尚慢慢有了轉變。

就政治體制鬆動而言，罷官辭官的現象，成為明中晚期文官制度鬆弛的徵兆之一。原本腐敗的政治局面理應仰仗正直有能力的士大夫扭轉頹勢，以去弊興利，再造新的氣象，譬如：張居正一輩。可惜的是，以擁有知識為尊的士大夫，不分品秩，在這個危急存亡之秋，有人選擇離開政治舞台，有人對體制產生衝撞，再無第二個張居正出來挽救國家的頹勢，只能任其腐敗。

在仕宦的內涵上，士大夫是深具政治意圖的，不管後來的發展，使他們成為賢臣或者奸佞。士大夫一開始與生俱來的國家使命感，咸以天下蒼生、社稷安危為己任。但是，晚明君主專政的政治制度業已鬆動，士大夫的政治態度也產生很大的變化，不論是離開政治舞台，還是對體制產生衝撞，因著自我意識的覺醒、張揚個性的思想與情感，使他們對最高統治者失去了「愚忠」朝廷的向心力，而大明王朝遂逐漸走向謝幕之途。

首先，從政治舞台的施展空間來說，士大夫若要在精神上取得獨立，前提是政治上先有相對的獨立性。設若：士大夫完全被君權宰制，又與黨派的奪權貪利掛勾，無法與政治拉開適當的距離，那麼，士大夫終究只能成為統治者的棋子，在楚河漢界的兩岸蠅營狗苟，自然也難以擁有文人身分中的生活樣式——

[註1] 〔清〕張廷玉等奉敕撰，楊家駱主編：《明史》，〈輿服志四‧臣庶室屋制度〉
（台北：鼎文書局，1991年），卷68，頁1671。

一閒情以歌舞、賦詩以觴飲。

　　復次，從政治相對位置的概念來看，文人趣味是對士大夫身分的一種疏離。統治者需要以國家機器來統治天下百姓，士大夫希望依照自己的願景來實踐社會良善與秩序，這兩種訴求縮結合一，就構成了中國古代士人的仕宦情結。因此，當士大夫無法脫離現實政治與功名利祿的羈絆時，便僅能旋身於政治舞台之上，再無多餘的空間施展才華。要之，士大夫試圖與政治拉開適當的距離，乃是針對現實政治或與之相關的功名利祿而言。

　　明清時期，中國園林以其精緻工巧的藝術風格，在建築史上獨樹一幟。花園與宅邸的相互結合，從理論到實踐，中國園林已然發展出成熟的居住環境。晚明士大夫躬逢私人園林的蓬勃發展時期，有錢有閒的士大夫以「園林宅邸」作為他們致仕後的生活空間，以及人際網絡品鑑的社交場域，那是一種對政治疏離的情感意向。在此一場域裡，巨大的園林空間，不僅表徵文人品味的物質生活，也滿足了士大夫的精神世界，更充塞著豐富多元的文化載體。

　　晚明，江南蘇州園林的形制和設計與江北的揚州園林不同，甚至完全壓倒同時期的北方皇家園林，並且朝向造園的專業性與客製化邁進。何以如此？主要還是在於江南園林主人多數出身文人士大夫，園林是他們移情寄寓的情感載體。因此，園林主人和造園家的情感默契成就了江南園林的獨特底蘊。譬如：計成建造了湖廣布政使吳玄的東第園、內閣中書汪士衡的寤園、兵部主事鄭元勳的影園，又替阮大鋮改建石巢園，這四座仕宦官員的園林完竣，代表著晚明士大夫與園林有了更深入的互動。明思宗崇禎八年，竟陵派成員劉侗（1593～1637）時任吳縣令，與遊記散文家于奕正（1597～1636）同撰英國公的園林景況：〔註2〕

　　　　夫長廊曲池，假山複閣，不得志於山水者所作也，杖履彌勤，眼界
　　　　則小矣。崇禎癸酉歲，深冬，……立地一望而大驚，急買庵地之半，
　　　　園之，構一亭、一軒、一臺耳。但坐一方，方望周畢。其內一周，二

〔註2〕英國公為明代最高的世襲公爵爵位。明成祖時，大將張玉隨朱棣發動靖難之役，多立有戰功，為靖難第一功臣。張玉之子張輔受封英國公，為世襲公爵第一代。後子孫世襲英國公者：張懋、張崙、張溶、張元功、張元德、張維賢、張之極、張世澤等人，歷九代而止。萬曆二十六年，張元德辭世；崇禎三年（1630），其子張維賢世襲爵位，加太師職；崇禎十年（1637），其子張之極世襲爵位；崇禎十六年（1643），其子張世澤世襲爵位，隔年甲申之變，為闖王李自成所弒。由文中「崇禎癸酉（1633）歲深冬」推知，此時襲位英國公者，當指第七代張維賢。

面海子，一面湖也，一面古木古寺，新闢亭也。〔註3〕

政治舞台的表演不盡人意，諸多政治理念與抱負亦多無法遂行心意，於是，有些晚明士大夫致仕歸里後，轉而營造園林，以寄情志，以娛暮年。客製化的園林，除了展現山石林泉等有形的物質文化外，所表徵出的精神意義，是士大夫能全權參與宅邸的形制與設計，並賦予儒釋道等人文哲理於園景之中。當然，這種「可遂心意」的全權參與，也是士大夫對政治心灰意冷的一種回應。

一座園林的完竣，是一種很有文化過程與能量蓄積的活動。營造園林，不單是蓋屋、疊瓦、圈地、圍欄，僅供人居住而已。沒有人文涵養與人文情懷，再有錢也築不起饒富詩意與情志的園林宅邸。士大夫願意耗費大量的心力與財力，精心巨匠一處屬於自己個性的園林宅邸，以備侑酒會友、讀書品鑑，有些嗜曲園主還有家樂優伶的歌舞表演等。這種文化消費的園居生活，不僅徵顯致仕士大夫園主的身分，也代表著文人生活的一種樣式和品味。另一方面，園林宅邸也是作為士大夫致仕後一個安頓生命的地方，在自然山水的置列中，寄寓著人文哲理的意涵，伴著天光雲影，重新整理自我生命的意義。

晚明文人的園林之寄，大抵為士大夫致仕歸里或官場失意所建之物，以如此龐然巨大的「遊藝」空間，享受閒適的恬退生活。文人於園中可賞「遊」假山蠹石，亭臺樓閣，小橋廊院，奇花佳卉，古木叢灌，雖為庭內山水一角，猶若邸外天地四方。當然，亦可取「藝」於琴、棋、書、畫、詩、酒、茶、曲等各種文藝之能事，藉由園林造景的人文意境，折射出文人士大夫縱情聲伎的複雜心情。袁宏道曾云：

人情必有所寄，然後能樂。故有以奕為寄，有以色為寄，有以技為寄，有以文為寄。古之達人高人一層，只是他情有所寄，不肯浮泛虛度光景。〔註4〕

從人情所寄的現象觀察，園林之堂、館、亭、榭、樓、臺、閣等建物，皆可以作為園林主人的所寄之物。園林以其為私人園居，並無對外開放，一般民眾是無法進入，因此，形成了一個封閉性的遊賞系統。另一方面，園林以其為文人的社交場域，園主雅集文人饗宴，且只有與園主有至交之情者方能入園，於是，又形成了一個開放性進出的小眾社交。這種移情寄趣的「半開放」園林，

〔註3〕〔明〕劉侗、于奕正同撰：《帝京景物略》，〈城北內外‧英國公新園〉（北京：北京古籍出版社，1983年），卷1，頁161。

〔註4〕〔明〕袁宏道：《袁中郎全集》，〈李子髯〉（台北：偉文圖書出版社，1976年），卷20，頁954。

是文人情感與文化空間的載體，也是文人在主觀精神上尋求自然景物與身體契合的實踐場域。

　　從實用性的功能來看，江南提供了得天獨厚的自然資源來築園造景，使文人得以耽溺巨型物質文化之中。晚明物質文化的富庶充盈，形成文人築園風尚，並彰顯出文人趣味。園林內，除了蒔卉植栽、累卵聚石、開渠引水外，餘如樓閣、傢俱、器物、工藝品等「物」的置列，也都成為當時文人所有奢侈品中，耗資最鉅、炫耀性最強的擺設「物」。謝肇淛（1567～1624）曾云：

> 縉紳喜治第宅，亦是一蔽。當其壯年歷仕，或鞅掌王事，或家計未
> 立，行樂之光景皆已蹉跎過盡。及其官罷年衰，囊橐滿盈，然後窮
> 極土木，廣侈華麗以明得志，曾幾何時而溘先朝露矣。余鄉一先達，
> 起家鄉薦，官至太守，貲累巨萬。家居繕治第宅，甲於一郡；材具
> 工匠，皆越數百里外致之。〔註5〕

明代文人觀物體物的範圍極其廣泛，而晚明又是一個物質文化發達的時期，文人對物體的喜愛與癡迷，可以成為「物」的價值來源。從文化空間的視角來說，在文人的文化體系下，士大夫營造園林宅邸，是以哲學思維和藝術文化注入園林建物的空間隱喻中，並且強調「以情體物」和「物以人貴」的人文思想。文人對審美對象物的關注，只要情之所鍾，便會賦予鮮明的文化符碼，以及承載個人精神上的寄寓。

　　自古以來，江南文風即盛。晚明時期，江南的手工業發達，貿易往來頻繁，新興城市如雨後春筍冒出，這種社會經濟的有利條件，自然吸引了大批文人墨客雲集。其中，不乏蘇杭本籍的士大夫，他們購買良地，為生活居處營造一座園林宅邸，雖然分布的區域極廣，仍以江浙一帶為多。是謂，江南的地理位置和社會經濟為明代園林的建造與開展，提供了絕佳的有利條件。何良俊（1506～1573）曾就東南三吳地域的優良，說明士大夫冶園之勝：

> 凡家累千金，垣屋稍治，必欲營治一園。若士大夫之家，其力稍贏，
> 尤以此相勝。大略三吳城中，園苑棋置，侵市肆民居大半。然不過
> 近聚土壤，遠延木石，聊以矜眩於一時耳。〔註6〕

〔註5〕〔明〕謝肇淛：《五雜俎》，〈地部一〉（上海：上海書店，2009年），卷3，頁58。

〔註6〕〔明〕何良俊：《何翰林集》，〈西園雅會集序〉（濟南：齊魯書社，1997年），卷12，頁109。

商品經濟的高度發展，海上貿易逐漸大開，社會侈靡生活越來越精緻化，江南闢地築園的風氣隨政策的解禁，也越來越蓬勃發展。就地理位置而言，江南主要是以蘇州、杭州、常州、松江、嘉興、湖州六大府為轄區，古為東南三吳地域，涵蓋了現今的江蘇、浙江、安徽、上海三省一市。在文化地理學的內涵裡，東南三吳境內的水文系統，計有蘇州的太湖、陽澄湖和金雞湖，常熟的尚湖、崑城湖，以及常州的漏湖、長盪湖等淡水湖泊。園林之內，若無石無水，則仿若人失去了靈魂，沒有風采精神可言。

江南園林不論在數量或構造上，都以自然環境和社會經濟兩大優勢，取勝北方園林，一般論者至此即止。那麼，又何以分布江浙一帶為多？則鮮少探究。筆者認為，大抵以「士多出江南」的緣故。自明初以降，科舉取士便以江南為多數優選，尚且還發生朱元璋時的「春夏榜」乙案。從縱向的歷史來看，江南地區素來為傳統深厚的士族文化所寓居，代代蔓衍成枝繁葉茂的仕宦家族；就橫向的地域位置來說，晚明龐大的退休官員，除了本籍原來就在江南之外，還有因故遷籍至江南寓居的，同樣營造園林以享受園居生活，譬如：阮大鋮原籍安徽桐城人，後因避難至南京落腳定居，而有「石巢園」園林。

是以，晚明士大夫營造園林的時機與目的，大抵在致仕歸里以後。他們在園林中感受自然山水與人文意涵的洗眼，享受歌舞聲伎的物質欲望，不僅向內自我探索──「一座園林，幫助你超越人與人之間的計較、毀譽，而與天地的浩瀚相連結。」〔註7〕也向外建構新的文人生活方式──文人之間的雅集遊賞、詩文酬贈等社交禮節，一個可以頤老終年、安頓生命的地方。

> 從嘉靖後期至明清易代百年間，正是明代政治日漸頹唐而社會文化仍蓬勃發展的時期，園林作為綜合性藝術文化的載體，在這段時期有著十分精緻成熟的發展，也因時代變局，更鮮明呈現繁華鼎盛與轉瞬丘墟的雙面性，今日尚能從留存的豐富文獻中訪見。〔註8〕

園林文化場域，是謂晚明士大夫逃離現實政治而安身立命之處。他們在致仕歸里後，探索自我生命的意義，重新建構有別於仕宦生活的文人情調，故選擇營造園林來實踐現世生命中的一切美好事物。曹淑娟認為：「擁有園林，就是讓你找到一個位子，可以更清楚體認自己和世界的種種關係。有了這個位子，你

〔註7〕曹淑娟訪談，梁偉賢採訪撰稿，林俊孝編輯：〈從一個盆栽，穿越塵染，通達天地──臺大曹淑娟談「園林文學」〉，《人文‧島嶼》（2021年9月1日）。
〔註8〕曹淑娟：《在勞績中安居──晚明園林文學與文化》（台北：台灣大學出版中心，2020年），頁17。

才有轉換視野和心境的可能。」[註9]這群文人士大夫從朝堂出走，耽溺於園林「物」的享樂，他們總是帶著文人趣味和文人情懷，在兩種截然不同的生活場域中，重新適應與平衡新的空間互動。

綜觀：以士大夫官職作為園林主人的身分，他們在園居生活的審美意識，不會止於冶園設景的遊賞層面，對於「物」的文化品味，也有一套文人審美的辨識規準。在追求個體生命和自我價值的過程中，文人的精神世界，源於文人可以意識到自身的價值與獨特性，使得園居生活能體現出文人趣味。因此，園林的文化活動，也就漸漸形成文人士大夫多維度的精神旨趣。

二、園林戲台的文化場域

江南自然地理的優渥條件，提供了消費經濟的流通便利。晚明的江南社會富裕之後，幾乎所有人都耽於物欲和情欲的生活日常。上文談到多數文人士大夫的園林主要分布於江浙一帶。在《明代江南園林研究》一書中指出：

> 各地都有一些名園記載，而以蘇州府為最，……明代後期，松江府的
>
> 園林興盛，在江南地區僅次於蘇州府地區，並有著自身的特色。[註10]

明代園林並非一座靜態的建物，而是一個具有多樣性動態的歷史演變過程。且說江南園林，以精、巧、奇、變著稱，加上有天然的水石資源獲致與相映，得以構成園林的主景。晚明，松江府就有五座為人稱道的名園，諸如：豫園、古漪園、醉白池、秋霞圃、曲水園。不過，若與蘇州府的園林群相較，那可說是小巫見大巫了。根據《明代城市研究》一書記載，明代士大夫在江南營造園林，僅蘇州、南京兩地，便高達三十餘處園林宅邸：

> 蘇州有大學士王鏊的招隱園、怡老園和得月亭，張獻翼的石湖別業，
> 御史蘇懷愚的蘇家園，吏部皇甫汸的月駕園，御史王獻臣的拙政園，
> 太學徐墨川的紫芝園，侍郎王心一的歸田園，文肇祉的塔影園，顧
> 凝的芳草園，顧都憲的鳳池園，徐都憲別業，馬文遠的馬氏東園；
> 南京則有姚憲副的市隱園，武憲副園，王貢士園，顧司寇的息園，
> 焦太史的半山園，朱少宗伯園，余中丞園有數處，在烏籠潭者為最
> 有名；許會元園，韓方伯有數園，任氏亦有數園；賈家園、楊總兵
> 園、蔡家園、王家園、魏公南園、萬竹園、鳳台園、徐三錦衣家園、

[註9] 曹淑娟訪談，梁偉賢採訪撰稿，林俊孝編輯：〈從一個盆栽，穿越塵染，通達天地——臺大曹淑娟談「園林文學」〉，《人文‧島嶼》（2021年9月1日）。

[註10] 顧凱：《明代江南園林研究》（南京：東南大學出版社，2010年），頁136。

> 徐氏西園、徐九宅園、莫愁湖園、武定侯園、方未孩園、潘氏的同
> 春園。〔註11〕

江南園林密集如繁星，自然地理條件首當主因。江浙一帶素有魚米之鄉的美譽，一則，江南水道縱橫、湖泊羅布，為園林的水景帶來引渠之便。再者，園林中須有山石積疊置景，俾以達到大隱隱市，亦不失野趣。太湖產石，山石易得，適巧提供了造園環境的天然材料。第三，江南水鄉，四季常青，氣候宜人，與北方的生活條件相比較，江南是個絕佳寓居的生活環境。

士大夫能擁有一座園林，是經濟上的相對獨立所能提供的物質條件。晚明家樂主人所構築的園林，小者數畝，譬如：顧大典的「諧賞園」佔地三畝廣；大者數十畝，譬如：潘允端的「豫園」就有七十餘畝之大。因此，若沒有相當的鉅資是無法購得廣大的土地，若再加上園林的植栽、建物與造景等設施，所費金額更是令人無法想像。

依照國際足球協會規定（FIFA World Cup）標準的足球比賽場地是長方形，長約90～120公尺，寬約45～90公尺，整個球場面積約是7140平方公尺，換算下來，合約0.714公頃左右，尚且不足1公頃。對照現代的足球場面積，想像一下明代江南園林廣袤之大。譬如：王錫爵的「南園」佔地三十餘畝，合約2公頃；申時行所居的「留園」有三十五餘畝，合約2.33公頃；鄒迪光的「愚公谷」有五十餘畝，合約3.34公頃；潘允端的「豫園」多達七十餘畝，合約4.67公頃。換算今日的單位面積，士大夫所營造的園林，未必各個富麗堂皇，但氣象恢宏不可不謂闊野百里。

故此，一般能擁有園林的士大夫，要不就是品秩位高者；要不就是士商身分者；不然也是父祖輩為富甲一方的鄉紳地主，而能庇蔭子孫一代者。然而，不論哪一種身分，擁有一座園林，所指向的關鍵都是「財富」的不可或缺。一般中下階層的士大夫若無傲人的家產，是不太可能擁有一座可供人們遊憩、賞玩、社交的園林。

一座上乘的園林，既要滿足可供遊賞的各項功能要求外，還要能為主人及其賓客帶來社交上諸多的雅興和趣味。因此，當「人」與園林山水交融時，饒富書法、繪畫、雕刻、圖騰、文學等人文內涵的元素，便要置入園林之中，並與之和諧交融，使園林創造出視覺意象和精神世界的更大空間。如此，園林的外在景觀氣象，便能體現出主人的內在主觀情志。

〔註11〕韓大成：《明代城市研究》（北京：中國人民大學出版社，1991年），頁291。

關於園林的空間佈局，主要在強調景致的配置，這包含了自然的樹
木、花草、流水與人工的亭台、樓閣、曲徑、迴廊等，也有介於自
然與人工之間的塑山與掇山。區域與區域之間的分隔，其軸線該縱
或橫？該曲或直？向東或西？朝南或北？無一矩度，全憑園林主人
的喜好與美感而定。〔註12〕

園林的設計、建造、置列，乃至於功能的享用，皆不離欲露先藏、層次分明、
渾然天成等原則，以形成內外融通、曲直往復、虛實互襯的特點。這樣一座可
遊、可觀、可賞、可憩的園林，即使會耗費士大夫大量的財力和心血，他們仍
然醉心於此，並且甘之如飴地築園若干年。譬如：鄒迪光的「愚公谷」便要耗
費十數年始竣工；而錢岱的「小輞川」、潘允端的「豫園」，則要花上二十年之
久，方得以落成。這種慢工細活的金錢與時間的流動，不僅能作為矜誇園林主
人身分的財力條件，也能作為園林主人社會聲譽的展現。

　　晚明時期，競築園林成為文人士大夫的一種風尚。從園林的人文空間與文
化載體上來說，擁有園林的文人士大夫，自幼習文作詩，因此，所表現出來的
文化內涵，大抵文化癖性也大同小異，不外善詩文、工詞曲、喜藏書、冶園林、
嗜聲伎、賞古玩等。陳龍正（1585～1645）曾言：「園亭之設，為宴遊者多，
為讀書者少。仕優則學，縱使宦成之後，何便為行樂之時。」〔註13〕園林的人
文元素可以說是文人士大夫階層的文化載體，「文人」並非獨立的一種社會階
層，而是士大夫在閒情享樂時所呈現的一種身分。因此，當園林文化進入士大
夫生活的主流話語，並且獲得認可與競仿時，便是「文人」身分得以確立的一
種生活型態和表徵。

　　園林若作為一種文化消費場域而言，其品味設施與精緻講究，便考驗著園
林主人如何在有限的空間裡，創造出有層山迭水、有曲徑腸道、有樓榭亭臺等
多樣變化的空間環境，以供主人和賓客可以穿流其間，賦詩觴飲，曲宴遊賞。
除此之外，對於嗜好戲曲的士大夫而言，園林聲伎是提供賓客觀劇聽曲的絕佳
饗宴。就「園林戲台」一處來看，它可以是獨立於戶外的高臺建物，但多數士
大夫都選擇廳堂作為演出場域。因此，「園林戲台」的文化表演，一方面是依
附園林功能的宴樂，另一方面則具有文化的相對獨立性。筆者於拙作中談到：

〔註12〕　參看拙作：〈李漁家班與園林聲伎之涉趣〉，《戲曲學報》第 16 期（2017 年 6
　　　　月），頁 101～148。

〔註13〕　〔明〕陳龍正：《幾亭全書》，〈雜訓〉（北京：北京出版社，2000 年），卷 22，
　　　　頁 155。

> 園林外在的客觀形象多半是靠自然景觀來營建，或實景、或借景，
> 皆有之；而園林內在的主觀意象則有賴人的審美意識去形塑。通過
> 園林建築的空間領域，讓園主與賞園者都能掘發出園外意、景外象、
> 象外情，意、景、情層層相迭，而戲曲演出與園林舞台即體現出園
> 林內在的主觀意象。要設計一座具有優美和諧氛圍的園林，精心布
> 局與自然交融是必要的。〔註14〕

中國園林「借景」的意涵，在於收無限於有限之中。以賞景的透視線，屏除外
在障礙物，提升視覺景點的高度，突破園林本身面積的界限。換言之，為了擴
大景物的深度和廣度，提升園林的文化品質，以作為生活閒情的營造和書寫詩
文的對象物，人們會有意識地把園外的景物「借」到園內視景範圍中來。明代
造園家計成（1582～1642）曾曰：「園雖別內外，得景則無拘遠近。」〔註15〕
借景要做到「借景有因」，也就是說，外在某種使人觸景生情的景物，可以用
來創造內心的某種藝術意境。

　　故此，當家庭戲班進入了園林空間，其演劇活動基本上代表了士大夫這一
階層的文人趣味和認識，諸如：家樂組織的形式、演出的舞台場域、優伶的素質
與養成、觀眾的社會身分等條件限制。另一方面，由於「園林戲台」是文人士大
夫怡情遣興的地方，也是檢驗園主戲曲創作的實驗場域，屬於私人的小眾文化，
且只為園主及其友朋服務，因此，對於市民百姓的審美趣味，具有一定的排他性。

　　戲曲舞台，自元代以來的勾欄瓦舍，慢慢演進各類形式的表演場域，其
中，以「明清堂會演劇包括多種演出形式，如私宅演出、園林演出、舟船演出
及會館演出等。明清時期，戲曲堂會的舞台樣式幾乎成為這一時期戲曲舞台樣
式的縮影。」〔註16〕王驥德（1540～1623）認為：觀劇聽曲最自在愜意的場域
是「華堂、青樓、名園、水亭、雲閣、畫舫、花下、柳邊。」〔註17〕作為文人
士大夫觀劇聽曲的園林戲台，若以外在環境來看，它具有開闊的視野、自然景
緻與人文造境的相融合。

〔註14〕參看拙作：《明末清初私人養優蓄樂之探討──以李漁家班為例》（中壢：中央
　　　　大學中文研究所碩士論文，2010年6月），頁98。

〔註15〕〔明〕計成：《園冶》（台北：金楓出版社，1987），頁18。

〔註16〕遲雪峰：〈試談明清戲曲堂會的舞台樣式〉，《中國戲曲學院學報》第28卷第2
　　　　期（2007年5月），頁45～51。

〔註17〕〔明〕王驥德：《曲律》，〈論曲亨屯第四十〉，收錄於俞為民、孫蓉蓉編：《歷
　　　　代曲話彙編》明代編第二集（合肥：黃山書社，2009年），卷4，頁143。

筆者根據文獻資料，蒐羅整理，自明世宗嘉靖至明思宗崇禎年間，擁有園林和家庭戲班的士大夫，製表如下：

圖表三：明中晚期擁有園林和家庭戲班的士大夫

家樂主人	主人籍貫	進士及第時間	官至銜位	園林名稱
俞 憲	常州無錫	嘉靖十七年	山東布政司參議	獨行園
董 份	浙江烏程	嘉靖二十年	禮部尚書	公餘莊
申時行	蘇州長洲	嘉靖四十一年	內閣首輔	樂圃、留園
王錫爵	蘇州太倉	嘉靖四十一年	內閣首輔	南園
潘允端	上海松江	嘉靖四十一年	四川右布政使	豫園
顧大典	蘇州吳江	隆慶二年	福建提學副使	諧賞園
錢 岱	蘇州常熟	隆慶五年	湖廣按察使	小輞川
鄒迪光	常州無錫	萬曆二年	湖廣提學副使	愚公谷
王永寧	浙江烏程	萬曆八年	不詳	拙政園
吳用先	安徽桐城	萬曆二十年	薊遼總督	西園
范允臨	蘇州吳縣	萬曆二十三年	福建布政使參議	天平山莊
米萬鍾	順天宛平	萬曆二十三年	太僕寺少卿	勺園
曹學佺	福建福州	萬曆二十三年	四川按察使	石倉園
阮大鋮	江蘇南京	萬曆四十四年	兵部尚書	石巢園
吳 炳	常州宜興	萬曆四十七年	兵部右侍郎	粲花館
李明睿	江西南昌	天啟二年	禮部侍郎	閬園
吳昌時	浙江秀水	崇禎七年	吏部郎中	竹亭湖墅

此外，許自昌，蘇州長洲人，萬曆二十三年舉人，授文華殿中書舍人。雖未曾取得會試資格，然許父經商有成，富甲於吳，因此，許自昌也能倚恃父蔭，營造一座「梅花墅」園林，蓄養優伶，以供賞玩。當然，還有一些士大夫嗜聽戲，也建有園林戲台，以供遊賞聽曲，但卻不曾蓄養家庭戲班者，譬如：祁彪佳建有寓山園（或稱寓園）、陸園、柯園、密園等多處園林別墅。

然則，以文人文化而言，家庭戲班進入園林戲台演出，顯然符合文人士大夫觀劇聽曲所講究的形制場域。演出主要目的，大抵是以家庭娛樂為內容，諸如：祝壽曲宴、雅集競演、酬謝與慶典等，表現出精緻且安逸。但就戲劇表演體系的完備空間性來說，園林戲台的演出性質，不同於勾欄瓦舍、酒樓戲園、廟會酬神等職業戲班，為了餬口謀生而需要衝州撞府。故以其園林戲台的演出

具有排他性,相對地,則會使戲劇表演產生某種程度的空間性限縮。

　　作為晚明文人的款客之道,家庭戲班是園居生活中相當重要的社交活動。因此,在生活空間的配置上,有錢有閒又嗜曲的文人,不僅蓄有家庭戲班,還擁有一座價值不菲的園林。在園林一處建有戲台,是文人在園林演劇中為園林文化系統增添人文風尚,綰結園林和戲曲的藝術內涵而相得益彰。園主雅集文人侑酒會友、觀劇品劇、詩文酬答,兼有文人家樂間的交流,優伶的演技得以相互切磋而精益求精。沈德符(1578~1642)曾言:

> 嘉靖末年,海內宴安,士大夫富厚者,以冶園亭、教歌舞之隙,間
> 及古玩。〔註18〕

明中晚期,財力雄厚的文人士大夫競相築園,用以彰顯自己的社會地位和經濟實力。園林內除了亭臺樓榭、花木泉石等人文與自然景觀的空間呼應外,有些士大夫還蓋有藏書樓和戲台。這兩樣物質文化通常都是融入自然景物之中,加之以人文藻飾,使得園林空間更具有文人身分的風雅閒情,適足以標誌著園林的文化載體與社交場域。

　　文人士大夫蓄養家庭戲班,除了家庭自娛外,主要還是供作主人宴飲款客之道,用以活絡社交氣氛。文人家樂不同於職業戲班以賺錢為目的,它是文人士大夫用來消費園林聲伎「物」的品項。錢謙益(1582~1664)指出:「徵歌度曲,卜築惠錫之下,極園亭歌舞之勝,賓朋滿座,觸詠窮日。」〔註19〕文人士大夫從徵歌選伎到戲台演出的紅牙拍板,為使賓主盡歡,其堂會的排場與豪奢程度,令人咋舌。當然,也有一些文人士大夫會藉由園林聲伎的搬演活動,表達個人情志,《不下帶編》記載:「如皋冒辟疆襄,家有園亭聲伎之勝,態極妍媚,名士題贈盈袖,惟陳其年維崧擅場。」〔註20〕在園林聲伎的審美意識上,有些賓客在散場後,還會賦詩記文以酬贈主人,形成文人之間的文化交流。

　　從戲曲表演的話語權來看,「園林戲台」作為文人士大夫戲曲創作與表演的實驗場域,他們所處的舞台空間,不再受制於觀眾素質的良莠不齊。具體而言,文人士大夫對戲曲演出方式的決策權,譬如:撰寫劇本、選擇劇目、購買

〔註18〕〔明〕沈德符:《萬曆野獲編》,〈玩具‧好事家〉(台北:新興書局,1976年),卷26,頁654。

〔註19〕〔清〕錢謙益:《列朝詩集小傳》丁集下,〈鄒提學迪光〉(上海:上海古籍出版社,1983年),頁647。

〔註20〕〔清〕金埴:《不下帶編》,〈巾箱說〉(上海:上海古籍出版社,1990年),卷4,頁67。

優伶、延師教習等，完完全全都由家樂主人所掌控。因此，對優伶唱腔的指導、表演藝術水平的提高、表演體系的完備建立等，皆能對演出效果給予最大的控管和有效的保障。

第二節　明中晚期文人士大夫的自我安頓

江南園林的個案探討，若從家樂演出的視角來看，至少有兩個要面對的問題。其一，如何選擇文人園林？其二，如何闡釋文人家樂與園林聲伎的關係？對於園林戲台的功能解讀，屬於「如何闡釋園林聲伎？」的重點。但在這之前，需要先「如何選擇文人園林？」以作為爬梳明中晚期文人士大夫營造園林的動機，始能理解園林聲伎與士大夫自我安頓的連結關係。

明中晚期，擁有園林的文人家樂，本章將揀選潘允端、錢岱、鄒迪光、許自昌四位仕宦文人所築的園林物景、戲台搬演，作為闡釋園林聲伎與士大夫自我安頓的個案探討。從歷時性來看，他們的任官初年分別代表著不同時代的氛圍：潘允端始於明世宗嘉靖四十一年，錢岱始於明穆宗隆慶五年，鄒迪光始於明神宗萬曆二年，許自昌始於萬曆二十三年。但倘以經濟財富作為組織家庭戲班的必備條件來檢視，這四位仕宦文人的財富來源又各自相異，可視為不同類型的代表：潘允端出身於仕宦世家，錢岱出身於富穡之家，鄒迪光雖是家貧出身，卻因受饋於門生「數千萬緡」而成鉅富，許自昌則擁有士商雙重身分。

一、仕宦世家：潘允端的「豫園」

江南園林名聞遐邇，尤以蘇州的園林群為盛。除了吳地外，上海也有不少清幽雅致的園林，最為人稱道者，共計五座：豫園、古漪園、醉白池、秋霞圃、曲水園。其中，唯一一座位在上海市區，有「小蘇州」美譽的「豫園」園林，乃明代正二品大員潘允端（1526～1601）所有。「豫園」占地七十餘畝之廣，坐落於上海黃浦區，距今有四百多年的歷史，是一座氣派非凡的古典園林，有「東南名園冠」、「奇秀甲江南」、「申江勝景之冠」〔註21〕等讚譽。

潘允端，字仲履，號充庵，南直隸松江府上海縣人（今上海市黃浦區）。明世宗嘉靖四十一年，進士及第。歷仕刑部主事、工部主事、山東布政使參議，官至四川右布政使。潘允端出身仕宦世家，生活可謂極其優渥。曾祖父潘慶，

〔註21〕黃浦江古名黃歇浦（簡稱歇浦）、春申江（簡稱申江），為上海市轄內最大的河流。戰國時，楚國春申君黃歇封地於上海，故黃浦江又名申江。

贈都察院左督御史；祖父潘奎，官至同按察司僉事；父親潘恩（1496～1582）官至刑部尚書、都察院左都御史；兄潘允哲（1524～？）大理寺觀政、陝西提學副使。

　　潘允端建造「豫園」始於嘉靖三十八年。期間，時做時停，肇因科考落第和及第之間的忙與閒所致。嘉靖三十八年，潘允端禮部會考落第，第一次萌生造園的念頭，遂於宅邸世春堂西南的大片菜畦「稍稍聚石鑿池，構亭藝竹。」〔註22〕開始造園。嘉靖四十一年，潘允端進士及第，授刑部主事，造園工事遂告暫停。潘允端自謂：「垂二十年，屢作屢止，未有成績。」〔註23〕萬曆五年，潘允端除四川右布政使，主持漕糧儲運有功，卻因藩王權貴的排擠，憤然稱病辭官。致仕歸里後，潘允端二度起造園林，言及：「每歲耕穫，盡為營治之資。」〔註24〕綜觀「豫園」前後構築，歷時二十年竣成。

> 方伯（潘允端）為尚書恭定公仲子，學憲衡齋（潘允哲）之弟，奕
> 葉簪纓，一時貴盛，故建地規模，甲於海上。面昭雕牆，宏開峻宇，
> 重軒複道，幾於朱邸，後樓悉以楠木為之，樓上皆施磚砌，登樓與
> 平地無異，塗金染彩，丹堊雕刻，極工作之巧。蓋當時物力既易，
> 工費不惜，勢使然也。〔註25〕

在上海松江的園林群中，「豫園」的名氣響亮，歷時工程浩大，規模宏偉，總面積高達七十餘畝，絲毫不遜於江南蘇州的園林群。潘氏「豫園」由當時江南最享盛名的造園家張南陽負責，以繪畫構圖造型法造園。園中的亭臺樓閣前後呼應、錯落有致，而曲徑遊廊蜿蜒纏繞、枉折有法，間或夾雜古木花樹，高下參差、扶疏掩映，使園林的景色旖旎、虛實互映。尤其，張南陽常能因地制宜，精心設計百態奇峰，以少許的石塊造就出疊山萬嶂的氣勢和氛圍，有些巨石假山屹立在池沼溪流中，充分體現出中國園林的布局美感。

　　明代後七子領袖王世貞（1526～1590）時任刑部尚書，曾受潘允端邀遊「豫園」，賦詩酬贈〈潘方伯邀遊豫園〉一首：

〔註22〕〔明〕潘允端：〈豫園記〉，轉引楊嘉佑：〈明代江南造園之風與士大夫生活——讀明人潘允端《玉華堂日記》札記〉，《社會科學戰線》第 3 期（1981 年 8 月），頁 343～345。

〔註23〕〔明〕潘允端：〈豫園記〉，頁 343～345。

〔註24〕〔明〕潘允端：〈豫園記〉，頁 343～345。

〔註25〕〔清〕葉夢珠：《閱世編》，〈居第二〉（台北：木鐸出版社，1982 年），卷 10，頁 214。

豫闇長日鎖岩嶢，為我聊懲鳥雀驕。碧沼靜能涵象緯，朱甍高自割
煙霄。

嵯峨玉鞏棲雲岫，宛轉銀題上漢橋。卻笑閑居先散騎，枋榆三尺也
逍遙。〔註26〕

「豫園」營造的動機，潘允端曾言：「『豫園』，取愉悅老親意也。」〔註27〕「豫」
有安泰、平綏等意思，顧名思義為潘父所築。「豫園」是逐步修建而成的，不
是一次到位，故在修建過程中，潘允端「時奉老親觴詠其間」〔註28〕。萬曆十
年，在「豫園」尚未完全峻工前，潘恩不幸辭世。潘允端哀慟曰：「嗟嗟，樂
壽堂之構，本以娛奉老親，而竟以力薄愆期，老親不及一視其成，實終天恨也。」
〔註29〕潘恩去世後，潘允端所建「豫園」的目的性便消失了，偌大的「豫園」
成為潘允端讀書靜修、晤客飲宴與徵歌度曲的場所。《弇州山人四部稿》如下
記載：

潘氏豫園者，方伯允端所荊也。成僅可五年，其東為廣場十餘畝，
中雜積潦，一門翼然，傍據之榜，曰豫園。入門折而西南，有坊楔
孤鞏榜，曰□□。度坊為石橋，過橋稍西，曰玉華堂。前列峰石，
曰五老峰，一峰曰玉玲瓏，移自烏泥涇朱尚書園，秀潤透漏，天然
宛轉，……一門呀然，闢為崇堂五楹，曰樂壽堂。……左有岑樓，
門牡甚嚴，方伯與其嬖定居之。蓋方伯志大而力不副，廊廟多而泉
石寡，宜其爾也。時月色致佳，而方伯偕伯氏學憲俱不飲，諸從與
門下客能飲，而非予所薦促，巨觴十餘。〔註30〕

「豫園」的營造，本出於為人子女反饋父母的恩情所構築的園林，目的是為了
娛親盡孝，使潘父能在園居中安享晚年。不過，隨著潘父的辭世而豫園功能亦
隨改變。其一例，潘允端崇信神靈之說，故在園內興建多處廟宇和祠堂，諸如：
武侯祠、山神祠、古大土庵等。《閱世編》記載：「山中有關夫子廟，有比丘尼

〔註26〕〔明〕王世貞：《弇州山人續稿》，〈七律詩部·潘方伯邀遊豫園〉（台北：文海
　　　　出版社，1970年），卷18，頁216。

〔註27〕〔明〕潘允端：〈豫園記〉，轉引張安奇：〈明稿本《玉華堂日記》中的經濟史
　　　　資料〉，收錄於中國社科院歷史研究所明史研究室編：《明史研究論叢》第5輯
　　　　（南京：江蘇古籍出版社，1991年），頁268～311。

〔註28〕〔明〕潘允端：〈豫園記〉，頁268～311。

〔註29〕〔明〕潘允端：〈豫園記〉，頁268～311。

〔註30〕〔明〕王世貞：《弇州山人四部稿》，〈遊練川雲間松陵諸園記〉（台北：偉文圖
　　　　書出版社，1976年），卷63，頁820。

庵，有潘氏家祠，須細尋始得，不可一覓而見也。」〔註31〕王世貞所見「豫園」
廊廟多於泉石，雖為誇說，大抵意謂著在遊賞建築美和自然美的同時，內心也
會油然升起一方靜謐吧！

「豫園」清幽妍麗，除廊廟多之外，亭臺榭閣也不少，不僅適合起居讀書，
還能用來社交款客。錢泳（1759～1844）曾言：

> 豫園在上海城內，明潘恭定公恩之子方伯允端所築，方伯自有記。
> 其地甚寬廣，園中有樂壽堂，董思翁為作〈樂壽堂歌〉，書於屏障，
> 字徑三四吋許，其墨迹至今存焉，余於張芥航先生案頭見之。堂前
> 為千人坐，有池台之勝，池邊有湖石甚奇峭，名五老峰，有玉玲瓏、
> 飛駿、玉華之名，相傳為宣和遺物也。〔註32〕

園內坐落的堂館樓軒等建物，多達三十餘棟，諸如：玉華堂、樂壽堂、仰山堂、
會景堂、容與堂、萬花樓、還雲樓、北征樓、充四齋、五可齋、聽濤閣、九獅
軒、古戲台等諸景。人在曲徑遊賞中，見臨水長廊，黑瓦白牆，有「人境壺天」
的牌坊和「寰中大塊」的照壁過目其間。而奇峰壁立、異石羅列；花樹別緻、
池沼星布，處處彰顯著精緻巧思的設計。《閱世編》同樣記載：

> 樂壽堂，在世春之西，亦潘氏所建以為遊宴之地。環山臨水，嘉樹
> 扶疏，高閣重堂，丹楹刻桷，園林之勝，冠絕一時，猶郡郊之有顧
> 園也。堂為莫中江學憲手提，規制備級宏敞，堂前廣場數畝，石砌
> 欄圍，欄外碧水一池，奇峰疊照，月榭高臨，曲橋遠度。〔註33〕

又，康熙年間《松江府志》亦有記載：

> 豫園，在縣城內，有奇石曰「玉玲瓏」。因額其堂，曰「玉華」。王世
> 貞謂其秀潤透漏，天巧宛然，為隋唐時物。西闢樂壽堂，其高造雲，
> 朱甍畫棟，金碧照耀。又有涵碧閣、留春窩、玉茵閣、頤晚樓、會
> 景堂。無不擅丹雘之美。〔註34〕

綜觀「豫園」建物有兩處重要的廳堂，一處是玉華堂，另一處是樂壽堂。玉
華堂原是潘允端為奉養其父所構築的起居廳堂，惜潘父未入住即已辭世，因

〔註31〕〔清〕葉夢珠：《閱世編》，〈居第二〉，卷10，頁215。
〔註32〕〔清〕錢泳：《履園叢話》，〈豫園〉（北京：中華書局，1997年），卷20，頁
　　　522。
〔註33〕〔清〕葉夢珠：《閱世編》，〈居第二〉，卷10，頁215。
〔註34〕〔清〕陳夢雷：《欽定古今圖書集成》，《方輿彙編・職方典・松江府部》（北京：
　　　線裝書局，2016年），卷701，頁5210。

此，潘允端移做讀書靜修的所在。玉華堂建築華美、陳設風雅，其堂名緣於潘允端極鐘愛太湖石「玉玲瓏」，聳立於堂前水池，又建一書齋，以「玉華」名之，方便朝夕觀賞。王世貞有詩云：「壓盡千峰聳碧空，佳名誰並玉玲瓏。梵音閣下眠三日，要看繚天吐百虹。」〔註35〕誠為「豫園」一絕，也是鎮園之寶。

　　另一處樂壽堂，是潘允端家庭戲班演出的主要場所。潘允端除了擅長詩文、精通園藝、鑑賞古玩外，也雅好戲曲，而樂壽堂高大軒敞，可容百餘人觀劇。潘允端經常在樂壽堂會客、聽戲，這裡幾乎是「無日不開宴，無日不觀劇」的生活日常。潘允端所著《玉華堂日記》記載數條：

> 萬曆十四年五月十三日
> 午後，請吳曲、貞庵、研山、南疇、易齋及梅岩弟移席於家。吳門
> 梨園，眾皆稱美，一更散。
>
> 萬曆十六年三月初十
> 家中小廝與瞿氏老梨園合作，黃昏散。
>
> 萬曆十六年十二月二十三日
> 時文帶來外一人，改名呈真，堂試新聲。
>
> 萬曆十七年九月初八
> 蘇州大子弟六人同小廝做戲。〔註36〕

明嘉靖、萬曆年間，家庭戲班相當繁盛，以唱崑曲為文人觀劇聽曲的主流，潘氏家樂同樣也以唱崑曲為主要演出的聲腔。不過，潘允端即使嗜愛清麗婉轉、徐緩柔和的崑山腔，但他也能兼容地方聲腔，使「豫園」聲伎包羅萬象、雅俗共賞。是以，潘允端除了吳門子弟外，也常邀弋陽腔、餘姚腔、太平腔等各地藝人入園演唱，諸如：何一、楊成、曹成、三峨等民間職業戲班匯聚一堂，而五方之音，競相爭奇。

　　潘允端家族是上海的望族，且世代為官，出身在這樣的家世背景，潘允端自然涵養一股「士不可辱」的人格特質。對於藩王權貴的詆毀排擠，作為正二品上層士大夫的位階來說，潘允端肯定無法自我委屈。致仕後的潘允端，嘉譽遍及故里，除了在「豫園」宅邸讀書靜修，也從園林聲伎中找到自我安頓的文

〔註35〕〔明〕王世貞：《弇州山人續稿》，〈七律詩部·玉玲瓏〉，卷24，頁432。
〔註36〕〔明〕潘允端：《玉華堂日記》，轉引張安奇：〈明稿本《玉華堂日記》中的戲曲史資料研究〉，《中國文化研究輯刊》第3期（1986年3月），頁128～167。

人趣味。潘允端交游廣闊，時常攜家樂訪友，切磋曲藝，譬如：顧仲韓有詩
〈送潘方伯攜歌兒呈真之白下〉二句：「玉柱金觴問暮湖，清矑皓齒豔歌飄。」
〔註37〕又，〈席間贈潘方伯侍兒呈真〉二首詩，〔註38〕同樣在盛讚潘氏家樂優
伶「呈真」的美妙演唱。

二、富稽之家：錢岱的「小輞川」

　　錢岱（1541～1622）事事為張居正瞻前馬後、盡心竭力，頗得張相厚愛，
緣於張居正為錢岱的進士座師，彼此有師生情誼。後因張居正第六子張靜修赴
鄉試，錢岱為監臨官，使張靜修中試。左副督御史丘橓彈劾，上告誣以懷私作
弊，遂降三級調外任。隔年，錢岱四十有四，正值春秋鼎盛之齡，政治舞台尚
有所作為之際，他選擇負氣辭官，歸里度餘年。

　　錢岱的致仕歸里，從心性上來看，不同於寒門進士，容易緊抓不放得來不
易的宦海官位。錢岱出生富稽之家，當年的錢父並無意讓錢岱走上仕途，因
此，錢岱自幼便備受榮寵地教養著。致仕歸里對錢岱而言，並沒有因為離開政
治舞台而悽惻憂傷，反倒為錢岱提早打開一座自我安頓的園居生活──優遊
林下數十年，聲色自娛。《重修常昭合志》記載：

> 御史錢岱宅在域西，亘山塘、西涇間，有堂曰：百順、豫順、聚順、
> 其順，前後相望，豫順諸堂大門前各浚一池，夏日荷香數里。宅中
> 有四照軒、山滿樓，又有環秀、臨水諸勝。〔註39〕

又，屠隆曾為錢岱「小輞川」園居撰記，記文略曰：

> 小輞川在城西隅，御史錢岱所營取王右丞藍田輞川諸勝以名之。屠
> 隆撰記，記文略曰：小輞川者，錢秀峰先生所構也。先生閒居絕類
> 王右丞藍田輞川，而又雅慕右丞之為人矣。故一切臺閣亭榭，悉以
> 輞川諸勝，遂即以名其園。……入輞川，門石砌數丈，傍池而植高
> 槐，砌之北有竹林，而亭其中曰竹里館，稍南則亘以橋，轉而東得
> 一門，曰：藍田別墅。中為堂，五楹堂背，牡丹百株。前有池，池左

〔註37〕〔明〕顧仲韓：《小庵羅集》，〈送潘方伯攜歌兒呈真之白下〉，卷4，轉引自劉
　　　　水雲：〈明代家樂考略〉，《戲曲研究》第60輯（2002年11月），頁68～95。
〔註38〕〔明〕顧仲韓：《小庵羅集》，〈席間贈潘方伯侍兒呈真〉，卷6，轉引自劉水雲：
　　　　〈明代家樂考略〉，《戲曲研究》第60輯（2002年11月），頁68～95。
〔註39〕〔清〕鄭鍾祥、龐鴻文修纂：《重修常昭合志》，〈第宅志‧園林〉（台北：成文
　　　　出版社，1974年），卷42，頁2878。

右垂柳交蔭。〔註40〕

「小輞川」園林闢有四堂：百順、豫順、聚順、其順，這四間廳堂不是狹小的
左右廂房，而是規模相當大的豪華宅第。錢家戲班演出的重要場所位在百順
堂，坐落於山塘涇西岸，占地極廣，光是房舍就有上百餘間。《筆夢敘》記載：
「百順則女樂聚焉，連房洞闥，幾四百間。……宴飲用女樂，惟冬月為多。」
〔註41〕錢岱本身寢居於集順堂，〔註42〕而百順堂不僅是錢岱家樂優伶的生活
起居之處，也是家庭戲班重要的表演舞台場域。

這裡有個插曲，可以說明寢居主宅的集順堂，與流連尋歡的百順堂有何尊
卑差異？直到錢岱辭世，還因棺木靈柩的擺放之處而有群議。

泰昌元年，十二月考終於集順堂，享年八十有二，……有族人某者
生忮心，謂集順不足為喪次，宜治喪於百順，乃於山塘涇上下兩岸
搭席廠作過街棚，移屍就殯焉。一縣譁然，以為非禮。〔註43〕

錢岱四十四歲致仕歸里，至八十二歲而辭世人間，人生有一半的歲月流連在園
居生活，而園居生活的閒雅適意莫若於歌舞觀劇。富貴閒人如錢岱，樹大招風
的結果，難免遭受族人的俳怨嫉妒，乃以行樂之處的百順堂作為殯殮設靈之
處，意欲貶損錢岱的人格，給予難堪。按照傳統治喪禮制，主人壽終正寢，理
應停柩開弔於主宅，但將錢岱遺尸就殯於尋歡作樂的百順堂，明顯不合禮制，
且有侮辱死者的生前所為。故錢岱身後事的不當處理，指評者無非譁然仕宦之
家與群女妓居有染，重傷門風！

從物質文化來看，錢岱投射文人精神於園居之中，用心經營這座可以自主
掌握的精神堡壘。個人政治舞台上所有失意之事、激憤之事，全在有限的園林
空間裡，以文人閒雅清逸之姿飛觴走斝。而景由情生、情由景出，最能體現文
人把園林空間的情與景妙合無痕。隱身在虞山麓下、傍水而建的「小輞川」，
常常是在咫尺面積中，以小見大，創造出曠野百里的空間，使人目不暇給、美
不勝收。盧龍雲有〈寄題錢侍御小輞川〉詩作：

〔註40〕〔清〕鄭鍾祥、龐鴻文修纂：《重修常昭合志》，〈第宅志·園林〉，卷42，頁
　　　　2879。
〔註41〕〔清〕據梧子：《筆夢敘》，收錄於《筆記小說大觀》五編（台北：新興書局，
　　　　1977年），卷1，頁3239。
〔註42〕據《筆夢敘》記載，小輞川園林闢有四堂：「門客趙靜之構思營成，集順、怡
　　　　順、其順，每大門前開一荷池，石欄周圍，夏月則荷香數里，惟百順堂在山塘
　　　　涇西岸。」與《重修常昭合志》所誌錄四大堂名稱號略有不同。
〔註43〕〔清〕據梧子：《筆夢敘》，收錄於《筆記小說大觀》五編，卷1，頁3246。

天留勝地虞山麓，城市林泉樂亦足。婉轉清渠有畫橋，周回廣徑多奇木。

翩翩鷗鷺百千群，兩兩鴛鴦三十六。溪渚宁言仆射陂，岩巒未數王官谷。

主人只慕右丞莊，每道藍田勝辟疆。筆落已同詩有畫，樽開便逐醉為鄉。

煙霞在處生華薄，簫鼓乘流命野航。地闊盡容江月色，亭高時逗澗花香。

看看水木清華里，幻出瀟湘一別墅。聚遠樓前繞砌蘭，空明閣下臨汀芷。

桂叢杏館間椒園，槐陌梅廊帶竹里。倒影朱闌池畔回，樓霞青雀林間起。

早歲能懸御史車，蕭然濠濮羨儵魚。酒闌但坐看山幾，歌罷還抄種樹書。

流水柴門非俗徑，青松白石愛吾廬。千年摩詰風流在，莫說清齋尚不如。〔註44〕

盧龍雲（生卒年不詳），字少從，廣東府南海縣人。明神宗萬曆十一年，進士及第。歷仕馬平知縣、河北邯鄲知縣、福建長樂知縣、南京大理寺副、戶部員外郎，官至貴州布政司參議。「小輞川」雅致深邃，模山範水，吞吐顯蔽；而樓宇連棟，曲繞迴廊，適以歌響川堂。盧龍雲在受邀作客「小輞川」後，以七言詩酬贈錢岱步追王維的風流閒雅。從表層來看，雖是歌詠「小輞川」園林景致：一花一木，一丘一壑，一亭一廊；但實際上是把建物、層山、曲水、植栽等自然與人文之「物」，巧妙地融合為有濃厚文學意涵的複合性載體。其中，色彩的對比、器物的安置、山水的移入，以及花卉樹叢的栽列等，無一不是造園者在構思時「未成曲調先有情」的匠心獨運。

　　園林無論如何美輪美奐、怡情賞心，也只是「物」的建築藝術與設計之美。「小輞川」真正使受邀賓客留下仰慕之情者，終歸是文人雅集的觀劇聽曲，兼能凝聚深厚的文化藝術與歷史蘊意。且說，錢岱致仕歸里後，所置辦的家庭戲班是以唱崑曲的女伶家樂，組織成員計有優伶十三人，年齡皆約十二歲左右；

〔註44〕〔明〕盧龍雲：《四留堂稿》，〈寄題錢侍御小輞川〉（廣州：廣州出版社，2015年），卷11，頁97。

女教師二人，大多由沈娘娘主導教戲。

> 岱雖家居，而聲勢奕赫不減柱后惠文時也。斥橐中裝治第城西，華堂綺閣，連閨洞房，極宮室之美。……姬妾數百，皆美麗姚冶，擇其聲色尤異者，教以吳歈及宋元劇戲，花前裙幄、月下氍毹。聲徹雲霄，舞低楊柳。〔註45〕

錢岱回到故居蘇州府常熟縣安居後，便為往後閒居的退休生活籌謀規劃，一方面於城西擲金買地，構築園林。而園林之大之廣，耗時二十餘年竣工。且因園林形制和設計足以媲美王維的輞川別業，故有「小輞川」之稱。另一方面置辦家庭戲班，「教以吳歈及宋元劇戲」，演員分屬十行：老生、正旦、外、老旦、小生、小旦、大淨、二淨、小淨、貼旦等腳色。事實上，在錢岱家樂的十三名優伶中，從京師歸蘇州途中，錢岱便陸陸續續接收了友人餽贈的女伶數名，其中有四名女伶是揚州稅監徐太監所贈。這四名女伶原來是唱弋陽腔的，轉入錢岱家樂後，旋即改學崑山腔。

錢岱家樂的演出，常於「花前裙幄、月下氍毹」進行。所謂「氍毹」即地毯之意，一般家庭戲班在家中內堂或園林亭榭演出時，會在這些場域的中央鋪上一席紅色地毯。因此，家庭戲班的演出，有時也稱作「紅氍毹」。據史料記載，錢岱家樂所搬演的劇目十種中，有《牡丹亭》一本，飾演杜麗娘的女伶，常會曳著綿柔而尾長的水袖，飄然走下舞台，忽地轉身！又翩然消失在迴廊的盡頭。那種瞬間姣美的銷魂，純粹是因為崑曲的水磨調，如水一般地曲折蜿蜒流進了園林之內，酥麻了文人的心脾。因此，錢岱「七十以前，每多長夜狂飲，管絃歌舞甚至達旦；七十以後，自日入至夜分而已。」〔註46〕至八十有二而終。

除了「紅氍毹」的演劇舞台之外，錢岱家樂還有另一種在園池之中的舞台表演。這種舞台的設計相當特別，走精緻路線，主要是借助水池面上的回音來增強優伶唱曲時的音響效果。事實上，「小輞川」園林主要是傍水而建，因此，水池周圍皆是複道迴廊，優伶聲音的共鳴也就能夠因為水波的震盪而傳達得更遠。

三、家貧出身：鄒迪光的「愚公谷」

蘇州有一處別致風韻的名園，稱之為「愚公谷」，最早是無錫人馮夔在惠

〔註45〕〔明〕陳三恪：《海虞別乘》，〈邑人・錢岱〉（北京：學苑出版社，2010年），卷2，頁32。
〔註46〕〔清〕據梧子：《筆夢敘》，卷1，頁3245。

山寺右側改建僧房而成園林，以「龍泉精舍」名之，後為鄒迪光（1550～1626）所購入。鄒迪光家貧而好學，明神宗萬曆二年，進士及第，授湖廣提學使，為官有政聲。不過，仕途險峻難走，萬曆十七年，遭吏議傾軋而被罷官，時未滿四十，而仕途從此中斷，憤怒鬱悶不可言喻。鄒迪光回鄉時，其門生與湖廣士人為感念師恩，贈以「數千萬緡」之資，而鄒迪光遂成鉅富。

為排遣不得志的心情，鄒迪光開始流連山水，杭州西湖諸山都有他的足跡。後以門生饋資購買「龍泉精舍」故址，但眼前卻是一片荒煙墓地的僧寺，已非馮夔當年的樣貌。鄒迪光修葺舊別墅，戮力建新園，即使遭時人譏嘲「不米而炊，未卯而求」，仍舊不改愚公之志，而「愚公谷」歷時十數年始竣。

「愚公谷」之名，乃鄒迪光惺惺相惜柳宗元「愚溪詩序」一文，寫出自傷觸貶為永州司馬，而深有同感政治多舛之意。「愚公谷」為鄒氏所建，也稱作「鄒園」；又，新建園林地處錫山與惠山之間的谷地，亦有「山慧谷愚」一說。《錫山景物略》記載：

> 愚公谷，即海內所傳鄒園是也。在惠山寺右，黃公澗前，古稱「聽泉山房」，又稱「龍泉精舍」。……始屬鄒迪光學憲，邊幅日廣，自黃公澗，闢至秀嶂街，可數十畝。亭臺樓閣，花木竹石，絡繹奔會。前後兩門，後曰「愚公谷」，前曰「揭車塢」，繼改「九龍山下人家」。〔註47〕

鄒迪光在政治舞台上的表演，遑論盡不盡人意，黯然下台已成事實，如何安頓離開朝堂後的「精神自我」，成為鄒迪光園居生活的重要實踐指標。王永積的《錫山景物略》記載了「愚公谷」的名號變遷與園景概況。「愚公谷」的文人雅集，園林聲伎三十年，說明了走下政治舞台後，鄒迪光的人生舞台開始璀璨。

「愚公谷」佔地面積約有五十多畝，依山形而取其勢，使山景與花木灌叢、亭閣樓院等建物融為一體。大抵「愚公谷」的外廓：北鄰惠山寺，南濱黃公澗，東依秀嶂街，西為名泉里。園內造景比例：水系渠流占四成，屋舍廳堂占三成，假山疊石占二成，古木竹樹僅一，如此山光水色，自然相映成趣。

三十九歲離開官場，正值壯年的鄒迪光，把滿腹才華展現在錫惠二山的谷地上，創造了當時文人嚮往的園居勝地「愚公谷」。園主鄒迪光的熱情好客，雅集了當時吳中地域一批文藝修養極高的文人群體。諸如：安紹芳、屠隆、華

〔註47〕〔明〕王永積：《錫山景物略》，〈愚公谷〉（濟南：齊魯書社，1996年），卷4，頁463。

淑、王永積等人，都曾受邀遊園宴飲、記文作詩、丹青書畫、坐禪論道、品鑑
珍玩等文藝之能事，形成一個非常龐大的文人生活圈。當時文壇好友，在遊畢
「愚公谷」後，都會留下題詠和記略等詩文之作。華淑（生卒年不詳）有如下
描述：

> 春申澗第一曲，愚公別墅在焉，入門數折為天鈞堂，小山前帶清
> 池，後濚喬柯千尺，與海棠梅杏之屬，點綴青苔白石間。天然大雅
> 堂，左修廊一曲，題曰茂林修竹廊。盡登假山，過石公墮屨處，得
> 墻照亭。……下臺穿堤過橋，入小門為石語齋，上為先的樓，樓後
> 為蕉鹿齋、為膏夏堂，植牡丹百本，可使洛陽失色。自此至語，花
> 簃層象，登四照關，亭台沼沚，林煙嵐靄，一望盡收。折而下為金
> 薤堂，歷卷畫廊為蔚藍堂，愚公每挾青衣於此度曲，香塵響屧，人
> 人絕唱。〔註48〕

華淑，字時彥，江西府金溪縣興賢坊人，官至禮部尚書，工詩文，擅書法。鄒
迪光在「愚公谷」的聲伎寄情、遊賞偃息等情態，盡在華淑的筆下點滴記錄。
至於鄒迪光本人，同樣為自己一手起造的園林妙筆生花，留下得意之作。明神
宗萬曆四十二年，鄒迪光將園中六十個景點，寫成八千餘字的〈愚公谷乘〉一
文，又作五言律詩〈愚公六十景詩〉。園內的每一個端景相對應於每一首詩作，
從第一景「春申澗第一曲」〔註49〕到第六十景「石語齋」，凡景物所到之處，
皆細述詳盡，而造園藝術溢於言表。

　　鄒迪光除了擁有詩文詞曲等文藝修養外，還是一位傑出的造園家。他認
為：園林挹勝，在於山水二物，缺一則無法顯示其勝景，故以惠錫二山作為園
中造景主體，輔以黃公澗的源頭活水引流入園，六十景一時壓倒吳中園林。

　　「愚公谷」甲於吳中者，除了園中六十景之外，徵歌度曲自然是不能獨漏
其外。這一批文藝修養極高的文人群體，同時也是嗜好崑曲的清雅人士，他們
常受邀至「愚公谷」同歡聽曲，而鄒氏家樂優伶的曼妙身段與水磨唱腔，足令
人大飽眼耳之福。《錫金識小錄》記載：

〔註48〕〔明〕華淑：〈愚公谷記略〉，收錄於〔清〕裴大中等修：《無錫金匱縣志》（台
　　　　北：成文出版社，1970年），卷37，頁642。
〔註49〕「愚公谷」第一景為春申澗，王永積在《錫山景物略》中記名為「黃公澗」，
　　　　而華淑在〈愚公谷記略〉中則記名為「春申澗」，二文所記名稱雖異，實則指
　　　　同一澗名。相傳戰國四公子其一，春申君黃歇曾於今無錫錫惠山谷處飲馬於
　　　　河，故名之。

鄒彥吉迪光，與無一事不求其至者，妖姬美妾充牣，建十二樓以居
之。優童數十，極一時之選。〔註50〕

「愚公谷」占地極廣，「前後廣各十畝，異花珍石、崇台閒館，參錯其間，有
十二樓以居，姬侍迪光。」〔註51〕園內常常進行藝文活動，文人所愛的家樂表
演，盡在園林聲伎之處。鄒迪光蓄養家樂兩部，音律之妙，名震江南。一部為
女樂班，計有十二人，分屬十二個角色，築十二樓居之；一部為優童班，有數
十人，居處遏雲樓。鄒氏家樂陣容龐大，兩班皆住在「愚公谷」園內。鄒迪光
本身精於音律，故能親授優伶拍曲。不過，他也有聘請教習曲師指導鄒氏家樂
的優伶，譬如：崑曲水磨腔創始人魏良輔的高足陳奉萱、潘少荊二人。

鄒迪光造園的天縱才華與「愚公谷」園林的廣袤幽境，創造出具茨樓、
膏夏堂、繩河館、天鈞堂、淥水涯、蔚藍堂等風韻雅致的建物，皆為鄒氏家
樂經常度曲搬演的場域。具茨樓較為特別，前無水塘，而蓊樹如傘蓋，鄒迪
光有詩云：

夏木鬱青蒼，群峰屋裡藏。深杯天欲倒，小語日為長。〔註52〕

膏夏堂的周遭環境與具茨樓相同，前無水塘，而古木青蔥，參天環繞，如膏欲
流，鄒迪光曾賦詩〈秋日，周承明偕徐伯明集予山園膏夏堂觀劇，有詩見貽次
韻〉一首，〔註53〕紀錄好友周承明、徐伯明等人至「愚公谷」觀劇。又，繩河
館與天鈞堂共依一方水塘，塘中荷葉直立浮天，風襲水波，笙歌繞樑，而女伶
與優童的曲聲悠揚，經由隔水相傳，更顯婉轉蘊藉，鄒迪光曾賦詩〈繩河館觀
劇，復集具茨樓坐月，次周承明韻〉一首，〔註54〕以及〈天鈞堂就水而敞於其
中，命侍兒度曲，稍覺涼爽，得詩六首〉等六首。〔註55〕

此外，「一指堂」也是鄒迪光家樂經常表演的場所。不過，這處舞台並不
在「愚公谷」園內，而是坐落在鄒迪光的另一處宅邸──城西榆枋館。女伶

〔註50〕〔清〕黃印輯錄：《錫金識小錄》，〈前鑒‧優童〉（台北：成文出版社，1989
年），卷10，頁613。

〔註51〕〔清〕裴大中等修：《無錫金匱縣志》，〈古蹟〉，卷14，頁216。

〔註52〕〔明〕鄒迪光：《石語齋集》，〈具茨樓觀劇，次仲熙韻〉，卷6，頁108。

〔註53〕〔明〕鄒迪光：《石語齋集》，〈秋日，周承明偕徐伯明集予山園膏夏堂觀劇，
有詩見貽次韻〉（濟南：齊魯書社，1997年），卷5，頁90。

〔註54〕〔明〕鄒迪光：《石語齋集》，〈繩河館觀劇，復集具茨樓坐月，次周承明韻〉，
卷5，頁102。

〔註55〕〔明〕鄒迪光：《石語齋集》，〈天鈞堂就水而敞於其中，命侍兒度曲，稍覺涼
爽，得詩六首〉，卷7，頁117。

艷絕，別院香流；曲聲流轉，傾聽而醉，鄒迪光有詩作〈正月十六，夜集友人於一指堂觀演《崑崙奴》、《紅線》故事，分得十四文〉一首，〔註56〕又〈仲夏雨夜，同粵西高公先、姑蘇許覺父、王君美，集一指堂觀劇，次絕父韻〉一首，〔註57〕又〈六月十四日，同許覺父諸君，集一指堂觀劇，晝而繼夜，覺父有詩次韻〉一首，〔註58〕又〈一指堂同承明兄看演《長命縷》傳奇，此是梅禹金所作。禹金物故，即事生感二首，仍用詠玉蘭之韻〉二首，〔註59〕又〈秋夕，要崔自明、朱爾謙、丁建白、范東生、劉仲熙、沈璧甫、林若撫諸君於一指堂劇飲，分得十二文〉等首，〔註60〕皆文人雅集於「一指堂」觀劇的感興之作。

四、士商身分：許自昌的「梅花墅」

江南園林之勝，尤以蘇州所建造者堪稱絕美，大抵都能折射出底蘊濃厚的人文色彩。明神宗萬曆年間，許自昌（1578～1623）於甫里構築「梅花墅」園林，其山之座落，其水之引流，其亭之立望，其榭之遙企，乃吳中勝景，僅次於杭州西湖、蘇州虎丘，為江南第三名勝、甫里八景之一。甫里為現今的用直鎮，「鎮內有明清兩代園宅三十八處，寺觀祠宇四十七座，有士紳豪富住宅和名人故居數百處之多。」〔註61〕用直鎮地處江蘇吳中區，南濱澄湖，北接吳淞江，東銜崑山，西臨工業園區，是一座具有兩千五百多年歷史、文化底蘊深厚的水鄉古鎮。

許自昌於甫里構築「梅花墅」園林，主要目的是用來娛親，其次才兼作文人雅集的場域。許自昌不僅能詩擅文，也創作傳奇，又嗜好戲曲，蓄有家

〔註56〕 〔明〕鄒迪光：《石語齋集》，〈正月十六，夜集友人於一指堂觀演《崑崙奴》、《紅線》故事，分得十四文〉，卷9，頁147。

〔註57〕 〔明〕鄒迪光：《石語齋集》，〈仲夏雨夜，同粵西高公先、姑蘇許覺父、王君美，集一指堂觀劇，次絕父韻〉，卷10，頁151。

〔註58〕 〔明〕鄒迪光：《石語齋集》，〈六月十四日，同許覺父諸君，集一指堂觀劇，晝而繼夜，覺父有詩次韻〉，卷10，頁151。

〔註59〕 〔明〕鄒迪光：《始青閣稿》，〈一指堂同承明兄看演《長命縷》傳奇，此是梅禹金所作。禹金物故，即事生感二首，仍用詠玉蘭之韻〉（北京：北京出版社，2000年），卷8，頁258。

〔註60〕 〔明〕鄒迪光：《調象庵稿》，〈秋夕，要崔自明、朱爾謙、丁建白、范東生、劉仲熙、沈璧甫、林若撫諸君於一指堂劇飲，分得十二文〉（濟南：齊魯書社，1997年），卷13，頁591。

〔註61〕 肖飛、章曉曆：《趣聞江蘇》（台北：崧燁文化事業公司，2019年），頁244。

庭戲班。因此，曾經受邀至「梅花墅」園林的文人，除了在席中賦詩宴飲、歌舞聽曲外，對於「梅花墅」的園景遊賞，自然銘記深刻的印象。有些文人宴後，會以「梅花墅」為景記文，酬饋園林主人的盛情款待。在晚明小品中最負鴻名者有三：鍾惺（1574～1624）、陳繼儒（1558～1639）、祁承㸁（1563～1628）。

許自昌所建「梅花墅」園林的美景勝境，大抵可從這三篇遊園小品中，窺探一二。首先，就〈梅花墅記〉一文所述，鍾惺說道：

> 予遊三吳，無日不行園中，園中之園，未暇遍問也。於梁溪，則鄒氏之惠山。於姑蘇，則徐氏之拙政、范氏之天平、趙氏之寒山，所謂人各有其園者也。然不盡園於水，園於水而稍異於三吳之水者，則友人許玄祐之梅花墅也。玄祐家甫里，為唐陸龜蒙故居。……渡梁，入得閒堂，堂在墅中最麗，檻外石台，可坐百人，留歌娛客之地也。〔註62〕

「梅花墅」建有景觀三十餘處，園中的主要建物是「得閒堂」，此處也是許氏家樂搬演的場域。江南多水澤，山水二物自然構成園林的主體。有些園林主人會特別選擇匭池水澤畔，作為優伶的表演舞台，許自昌的「得閒堂」便是一例。「得閒堂」周廓，山亭水榭，百態千姿，不論晴雨，演劇皆宜。尤其，許自昌的《梅花墅傳奇》九部，在「得閒堂」上筵席日夜，招待了無數的達官貴人、名士山人，而許氏家樂得以名聞江南。

鍾惺遍遊三吳一帶園林群，特以鄒迪光的「愚公谷」、徐少泉（生卒年不詳）的「拙政園」、〔註63〕范允臨（1558～1641）的「天平山莊」、〔註64〕趙宦

〔註62〕〔明〕鍾惺：《隱秀軒集》，〈梅花墅記〉（上海：上海古籍出版社，1992年），卷21，頁349。

〔註63〕在園林史上，「拙政園」最負盛名。然歷經時間與戰火，園林數度易主。正德初年，最早的園林主人是官至巡察御史的王獻臣，家世居蘇州，隸籍錦衣衛。弘治六年，進士及第。後因事謫高州府通判，不久，致仕歸里，購得一荒寺，改建成園。其子不肖，一夜賭博輸掉了一座園子。新主徐少泉，徐家世居百年，後代子孫沒落，再次易主。崇禎四年，由刑部侍郎王心一購得。至滿清入關後，「拙政園」又是數度易主。

〔註64〕范允臨為范仲淹第十七世孫，蘇州吳縣人。萬曆二十三年，進士及第，官至福建布政使司參議。范仲淹任蘇州知府時，以其祖墳位於蘇州天平山，宋仁宗乃欽賜天平山為范氏家山，簡稱為「賜山」。晚年，范允臨致仕歸里，依祖墳之地勢築室於先祖所遺天平山，曰「天平山莊」。以天平山為主軸線的建物，計有樂天樓、高義園、恩綸亭、歲寒堂、咒缽庵等勝境。

光（1559～1625）的「寒山別業」，〔註65〕四人所構築的園林作一比較，實則
巧妙各別，宛若天開。鍾惺獨愛許自昌的「梅花墅」，並以園林之水為主軸視
角，所觀之處，則為曲流所經之地，依勢迤邐，引通各處紐帶；而意隨景到，
又呈現出不同興味的文化符碼，頗有滄浪濯兮、恬退幽雅的情境。不數日，鍾
惺又續作〈遊梅花墅〉五言古詩，詩云：

> 閉門一寒流，舉手成山水。動止入戶分，傾返友妙理。修廊界竹樹，
> 聲光變遠邇。從來看園居，冬日難為美。能不廢暄妍，春夏復何似？
>
> 何以見君閒？一亭一橋里。閒亦有才識，位置非偶爾。〔註66〕

江南園林的冶遊，其實也是晚明文人的一種生活樣式，在宴樂之中內蘊著主人所
寄寓的人文意涵。「冶遊」二字，可以是丘壑怡情、耕雲釣水、山友魚侶；也可
以是習靜一室、誦詩品茶、兀坐無營，惟不同於風月場所的青樓忘返。鍾惺以詩
為文，摹寫園中景物的置列擺設與相互襯托，在季節的更迭下，彰顯「梅花墅」
園林造景的藝術和意境。富貴足道，妙理何尋常乎？政治舞台的宦浮宦沉、身不
由己，不如在閒情雅趣的園林中耽溺聲伎、縱情忘我，此樂不減真神仙，無疑是
文人的一種精神歸宿，也流露出園主離開朝堂後自我安頓的人生價值。

其次，晚明小品〈許秘書園記〉一文，則是以「梅花墅」為景記文中，最
負鴻名者第二，陳繼儒說道：

> 吾友秘書許君玄祐，所居為唐人陸龜蒙甫里。其地多農舍漁村，而
> 繞於水，水又最勝。……渡梁，入「得閒堂」，閎爽弘敞。檻外石台，
> 廣可一畝餘，虛白不受纖塵，清涼不受暑氣。每有四方名勝客，來
> 聚此堂，歌舞遞進，觴詠間作，酒香墨彩，淋漓跌宕於紅綃錦瑟之
> 旁。……又且登閣四眺，遠望吳門，水如練，山如黛，風帆如飛鳥，
> 市聲簇簇如蜂屯蟻聚，而主人安然不出里門，部署山水。朝絲暮竹，
> 有侍兒歌吹聲；左絃右誦，有諸子讀書聲；飲一杯，拈一詩，舞一
> 棹，沿洄而巡之。……叩君之園而訪焉，相與唱和如皮陸故事。玄
> 祐能采杞菊以飽我否？〔註67〕

〔註65〕趙宧光為宋太宗第八子趙元儼之後，宋室南渡，留下一脈在吳郡太倉。作為王
　　　室後裔，趙宧光選擇一生不仕，以文人名士處優於吳中。趙氏這一脈遠離政
　　　爭，趙宧光遵照父親遺願，將墳塚葬於蘇州楓橋寒山，並依山而築「寒山別
　　　業」，而此宅第遂成為吳中的一處仙境。
〔註66〕〔明〕鍾惺：《隱秀軒集》，〈遊梅花墅〉，卷4，頁41。
〔註67〕〔明〕陳繼儒：《陳眉公小品》，〈許秘書園記〉（北京：文化藝術出版社，1996
　　　年），頁66。

皮日休（838~883）湖北天門人，陸龜蒙（？~881）江蘇蘇州人，人稱甫里先生。皮陸二人是詩友，某日，皮日休偶經蘇州，與陸龜蒙相遇後，終日以詩歌酬唱，品茶談道，因此也成為茶友。其中，皮日休有詩作〈茶中雜詠〉十首，陸龜蒙亦有詩作〈奉和襲美茶具十詠〉，皮陸兩人的情誼篤厚，令人稱頌。陳繼儒走在歷史的墀道上，在步行景移中，曲徑通幽的園林若蔽若敞，自然讓陳繼儒興起跨越時空的杞菊飽餐。〔註68〕

　　從歷史的地域來看，「梅花墅」園林舊址本為陸龜蒙的故居，現在為許自昌的園居所在；過去是陸氏與茶友詩友交流切磋的生活場域，現在則是許氏家樂的表演舞台，文人饗宴充滿了歌舞聲伎的熱鬧，這是物質空間的歷史轉移。那麼，能否飽我的精神空間又是什麼？「梅花墅」的美在於水景的放射環繞，以「水」為核心，逐次向外增顏添色。園林的歌舞曲聲與誦詩書聲竝奏，最能讓人由景入情，訪園的跨時空流動，讓陳繼儒憶起「梅花墅」原為唐人陸龜蒙的故居，而心之所向，則冀與許自昌結下情誼，一如皮陸相惜。

　　第三篇〈書許中祕梅花墅記後〉一文，祁承㸁描述「梅花墅」的獨特之處：

> 要以越之構園，與吳稍異。吾鄉所繞者，萬壑千岩，妙在收之於眉睫；吳中所繞者，清泉怪石，妙在於引之於庭除。故吾鄉之構園，如芥子之納須彌，以容受為奇；而吳中之構園，如壺公之幻日月，以變化為勝。〔註69〕

祁承㸁是祁彪佳之父，祁氏家族也是嗜好戲曲的仕宦世家。祁承㸁與園主許自昌交好，曾受邀至「梅花墅」遊園宴飲、歌舞聽曲。在祁承㸁眼中的「梅花墅」確實有殊異於別家的園林。祁承㸁寓居浙江山陰縣，故祁承㸁所言「越之構園」以「容受為奇」，較之許自昌居江蘇長州縣，而「吳中之構園」以「變化為勝」之差別，說明了吳越兩地造園所著重的要點不同，因而有了不一樣的賞景焦點。觀祁承㸁所言，吳地「梅花墅」與越地的園林造景最大殊異，實與鍾惺、陳繼儒二人的觀點相同，皆稱「水」的變幻，然後徐徐之引流於曲徑通幽。

〔註68〕陸龜蒙曾撰有〈杞菊賦〉一文，其序曰：「天隨子宅荒，屋少牆，多隙地，著圖書所，前後皆樹以杞菊。春苗恣肥，日得以采擷之，以供左右杯案。……生笑曰：『我幾年來忍飢誦經，豈不知屠沽兒有酒食耶？』退而作『杞菊賦』以自廣云。」參閱《甫里先生文集》（開封：河南大學出版社，1996年），卷14，頁200。

〔註69〕〔明〕祁承㸁：〈書許中祕梅花墅記後記〉，收錄於衣學領主編、王稼句編注：《蘇州園林歷代文鈔》（上海：上海三聯書店，2010年），頁198。

第三節 明末清初遺民文人的園林經營策略

園林宅邸的山水樓閣等真實景物，若作為一種視覺藝術的再現與表現來看，當然提供了士大夫致仕後的晚暮生活空間。他們入於市民生活，又從俗世生活中逸出，在雅俗之間，不斷做出相互游移與拉距的現象——或身分有所區隔，或主次涇渭分明，而形成晚明文人的審美生活。就士大夫對外部世界的互動與反應來看，他們從撤離政治舞台的「心」到營造園林聲伎的「境」，大抵皆能以寫實手法對其居住環境的知覺經驗，有一定的審美距離，而人與園林的和諧統一，則可視作士大夫人文意識的自我表現。

另外一批不仕功名的文人，「懷才不遇」是不可輕忽的心理特徵。這其中既有對仕途多舛的無力感而放棄功名的營求，轉而組織民間社團，批評時政，譬如「復社」的侯方域；也有因為受到屢遭落第的憤慨和絕望，迫使自我人格精神產生無限擴張，終而淪為放蕩的生活型態，譬如：張岱。

江南園林，十里秦淮，便有兩位風流倜儻、科考不第的文人，築園於秦淮河畔——如皋的冒襄、南京的李漁。他們雖然屢試不第，但對造園、美學、戲曲、書畫、珍玩等藝事頗有鑽研，同樣建造了屬於自己一方天地的園林。在世俗化的社會裡，這一批不仕功名的文人，對於園林的美學經驗，則聚焦於審美生活是一種不斷追求奇炫與享樂的過程，譬如：冒襄有「水繪園」一座園林，李漁則高達四座園林，諸如：「芥子園」、「半畝園」、「層園」、「伊山別業」，而以「芥子園」最享盛名。

在情感層面上，江南的園居生活，他們更在乎官能欲望的享樂，譬如：冒襄與董小宛詩意般的愛情，在自然平實的園居生活中，有著饒富雅致的文化趣味。事實上，除了董小宛外，與冒襄有過情愛關係的女性，文獻考較還有十多位秦淮歌姬。李漁的風花雪月也不遑多讓，他雖姬妾成群，但最鍾愛的還是家樂裡的名角——喬復生、王再來。此二姬的地位，從李漁為其立傳〈喬復生王再來二姬合傳〉一文，又為其賦詩〈斷腸詩〉三十首，遠遠勝過元配與諸妾，可見一斑。

本節嘗試在晚明江南的文人風月中，對明末清初遺民文人的園林經營策略，做一番審美經驗闡述，討論冒襄「水繪園」與李漁「芥子園」兩座最具特色的文人園林，及其戲曲搬演概況。至於冒襄與董小宛，李漁與喬復生、王再來二姬的愛情生活，不是本文的主題範圍，故不予探究。

一、冒襄：如皋「水繪園」

冒襄（1611～1693），字辟疆，號巢民，一號樸庵，又號朴巢，水繪庵老人，南直隸揚州府泰州如皋縣（今江蘇省如皋縣）人，明末清初文學家。冒氏為如皋望族，家族人才輩出，六代為官，不僅為仕宦世家，也是文化世家。第七代冒襄幼時有才俊，性至孝，享聲譽。自天啟七年至崇禎十五年，冒襄六次南京鄉試，六次皆落第，在這十六年間，僅兩次中副榜，連舉人都未沾到邊。

仕途屢蹶、懷才不遇，讓冒襄深感憂憤，遂轉而與張明弼結盟，參加復社，當時「與桐城方以智、宜興陳貞慧（陳維崧之父）、商丘侯方域，並稱『四公子。』」〔註 70〕他們年齡相仿，政治理念齊一，故時常評譏執政、抨擊閹黨，冀望改革政治，力圖挽救國家危亡。另一方面，冒氏家族雄於財貨，築有「水繪園」園林，四公子趣味相投，或詩文酬唱，或觀劇宴飲，而文采韻事盡在園中。

「水繪園」位在江蘇如皋縣城東北隅，始建於明神宗萬曆年間，距今已有四百多年的歷史。「水繪園」的初建，肇始邑人冒一貫的別業，歷四世，至族裔冒襄始臻完備。〔註 71〕大抵園林周遭南鄰中禪寺，北依城牆，西倚碧霞山，山前有一小橋，曰「霞山橋」，僅此一處可通往園內。陳維崧（1626～1682）在〈水繪園記〉一文中寫道：

> 水繪園是也，其主人辟疆氏，……我來是客，僧為主，更園為庵名，
> 自此始水繪之義。繪者，會也，為其亘涂水派，惟餘一面竹杠可通。
>
> 往來南北東西皆水繪其中，林巒葩卉，塊扎掩映，若繪畫然。〔註 72〕

江南園林群中，蘇州「水繪園」的佔地面積並非最廣大，造景設置也絕非奢華。然而，它的寂靜秀雅、樓台映水，不輸上海「豫園」的人造工巧，也不遜於紹興「沈園」的萬千騷雅，是江淮平原上一顆閃亮的明珠。「水繪園」以其所在地如皋臨江面海的天然地理屏障，水網縱橫，運河瀰漫，擅池沼亭館之勝，故

〔註 70〕 王樹枏：《清史稿》，〈列傳‧遺逸二〉（北京：中華書局，1977 年），卷 508，頁 11519。

〔註 71〕 《如皋縣誌》記載：「水繪園位於江蘇如皋城東北隅，建於明萬曆年間，原是邑人冒一貫的別業，歷四世，到冒襄時方臻於完善。園中構妙隱香亭、壹默齋、枕煙亭、寒碧堂、洗缽池、鶴嶼、小三吾、波煙亭、湘中閣、鏡閣、煙樹樓、碧落廬等十餘處佳境。」

〔註 72〕 〔清〕陳維崧：〈水繪園記〉，收錄於冒襄：《同人集》（濟南：齊魯書社，1997 年），卷 3，頁 83。

不設垣墉，既可省下圍牆的費用，又能以水為主景、倒影為繪，遂得名而盛極一時。

　　園林可遊、可居、可賞、可憩，是一處讓人棲息遊賞的流動空間，也是完善自身寓居環境的一種審美創造。蘇州園林星羅棋布，大大小小約二百餘座。文人群體隨著蘇杭一帶的經濟昂揚而大量崛起，有些文人在科場上博得一席，而能位列公卿；有些文人連連失利，只能黯然退出科場舉試，另闢蹊徑。然不論仕宦與否，文人群體的文化內涵，諸如：詩、文、琴、棋、書、畫、曲藝等，都會表現在文人的社交活動上，並融於園林之中，形成文人園居生活的特色。明末清初，劉體仁（1617～1676）指出「水繪園」作為蘇州園林群標的物的重要性：

　　　　時，士之渡江而北，渡河而南者，無不以如皋為歸。〔註73〕

在徵顯品味、引領潮流的蘇州園林群中，如皋的「水繪園」有著複雜多元的功能與作用。首先，既是文人園林，它便是一座饒富書香氣息的生活空間，供文人雅集、賞園、讀書等聚會場所。王士禎（1634～1711）曾言：「余與邵潛夫、陳其年諸名士，以康熙乙巳修禊冒辟疆水繪園，分體賦詩。」〔註74〕園內築有得全堂、寒碧堂、壹默齋、因樹樓、湘中閣、懸霤山房、鏡閣、小三吾亭、枕煙亭、妙隱香林、煙波玉亭、碧落廬、洗缽池等數十餘處建物佳景。

　　第二，冒襄豢有家庭戲班，因此，觀劇宴飲便是不可或缺的文人活動。《不下帶編》記載：「康熙初，如皋冒辟疆襄，家有園亭聲伎之勝。」〔註75〕《蓮坡詩話》亦載：「巢民讌集名流，必出歌童演劇。」〔註76〕《觚賸》又載：「如皋冒辟疆，家有園亭聲伎之勝。」〔註77〕皆載有冒氏家樂優伶的唱曲演劇。

　　第三，「水繪園」也是一處知識份子的庇護所，他們在園中低吟著國難當頭的慷慨悲歌。冒襄拒絕仕清的政治態度，從一而終以明遺民自居，敢「冒天下之大不韙」的思想，意謂著知識份子的憂心如焚，除了淡泊明志的節操外，以園言志成為他僅能用歷史文化來面對異族的統治。譬如：冒襄收養東林、復社

〔註73〕〔清〕劉體仁：〈悲詫一篇書水繪庵集後〉，收錄於冒襄：《同人集》，卷3，頁113。
〔註74〕〔清〕王士禎：《漁洋詩話》（台北：台灣商務印書館，1986年），卷上，頁835。
〔註75〕〔清〕金埴：《不下帶編》，〈巾箱說〉，卷4，頁67。
〔註76〕〔清〕查為仁：《蓮坡詩話》（上海：上海古籍出版社，2010年），卷上，頁116。
〔註77〕〔清〕鈕琇：《觚賸》，〈吳觚・小楊枝〉（杭州：浙江古籍出版社，1988年），卷2，頁20。

和江南抗清志士的遺孤，免於流離失所；再如：明亡後，好友戴敬夫在浙江吳興絕食而死，冒襄感佩其氣節，在園內西北土崗建有碧落廬，以緬懷亡友英魂。

明清易代之際，考驗著遺民知識份子的處境抉擇。清聖祖康熙十八年，清廷「復以山林隱逸及博學鴻儒薦，（冒襄）亦不就。」〔註78〕冒襄才高氣盛，自矜名節，持守民族大義，堅辭不奉清廷，決心隱居以終，並將門額「水繪園」更名為「水繪庵」。入園門內有小山，山上有一小閣，內懸「椎秦憶子房，翊漢懷諸葛」自題橫匾，隱然表現出冒襄一生反清復明的真實寫照。

回到稍早，明神宗萬曆以降，閹宦弄權與黨爭內鬥，無以復加，朝綱早已江河日下。萬曆朝結束，冒襄不過才九歲。其後，科考屢試屢敗，灰心之餘，投入「復社」，主持清議，評論朝政。面對國家危亡的局勢，冒襄顧盼自雄，矯激抗俗，大談經世要務，懷抱效國忠心的壯志，卻無意用世。當時「督撫（史可法）以監軍薦，御史以人才薦，（冒襄）皆以親老辭。」〔註79〕後又特用為司理，冒襄亦不就。因此，冒襄的不仕宦，有極大的因素恐怕是科考挫敗的心理陰影尚存。

這塊心理陰影在和董小宛結為連理後，才稍稍撥開，不再烏雲罩頂，秦淮河畔聲伎徵歌的文人雅事也移地「水繪園」園內展開。定居在「水繪園」的日子，冒襄最常與友人在「得全堂」觀劇，譬如：李國資〈置酒行〉詩題注曰：「戊戌冬日，同東皋諸子、吾鄉陳其年飲冒辟疆得全堂觀劇分韻。」〔註80〕陳維崧題詠〈戊戌冬日，過雉皋訪冒巢民老伯，讌集得全堂，同人沓至，出歌僮演劇，即席限韻四首〉詩作，〔註81〕陳瑚（1613～1675）書有〈得全堂夜讌記〉一文，記曰：

> 其明日開得全堂，延予人，酒行樂作。予色變，起固辭，而重違冒子意，乃復坐。客有稱《燕子箋》樂府譜自懷寧來者，因遂命歌《燕子箋》，迴風舞雪，落塵遏雲。〔註82〕

陳瑚，南直隸太倉州人，崇禎十五年舉人，少時貫通五經，與陸世儀、江士韶、

〔註78〕 王樹枏：《清史稿》，〈列傳・遺逸二〉，卷508，頁11519。

〔註79〕 王樹枏：《清史稿》，〈列傳・遺逸二〉，卷508，頁11519。

〔註80〕 〔清〕李國資：〈置酒行〉，收錄於〔清〕汪之珩編：《東皋詩存》（濟南：齊魯書社，1997年），卷10，頁156。

〔註81〕 〔清〕陳維崧：〈戊戌冬日，過雉皋訪冒巢民老伯，讌集得全堂，同人沓至，出歌僮演劇，即席限韻四首〉，收錄於冒襄：《同人集》，卷6，頁260。

〔註82〕 〔明〕陳瑚：〈得全堂夜讌記〉，收錄於冒襄：《同人集》，卷3，頁85。

盛敬三人齊名，時人譽為「太倉四先生」。明亡後，絕意仕進，奉養老親於崑山
蔚村，故對崑曲甚有精研。清聖祖康熙八年，清廷詔舉隱逸遺民，陳瑚也在名
單之列，卻力辭不就。因此，從政治態度上來說，陳瑚是一位身負民族大義的
風骨文人，對於阮大鋮的低劣人品，受邀觀劇《燕子箋》，實謂如坐針氈。翌日，
陳瑚再度受冒襄入邀「水繪園」觀劇，再作〈得全堂夜讌後記〉一文，記曰：

> 越一日，諸君招余復開樽於得全堂，伶人歌《邯鄲夢》。伶人者，即
> 巢民所教之童子也。徐郎善歌，楊枝善舞，有秦簫者，解作哀音，
> 每一發喉，必緩其聲，以激之悲涼惆悅，一座欷歔。〔註83〕

冒襄嗜愛崑劇泰斗蘇生排練湯顯祖《玉茗堂四夢》作品：《牡丹亭》、《邯鄲記》、
《紫釵記》、《南柯記》四本。蘇生即蘇崑生（1600～1679），河南固始人。明
末，流寓金陵，曾為秦淮歌姬李香君拍曲《玉茗堂四夢》等劇。康熙二年，蘇
生受太倉王時敏（1592～1680）之聘，為王氏家樂按譜授曲。王時敏家樂乃祖
父王錫爵所傳，至王時敏為第三代。王時敏曾曰：「魏良輔遺響當在蘇生。」
〔註84〕陳維崧則譽之：「南曲為當今第一。」〔註85〕康熙六年，吳偉業（1609
～1672）將蘇生介紹給冒襄，在「水繪園」為冒氏家樂按譜授曲，吳偉業稱其
唱腔為：「蘇生則為陰陽抗墜，分刌比度，如昆刀之切玉，叩之粟然，非時世
所為工也。」〔註86〕此次搬演《邯鄲夢》，發喉激切，哀音不同凡響，不僅全
座欷歔，陳瑚也有全新的感知。

及夜，冒襄攜友更堂，持續觀劇，又曰：

> 時日已將暝，乃開寒碧堂，爰命歌兒演《紫玉釵》、《牡丹亭》數劇，
> 差復諧暢下二鼓，以紅碧琉璃數十枚，或置山巔，或置水涯，高下
> 低昂，晶瑩閃爍，與人影相凌亂，橫吹聲與管弦拉雜從山上起，棲
> 鳴籹籹不定，先生曰：「此何異羅星門而聽篌笙夫，而歡會之不可常
> 也。」〔註87〕

〔註83〕〔明〕陳瑚：〈得全堂夜讌後記〉，收錄於冒襄：《同人集》，卷3，頁86。

〔註84〕白兼慎、章暉：〈王時敏與王鑒信箚七通考釋——兼論稿本信箚在藝術史研究
中的文獻意義〉，收錄於《國際漢學研究通訊》第十二期（北京：北京大學出
版社，2016年），頁332～369。

〔註85〕〔清〕陳維崧：《迦陵詞全集》，〈賀新郎‧贈蘇崑生注〉（上海：上海古籍出版
社，2010年），卷26，頁361。

〔註86〕〔明〕吳偉業：《吳梅村全集》，〈楚雨生行序〉（上海：上海古籍出版社，1990
年），卷10，頁542。

〔註87〕〔明〕冒襄：《同人集》，〈水繪庵修禊記〉，卷3，頁124。

蘇生以水磨調唱出《玉茗堂四夢》，其聲徐迂低迴，若國亡痛楚感，直教人淒婉不已。冒氏家樂的優伶歌聲與曲師的琴聲、笛聲相錯盈堂，聲聲沁人心絃。蘇生這樣一個身分微賤的曲師，何以受寵於冒襄？除了水磨調功夫的高超絕妙，以及教習冒氏家樂的優伶度曲外，蘇生與侯方域過從甚密，且與「復社」互有往來，不能不說蘇生扮演了文人之間穿針引線的重要角色。

冒襄性喜客，款待無虛日，為東南文士的領袖。他將冒一貫舊園重新整理，精心添妝增飾，並雅集文人墨客，行宴遊之歡，而風流文采，照映一時。其中，園林戲台常是文人歌舞聽曲的場所，有時還窮夕繼晝演出。冒襄邀友觀劇的地方有兩座廳堂，一處是得全堂，《蓮坡詩話》記載：「冒巢民司理襄居如皋，堂名得全，園名水繪，往來名士之勝，不膏玉山諸勝。」〔註88〕另一處是寒碧堂，有花木池石環繞，氣韻高格而水靈脫俗。寒碧堂因堂後多植白皮松，且位置背林面池，故曰「寒碧」，自然也承載著歷史文化的重擔。陳瑚弟子瞿有仲（1626～？）曾曰：

> 夫先生之心，誰其知之？乃先生正藉人之不知，而謂可以逃吾情而寄吾志也。記觀劇之夜，先生指童子而語余曰：「時人知我哉？風蕭水寒，此荊卿筑也；月樓秋榻，劉琨笛也。覽雲觸景，感古思今，此皋羽竹如意也。故予之教此，每取古樂府中不伺時宜者教之，只與同心如子者言樂耳，終不以悅時目。」〔註89〕

冒襄邀友入園觀劇，曾指著童子言說：在感懷古人而痛思今日之時，欲借歌舞聲伎來韜光養晦，以寄託黍離之悲。然知音難尋，慨嘆世人不解他的寄園之志。則荊軻的筑聲、劉琨的笛聲，彷若置於山嶺、水涯，環繞不止。

與此同時，大明雖亡矣，而「水繪園」的藝文盛會卻不曾削減。諸如：吳偉業、錢謙益、王士禎、孔尚任、陳維崧、戴本孝等人皆是座上客。「水繪園」因著高潔的人文意境與風雅的文人趣味，在園林巨型物質空間裡，文人群體大量產出酬贈詩文的文化消費。盧香在〈冒巢民先生傳〉一文，記曰：

> （冒襄）家故饒亭館之勝，有水繪、三吾、匪峰、深翠山房諸處，皆具林巒、富煙水，仿佛輞川圖畫。而先生又好交遊，喜聲伎，自製詞曲，教家部引商刻羽，聽者辣異，以為鈞天樂疊奏也。〔註90〕

〔註88〕〔清〕查為仁：《蓮坡詩話》，卷上，頁116。
〔註89〕〔清〕瞿有仲：〈巢民冒先生五十榮壽序〉，收錄於冒襄：《同人集》，卷2，頁55。
〔註90〕〔清〕盧香：〈冒巢民先生傳〉，收錄於：《同人集》，卷3，頁107。

冒襄全節而終之舉，若從民族大義來看，不奉清廷的明遺民節操，令人感佩。但令人弔詭的是，他隱居「水繪園」，卻耽樂於園林聲伎之中，毫無亡國之痛。與同時代的王夫之、顧炎武、黃宗羲等人的行徑不同。當時，大明王朝的氣數已在指日，明思宗崇禎帝不過是一隻困獸之龍，清兵的金戈鐵蹄自東北直奔中原，明末流寇仍在川陝湖廣一帶囂張不休，而江南文人依舊過著宴飲驕奢的淫逸生活。對於這樣一個遺民情結的矛盾心理狀態，二十年後，好友余懷認為：

> 自我觀之，巢民之擁麗人，非漁於色也。蓄聲樂，非滛於聲也。園林花鳥，飲酒賦詩，非縱酒泛交買聲名於天下也。直寄焉爾矣。古之人胸中有感憤無聊不平之氣，必寄之一事一物以發洩其堙曖。〔註91〕

哈佛大學東亞語言與文明系教授李惠儀認為：明亡後，不與清廷合作的士人，包括文人與士大夫，一般習稱遺民。但遺民的定義有寬嚴，其中物質生活的抉擇，以及對清廷與貳臣的政治態度也不盡相同。〔註92〕明代遺民的範型複雜多元，並不限王、顧、黃等人的苦節操守。有些遺民經歷甲申世變後，仍然維持前代時的財富與基業，譬如：查繼佐（1601～1676）「甲申後家居，極文酒聲伎之樂。」〔註93〕冒襄開宴筵賓，樽酒不空，自然也流露了富貴子弟的浪漫習性——留戀於秦淮河畔的歌姬，戲作露水鴛鴦。這一類文人的生命情調，適與苦節遺民相反，「他們把文酒社集，甚或徵歌選色變為政治立場，因為他們不僅是前朝所遺，亦是疇昔風流所遺。風流遺民反映了公與私、兒女與英雄、藝術境界與道德境界之間表面對立而暗地相通。」〔註94〕

由於長期款客宴飲，家業漸漸耗盡，偌大的「水繪園」也遭財資不敷維護的困窘，冒襄晚歲的日常起居經常食貧，生活陷入拮据。大多時候，冒襄以賣售家藏字畫度日；偶爾，家班優伶會參加職業班社的演出，以賺取微薄的生活補貼。清聖祖康熙二十九年，冒襄年八十，作〈附書邵公木世兄見壽詩後〉一文自述：

〔註91〕〔明〕余懷：〈冒巢民先生七十壽序〉，收錄於冒襄：《同人集》，卷2，頁68。

〔註92〕Li Wai-yee.（李惠儀）"Introduction: Existential, Literary, and Interpretive Choices in Early Qing Literature." *In Trauma and Transcendence in Early Qing Literature*, pp. 1~70.

〔註93〕〔清〕吳修：《昭代名人尺牘小傳》（台北：文海出版社，1980年），卷4，頁68。

〔註94〕李惠儀：〈世變與玩物——略論清初文人的審美風尚〉，《中國文哲研究集刊》第33期（2008年9月），頁35～76。

> 獻歲八十，十年來火焚刃接，慘極古今。十二世創守世業，高曾祖
> 父墓田丙舍，豪家盡踞。以致四世一堂，不能團聚；兩子罄竭，亦
> 不能供犬馬之養。乃鬻宅移居，陋巷獨處，仍手不釋卷，笑傲自娛。
> 每夜燈下寫蠅頭數千，朝易米酒。家生十餘童子，親教歌曲成班，
> 供人劇飲，歲可得一二百金謀食款客。今歲儉少宴會，經年坐食，
> 主僕俱人枯魚之肆矣。〔註95〕

康熙三十二年，冒襄辭世，享壽八十三歲，私諡潛孝先生。三年前，時董小宛已亡多年，冒襄孑然一身，結一茅屋居之，曰「匿峯廬」，讀書以終。居室猶作此文，表達他生於仕宦世家，而遭逢明清易代，卻以遺民身分過著風流倜儻的文人生活，在最為炳耀的「水繪園」黯然傷痛。

〈附書邵公木世兄見壽詩後〉一文，亦可視作冒襄的「自為墓誌銘」，因為積蘊著作者一生濃烈的情感。「自為墓誌銘」是謂作者的寫真畫像，也是最接近作者精神世界的文體。它能寫出作者的理想人格，也能暗藏作者心中的傷痕，以及暢言自我的暮年孤獨，那是一種不被別人理解而又與現實社會衝突的際遇。

從冒氏家族十二世一路傳承，富貴輝煌，詎料冒襄一代，毀於其手。當然，從歷史的視角來看，國破家亡所造成的離亂時代，自不能歸咎於冒襄，也不是冒襄個人所能左右，但無論是生或死？生死已經沒有本質上的差別。大明既亡，所有的復國努力都失去了意義，「水繪園」的歌舞聽曲，表面是閒雅逸趣的文人雅集，內在其實是一顆遺民傷口永遠無法癒合的心靈痛楚。

二、李漁：南京「芥子園」

李漁（1611～1680），原名李仙侶，字謫凡、笠鴻，號天徒、笠翁，別署湖上笠翁、新亭樵客、隨庵主人、覺世稗官、覺道人、笠道人等。金華蘭溪（今浙江省蘭溪市）人，自幼跟隨父母在江蘇如皋買賣藥材生意。李漁從小天分極高，有博聞強識、下筆千言的神童特質。因此，李父把李漁當成士子來培養，無意以坐堂開方的藥鋪老闆子承父繼，冀望李漁能金榜題名、光耀門楣。

第一次參加金華院試，李漁就考中了秀才。但天運弄人，神童的仕途之路至此關門：崇禎十二年，赴杭州鄉試，落榜；崇禎十五年，明軍大敗於錦州松山，統帥洪承疇被俘降清。李漁二度鄉試途中，見烽煙四起，折返如皋

〔註95〕〔明〕冒襄：《同人集》，〈附書邵公木世兄見壽詩後〉，卷6，頁240。

避難，作〈應試中途聞警歸〉詩，殊不知，這是明朝最後一次科舉考試。明亡後，李漁從此心灰意冷，未再參加清廷的科舉考試。三十六歲那年，李漁在母親墳前作詩「三遷有教親何愧，一命無榮子不才。人淚桃花都是血，紙錢心事共成灰。」〔註96〕感歎有愧父母的期待，後改名李漁，取「漁樵耕讀」之意。

入清之後，李漁無仕宦之心，而有漁樵之志。但要他真正做到淵明採菊、終老南山，恐怕也是難耐寂寞與清苦。於是，亦文亦優、亦士亦商的身分，讓「玩物」成為李漁生活的主要內涵。他建立一套自己的審美生活，展開另一種文人生活樣式的滿足。李漁自言生平絕技有二：

> 予嘗謂人曰：生平有兩絕技，自不能用，而人亦不能用之，殊可惜也。人問絕技為何？予曰：一則辨審音樂，一則置造園亭。性嗜填詞，每多著者，海內共見矣。設處得為之地，自選優伶，使歌自撰之詞曲，口授而躬試之。無論新裁之曲，可使迴異時腔，即舊日傳奇，一概刪其腐習而益以新格，為往時作者別開生面，此一技也。一則造園亭，因地制宜，不拘成見，一椽一桷，必令出自己裁，使經其地入其室者，如讀湖上笠翁之書。雖非高才，頗饒別致，豈非聖明之世，文物之邦，一點綴太平之具哉？〔註97〕

明清社會，文人營求仕途者多，而終身無緣科舉宦名者更多。然而，仕途蹭蹬，若以閒隱聊慰，那麼，閒隱生活必須經營到豐富精彩的程度，方能釋懷壯志未伸的人生缺憾，否則，閒隱只能成為一種落魄書生的宿命寫照。李漁的閒隱生活決然不是無奈的人生退縮，因為政治之路的阻塞，所以另闢蹊徑，重新尋找個人的生命價值，藉此證實自己存在的優越感，進而以自己所建立的一套審美生活觀來參與社會文化的競爭，並且得到社會地位與認同。

因此，李漁的第一絕技「辨審音樂」，而有家樂女伶的建立；第二絕技「置造園亭」，而有《閒情偶記》的居室、器玩、種植等部的實錄撰筆。當然，在這種交游文化與園林生活的社群結構裡，李漁有自己的審美評價標準，也有一套新的文人生活樣式。它所開展出來一連串極為繁複且豐富的物質文化，不僅與官員文人有密切的互動聯繫，也與市民百姓交流頻繁。

〔註96〕〔明〕李漁：《笠翁詩集》，〈清明日掃先慈墓〉（杭州：浙江古籍出版社，1991年），卷2，頁158。

〔註97〕〔明〕李漁：《閒情偶寄》，〈居室部・房舍第一〉（濟南：山東畫報出版社，2005年），頁187。

　　此後，李漁輾轉於如皋、杭州等地生活，他當過官府的幕僚文書，亦曾經隱居鄉野。清聖祖康熙元年，李漁五十二歲，舉家從西湖之濱遷至石頭城下，客居南京近二十年，這是李漁生活最愜意、著述最豐碩的一個時期。人生下半場，李漁的大隱隱於市，與明清易代的其他隱居遺民不同。別人是歸隱鄉野、恬淡山林，李漁反而越遷居越走向熱鬧的城市，自此寄情於文化消費和娛樂活動。

　　李漁移家南京後，短暫居住「東園」故址旁的金陵閘一帶。康熙七年，在該城東南隅的「周處台」附近，買地建造「芥子園」別墅，李漁曰：「周處讀書台舊址，與余居址相鄰。」〔註98〕芥子園自然妙造、構設精微，地處大了廟秦淮河畔，是李漁生活、創作、販書的中心。

　　芥子園在今南京市秦淮區老門東北面。隱身在南京老門東的芥子園，園外高簷黛瓦、青磚窄巷；園內幽深含蓄，廳堂共有三進，而門楣聯匾，地平天成。牌匾依序刻著「芥子園」、「覺世稗官」、「閒情偶寄」三塊字樣。「芥子園」匾下的楹聯書寫：人仰笠翁如瞻北斗，園名芥子可納須彌。「覺世稗官」匾下的楹聯書寫：孫楚樓邊觴月地，孝侯臺畔讀書人。「閒情偶寄」匾下的楹聯書寫：煮酒烹茶評花顧曲，吟風讀月臥石聽泉。門楣楹聯的人文意涵，佈局得宜，完美體現了李漁造園的匠心與情志寄寓。

　　在中國園林史上，芥子園的綴景設像，尚有「一物」亮點，就是置列主人雕像。一入園，眼前便有假山一座，而茂林修竹掩映；在丹崖碧水的石磯上，響瀑與鳴禽聲聲相錯，旁側有一尊李漁執竿垂釣的坐像。對於人物塑像的構思，李漁甚是得意，題曰：

> 有石不可無水，有水不可無山，有山有水，不可無笠翁息釣歸休之
> 地，遂營此窟以居之。〔註99〕

作為園林主人，李漁把自己的塑像立在園中，雖說是中國園林史上的重大突破，但也意謂著：即使明朝覆亡，陽明心學所主張「個人自覺」與「情感解放」的餘韻，仍然在清初瀰漫著。就園林景觀來說，人物塑像自漢代皇家園林即有之，但以主人塑像立在園中，李漁是為濫觴。人物塑像與園林環境互為襯托，可以是園林的某一局部景觀，也可以是全園的軸線中心，透過人物的藝術形象，

〔註98〕〔明〕李漁：《笠翁文集》，〈芥子園雜聯〉（杭州：浙江古籍出版社，1991年），
　　　　卷4，頁241。
〔註99〕〔明〕李漁：《閒情偶寄》，〈居室部‧窗欄第二‧取景在借〉，頁203。

用來表現園林的思想內容，增加園林綴景構圖中的氣勢。李漁羈旅南京近二十年的文化活動，其人其名都與南京古城緊密相繫，而李漁坐像佇立於芥子園，自然也反映了秦淮河畔江南社會的時代精神。

史載「芥子園」小巧精緻、秀雅洞天，李漁曾言：

> 芥子園之地不及三畝，而屋居其一，石居其一，乃榴之大者復有四
> 五株。是點綴吾居，使不落寞者榴也。〔註100〕

文人園林中，大者，如潘允端的「豫園」達七十餘畝；小者，如顧大典的「諧賞園」僅三畝廣。李漁能在佔地不足三畝的「芥子園」雕山琢水，使人在方寸園林中細瞧大千世界，頗有壺中天地的意境。

芥子園雖小，宛若芥菜籽。李漁以菜種子之形為自己的園林命名，自然取其言外之意，著眼於肚量弗如芥子。故園林地小而物豐，乃得園名。李漁曰：

> 此予金陵別業也。地止一丘，故名「芥子」，狀其微也。往來諸公，
> 見其稍具丘壑，謂取「芥子納須彌」之義。〔註101〕

芥子園之名，源於佛經「須彌藏芥子，芥子納須彌」之義。李漁在《閒情偶寄》的〈居室部〉、〈器玩部〉、〈種植部〉記載著，如何巧奪天工納千里之物於尺寸之間，營建出「芥子園」園林宅邸的理念。在造園藝術上，《閒情偶寄》是繼明代計成《園冶》一書後，又一部造園巨擘的著作。故此，芥子園袖珍歸袖珍，卻是李漁一生構築四座園林中的最上乘。

李漁謂其園林宅邸「狀其微也」，若與現今的樓房面積做比較，足稱豪宅帝寶，一點都不像鴿子籠寓。園內亭榭樓臺，諸如：茅屋板橋、浮白軒、來山閣、棲雲谷、月榭、歌台等建物，李漁除了構築置列，並與山水互為映襯外，家眷、僕婢近半百餘人，全生活在三畝不到的園林裡，李漁還要張羅照顧他們的衣食起居。他說道：

> 僕無八口應有之田，而張口受餐者五倍其數，……以四十口而仰食
> 於一身，是以一桑之葉，飼百筐之蠶，日生夜長，其何能給？〔註102〕

這麼一座小園，說它物列擁擠，凡山居之物，無一不齊備；說它遭遇歷史的更迭與滄桑，李漁卻道出：「繁冗驅人，舊業盡拋塵市裡；湖山招我，全家移入畫圖中。」〔註103〕滿心歡喜，沒有埋怨，愛之惜之。

〔註100〕〔明〕李漁：《閒情偶寄》，〈種植部・木本第一・石榴〉，頁307。
〔註101〕〔明〕李漁：《笠翁文集》，〈芥子園雜聯〉，卷4，頁241。
〔註102〕〔明〕李漁：《笠翁文集》，〈上都門故人述舊狀書〉，卷3，頁224。
〔註103〕〔明〕李漁：《笠翁文集》，〈題杭州芥子園聯〉，卷4，頁302。

　　前文討論過闢地築園，所要花費的鉅資足以讓人瞠目結舌。因此，文人或士大夫能擁有一座園林，其身分背景肯定不一般。李漁既非仕宦家族，亦非富商之後，卻能建造不止「芥子園」一座園林，他的「謀略」與「手段」是什麼？

　　晚明，文人結社儼然成習，與李漁交游者，有文字記載約八百餘人。據單錦珩的考證：

> 八百餘友人，籍貫可考者七百餘左右，遍及十七省、二百餘州縣。其間以江浙兩省最多，超過半數。兩省又以杭州、江寧最為集中，蓋皆其事業基地、居住多年之都市也。〔註104〕

李漁交游的區域，以江浙一帶居多數，且呈現群體分布。至於交游者身分，則是「四海之內皆兄弟」，雜然紛眾，顯露出李漁的廣結善緣。單錦珩記載：

> 八百餘人，官員與布衣約各占一半。官員現任居多，退職者僅占什一。尊至尚書、大學士，卑至縣吏、衙役，皆有與笠翁交游者。從人數看，以郎官、御史、道員、府吏居多。布衣中多隱士、幕客，主體為未得功名之諸生，其間不乏各類文藝人材，尚有史家、考古家、藏書家等等。官員中亦多上述人材。此外，佛、道等方外人士，以至召仙術者和妓女，亦有交往者。〔註105〕

李漁時常往來於朝野文人間，又以官員居多。其中，仕宦者約二百三十餘人，舉人與貢生約數大致相當，餘者為三教九流的布衣人士。這八百餘人，條條人脈都是李漁築園資金的來源。

　　李漁一生沒有仕宦，也沒有繼承父親的藥材生意，生活所需的費用，除了替別人題聯寫詩的潤資外，主要還是攜家庭戲班巡迴演出。在這「挾策走吳越間，賣賦以餬其口」〔註106〕的生活中，造訪各地達官貴人府邸搬演，常常過著「日食五侯之鯖，夜宴三公之府」〔註107〕的遊歷生活，借打抽豐（一說打秋風）以掙銀養家。李漁曾云：「漁二十年間，遊秦、遊楚、遊閩、遊豫，遊江之東西，遊山之左右，遊西秦而抵絕塞、遊塞南而至天表。」〔註108〕李漁一家生計繫於李漁一人統籌，而李漁家樂也悄悄改變家庭戲班的原來性質與內涵。

〔註104〕單錦珩編：《李漁交遊考》（杭州：浙江古籍出版社，1991年），頁133。
〔註105〕單錦珩編：《李漁交遊考》，頁133。
〔註106〕〔明〕黃鶴山農：〈玉搔頭序〉，收錄於〔明〕李漁：《李漁全集》第二冊，頁215。
〔註107〕〔明〕李漁：《笠翁文集》，〈復柯岸初掌科〉，卷3，頁205。
〔註108〕〔明〕李漁：《笠翁文集》，〈復柯岸初掌科〉，卷3，頁205。

　　清聖祖康熙五年，李漁北遊秦、晉，平陽知府程質夫出資為其購得喬姬。康熙六年，李漁遊蘭州，甘肅巡撫劉鬥購得王姬和其他幾名少女，贈予李漁。當時，她們都僅十三、四歲，李漁延師教授崑曲，並為她們量身定做戲文。其中，以喬復生、王再來二姬最有表演天賦，喬姬工旦，王姬工生，兩人默契無間，成為李漁家樂的新血台柱。

　　康熙八年三月三日，方文（1612～1669）邀孫承澤侍郎入即將落成的芥子園飲酒。並作七言古詩以誌賀，詩云：

> 我友孫公渡江來，特地扣門門始開。為言老興須鼓舞，不應枯寂同寒灰。
>
> 因問園亭誰氏好？城南李生富詞藻。其家小園有幽趣，累石為山種香草。
>
> 兩三秦女善吳音，又善吹簫與弄琴，曼聲細曲腸堪斷，急管繁弦亦賞心。〔註109〕

李漁寓居南京期間，家庭戲班除受邀達官貴人府邸演出外，也經常活動於江浙一帶，社交活動相當活躍。文人雅集，相互吹捧，在所難免。芥子園落成在即，方文預祝李漁家樂在芥子園戲台上搬演的精彩盛況。可惜！時李漁仍在粵遊途中，尚未返回南京，方文故而先邀孫侍郎入園飲酒賞景，並贈詩以作賀禮。

　　同年五月，初夏，芥子園落成。文采飛揚的李漁，白天撰寫劇本，入夜邀友觀看彩排，邊看戲邊修改劇本，反覆數次，至完善止。李漁曾云：「更衣正待演無雙，報導新曦映綠窗。佳興未闌憎夜短，教人飲恨撲殘缸。」〔註110〕李漁與友人觀劇，經常是曲未終而天已白，興正濃而意未盡，芥子園自此成為李漁家樂的戲曲實驗場。

　　康熙十一年，新春，李漁的官員好友吳冠五、周亮工、方樓網、方邵村、何省齋等人齊聚芥子園觀諸姬演劇。李漁有詩云：

> 我慣填詞爾慣歌，奏來無樂不雲和。雪兒只可司喉舌，蘇蕙徒能擲錦梭。

〔註109〕單錦珩編：《李漁年譜》，〈三月三日邀孫魯山侍郎飲李笠翁園即事作歌〉，（杭州：浙江古籍出版社，1991年），頁67。

〔註110〕〔明〕李漁：《笠翁詩集》，〈是夕演《明珠煎茶》一折，未及終曲而曉〉，卷3，頁348。

　　耐聽耐觀惟爾獨，不觴不詠奈伊何。從今豈遂無新譜，唱出周郎顧

　　曲多。〔註111〕

李漁經常雅集好友於芥子園，宴飲酬唱，聽曲為歡。文人風雅行徑，吳冠五品評〈後斷腸詩〉有云：「共羨李郎貧士，何以得此異人。」〔註112〕異人者，雪兒也，即喬復生。芥子園戲台上有李漁親題楹聯：休縈俗事催霜鬢，且制新歌付雪兒。李漁極其深愛喬復生，曾與之「合被」授曲，時「壬子冬，復生誕一女，以不善攝生致病，然素善諱疾，不使人知。」〔註113〕李漁六十二歲那年，喬姬身染重病，仍登場演戲。同年二月，李漁赴荊南之前，好友堵天柱、熊荀叔、熊元獻、李仁熟四人至芥子園觀賞小鬟演劇。熊元獻贈詩四首，李漁酬答覆詩七絕，其一詩云：

　　試問周郎曲若何？燕姬趙女復秦娥。為聽字裡方音別，才曉人間轍

　　迹多。〔註114〕

《閒情偶寄》談到：「北曲有北音之字，南曲有南音之字，如南音自呼為『我』，呼人為『你』；北音呼人為『您』，自呼為『俺』為『咱』之類是也。世人但知曲內宜分，烏知白隨曲轉，不應兩截。」〔註115〕又曰：「譬如四方聲音，到處各別。吳有吳音，越有越語，相去不啻天淵，而一至接壤之處，則吳越之音相半，吳人聽之覺其同，越人聽之亦不覺其異。」〔註116〕李漁每每新劇編畢，即廣邀好友至家中觀賞，頗有炫耀刪定正音之長才，以展現崑曲正統字音的唱法。

　　家庭戲班若從社交功能來看，士紳官員常藉由觀劇的機會以炫財富、以充排場，飾娛樂為衣冠，來顯示自己的身分與社會地位；就文人雅士而言，雅集觀劇成為一種以戲會友、品評劇本的聚會。當然！一場藝文盛會的人際互動，經由觀劇品評的交流，確實少不了家樂主人逞才炫技的文采表現。

　　芥子園完竣後，李漁的財富自由更上一層樓。他以芥子園作為出版印刷的工廠，改造印刷技術，注重裝幀設計，在與偽書劣書的競爭中，壟斷當時南京

〔註111〕〔明〕李漁：《笠翁詩集》，〈斷腸詩二十首〉其八，卷2，頁206。

〔註112〕單錦珩編：《李漁年譜》，〈評後斷腸詩〉，頁78。

〔註113〕〔明〕李漁：《笠翁文集》，〈喬復生王再來二姬合傳〉，卷2，頁96～97。

〔註114〕單錦珩編：《李漁年譜》，〈堵天柱、熊荀叔、熊元獻、李仁熟四君子攜酒過寓，觀小鬟演劇。元獻贈詩四絕，倚韻和之〉，頁80。

〔註115〕〔明〕李漁：《閒情偶寄》，〈詞曲部・賓白第四・字分南北〉，頁72。

〔註116〕〔明〕李漁：《閒情偶寄》，〈詞曲部・賓白第四・聲務鏗鏘〉，頁64。

書肆生意的市場。之前作品因被盜版而連連虧損，如今一轉而大發利市。當時，李漁的「芥子園」是刻書賣文最輝煌的時期，光緒年間，《蘭溪縣志》記載：

> 最著詞曲，其意中亦無所謂高則誠、王實甫也。有《十種曲》盛行於世。當時李卓吾、陳仲醇名最噪，得笠翁為三矣。論者謂：「近雅則仲醇庶幾，諧俗則笠翁為甚」云。〔註117〕

在芥子園的閒雅生活，是李漁一生既愜意又得意的日子。刻書賣文，與胡正言的「十竹齋」、汪廷訥的「環翠堂」，號稱南京三大名肆。李漁除了自己的作品外，也刊刻民眾喜愛的通俗文學，諸如：《三國演義》、《水滸傳》、《西遊記》、《金瓶梅》等書。其中，又以書畫類的《芥子園畫譜》名聞遐邇，成為後世初學者摹繪的範本。李桓（1827～1891）曾云：「吳梅村所稱，精於曲譜，時稱『李十郎』。有《風箏誤》傳奇十種，及《芥子園畫譜》初、二、三集行世。」〔註118〕之語。

作為書商身分，李漁考量的第一要務，自然是經濟層面的營利。因此，根據大眾市場的需求，傳奇十種的作品深度與內涵自然是走諧俗路線，換成現今的大白話，就是灑狗血的情節才有賣點。不過，這種以市民程度為取向的戲曲作品，難免不被一些文人所接受。譬如：袁于令（1599～1674）曾云：「李漁性齷齪，善逢迎，遊縉紳間，喜作詞曲小說，極淫褻。」〔註119〕董含（1624～1697）亦云：「李生漁者，自號笠翁，居西子湖。性齷齪，善逢迎，遨遊縉紳間。喜作詞曲小說，備極淫褻。」〔註120〕等人。李漁是走進俗世的文人，因此，他並不在乎其他文人的鄙視眼光，他對自己作品的認識，可謂瞭若指掌：

> 傳奇不比文章，文章做與讀書人看，故不怪其深，戲文做與讀書人與不讀書人看，又與不讀書之婦女小兒同看，故貴淺不貴深。〔註121〕

文人談阿堵物，一身酸腐。讀聖賢書，所學何事？傳奇十種以諧俗取勝，在書肆中誘賺牟利，自然讓袁、董一類文人不表苟同。李漁家樂雖然與家庭戲班的

〔註117〕〔清〕秦簧、邵秉經修，唐任森纂：光緒《蘭溪縣志》，〈志人物・文學〉（上海：上海書店，2011年）卷5，頁833。

〔註118〕〔清〕李桓：《國朝耆獻類徵》，收錄於單錦珩編：《李漁研究資料選輯》（杭州：浙江古籍出版社，1991年），頁312。

〔註119〕〔清〕王灝：《娜如山房說尤》，收錄於單錦珩編：《李漁研究資料選輯》，頁310。

〔註120〕〔清〕董含：《三岡識略》，收錄於單錦珩編：《李漁研究資料選輯》，頁312。

〔註121〕〔明〕李漁：《閒情偶寄》，〈詞曲部・詞采第二・忌填塞〉，頁44。

本質內涵有些出入，但是，文人家樂的優伶素質與表演藝術終究與民間職業戲班不同。作為文人身分，李漁在干謁權貴的紅氍毹上搬演，目標受眾（Target Audience）的特定族群就有很大的差異。他們是一群擁有相仿價值觀、興趣與文化內涵的族群，在觀劇聽曲的態度上，自然與一般市民百姓看戲搶熱鬧的行為不同，給劇作家的回饋也會有不一樣的共鳴。李漁曾言：

> 檀板接來隨按譜，豔妝洗去即漚麻。當筵枉拜纏頭賜，難使飛蓬綴六珈。〔註122〕

李漁以家樂干謁權貴、誘賺重價的不得已，全因生活餬口所迫，故須向外尋找資金以紓困。畢竟，李漁除了一身才氣與生意頭腦外，並無強大殷實的基業家產可供揮霍。因此，善用龐大的人脈，獲致達官貴人的資助，以填補家計和造園的資金缺口，是李漁解決財力困窘的快速門徑。然腐儒一輩，以高舉文人尚骨氣、重節操的規準來評價李漁的行為和作品，李漁自然不屑與之同流。

大體而言，一般文人園林宅邸，只作為主人的文人雅集、宴飲款客、讀書賞園、觀劇聽曲等功用，屬於半封閉性的小眾社交。李漁的「芥子園」明顯不同，除了擁有一般文人園林的功能外，它還兼具李漁創作作品付梓的書肆，以及戲曲作品脫稿後的實踐場域。李漁雖與縉紳利祿無緣，但建構一套有別於仕途的生活價值，漸漸地形成一種具有自我意識的審美生活文化，則是李漁始料未及的名利雙收。

芥子園的書肆招牌，讓李漁的劇本創作賺了不少錢。李漁家樂也常受邀為士紳官員、富商大賈唱堂會，而獲得厚賞。事實上，李漁家樂的大半時間都在外地闖南走北，喬、王二姬因長期奔波演戲，十九年的短暫人生，於康熙十二、三年間因病先後辭世。二姬不僅是家樂的女伶，也是李漁的侍妾，兩年之內，頓時連失。李漁的戲曲事業遭到致命的打擊，不僅芥子園的絲竹管弦就此沉寂，李漁的身體也因傷心過度而告急，家樂於焉解散。

康熙十六年春，六十七歲的李漁，收掉書肆生意，轉賣芥子園，舉家遷回杭州，隱居「層園」，再無遠遊。至七十歲仙逝，葬於西湖南岸的九曜山麓。綜觀：李漁因芥子園而發達，芥子園因李漁而豐盈馥郁，兩者互襯益彰，在中國園林史與戲曲史上，都占有一席重要的地位。

〔註122〕〔明〕李漁：《笠翁詩集》，〈次韻和類鏡湖使君顧曲〉，頁44。

第八章　結　論

　　明中晚期，家庭戲班為中國戲劇史綻放出一朵令人驚艷奪目的奇葩。作為一種特別的優伶組織形式，家庭戲班在天時、地利、人和條件的結合下，成熟地孕育而出，並且把晚明的戲劇演出活動推向了歷史高峰。它內在的戲劇藝術發展，諸如：崑劇表演體系的完善建立、傳奇創作理念的思維轉向、戲曲理論批評的大量產出等方面，都對外在的社會文化產生了廣泛而深刻的影響。

　　余英時將晚明文化一個重要變遷，定為知識份子主動參與所謂的通俗文化；而另一個文化轉變的現象，定為當時小說戲曲的興起。〔註1〕小說戲曲和商業文化與城市化的緊密關係，不但非常清楚而且已經被很完整地建構出來。鄭振鐸甚至將晚明視為中國「近代文學」的起始，而其立論的依據，同樣基於這一時代是一個「偉大的小說和戲曲的時代」。〔註2〕這個時期，明神宗三十年不上朝，昏庸怠政，但萬曆年間的人才輩出，文明的昌盛可以媲美西方的文藝復興。中西兩方在科學、文學、藝術、思想等各方面平等交流、相互尊重，令外國傳教士驚嘆世上竟然有這個烏托邦，萬曆時代的「富而好禮」成為外國人眼中的中國人形象。〔註3〕

　　這一批「文人士大夫」從詩詞一類的雅文化傳統創作轉而插足戲班通俗

〔註1〕余英時：〈明清變遷時期社會與文化的轉變〉，收錄於余英時等著：《中國歷史轉型時期的知識份子》（台北：聯經出版事業公司，1992年），頁35～42。

〔註2〕鄭振鐸：《插圖本中國文學史》（北京：北京大學出版社，1999年），頁843～844。

〔註3〕何國慶：《萬曆駕到：多元、開放、創意的文化盛世》（台北：遠流出版社，2016年），頁1。

的填曲編劇,企圖把文學的意象和戲劇的按曲拍板構築結合起來,形成雅俗共賞的精彩曲目,這絕然不是文人單純的文藝創作所能解釋的現象。其外緣因素,更多的是政治與思想、社會與經濟所引燃的星星之火,終能燎原出眾多家庭戲班熠熠生輝的精彩演出。

就明人而言,明代中晚期有著與明初截然不同的社會氛圍,大抵以明孝宗嘉靖前後為界域。十六世紀中期,晚明社會經濟的變化不可不謂巨大,從商品經濟物暢其流的發展、新興城鎮的繁榮崛起、人們生活用度的奢華侈靡、休閒娛樂的多樣化等,在在都為養優蓄樂的戲曲活動提供了物質需求的基礎。而此際,隨著崑山腔的流傳廣布,逐漸受到文人階層的喜愛,文人組織家庭戲班的風尚也如火如荼興起。明隆慶、萬曆年間,家庭戲班開始茁壯成長,殆及萬曆末年,乃至天啟、崇禎年間,家庭戲班百花齊放,可謂臻於鼎盛。

家樂主人除了以文人身分為大宗外,尚有王侯戚畹、武臣將帥、豪商富賈、醫士等階層人士參與。本論文所探討的是「文人士大夫」這一階層,也是目前學者最為關注的家樂主人身分,他們不僅有著文人的文化身分,更多的是還擁有士大夫官職的頭銜。這個時期的文人士大夫較之前代,在面對政治黑暗與腐敗時,官場所帶來的生死與遷謫,迫使他們選擇自成一格的文人閒雅生活樣式。

首先,從社會思想背景的視角來看,陽明心學的流佈,雖在江南文人中掀起不小的波瀾,並開啟了個性解放思潮的社會風氣,儘管力道之大,終究沒能取得正統合法的地位,獲得官方的認同。但對現實社會的影響仍然造成很大的震撼,多數文人士大夫掙脫程朱理學的桎梏,紛紛標榜著至情與性靈,不僅肉體更加追求物質的享樂,精神上也在尋找一種文人文化的呼應。換言之,政治事件下的文人士大夫,隨著對政治理想與憧憬的幻滅,精神上有了困頓、感憤與不平之氣,其人生態度非但沒有抑鬱寡歡,還因致仕歸里而發生了文人生活方式的變化與建構——精神遠離塵世——日常生活悠然於山水園林的空間之中,寄寓一事一物以宣洩。在此情狀之下,置辦家庭戲班遂為一種必要和可能。

復次,就明中期以來社會經濟的發展變化來看,物質文化與商品經濟發達,促使個人物質欲望高漲,消費享樂之風盛行,「人情以放蕩為快,世風以侈靡相高。」這個時期,新興市鎮大量出現,商業發達的地區,生活方式從明初的儉用轉趨大量消費,物質文化的享受、多元與創新,影響了文化、藝術、

娛樂等方面的蓬勃發展。晚明期間，大量白銀在新興市鎮流通，社會風尚開始崇金拜銀。這種交易幣值掉脫政府的全面控制，帶動了商品的迅速流通，使得江南沿海地區的經濟蓬勃發展，市場的交易互動也日益活絡。

回顧明初，朱元璋訂國法規章，至明憲宗成化年間以後，簡樸與奢靡的生活型態和用度產生明顯的分野。明世宗嘉靖年間，《江陰縣志》記載當地風俗的變化，右僉督御史、嘉靖三大家之一的唐順之（1507～1560）作序：「國初時，民尚儉樸，……成化以後，富者之居，僭侔公室，麗裙豐膳，日以過求。」〔註4〕此時的江南社會，一個完全迥異於明初與中期以前的社會面貌。

成化年間以前，人們即使豐康富裕，也還能秉持著朱元璋節儉度日的國法規章。在衣食方面，民眾皆尚素色衣帽，老叟穿紫花布長衫，戴平頭巾；見有人錦織華服，則議論紛紛，甚覺怪異。平常飲宴，四個人吃八樣菜。但承平日久，成化年間以後，社會富裕安泰，人們競相鋪張擺闊，住豪宅、著華服、宴大餐，甚至靠借貸度日以充盈場面，搞到最後寅吃卯糧，而社會風俗變得浮華奢靡。《明實錄》記載：「今貴臣大家，爭為奢侈，眾庶仿效，沿習成風，服食器用，逾僭凌逼。」〔註5〕如此揮霍，不僅難以維繫一個家庭，甚至難以綱紀社會。

明中晚期，政治體制不僅鬆動，還急遽腐化，迫如危卵，社會現象理應物資囤積而造成人心惶惶。弔詭的是，晚明的江南社會呈現經濟繁榮、物資豐沃，歌舞昇平的消費享樂之風。這個時期，約略是十六世紀以後。整個中國的經濟快速發展，以長江流域作為東西橫向的軸線，大運河則為南北直向的軸線，形成一個十字軸心線地域而擴散開來。也是在這個時期，歐洲文化初次進入中國，並且與中國文化產生相當規模的交流。尤其，傳教士的東來，對中國文化的富裕強盛有了至高無上的推崇和欽羨。

政治制度的腐敗與思想觀念的解放，為晚明文人士大夫的縱欲享樂袪除了精神層面的障礙，僭越禮制成為各階層人士的一種風尚，從衣食、車馬、屋舍、器用等都逾越了明初的禮制規定。而經濟社會的劇變，促使人人追求浮華奢侈、物質享受，養優蓄樂成為明末清初文人文化生活中的主要娛樂品物。這一時期所營造和提供的種種社會氛圍與條件，就讌飲方面來看，不論盛宴還

〔註4〕〔明〕唐順之：〈序言〉，收錄於〔明〕趙錦修、張袞纂：嘉靖《江陰縣志》（台北：新文豐出版社，1985年），頁1。

〔註5〕中央研究院歷史語言研究所編：《明實錄》，〈神宗實錄〉（台北：中央研究院歷史語言研究所，1967年），卷312，頁5827。

是小聚，單純的美食美酒、山珍海味，已難以滿足人們的宴會需求，紅氍毹上的戲曲搬演反而成為宴會的重要娛樂項目。因此，在這樣一個特殊的歷史時空背景，蓄養家樂、以戲款客，被士大夫之家視為「俗所通用」，甚至不敢不用的社交活動內容。

晚明文人士大夫致仕於政治舞台之外，歸里閒居。他們追求聲色之樂，玩物於生活之中，縱情於安穩的人生餘年。其精緻的生活內涵，含括了詩文對句、書畫遣興、山水遊歷、品物鑑賞、歌舞吟詠等。王穉登（1535～1612）即言：「僕且持床坐松間，聽侍兒烹新潤，忽作帶雨暮潮聲，悠然自謂羲皇人，何慕足下懷三尺！」〔註6〕他們積極建構文人的閒適生活，自成風雅一家。

關於文人家樂主人的政治歸宿，筆者以時代劃分兩個時期：明中晚期和晚明時期。明中晚期主要是內閣首輔的賦閒文化探討，這個時期的家庭戲班才剛剛萌芽，因此，在數量上還沒有到達蓬勃發展的盛況。明世宗嘉靖四十一年，明代科舉考試，申時行、王錫爵、余有丁三人為當年殿試前三甲，至明神宗萬曆年間，先後入仕內閣首輔、次輔。不過，此三人致仕後的賦閒文化雖各有歸宿，卻同樣精彩可期。

王錫爵以六十一歲致仕，申時行以五十七歲致仕，兩人回到各自的家鄉後，都開始建造園林，養優蓄樂，逸樂於聲伎之中，以遣晚寂。兩人在政治舞台上，同理朝政，相無猜嫌。但是，湯顯祖與申時行在政治舞台上的角力，卻形成《牡丹亭》劇本搬演的話語權在王氏家樂與申氏家樂的揚聲與噤口。換言之，杜麗娘經由優伶的聲音，在王氏家樂創造了生機勃勃「至情」的強烈欲望；可是，在申氏家樂的舞台，猶如失語的狀態，永遠發不出聲音。

相較於王、申二人，余有丁也建造園林，但余氏愛書、藏書，並擅於校書，建有「覺是齋」書樓，他選擇了一條「園林藏書」的閒趣晚景，作為社會身分的經營與文藝生活的開展，與王、申二人的「園林聲伎」享樂，別是一種風味。誠然，壬戌一甲三人，共仕內閣，亦皆生於江南，江南已成為他們在地理上和精神上的雙重故鄉。

晚明家樂主人在政治上的表述，筆者分成五大類：第一類，主要是政治負氣型的文人。他們的致仕歸里多在中壯年時期，便有了「歸去來兮」的政治心態，譬如：錢岱四十四歲致仕，鄒迪光四十歲致仕。這一群士大夫選擇辭官，著眼於晚明政治漸漸隳壞，再無挽回頹勢的可能，遂以徵歌度曲來消

〔註6〕〔明〕王穉登：《金閶集》（北京：北京出版社，2000年），卷22，頁343。

磨原有經世濟國的壯志烈義。換言之，他們把政治上公眾事務的挫敗與無力，全部轉嫁在私領域的一切生活中，在適應俗世文化趣味的同時，也主導著生活各方面的話語權，體現出鮮明的主體意識，使得俗世的文化趣味變得很有吸引力。

第二、三類，主要是降清與仕清，即對政治權力與欲望的戀棧，以及對政治迫使的矛盾接受，譬如：阮大鋮降清，並以戲曲長才獲致政治利益與位置；吳偉業與進士座師李明睿同仕大清，師生二人的風骨節操，盡掃文人顏面，也都受到時人以戲劇演出來唾棄。這兩種類型的文人，在明清易代之際，其心理充滿了相當大的矛盾情結與複雜情緒，究竟要與新朝合作或拒絕？都在考驗著對大明王朝國家民族的認知之抉擇。

第四、五類，主要是歸隱與殉節，即對政治期待的失落與逍遙，以及對政治焦慮的悲劇意識，譬如：明亡後，徐懋曙窮居鄉野，隱居不仕；范景文的赴井、曹學佺的投繯，則選擇與我朝同進退，力主皇帝御駕親征，以抗清兵。事實上，不論歸隱或是殉節，他們的人生價值判斷，都在堅守不做「貳臣」的士大夫獨立人格之所在。這一群遺民士大夫遭逢國變，尚且組織家庭戲班，其中不乏有娛賓遣興或醉生夢死的一面，當然也有寄寓滄桑和感慨興亡的一面。最終，皆自政治舞台上謝幕，也是人生來去一遭的舞台離場。

回歸文人家樂主人的內在涵養，他們自幼作詩屬文，原是為了科舉仕途而厚積的文化資本。然而，這些底蘊豐富的文化資本，也不囿於作為文人應試的敲門磚，更多是拿來用作文人趣味與閒逸生活。譬如：曲藝涵養。從「藏書樓」一物可以觀察到，文人築藏書樓，便是一種文化修身的外顯文化指標，它不僅彰顯文人博學風雅的器度，也體現了家樂主人的性情修養與文化品味。

明中晚期以降，築有園林又建造藏書樓的士大夫，不勝枚舉。譬如：王獻臣的「臨頓書樓」，余有丁的「覺是齋」，梅鼎祚建有「天逸閣」、「東壁樓」、「鹿裘石室」等多座藏書樓，文震孟的「石經堂」，祁承㸁的「澹生堂」，曹學佺的「汗竹齋」，許自昌的「霏玉軒」等。

家樂主人在園林內建造藏書樓，建物的空間不止於藏書而已，「書」對曲家文人而言，是一種生活空間，更是劇本創作的養分來源。有些擅長撰劇的家樂主人，除了四處收購詞曲劇本，藏有諸多雜劇與傳奇作品外，還能摘擷經史子集中的詩詞或典故，寫進文人的寄寓與情志在劇本情節裡。因此，藏書樓歷來便是園林建物重要的文化指標，也是彰顯家樂主人性情的一種方式。

　　文人置辦家庭戲班，不惟享樂，有些家樂主人為了彰顯雅正的文化傳統，以及劇作家的思想體現，他們將畢生的文化涵養和藝術審美都投注在舞台上，經由深厚的詩文底蘊來提高表演藝術的品質和價值。因此，形成了兩個路徑：其一，從通曉詩文到劇本創作；其二，從妙解音律到場上之曲。這種戲曲文化指標，有些家樂主人僅擅其一，有些家樂主人兼而有之。

　　故此，優伶的舞台表演，首先還得要有劇本創作的誕生，而文人撰劇則與優伶搬演互為表裡。家樂主人除了自覺地吸收優伶的舞台經驗外，也須將優伶的演出實踐納入戲曲表演的理論中，作為文人之間在社交活動上的文化資本籌碼。於是，有些家樂主人自己就是劇作家，脫稿後的劇本由自家優伶嘗試新劇，家樂主人在觀劇過程中，邊看邊修改，除求得演出的美善完備外，也要能得到文人群體普遍的認同和讚許，最終獲得文人群體間的話語建構。

　　至若，善於度曲的家樂主人，不僅能親自教習優伶，有些還會親自導戲，甚至下場演出，兼具種種文化優勢條件，成為晚明文人涉足戲曲的一大特色。這一類家樂主人與清曲師或職業戲班最大的差異是，文人擁有較高的文化涵養與詩詞造詣，故能闡釋劇本的深層意義和情感，以及優美的文辭句讀，使家樂優伶的素質與舞台表演更具可看性。再者，家樂主人對於每一個環節都親力親為、嚴加要求，使得文人觀劇的水平高於勾欄瓦舍的市井百姓。

　　明末清初，文人家樂不僅作為一種戲劇組織來搬演，也具有一種子代紹襲的家族文化傳統。這些家族後輩自幼耳濡目染，深刻烙下養優蓄樂的文化印記，而成為生活中不可或缺的文人娛樂。及長，這群子輩後嗣也晉升為經營家庭戲班的中堅力量，成為家族養優蓄樂的接班人。譬如：申時行、王錫爵、何良俊、鄒迪光、屠隆、冒襄、張岱等文人，入清以後，有些子輩後嗣繼續掌握著文化權力的棒子，歌舞弦管，代代不絕。

　　這些養優蓄樂的家族，在進行文藝活動時，常喜歡以詩詞酬唱作為社交場合中的文化質感與文化積蘊。在文人的詩詞酬唱中，遂形成具有品評層次的審美生活，並且不斷地深化其內容，以及相關的文化內涵，最終發展成為文人社交生活的一種日常。觀劇酬唱是將戲曲活動的藝文雅事與傳統詩詞雅文化相結合，用以表述晚明文人的文化內涵底蘊。它呈現的是一種文化資本的象徵與較勁，亦即文人身分與社會階層的定位。因此，不論是家樂主人，抑或受邀賓客，皆以其文人的審美意識所互為贈答的酬唱作品，來表現觀劇酬唱的文化價值與功能。

　　誠然，文人間的觀劇酬唱所呈現的酬唱作品，是用以表現文化價值與功能，但有些作品是帶有作者主觀性的品評意涵，它與觀劇酬唱的本質終究不同。有些受邀觀劇的賓客，所觀賞的不僅是主人豢養的優伶演技，姑且不論賓客的醉翁之意「以色不以技」，或「色藝兼優」者，他們會在散場後品評主人創作劇本的優劣，以作為逞才評騭的機會。故此，在內涵上，品評話語的觀劇文字隱含著文化權力的關係，亦即主人與賓客對於優伶表演所衍生出被看與觀看的話語建構。

　　表演空間是家樂主人實踐戲曲活動的文化場域論。其中，園林此一巨大物質文化場域，常常是晚明士大夫逃離現實政治而安身立命之處。這群文人從朝堂出走，耽溺於園林「物」的享樂，熱衷於歌舞聲伎的表演空間。他們總是帶著文人趣味和文人情懷，藉由自己的文化內涵做出不同程度的文化消費，演繹出具有人文意涵的文人情志和寄寓。文人在兩種截然不同的生活場域中——政治舞台的離去與戲曲舞台的上場，有了重新適應與平衡新的空間互動，而園林文化場域，遂成為文人自賞、自娛與社交的絕佳地方。

　　園林文化的個案探討，若從文人家樂演出的視角來看，本文分兩個時代的政治氛圍，闡釋文人家樂與園林聲伎的關係。其一，爬梳明中晚期文人營造園林的動機，以作為理解園林聲伎與士大夫自我安頓的連結關係；其二，析論明末清初遺民文人的園林經營策略。

　　明中晚期，擁有園林的文人家樂，從歷時性來看，他們的任官初年分別代表著不同時代的政治氛圍：潘允端始於明世宗嘉靖四十一年，錢岱始於明穆宗隆慶五年，鄒迪光始於明神宗萬曆二年，許自昌始於萬曆二十三年。但倘以經濟財富作為組織家庭戲班的必備條件來檢視，這四位仕宦文人的財富來源又各自相異，可視為不同類型的代表：潘允端出身於仕宦世家，錢岱出身於富穡之家，鄒迪光雖是家貧出身，卻因受饋於門生「數千萬緡」而成鉅富，許自昌則擁有士商雙重身分。凡此種種層面，對於擁有園林的家班主人做一個案探討，誠饒富意義。

　　明末清初遺民文人的園林經營策略，因經歷易代創傷，與明中晚期，擁有園林的文人家樂生活樣貌，又有異趣。江南園林，十里秦淮，便有兩位風流倜儻、科考不第的文人，築園於秦淮河畔——如皋的冒襄、南京的李漁。他們雖然屢試不第，但對造園、美學、戲曲、書畫、珍玩等藝事頗有鑽研，同樣建造了屬於自己一方天地的生活空間。

　　這一批不仕功名的文人，有著「懷才不遇」的心理特徵。這其中既有對仕途多舛的無力感而放棄功名的營求，轉而組織民間社團，譬如：復社，批評時政；也有因為受到屢遭落第的憤慨和絕望，迫使自我人格精神產生無限擴張，終而淪為放蕩的生活型態。因此，在情感層面上，江南的園居生活，徵歌度曲，絲竹管弦，極文酒聲伎之樂，成為他們更在乎官能欲望的物質享樂。

徵引文獻

一、傳統古籍

1. 〔戰國〕莊子著，楊柳橋譯注：《莊子》，上海：上海古籍出版社，2007 年。
2. 〔西漢〕毛亨傳，〔東漢〕鄭玄箋：《毛詩鄭箋》，台北：新興書局，1981 年。
3. 〔西漢〕桓寬：《鹽鐵論》，北京：中華書局，1991 年。
4. 〔西漢〕劉向：《說苑》，台北：台灣古籍出版社，1996 年。
5. 〔東漢〕許慎：《說文解字》，台北：藝文印書館，1994 年。
6. 〔東漢〕王充：《論衡》，台北：台灣古籍出版社，1997 年。
7. 〔東漢〕班固：《白虎通義》，上海：上海古籍出版社，1992 年。
8. 〔東漢〕班固：《漢書》，北京：中華書局，1987 年。
9. 〔東漢〕鄭玄注：《周禮鄭氏注》，台北：台灣商務印書館，1965 年。
10. 〔東漢〕應劭：《風俗通義》，台北：世界書局，1985 年。
11. 〔東晉〕范寧集解：《春秋穀梁傳》，北京：中華書局，1985 年。
12. 〔東晉〕陶淵明：《陶淵明集》，台北：里仁書局，1982 年。
13. 〔南朝梁〕顏之推：《顏氏家訓》，台北：台灣古籍出版社，1996 年。
14. 〔唐〕孔穎達等傳：《尚書》，北京：中華書局，1998 年。
15. 〔唐〕陸龜蒙：《甫里先生文集》，開封：河南大學出版社，1996 年。
16. 〔唐〕劉禹錫：《劉禹錫集》，北京：中華書局，1990 年。
17. 〔唐〕薛用若：《集異記》，北京：中華書局，1985 年。
18. 〔北宋〕司馬光：《資治通鑑》，台北：西南書局，1982 年。

19.〔北宋〕李清照:《李清照集箋注》,上海:上海古籍出版社,2013 年。

20.〔南宋〕王栐:《宋朝燕翼詒謀錄》,北京:中華書局,1985 年。

21.〔南宋〕朱熹集註,蔣伯潛廣解:《四書讀本》,台北:啟明書局,1960 年。

22.〔南宋〕朱熹:《詩集傳》,台北:中華書局,1982 年。

23.〔南宋〕洪興祖注:《楚辭補注》,台北:漢京文化事業公司,1983 年。

24.〔南宋〕鄭樵:《通志》,杭州:浙江古籍出版社,2000 年。

25.〔元〕顧瑛:《玉山逸稿》,北京:中華書局,1985 年。

26.〔明〕丁元薦:《尊拙堂文集》,濟南:齊魯書社,1997 年。

27.〔明〕王鏊:《震澤長語》,北京:中華書局,1985 年。

28.〔明〕王陽明:《傳習錄》,台北:黎明文化事業公司,1986 年。

29.〔明〕王陽明:《王陽明全集》,台北:河洛圖書出版社,1978 年。

30.〔明〕王陽明:《王文成公全書》,上海:上海商務印書館,1989 年。

31.〔明〕王永積:《錫山景物略》,濟南:齊魯出版社,1996 年。

32.〔明〕王廷相:《王廷相集》,北京:中華書局,1989 年。

33.〔明〕王夫之:《船山全書》,長沙:嶽麓書社,1998 年。

34.〔明〕王世貞:《弇州山人續稿》,台北:文海出版社,1970 年。

35.〔明〕王世貞:《弇州山人四部稿》,台北:偉文圖書出版社,1976 年。

36.〔明〕王錫爵:《王文肅公文草》,東京:國立公文書館,2014 年。

37.〔明〕王抃:《王巢松年譜》,蘇州:蘇州圖書館,1939 年。

38.〔明〕王稺登:《金閶集》,北京:北京出版社,2000 年。

39.〔明〕文震亨:《長物志》,北京:中華書局,1985 年。

40.〔明〕支大綸:《支華平先生集》,濟南:齊魯書社,1997 年。

41.〔明〕方孝儒:《遜志齋集》,上海:上海商務印書館,1967 年。

42.〔明〕申時行:《賜閒堂集》,濟南:齊魯書社,1997 年。

43.〔明〕朱元璋:《御製大誥三編》,上海:上海古籍出版社,1999 年。

44.〔明〕朱謀垔:《畫史會要》,台北:台灣商務書局,1979 年。

45.〔明〕江盈科:《江盈科集》,長沙:嶽麓書社,1997 年。

46.〔明〕呂坤:《呻吟語》:上海:上海古籍出版社,2000 年。

47.〔明〕呂毖:《明朝小史》,台北:正中書局,1981 年。

48.〔明〕呂天成:《曲品》,北京:中華書局,1990 年。

49.〔明〕阮大鋮:《詠懷堂詩集》,上海:上海古籍出版社,1995 年。

50.〔明〕阮大鋮:《阮大鋮戲曲四種》,合肥:黃山書社,1993 年。

51.〔明〕余有丁:《余文敏公文集》,北京:北京出版社,2005 年。

52.〔明〕余懷:《板橋雜記》,上海:上海古籍出版社,1990 年。

53.〔明〕余懷:《東山談苑》,上海:上海古籍出版社,2011 年。

54.〔明〕汪道昆:《太函集》,濟南:齊魯書社,1997 年。

55.〔明〕汪汝謙:《春星堂詩集》,上海:上海古籍出版社,2010 年。

56.〔明〕汪汝謙:《西湖韻事》,台北:新文豐出版社,1989 年。

57.〔明〕沈璟著,徐朔方輯校:《紅蕖記》,上海:上海古籍出版社,2012 年。

58.〔明〕沈榜:《宛署雜記》,北京:北京古籍出版社,2018 年。

59.〔明〕沈德符:《萬曆野獲編》,北京:中華書局,1997 年。

60.〔明〕沈德符:《顧曲雜言》,北京:中華書局,1985 年。

61.〔明〕沈際飛輯:《古香岑草堂詩餘》,台灣大學圖書館藏,崇禎年間太末翁少麓刊本。

62.〔明〕沈一貫:《敬事草》,上海:上海古籍出版社,1995 年。

63.〔明〕何心隱:《何心隱集》,台北:弘文館出版社,1986 年。

64.〔明〕何良俊:《四友齋叢說》,北京:中華書局,1997 年。

65.〔明〕何良俊:《何翰林集》,濟南:齊魯書社,1997 年。

66.〔明〕李開先:《李開先集》,北京:中華書局,1959 年。

67.〔明〕李流芳:《檀園集》,台北:台灣學生書局,1975 年。

68.〔明〕李漁:《閒情偶寄》,濟南:山東畫報出版社,2005 年。

69.〔明〕李漁:《笠翁文集》,杭州:浙江古籍出版社,1991 年。

70.〔明〕李漁:《笠翁詩集》,杭州:浙江古籍出版社,1991 年。

71.〔明〕李贄:《藏書》,台北:台灣學生書局,1986 年。

72.〔明〕李贄:《續藏書》,台北:明文書局,1991 年。

73.〔明〕李贄:《焚書》,台北:河洛圖書出版社,1974 年。

74.〔明〕李贄:《續焚書》,台北:漢京文化事業公司,1984 年。

75.〔明〕李贄:《初潭集》,濟南:齊魯書社,1995 年。

76.〔明〕李維楨:《大泌山房集》,濟南:齊魯書社,1997 年。

77.〔明〕李開先:《閒居集》,上海:上海古籍出版社,2005 年。

78.〔明〕祁彪佳:《祁彪佳文稿》,北京:書目文獻出版社,1991 年。

79.〔明〕祁彪佳:《遠山堂劇品》,北京:書目文獻出版社,1991 年。

80.〔明〕祁彪佳:《遠山堂曲品》,上海:上海古籍出版社,2005 年。

81.〔明〕祁彪佳:《寓山注》,明崇禎刊本。

82.〔明〕吳炳:《畫中人》,台北:天一出版社,1985 年。

83.〔明〕吳寬:《匏翁家藏集》,上海:上海商務印書館,1967 年。

84.〔明〕吳偉業:《吳梅村全集》,上海:上海古籍出版社,1990 年。

85.〔明〕吳應箕:《留都見聞錄》,北京:學苑出版社,2010 年。

86.〔明〕祝明允:《前聞記》,北京:中華書局,1985 年。

87.〔明〕計成:《園冶》,台北:金楓出版社,1999 年。

88.〔明〕冒襄:《同人集》,濟南:齊魯書社,1997 年。

89.〔明〕洪應明:《菜根譚》,台北:台灣古籍出版社,1996 年。

90.〔明〕范景文:《范文忠公文集》,北京:中華書局,1985 年。

91.〔明〕范濂:《雲間據目抄》,江蘇:廣陵古籍刻印社,1983 年。

92.〔明〕姜淮:《岐海瑣談》,上海:上海社會科學院出版社,2002 年。

93.〔明〕侯峒曾:《侯忠節公全集》,北京:北京國家圖書館,1933 年。

94.〔明〕侯方域:《壯悔堂文集》,台北:台灣商務印書館,1968 年。

95.〔明〕施紹莘:《秋水庵花影集》,濟南:齊魯書社,1997 年。

96.〔明〕皇甫汸:《皇甫司勳集》,台北:台灣商務書局,1979 年。

97.〔明〕高舉奉敕編:《大明律集解附例》,台北:台灣學生書局,1970 年。

98.〔明〕高濂:《遵生八牋》,上海:上海古籍出版社,1993 年。

99.〔明〕高拱:《本語》,北京:中華書局,1985 年。

100.〔明〕袁宗道:《白蘇齋類集》,上海:上海古籍出版社,2007 年。

101.〔明〕袁宏道:《袁宏道集箋校》,上海:上海古籍出版社,2008 年。

102.〔明〕袁宏道:《袁中郎全集》,台北:偉文圖書出版社,1976 年。

103.〔明〕袁宏道:《瓶史》,北京:中華書局,1988 年。

104.〔明〕袁中道:《珂雪齋集》,上海:上海古籍出版社,2013 年。

105.〔明〕袁中道:《游居柿錄》,上海:遠東出版社,1996 年。

106.〔明〕徐熥:《幔亭集》,台北:台灣商務書局,1979 年。

107.〔明〕徐㸅:《紅雨樓集》,上海:上海古籍出版社,2020 年。

108.〔明〕徐渭:《南詞敘錄》,北京:中國戲劇出版社,1982 年。

109.〔明〕陸楫:《蒹葭堂雜著摘鈔》,北京:中華書局,1985 年。

110.〔明〕陸紹珩:《醉古堂劍掃》,台北:金楓出版社,1986 年。

111.〔明〕張岱:《張宗子小品》,北京:文化藝術出版社,1996 年。

112.〔明〕張岱:《陶庵夢憶》,濟南:山東畫報出版社,2010 年。

113.〔明〕張岱:《嫏嬛文集》,北京:故宮出版社,2012 年。

114.〔明〕張岱:《西湖夢尋》,濟南:齊魯書社,1996 年。

115.〔明〕張瀚:《松窗夢語》,上海:上海古籍出版社,1999 年。

116.〔明〕張琦:《衡曲麈譚》,北京:中國戲劇出版社,1959 年。

117.〔明〕張潮:《幽夢影》,台北:金楓出版社,1986 年。

118.〔明〕張萱:《西園聞見錄》,台北:明文書局,1991 年。

119.〔明〕張履祥:《初學備忘》,台北:藝文印書館,1967 年。

120.〔明〕曹學佺:《石倉詩稿》,北京:北京出版社,2000 年。

121.〔明〕梅鼎祚:《鹿裘石室集》,北京:北京出版社,2000 年。

122.〔明〕程三省主修:《金陵全書:萬曆上元縣誌》,南京:南京出版社,2010 年。

123.〔明〕黃省曾:《吳風錄》,台北:藝文印書館,1967 年。

124.〔明〕黃宗羲:《明夷待訪錄》,北京:中華書局,1985 年。

125.〔明〕黃宗羲:《明儒學案》,台北:華世出版社,1987 年。

126.〔明〕黃宗羲:《思舊錄》,台北:明文書局,1985 年。

127.〔明〕馮夢禎:《快雪堂集》,濟南:齊魯書社,1997 年。

128.〔明〕馮夢龍:《古今譚概》,北京:中華書局,2007 年。

129.〔明〕馮夢龍:《情史類略》,長沙:嶽麓書社,1983 年。

130.〔明〕馮夢龍:《喻世明言》,台北:光復書局,1998 年。

131.〔明〕馮夢龍:《醒世恆言》,北京:中華書局,2009 年。

132.〔明〕馮夢龍:《警世通言》,北京:中華書局,2009 年。

133.〔明〕陳子龍等選輯:《明經世文編》,北京:中華書局,1962 年。

134.〔明〕陳繼儒:《檇齋漫錄》,北京:書目文獻出版社,1988 年。

135.〔明〕陳繼儒:《檇齋詩鈔》,北京:書目文獻出版社,1988 年。

136.〔明〕陳繼儒:《陳眉公小品》,北京:文化藝術出版社,1996 年。

137.〔明〕陳繼儒:《小窗幽記》,台北:文津出版社,1993 年。

138.〔明〕陳龍正:《幾亭全書》,北京:北京出版社,2000 年。

139.〔明〕陳三恪:《海虞別乘》,北京:學苑出版社,2010 年。

140.〔明〕屠隆:《婆羅館逸稿》,台北:藝文印書館,1965 年。

141. 〔明〕屠隆：《鴻苞》，濟南：齊魯書社，1995 年。

142. 〔明〕雷禮：《國朝列卿記》，台北：文海書局，不詳年。

143. 〔明〕葛芝：《臥龍山人集》，北京：北京出版社，2000 年。

144. 〔明〕湯顯祖：《玉茗堂全集》，上海：上海古籍出版社，1992 年。

145. 〔明〕湯顯祖著，徐朔方箋校：《湯顯祖全集》，北京：北京古籍出版社，1999 年。

146. 〔明〕湯顯祖著，徐朔方、楊笑梅校注：《牡丹亭》，台北：里仁書局，1995 年。

147. 〔明〕湯顯祖：《湯若士小品》，北京：文化藝術出版社，1996 年。

148. 〔明〕董其昌：《容臺文集》，濟南：齊魯書社，1997 年。

149. 〔明〕鄒迪光：《鬱儀樓集》，濟南：齊魯書社，1997 年。

150. 〔明〕鄒迪光：《調象庵稿》，濟南：齊魯書社，1997 年。

151. 〔明〕鄒迪光：《石語齋集》，濟南：齊魯書社，1997 年。

152. 〔明〕鄒迪光：《始青閣稿》，北京：北京出版社，2000 年。

153. 〔明〕鄒漪：《明季遺聞》，台北：台灣銀行，1961 年。

154. 〔明〕趙錦修、張袞纂：嘉靖《江陰縣志》，台北：新文豐出版社，1985 年。

155. 〔明〕管志道：《從先維俗義》，濟南：齊魯書社，1995 年。

156. 〔明〕談遷：《國榷》，台北：鼎文書局，1978 年。

157. 〔明〕談遷：《棗林藝簣》，北京：中華書局，1991 年。

158. 〔明〕蔣德璟：《愨書》，廈門：鷺江出版社，2015 年。

159. 〔明〕劉宗周：《人譜類記》，台北：廣文書局，1971 年。

160. 〔明〕劉侗、于奕正同撰：《帝京景物略》，北京：北京古籍出版社，1983 年。

161. 〔明〕劉辰：《國初事跡》，北京：中華書局，1991 年。

162. 〔明〕蓮池大師：《竹窗隨筆》，台南：和裕出版社，2011 年。

163. 〔明〕錢肅樂修，張采纂：崇禎《太倉州志》，上海：上海書店，1990 年。

164. 〔明〕錢希言：《遼邸記聞》，成都：巴蜀書社，2000 年。

165. 〔明〕盧龍雲：《四留堂稿》，廣州：廣州出版社，2015 年。

166. 〔明〕鍾惺：《隱秀軒集》，上海：上海古籍出版社，1992 年。

167. 〔明〕謝肇淛：《五雜組》，上海：上海書店，2009 年。

168. 〔明〕歸有光：《震川先生集》，上海：上海古籍出版社，2007 年。

169.〔明〕羅欽順：《困知記》，北京：中華書局，1990 年。

170.〔明〕顧炎武：《日知錄》，長沙：嶽麓書社，1996 年。

171.〔明〕顧炎武：《天下郡國利病書》，台北：廣文書局，1979 年。

172.〔明〕顧起元：《客座贅語》，台北：藝文印書館，1968 年。

173.〔明〕龔立本纂：崇禎《常熟縣志》，清常熟王氏恬古堂抄本。

174.〔明〕龔鼎孳《定山堂詩集》，北京：北京出版社，2000 年。

175.〔清〕毛聲山評：《繪像第七才子書》，北京：北京大學圖書館藏乾隆三十二年琴香堂刊本〔巾箱本〕。

176.〔清〕方苞：《方望溪全集》，北京：中國書店，1991 年。

177.〔清〕方濬師：《蕉軒隨錄》，台北：文海出版社，1969 年。

178.〔清〕方文：《嵞山續集》，上海：上海古籍出版社，1979 年。

179.〔清〕孔尚任：《桃花扇》，台北：里仁書局，2000 年。

180.〔清〕王士禎：《漁洋詩話》，台北：台灣商務印書館，1986 年。

181.〔清〕王士禎：《香祖筆記》，濟南：齊魯書社，2007 年。

182.〔清〕王應奎：《柳南隨筆》，台北：廣文書局，1969 年。

183.〔清〕尤侗：《年譜圖詩》，北京：北京圖書館出版社，2006 年。

184.〔清〕朱彝尊：《靜志居詩話》，台北：明文書局，1991 年。

185.〔清〕谷應泰：《明史紀事本末》，北京：中華書局，1985 年。

186.〔清〕吳敬梓：《儒林外史》，台北：聯經出版事業公司，1989 年。

187.〔清〕吳見思：《史記論文》，上海：上海古籍出版社，2008 年。

188.〔清〕吳履震：《五茸志逸隨筆》，台北：成文出版社，1982 年。

189.〔清〕吳藹輯：《名家詩選》，北京：北京出版社，2000 年。

190.〔清〕李銘皖等修：《蘇州府志》，台北：成文出版社，1970 年。

191.〔清〕李元鼎：《石園全集》，濟南：齊魯書社，1997 年。

192.〔清〕汪之珩編：《東皋詩存》，濟南：齊魯書社，1997 年。

193.〔清〕阮升基修，寗楷纂：《宜興縣志》，台北：成文出版社，1970 年。

194.〔清〕沈冰壺：《重麟玉冊》，北京：九州出版社，2004 年。

195.〔清〕沈季友編：《檇李詩繫》，台北：台灣商務書局，1979 年。

196.〔清〕沈佳：《明儒言行錄》，台北：台灣商務書局，1984 年。

197.〔清〕周亮工：《讀畫錄》，台北：明文書局，1985 年。

198.〔清〕周亮工編：《尺牘新鈔》，上海：上海書店，1988 年。

199.〔清〕周驤、劉振麟輯：《東山外紀》，廣州：廣東人民出版社，2013 年。

200.〔清〕金埴：《不下帶編》，上海：上海古籍出版社，1990 年。

201.〔清〕姜紹書：《無聲詩史》，台南：莊嚴文化事業公司，1995 年。

202.〔清〕施閏章：《學餘堂詩集》，台北：台灣商務書局，1979 年。

203.〔清〕查繼佐：《國壽錄》，台北：明文書局，1991 年。

204.〔清〕查為仁：《蓮坡詩話》，上海：上海古籍出版社，2010 年。

205.〔清〕胡文學：《甬上耆舊詩》，台北：台灣商務印書館，1979 年。

206.〔清〕紀昀等奉敕編：《四庫全書總目提要》，台北：台灣商務印書館，1983 年。

207.〔清〕段玉裁：《說文解字注》，台北：藝文印書館，1994 年。

208.〔清〕馬瑞辰：《毛詩傳箋通釋》，台北：鼎文書局，1973 年。

209.〔清〕袁學瀾：《吳郡歲華紀麗》，南京：江蘇古籍出版社，1998 年。

210.〔清〕秦簧、邵秉經修，唐任森纂：光緒《蘭溪縣志》，上海：上海書店，2011 年。

211.〔清〕張廷玉等奉敕撰，楊家駱主編：《明史》，台北：鼎文書局，1991 年。

212.〔清〕張啟鵬輯：《梅墅詩鈔》，台中：文聽閣圖書公司，2011 年。

213.〔清〕黃印輯錄：《錫金識小錄》，台北：成文出版社，1989 年。

214.〔清〕陳奐：《詩毛氏傳疏》，台北：台灣學生書局，1981 年。

215.〔清〕陳維崧：《湖海樓詩集》，上海：上海古籍出版社，2010 年。

216.〔清〕陳維崧：《迦陵詞全集》，上海：上海古籍出版社，2010 年。

217.〔清〕陳和志等纂修：《震澤縣志》，台北：成文出版社，1970 年。

218.〔清〕彭方周纂修：《吳郡甫里志》，南京：江蘇古籍出版社，1992 年。

219.〔清〕彭定求等修纂：《全唐詩》，北京：中華書局，1996 年。

220.〔清〕葉奕苞：《經鋤堂詩稿》，北京：北京出版社，2000 年。

221.〔清〕葉夢珠：《閱世編》，台北：木鐸出版社，1982 年。

222.〔清〕畢沅：《續資治通鑑》，台北：中華書局，1970 年。

223.〔清〕焦循：《劇說》，台北：廣文書局，1970 年。

224.〔清〕董康：《曲海總目提要》，天津：天津古籍書店，1992 年。

225.〔清〕趙翼：《廿二史箚記》，台北：鼎文書局，1975 年。

226.〔清〕趙翼：《簷曝雜記》，上海：上海古籍出版社，1990 年。

227.〔清〕趙翼：《陔餘叢考》，石家莊：河北人民出版社，2003 年。

228.〔清〕雅爾哈善等修：乾隆《蘇州府志》，香港：蝠池書院出版公司，2006年。

229.〔清〕裘君弘：《西江詩話》，台北：廣文書局，1973年。

230.〔清〕鈕琇：《觚賸》，杭州：浙江古籍出版社，1988年。

231.〔清〕褚人穫：《堅瓠集》，上海：上海古籍出版社，1999年。

232.〔清〕裴大中等修：《無錫金匱縣志》，台北：成文出版社，1970年。

233.〔清〕潘檉章：《松陵文獻》，北京：北京出版社，1997年。

234.〔清〕熊文舉：《雪堂先生集選》，北京：北京出版社，2005年。

235.〔清〕劉健：《庭聞錄》，台北：大通書局，1987年。

236.〔清〕鄭鍾祥、龐鴻文修纂：《重修常昭合志》，台北：成文出版社，1974年。

237.〔清〕錢泳：《履園叢話》，北京：中華書局，1997年。

238.〔清〕錢謙益：《牧齋初學集》，上海：上海古籍出版社，1985年。

239.〔清〕錢謙益：《列朝詩集小傳》，上海：上海古籍出版社，1983年。

240.〔清〕據梧子：《筆夢敘》，收錄於《筆記小說大觀》，台北：新興書局，1977年。

241.〔清〕龍文彬：《明會要》，上海：上海古籍出版社，1990年。

242.〔清〕龐樹柏：《龍禪寶摭談》，上海：上海古籍出版社，2010年。

243.〔清〕顧震濤：《吳門表隱》，南京：江蘇古籍出版社，1999年。

244.〔清〕龔自珍：《龔自珍全集》，上海：上海古籍出版社，1990年。

二、近人著作

1. 中央研究院歷史語言研究所編：《明實錄》，台北：中央研究院歷史語言研究所，1967年。

2. 中國航海史研究會主編：《鄭和下西洋論文集》，北京：人民交通出版社，1985年。

3. 中國戲曲研究院編：《中國古典戲曲論著集成》，北京：中國戲劇出版社，1982年。

4. 中國社科院歷史研究所明史研究室編：《明史研究論叢》，南京：江蘇古籍出版社，1991年。

5. 毛文芳：《物‧性別‧觀看——明末清初文化書寫新探》，台北：台灣學生

書局，2001 年。

6. 王雲五主編，朱劍心選注：《晚明小品選注》，北京：商務印書館，1936
年。

7. 王寧、任孝溫：《崑曲與明清樂妓》，瀋陽：春風文藝出版社，2005 年。

8. 王樹柟：《清史稿》，北京：中華書局，1977 年。

9. 王佩萱：《明清家樂戲班及其表演藝術研究》，台北：台灣師範大學國文
研究所碩士論文，2007 年。

10. 左東嶺：《王學與中晚明士人心態》，北京：人民文學出版社，2000 年。

11. 史次耘：《司馬遷與史記》，台北：廣文書局，1964 年。

12. 四川大學圖書館編著：《中國野史集成》，成都：巴蜀書社，1993 年。

13. 本社編審：《元明清三代禁毀小說戲曲史料》，台北：河洛圖書出版社，
1980 年。

14. 北京大學國際漢學研修基地主編：《國際漢學研究通訊》第十二期，北京：
北京大學出版社，2016 年。

15. 衣學領主編、王稼句編注：《蘇州園林歷代文鈔》，上海：上海三聯書店，
2010 年。

16. 余崇生主編：《閱讀明清：明清文學的文化探索》，台北：萬卷樓圖書公
司，2013 年。

17. 余英時等著：《中國歷史轉型時期的知識份子》，台北：聯經出版事業公
司，1992 年。

18. 余英時：《士與中國文化》，上海：上海人民出版社，2003 年。

19. 巫仁恕：《品味奢華：晚明的消費社會與士大夫》，台北：聯經出版事業公
司，2007 年。

20. 吳曾祺編：《舊小說》，台北：台灣商務印書館，1965 年。

21. 何兆武、陳啟能主編：《當代西方史學理論》，北京：中國社會科學出版
社，1996 年。

22. 何國慶：《萬曆駕到：多元、開放、創意的文化盛世》，台北：遠流出版
社，2016 年。

23. 肖飛、章曉曆：《趣聞江蘇》，台北：崧燁文化事業公司，2019 年。

24. 金元浦主編：《文化研究：理論與實踐》，鄭州：河南大學出版社，2004
年。

25. 金諍:《科舉制度與中國文化》,上海:上海人民出版社,1990 年。

26. 邱仲麟主編:《中國史新論:生活與文化分冊》,台北:聯經出版事業公司,2013 年。

27. 俞為民、孫蓉蓉編:《歷代曲話彙編》,合肥:黃山書社,2009 年。

28. 南京大學中國語言文學系全清詞編纂研究室編:《全清詞‧順康卷》,北京:中華書局,2002 年。

29. 唐焱:《法律視野下的徽州鹽商──從萬曆至道光》,上海:華東政法大學碩士論文,2008 年。

30. 徐子方:《明雜劇史》,北京:中華書局,2003 年。

31. 孫玫:《中國戲曲跨文化研究》,北京:中華書局,2006 年。

32. 郭英德:《明清傳奇史》,南京:江蘇古籍出版社,1999 年。

33. 魚宏亮:《知識與救世:明清之際經世之學研究》,北京:北京大學出版社,2008 年。

34. 曹淑娟:《在勞績中安居──晚明園林文學與文化》,台北:台灣大學出版中心,2020 年。

35. 張宏生編:《清詞珍本叢刊》,南京:鳳凰出版社,2009 年。

36. 張海鷗、王廷元主編:《明清徽商資料選編》,合肥:黃山書社,1985 年。

37. 張正明等譯:《山西商人研究》,太原:山西人民出版社,1986 年。

38. 張發穎:《中國家樂戲班》,北京:學苑出版社,2002 年。

39. 張雅綾:《晚明江南家樂之探究》,中壢:中央大學歷史研究所碩士論文,2008 年。

40. 黃仁宇:《萬曆十五年》,北京:中華書局,2006 年。

41. 黃萩娟:《明清時期揚州地區戲班研究》,台北:東吳大學中文研究所碩士論文,2009 年。

42. 崔瑞德、牟復禮:《劍橋中國明代史》,北京:中國社會出版社,2006 年。

43. 許紀霖編:《20 世紀中國知識份子史論》,北京:新星出版社,2005 年。

44. 許蘇民、申屠爐明主編:《明清思想文化變遷》,南京:南京大學出版社,2009 年。

45. 許國賢:《明代文官俸祿制度之研究》,台北:中國文化大學政治學研究所碩士論文,1985 年。

46. 陳寶良:《狂歡時代:生活在明朝》,上海:人民出版社,2020 年。

47. 陳雷、劉湘如、林瑞武合著：《福建地方戲劇》，福州：福建人民出版社，1997 年。

48. 陳紅彥主編：《國家圖書館藏稿鈔本年譜彙刊》，北京：國家圖書館出版社，2017 年。

49. 梁啟超：《飲冰室全集》，台北：文化圖書公司，1972 年。

50. 梁漱溟：《東西文化及其哲學》，台北：里仁書局，1983 年。

51. 梁漱溟：《中國文化要義》，台北：台灣商務書局，2013 年。

52. 單錦珩編：《李漁年譜》，杭州：浙江古籍出版社，1991 年。

53. 單錦珩編：《李漁交遊考》，杭州：浙江古籍出版社，1991 年。

54. 單錦珩編：《李漁研究資料選輯》，杭州：浙江古籍出版社，1991 年。

55. 葉長海：《中國戲劇學史稿》，北京：中國戲劇出版社，2005 年。

56. 程俊英、蔣見元合著：《詩經注析》，北京：中華書局，2009 年。

57. 程千帆主編：《全清詞・順康卷》，北京：中華書局，2002 年。

58. 嵇文甫：《晚明思想史論》，北京：北京出版社，2014 年。

59. 彭信威：《中國貨幣史》，上海：人民出版社，1988 年。

60. 楊伯峻：《春秋左傳注》，台北：洪葉文化事業公司，2015 年。

61. 楊惠玲：《戲曲班社研究：明清家班》，廈門：廈門大學出版社，2006 年。

62. 詹皓宇：《明末清初私人養優蓄樂之探討──以李漁家班為例》，中壢：中央大學中文研究所碩士論文，2010 年。

63. 福建省地方志編纂委員會：《福建省志》，北京：方志出版社，2000 年。

64. 劉峻文主編：《日本學者研究中國史論著選譯》，北京：中華書局，1993 年。

65. 劉水雲：《明清家樂研究》，上海：上海古籍出版社，2005 年。

66. 樊樹志：《晚明史（1573～1644）》，上海：復旦大學出版社，2003 年。

67. 樊樹志：《中國歷史十六講》，台北：聯經出版事業公司，2007 年。

68. 鄭振鐸：《插圖本中國文學史》，北京：北京大學出版社，1999 年。

69. 錢穆：《文化學大義》，台北：正中書局，1964 年。

70. 錢穆：《國史大綱》，台北：台灣商務印書館，2017 年。

71. 錢海岳：《南明史》，北京：中華書局，2016 年。

72. 閻崇年、俞三樂編：《袁崇煥資料集錄》，廣西：廣西民族出版社，1984 年。

73. 謝普主編：《充滿智慧的中國科技》，長沙：青蘋果數據中心，2011 年。

74. 鍾芒主編，郭彧編譯：《周易》，香港：中華書局，2011 年。

75. 蕭萐父、許蘇民，《明清啟蒙學術流變》，瀋陽：遼寧教育出版社，1995 年。

76. 韓大成：《明代城市研究》，北京：中國人民大學出版社，1991 年。

77. 顧凱：《明代江南園林研究》，南京：東南大學出版社，2010 年。

78. 龔鵬程：《中國文人階層史論》，蘭州：蘭州大學出版社，2004 年。

79. 〔英〕史景遷（Jonathan Dermot Spence）著，溫洽溢、孟令偉、陳榮彬合譯：《追尋現代中國》，台北：時報文化出版社，2019 年。

80. 〔英〕約翰・麥高溫（John MacGowan）著，朱濤、倪靜譯：《中國人生活的明與暗》，北京：中華書局，2006 年。

81. 〔英〕泰瑞・伊格頓（Terry Eagleton）著，林志忠譯：《文化的理念》，台北：巨流圖書公司，2002 年。

82. 〔英〕愛德華・泰勒（Edward Burnett Tylor）著，連樹聲譯：《原始文化》，上海：上海文藝出版社，1992 年。

83. 〔美〕列文森（Joseph Richmond Leveson）著，鄭大華、任菁譯：《儒教中國及其現代命運》，桂林：廣西師範大學出版社，2009 年。

84. 〔美〕克萊德・克拉克洪（Clyde Klukhohn）著，吳銀玲譯：《論人類學與古典學的關係》，北京：北京大學出版社，2013 年。

85. 〔德〕貢德・弗蘭克（Andre Gunder Frank）著，劉北成譯：《白銀資本：重視經濟全球化中的東方》，北京：中央編譯出版社，2011 年。

86. 〔西班牙〕門多薩（Gonzales de Mendoza）著，何高濟譯：《中華大帝國史》，北京：中華書局，2004 年。

87. 〔義大利〕利瑪竇（Matteo Ricci）著，何高濟、王遵仲、李申合譯：《利瑪竇中國札記》，北京：中華書局，1983 年。

88. 〔法〕Roger Chartier. *Cultural History: Between Practices and Repre-sentations*, Cambridge: Polity Press, 1988.

89. Wilt L. Idema, Wai-yee Li, and Ellen Widmer. *Introduction: Existential, Literary, and Interpretive Choices in Early Qing Literature*. Cambridge, Mass.: Harvard University Asia Center, 2006.

三、單篇文獻

1. 王汎森：〈明末清初思想的若干思考〉，「明末清初學術思想史再探」國際學術研討會主題演講講稿，「中央研究院近代史研究所、歷史語言研究所」，2016 年 6 月 23～25 日。

2. 王璦玲：〈中研院文哲所與「明清戲曲」研究〉，《漢學研究通訊》，2001 年 5 月，頁 35～43。

3. 王璦玲：〈晚明清初戲曲中情理觀之轉化及其意義〉，收錄於黃俊傑編：《傳統中華文化與現代價值的激盪與調融》，台北：喜瑪拉雅研究基金會，2002 年，頁 315～354。

4. 左東嶺：〈陽明心學與湯顯祖的言情說〉，《文藝研究》第 3 期，2000 年 2 月，頁 98～105。

5. 朱秋娟：〈李漁與他的女樂家班〉，《古典文學知識》第 1 期，2008 年 3 月，頁 101～105。

6. 仲維光：〈政治文化還是文化政治──再談齊如山去台灣，龍應台到大陸〉，《大紀元時報》，2012 年 2 月 24 日。

7. 伍躍：〈明代社會：納貢與例監──中國近世社會庶民勢力成長的一個側面〉，《東吳歷史學報》，第 20 期，2008 年 12 月，頁 155～191。

8. 吳智和：〈明人山水休閒生活〉，《漢學研究》第 20 卷第 1 期，2002 年 6 月，頁 101～129。

9. 李太龍、潘士遠：〈財富分配、社會階層結構和經濟績效──一個政治經濟學模型〉，台灣大學經濟學系《經濟論文叢刊》第 42 輯第 3 期，2014 年 9 月，頁 405～451。

10. 李孝悌：〈明清的城市文化與生活〉，《中央研究院「明清的城市文化與生活」主題計畫》，巴黎：法國遠東學院總部，2008 年 12 月 4～6 日。

11. 李惠儀：〈世變與玩物──略論清初文人的審美風尚〉，《中國文哲研究集刊》第 33 期，2008 年 9 月，頁 35～76。

12. 邱澎生：〈經濟與文化：清代前期江南城鎮工作習慣的變遷〉，《中央研究院「明清的城市文化與生活」主題計畫》，巴黎：法國遠東學院總部，2008 年 12 月 4～6 日。

13. 邱仲麟：〈明清江南城市的舶來品與物質消費〉，《中央研究院「明清的城市文化與生活」主題計畫》，巴黎：法國遠東學院總部，2008 年 12 月 4

～6 日。

14. 翁敏華：〈崑曲與酒〉，《戲劇藝術》第 1 期，2005 年 1 月，頁 43～51。

15. 張安奇：〈明稿本《玉華堂日記》中的戲曲史資料研究〉第 3 期，1986 年 3 月，頁 128～167。

16. 陳永標：〈湯顯祖的戲曲觀與晚明心學思潮〉，《復旦學報》第 5 期，1996 年，1 月，頁 89～94。

17. 陳獨秀：〈新文化運動是什麼〉，《新青年》第 7 卷第 5 號，1920 年 4 月 1 日。

18. 陳寶良：〈明代社會轉型與文化變遷〉，《中州學刊》第 2 期，2012 年 3 月，頁 137～141。

19. 曹淑娟：〈晚明文人的休閒理念及其實踐〉，《戶外休閒研究》第 4 卷第 3 期，1991 年 9 月，頁 35～63。

20. 曹淑娟訪談，梁偉賢採訪撰稿，林俊孝編輯：〈從一個盆栽，穿越塵染，通達天地——臺大曹淑娟談「園林文學」〉，《人文‧島嶼》，2021 年 9 月 1 日。

21. 曾永義：〈海鹽腔新探〉，《戲曲學報》第 1 期，2007 年 6 月，頁 3～28。

22. 詹皓宇：〈書寫才女——李漁《喬復生與王再來二姬合傳》評析〉，《東方人文學誌》第 8 卷第 4 期，2009 年 12 月，頁 173～190。

23. 詹皓宇：〈李漁家班與園林聲伎之涉趣〉，《戲曲學報》第 16 期，2017 年 6 月，頁 101～148。

24. 詹皓宇：〈期待視野、多重異讀、身體欲望——論明清時期《牡丹亭》女性閱讀〉，《戲曲學報》第 18 期，2018 年 6 月，頁 191～229。

25. 楊嘉佑：〈明代江南造園之風與士大夫生活——讀明人潘允端《玉華堂日記》札記〉，《社會科學戰線》第 3 期，1981 年 8 月，頁 343～345。

26. 溫顯貴：〈明清女樂及其對娛樂文化的積極影響〉，《中國文化月刊》第 305 期，2006 年 5 月，頁 111～127。

27. 厲震林：〈論男性文士的家班女樂〉，《中國戲曲學苑學報》第 3 期，2005 年 3 月，頁 81～83。

28. 蔡元培：〈何謂文化〉，《北京大學日刊》，1921 年 2 月 14 日。

29. 錢穆：〈讀文選〉，《新亞學報》第 3 卷第 2 期，1958 年 2 月，頁 3。

30. 邅雪峰：〈試談明清戲曲堂會的舞台樣式〉，《中國戲曲學院學報》第 28 卷

第 2 期，2007 年 5 月，頁 45～51。

31. 賴惠敏：〈洋貨與蘇州菁英時尚〉，《中央研究院「明清的城市文化與生活」主題計畫》，巴黎：法國遠東學院總部，2008 年 12 月 4～6 日。

32. 劉志琴：〈商人資本與晚明社會〉，《中國史研究》第 2 期，1982 年 3 月，頁 81～83。

33. 劉水雲：〈明代家樂考略〉，《戲曲研究》第 60 輯，2002 年 11 月，頁 68～95。

34. 劉水雲：〈清代家樂考略〉，《戲曲研究》第 62 輯，2003 年 6 月，頁 109～137。

35. 龍應台：〈文化是什麼〉，《中國青年報》，2005 年 10 月 19 日。